想象中国的方法

历史·小说·叙事

王德威◎著

天津出版传媒集团
百花文艺出版社

图书在版编目（CIP）数据

想象中国的方法：历史·小说·叙事 / 王德威著.
--天津：百花文艺出版社，2016.5（2022.12 重印）
ISBN 978-7-5306-6755-2

Ⅰ.①想… Ⅱ.①王… Ⅲ.①中国文学-现代文学-文学研究-文集 ②中国文学-当代文学-文学研究-文集
Ⅳ.①I206.6-53

中国版本图书馆 CIP 数据核字(2015)第 304181 号

想象中国的方法：历史·小说·叙事
XIANGXIANG ZHONGGUO DE FANGFA：LISHI XIAOSHUO XUSHI
王德威 著

出 版 人：薛印胜
选题策划：成 全　　**版式设计：**张振洪
责任编辑：成 全 饶霁琳　　**封面设计：**王 烨
出版发行：百花文艺出版社
地址：天津市和平区西康路 35 号　　**邮编：**300051
电话传真：+86-22-23332651（发行部）
+86-22-23332656（总编室）
+86-22-23332478（邮购部）
网址：http://www.baihuawenyi.com
印刷：山东新华印务有限公司
开本：720 毫米×970 毫米　1/16
字数：316 千字　**插页：**2 页
印张：25
版次：2016 年 5 月第 1 版
印次：2022 年 12 月第 4 次印刷
定价：59.00元

如有印装质量问题，请与山东新华印务有限公司联系调换
地址：山东省济南市高新区世纪大道 2366 号
电话：(0531)82079100　邮编：250104

新版序

王德威

《想象中国的方法:历史·小说·叙事》大陆版在一九九七年问世。当时的构想是将叙事理论与我所关心的历史议题相连接,希望借此扩展我们对现当代文学研究的方法。一晃十七年过去,回顾其中的篇章,难免看出"少作"中言不尽意或自以为是之处。即使如此,这些文章毕竟记录了一个阶段的学思历程,也让我有了不胜今昔之感。

这十七年的中国与海外华语社会都发生了剧烈转变,而学术圈内的起伏也似乎有微妙的对应。彼时的社会酝酿转型,各种立场的争鸣蓄势待发。"后学"方兴未艾,自由主义和新左派之争喧腾一时。曾几何时,中国崛起,后社会、后资本主义论,外加"天下""朝贡""王霸""通三统"等说法,又兴起另一波热潮。历史的变与常有时比小说更令人目不暇给。

这些年来我个人的研究方向也颇有起伏。在英语世界我出版了《被压抑的现代性》《历史与怪兽》《史诗时代的抒情声音》等作,后两者的中译本因为客观环境所限,仍然有待出版。另外我也在台湾地区出版了《后遗民写作》等书。我所涵盖的范围从晚清到当代,从大陆到海外,所讨论的文类基本仍是叙事文学与理论。尽管这些年小说式微的声音不绝于耳,我却认为我们对于广义叙事的需求和试验不仅没有稍息，反而持续发展。专志的作家不为潮流起伏所动；网络兴起则提供了前所未见的平台，滋生各种各样的叙事可能。主流非主流小说的区分因此更为模糊。

二〇一二年诺贝尔文学奖颁给了中国大陆小说家莫言，也许可以为新世纪的中文小说界带来新的震撼。但不论轰动效应如何，一百一十年以前梁启超提倡"新小说"以救国救民的时代，已经离我们越来越远。小说家看遍人生的崇高与低俗，唯以文字、以故事继续述说古今，演绎悲欢与涕笑。小说——虚构——的生命力无他，不断推陈出新，以虚击实。过去如此，未来亦如此。

也因此，在《想象中国的方法：历史·小说·叙事》中我所强调的几条线索——小说众声喧哗的包容力；小说介入、促动国家想象的能量；小说对抗"大说"的批判立场——似乎仍然有其意义。尤其在"中国崛起"的呼声不绝于耳的今天，在种种奉"天下""大国""盛世"为名的"大说"再度流行的历史转折点上，谈论"小说"，为"中国"加上括号，也就更有关联性了。

本书所呈现的"方法"有其局限，但无碍我们视其为持续思考如何想象中国未来以及过去的起点—— 一个值得批判的起点。就此，我提出以下三点作为自我反思的方向：

第一，有关现当代文学批评的批评。过去一个世纪对于中国文学的批评，甚或批判的声音当然不绝于耳。甚至有一个时代批评的威胁如此之大，及于身家性命。但是如果我们能将眼光放大，不再执着"批评"和"理论"所暗含的道德优越性和知识(政治)的权威感，而专注于批评和理论所促动的复杂的理性和感性脉络，以及随之而来的傲慢与偏见，应该可以为一个世纪以来的批评热做出反思。

第二，文学和历史的再次对话。文史不分曾经是传统学问的特征，也曾经受到现代学者的诟病。在经历了一个世纪的理论、批评热潮之后，借着晚近中西学界对历史和叙述、历史和想象的重新定位，文学应该被赋予更多与史学对话的机会。以文学的虚构性来拆解大历史的神圣权威，以历史的经验性来检验、增益文学创造和文学理论，已经是老生常谈。文学和历史之间千丝万缕的关系，应该是建构和解构文学（后）现代性的最佳起点。

第三，打开地理视界，扩充中文文学的空间坐标。在离散和一统之间，现代中国文学已经铭刻复杂的族群迁徙、政治动荡的经验，难以以往简单的地理诗学来涵盖。在大陆、在海外的各个华人社群早已经发展为不同的创作谱系。因此衍生的国族想象、文化传承如何参差对照，当然是重要的课题。

海外学者如果有心持续四海一家式的大中国论述，就必须思考如何将不同的中文文学文化聚落合而观之，而不是将眼光局限于大陆的动向。而乐于倡导“边缘政治”“干预策略”“跨际实践”的学者，不更应该跨到当今理论领域以外，落实自诩的论述位置？二十世纪中国文化和历史的发展曲折多变，理应反映在文学理论的发展上。身在海外的中国文学学者既然更多一层内与外、东与西的比较视野，尤其可以跳脱政治地理的限制。只有在这样的视野下，才能激荡出现代性的众声喧哗，也才能重画现代中国文学繁复多姿的版图。

《想象中国的方法：历史·小说·叙事》改版发行，对我个人是个值得反思与感谢的时刻。我要感谢百花文艺出版社的支持，尤其是成全先生的悉心编辑，也期待读者的对话声音。

是为新版序。

2014 年 5 月 31 日

旧版序：小说中国

王德威

小说是现代中国文学最重要的一种文类。过去一个世纪以来，小说记录了中国现代化历程中种种可涕可笑的现象，而小说本身的质变，也成为中国现代化的表征之一。一九〇二年梁启超等知识分子提倡“新小说”，认为“欲新一国之民，不可不先新一国之小说”(《论小说与群治之关系》)。随后的“五四”文人更发展出感时忧国的小说传统，浩浩荡荡，至今仍为多数文学史家奉为圭臬。然而曾几何时，台湾的张大春告诉我们大小说家宜与《大说谎家》并观，而大陆的王朔《一点正经没有》地写着小说，而且《玩的就是心跳》。

由涕泪飘零到嬉笑怒骂，小说的流变与“中国之命运”看似无甚攸关，却每有若合符节之处。在泪与笑之间，小说曾负载着革命与建国等使命，也绝不轻忽风花雪月、饮食男女的重要。小说的天地兼容并蓄，众声喧哗。比起历史政治论述中的中国，小说所反映的中国或许更真切实在些。

但由小说看中国这样的观念，毕竟还嫌保守。我更是借此书强调小说之类的虚构模式，往往是我们想象、叙述“中国”的开端。国家的建立与成长，少不了鲜血兵戎或常态的政治律动。但谈到国魂的召唤、国体的凝聚、国格的塑造，乃至国史的编纂，我们不能不说叙述之必要，想象之必要，小说（虚构）之必要。从抛头颅、洒热血，到国共不两立，有关国家的叙述正在我们眼前快速消长代换。君不见，此厢的中国大一统论述，彼厢的独立建国神话，均已在文学史、文学大系的簇拥下，堂堂推出？你方唱罢我登场，只是其涕泪飘零的情节，何以又如旧戏新编？我无意追随流行理论，将国家与历史化约为符号游戏：千百万生灵的血泪悲欢，由不得理论家纸上谈兵。然而我们如果不能正视包含于国与史内的想象层面，缺乏以虚击实的雅量，我们依然难以跳出传统文学或政治史观的局限。一反以往中国小说的主从关系，我因此要说“小说中国”是我们未来思考文学与国家、神话与史话互动的起点之一。

“小说中国”还有第三层意义：小说中国。多少年来，有关中国往何处去的问题一直众说纷纭。大人先生们喜从大处着眼，谈政策、抓思想、论历史，大言炎炎，令我生小辈目眩神迷。评论家黄子平谓之为“大说”，良有以也。小说作者见贤思齐，要将小说化为大说的努力，从“五四”到当代也所在多有。但站在世纪末的边缘上，我们也许要说：大说听多了，来段小说吧。小说夹处于各种历史大叙述的缝隙，铭刻历史不该遗忘的与原该记得的，琐屑的与尘俗的。英雄美人原来还是得从穿衣吃饭做起，市井恩怨其实何曾小于感时忧国？梁启超与鲁迅一辈曾希望借小说“不可思议之力”拯救中国。我却以为小说之为小说，正是因为它不能，也不必担当救中国的大任。小说不建构中国，小说虚构中国。而这中国如何虚构，却与中国现实的如何实践息息相关。

本书内的二十三篇论文代表我个人思考“小说中国”的方式与实验。所涵盖的作品始自晚清，迄于当代，讨论的文类则包括了狎邪与政治、科幻与历史、乡土与怪诞等多种。借此我也有意描写传统小说史未及探勘的脉络，或细究经典作家作品较幽微的层面。我的兴趣，大约可分为五个方向：一、小说、历史、政治的错综关系；二、晚清与当代小说所显现的世纪末特征；

三、去国与怀乡主题的兴起与发展;四、女性小说家与女性角色的流变;五、小说批评的向度与实践。这些方向当然可以互相指涉,并及于其他。

一九九三年,我在台湾及海外出版了《小说中国》文学评论集,并提出了"小说中国"的想法。在准备目前这本评论集的过程中,承蒙编辑告知张贤亮先生的新作也以《小说中国》为名。张先生是知名作家,过去几年也曾访问台湾,或许曾有缘得见拙作,因而对"小说中国"的观念亦有同感?如此,我当深为欣幸,并欢迎更多有识者加入对这一问题的思考。《想象中国的方法》是我第一本在大陆出版的著作,在构思及编辑的每一个阶段,都得到许多大陆学术及出版界的友人——如李陀、董秀玉、汪晖、陈平原、夏晓虹、王晓明、陈思和、杨义等——的支持与协助,谨在此向他们敬致谢意。同时我也要向本书的出版机构三联书店及主催本书的责任编辑表示我衷心的感谢。

目 录

辑 一

辑 二

辑三

辑四

辑　一

被压抑的现代性

没有晚清，何来“五四”？

有关中国文学现代化的问题，近年已屡屡被提出讨论。“五四”文学革命的典范意义，尤其引起众多思辨。而其中最值得注意的，当是晚清文化的重新定位。传统解释新文学的“起源”，多以“五四”为依归；胡适、鲁迅、钱玄同等诸君子，也被赋予开山宗师的地位。相对的，由晚清以迄民初的数十年文艺动荡，则被视为传统逝去的尾声，或西学东渐的先兆。过渡意义，大于一切。但在世纪末重审现代中国文学的来龙去脉，我们应重识晚清时期的重要性，及其先于甚或超过“五四”的开创性。

一

我所谓的晚清文学，指的是太平天国前后，以至宣统逊位的六十年，而其流风遗俗，时至“五四”，仍体现不已。在这一甲子内，中国文学的创作、出版及阅读蓬勃发展，真是前所未见。而小说一跃而为文类的大宗，更见证了传统文学体制的巨变。但最引人注目的是作者推陈出新、千奇百怪的实验冲动，较诸“五四”，毫不逊色。然而中国文学在这一阶段现代化的成绩，却未尝得到重视。当“五四”“正式”引领我们进入以西方是尚的现代话语范畴，晚清那种新旧杂陈、多声复义的现象，反倒被视为落后了。

晚清文学的发展，当然以百日维新到辛亥革命为高潮。仅以小说为例，保守地估计，出版当在两千种以上[1]。其中至少一半，今已流失。这些作品的题材、形式，无所不包：从侦探小说到科幻奇谭，从艳情纪实到说教文字，从武侠公案到革命演义，实在令人眼花缭乱。它们的作者大胆嘲弄经典著作，刻意谐仿外来文类，笔锋所至，传统规模无不歧义横生，终而摇摇欲坠。以往“五四”典范内的评者论赞晚清文学的成就，均止于“新小说”——梁启超、严复等人所提倡的政治小说。殊不知“新小说”内包含多少旧种子，而千百“非”新小说又有多少诚属空前的创造力。

而从文化生产的角度来看，晚清文人的大举创造或捏造、制造小说的热潮，亦必要引起文学生态的巨变。这是一个华洋夹杂、雅俗不分的时期，而读者不论有心无心，也乐得照单全收。中国现代文学的大规模量贩化、商业化，非自今始[2]。称小说为彼时最重要的公众想象领域，应不为过。借着阅读与写作小说，有限的知识人虚拟家国过去及未来的种种，而非一种版图，放肆个人欲望的多重出口。比起“五四”之后日趋窄化的“感时忧国”正统，晚清毋宁揭示了更复杂的可能。

晚清的最后十年里，至少曾有一百七十余家出版机构此起彼落[3]；照顾的阅读人口，在二百万到四百万之间[4]。而晚清最重要的文类——小说——的发行，多经由四种媒介：报纸、游戏、刊物、杂志与成书。中国最早的报纸《申报》(1872—1949)于一八七二年，即有名为《瀛寰琐记》的文学专刊出版，发表诗文说部创作或翻译[5]。到了一八九二年，由韩邦庆(1856—1894；《海上花列传》作者)一手包办的《海上奇书》出版，是为现代小说专业杂志的滥觞[6]。同时，在标榜“游戏”及“清闲”的风月小报上，小说也觅得一席之地。这些刊物可查者仍有三十二种之多；晚清红极一时的作者如吴趼人(1866—1910)、李伯元(1867—1906)，都是由此起家[7]。而在梁启超提倡“新小说”的热潮后，更有三十余家小说出版社[8]，以及二十一种以“小说”为名的期刊出现[9]。其中最著名的，即所谓《新小说》《月月小说》《绣像小说》《小说林》“四大”小说杂志[10]。

晚清也是翻译文学大盛的时代。阿英早已指出晚清的译作不在创作之下[11]；近年学者陈平原就此统计，一八九九至一九一一年间，至少有六百一十五种小说曾被译介至中国[12]。狄更斯、大小仲马、雨果、托尔斯泰等均是读者耳熟能详的名字。至于畅销作家，则有福尔摩斯的创造者柯南·道尔、感伤奇情作家哈葛德，以及科幻小说之父凡尔纳名列前茅[13]。

但我们对彼时文人“翻译”的定义，却需稍作厘清：它至少包括意译、重写、删改、合译等方式。学者如史华兹(Schwartz)、夏志清及李欧梵曾各以严复、梁启超及林纾为例，说明晚清译者往往借题发挥，所译作品的意识及感情指向，每与原作大相径庭[14]。不仅此也，由着这些有意或无意的误译或另译，晚清学者已兀自发展出极不同的“现代”视野[15]。以此类推，晚清作者对传统古典的新奇诠释，也是另一种以志逆意的“翻译”。

西洋文学的影响，一向是中国文学现代化的主要关目。此一方面的研究，亦犹待加强。但就在作者、读者热烈接受异国译作，作为一新耳目的蓝本时，传统说部早已产生质变。当《荡寇志》(1853)成为太平天国时期，清廷及太平军文宣战争的焦点时，小说与政治的主从关系，迈入了新的“技术”模式。当《品花宝鉴》以男女易装的观点，混淆异性及同性恋爱的界限时，小说与情色主体的辩证，也变得益发繁复。几乎所有经典说部均在此时遭到谐仿。这也许是作者自甘颓废、惫懒因袭的征兆，但更可能是他们不耐传承藩篱，力图颠覆窠臼的信号。

不仅此也，清末重被发掘的稍早作品，沈复的《浮生六记》及张南庄的《何典》，更具有在文学传统以内另起炉灶的意义[16]。《浮生六记》描摹情性自主的向往、《何典》夸张人间鬼蜮的想象，对二十世纪作家的浪漫或讽刺风格，各有深远影响。《何典》依循以往话本小说生鲜活泼的世俗叙述，并点染极具地域色彩的吴语特征，自然可视为“五四”白话文学的又一先导[17]。凡此皆说明“新小说”兴起前，中国说部的变动已不能等闲视之。西方的冲击并未“开启”中国文学的现代化，而是使其间转折，更为复杂，并因此展开了跨文化、跨语系的对话过程。这一过程才是我们定义“现代性”的重心。

二

晚清小说的丰富性既如上述，则显然与过去多年来学者投入的心力，不能成正比。呼应二十世纪八十年代的《晚清小说大系》（台北，广雅），九十年代的《近代中国小说大系》（南昌，百花洲）及《中国近代文学大系》（上海，上海书店），在资料上渐已补正以往之不足。但研究方面，仍不脱以往“四大小说”（《官场现形记》《孽海花》《二十年目睹之怪现状》《老残游记》）的窠臼；阿英、鲁迅、胡适等以“五四”为视角的理论，依旧被奉为圭臬。

这牵涉到我们怎么定义“现代”中国文学的问题。“五四运动”以石破天惊之姿，批判古典，迎向未来，无疑可视为“现代”文学的绝佳起点。然而如今端详新文学的主流“传统”，我们不能不有独沽一味之叹。所谓的“感时忧国”，不脱文以载道之志；而当国家叙述与文学叙述渐行渐近，文学革命变为革命文学，主体创作意识也成为群体机器的附庸。文学与政治的紧密结合，当是现代中国文学的主要表征，但中国文学的“现代性”却不必化约成如此狭隘的路径。我无意在此大做翻案文章，在这个所谓“放逐诸神”“告别革命”的时代，高唱“推翻”典范，“打倒”传统，也无非是重弹“五四”的老调。要紧的是重理世纪初的文学谱系，发掘多年以来隐而不彰的现代性线索。

“现代”一义，众说纷纭。如果我们追根究底，以现代为一种自觉的求新求变意识，一种贵今薄古的创造策略，则晚清小说家的种种实验，已经可以当之[18]。别的不说，单就多少学说创作、书籍刊物，竟以“新”字为标榜，即是一例。从《新石头记》到《新中国未来记》，有心作者无不冀求在文字、叙述、题材上挥别以往。诚然，刻意求新者往往只落得换汤不换药，貌似故步自封者未必不能出奇制胜。重要的是，无论意识形态的守旧或维新，各路人马都已惊觉变局将至，而必须采取有别过去的叙写姿态。

有心者可以反诘，这种传统之内自我改造的现象，以往的文学史不是已屡有前例可循？晚明时期诗文小说的中兴，只是其中之一。何以我们不称之为“现代”呢[19]？我的回应，是将晚清文学重新放回历史语境之中。晚清之得称现代，毕竟由于作者读者对“新”及“变”的追求与了解，不再能于单一的、本土的文化传承中解决。相对的，现代性的效应及意义，必得见诸十九世纪西方扩张主义后所形成的知识、技术及权力交流的网络中[20]。

但有心者仍可反诘，以往中国的文学，不亦曾有异邦因素的融合介入？六朝以降，西域佛学母题及叙写形式的传播，唐代中亚音乐模式的引进，对古典中国的诗词叙述，均造成深远影响。即便如是，我们仍需体认清末文人的文学观，已渐脱离前此的中土本位架构。面对外来冲击，是舍是得，均使文学生产进入一国际的（未必平等的）对话的情境。“国家”兴起，“天下”失去，“文学”也从此不再是放诸四海的艺文表征，而成为一时一地一“国”的政教资产了。准此，我们不妨复习文学史家所一再转述的中国现代文学现象：民主思维的演义，内在心理化及性别化主体的发掘，军事、经济、文化生产的体制化，都市/乡村视景的兴起，革命神话的建立，还有最重要的，线性历史时间感的渗透。这些现象既是作家创作的条件，也是他们描摹的对象。但只要把视野放宽，我们则知所有现象均可见诸西方，而且经过长期实验，方抵于成[21]。当它们移入清末中国这样的非西方文明中，却失去时间向度，产生了立即性的迫切感。它们散发符咒般的魅力，催促一代中国人迎头赶上。识者称现代中国文学建立在一种“亏欠的话语”上，不是虚言[22]。作者读者觉得我们难偿历史进程的时差，如果不继续借镜，或借贷西方的文化及象征资本,更是无以为继。

以上的描述,也许已说明现代中国文学产生的环境或条件,却不能说明中国文学的现代性到底有什么与众不同之处。文学的“现代性”有可能因应政治、技术的“现代化”而起,但并未形成一种前后因果的必然性[23]。让我们再思前述“现代”一词的古典定义:求新求变、打破传承。果如是,“现代”总要冲毁历史(时间!)网罗,自外于成规典律[24]。假若我们对中国文学现代性的了解,仅止于迟到的、西方的翻版,那么所谓的“现代”只能对中国人产生意义。因为对“输出”“现代”的原产地的作者读者,这一切都已是完成式了。“五四”之后作家狂热推展写实及现实主义,却要被视为捡取十九世纪西方的遗唾,即为一例。(而另一方面,我们也强调西方评者读者对中国的现代文学发现,不应局限于东方主义的奇观心态上。因为这里所谓的“新”,同样是来自双方的隔膜,而非不断的对话与比较。[25])

就这样的说法,我丝毫无意回到理想主义式的位置(中西机会均等,世界百花齐放!),也不因此玩弄解构主义式正反、强弱不断易位的游戏。对理论市场上,众家学者要将现代性研究落实于历史“实相”中的呼声,我其实拳拳服膺。但不能令人无惑的是,在历史化的大纛下,他们的步调竟是何其之缓!许多的议论似乎并不正视现代性出现的迂回道路,也乏对历史前景坐标不断改换的警觉。他们并不求将“现代性”放入历史流变中,而是持续追逐主流论述的踪迹,复制出形异实同的小小花果。“现代性”终要成为一种渺不可及的图腾,在时间、理论及学术场域的彼端,吸引或揶揄着非西方学者。而同时,因为总陷在“迟来的现代性”的陷阱中,一股怨怼之气,油然而生[26]。

近年来,不少自然及社会学科对进化、直线历史及生物突变的探讨,或许有助于我们对文学现代性的再思[27]。我们无须视文学的现代进程——不论是在全球或地区层次——为单一、不可逆的发展。现存的许多现代性观念都暗含一个今胜于昔(或今不如昔)的时间表。相对于此,我以为在任何一个历史的关键上,现代性的显现都是许多求新求变的可能相互激烈竞争的结果。然而这一竞争不必反映优胜劣败的达尔文铁律;其结果甚至未必是任何一种可能的实践。历史已一再告诉我们,许多新发明、新实验尽管有无限乐观的承诺,却竟然是时间无常因素下的牺牲。这里所说的"无常"(contingency),纯粹是就事论事,而不指任何天意或命定论的闪失[28]。

我无意暗示文学的现代化是一种无目的的盲动,或缺少任何可资解读的轨迹。恰恰相反,在每一革新阶段,我们都可以看出前因后果的逻辑。然而这些因果或逻辑之所以清晰可见,正在于它们出于"后"见之明。即便如是,我们仍需认识两点:(一)现代性的生成不能化约为单一进化论,也无从预示其终极结果;(二)即使我们刻意追本溯源,重新排列组合某一种现代性的生成因素,也不能想象完满的再现。这是因为到达现代性之路充满万千变数,每一步都是牵一发而动全身的关键。历史的进化过程不像录像带,可以不断倒带重播。即使是同样的元素无一不备,历史也不会重演。用生物史学家高德的话说:"只要稍稍改变事件起初的任何一个关键,哪怕是微不足道的一点,整个物种进化的过程将会形成截然不同的途径。"[29]

放在中国文学的情境里,这一观点有什么意义呢?我们要说如果晚清真是现代化的关键时刻,那是因为有太多的蜕变可能同时相互角力。从晚清到"五四",再到二十世纪三十年代以迄现在,我们大抵可依照史料,勾勒一个(或数个)文学由旧翻新的"情节"。但这一信而有征的"情节"却既不能印证任何历史宿命论,也不能投射任何未来目的论。如上所述,多少契机曾经在时间的褶缝中闪烁而过。有幸发展成为史实的,固属因缘际会,但这绝不意味稍稍换一个时空坐标,其他的契机就不可能展现相等或更佳(或更差)的结果。剧烈而庞杂的进化法则,无法由达尔文或马克思来预告;以西方马首是瞻的现代性论述,也不必排除中国曾有发展出迥不相同的现代文学或文化的条件。一味按照时间直线进行表来探勘中国文学的进展,或追问我们何时才能“现代”起来，其实是画地自限的(文学)历史观。

我们不能回到过去，重新扭转历史已然的走向。但作为文学读者，我们却有十足能力，想象历史偶然的脉络中，所可能却并未发展的走向。这些隐而未发的走向，如果曾经实践，应使我们对中国文学现代性的评估，陡然开朗。我的想象借镜自日本的芥川龙之介、俄国的贝里(Bely)、爱尔兰的乔伊斯及奥地利的卡夫卡等作家；他们各自为其国家文学，写下新页，而且相较于同时期他国的文学成就，也要令人眼界大开，直承前所未见。是在这一跨国界、语言及文化范畴的前提下，二十世纪文学的现代性才成为如此深具魅力的课题。而尤其值得注意的是，上述这些作者从事创作时，他们国家现代化的程度，未必与他们对现代性的深切感受形成正比或对等关系。

鲁迅一向被推崇为现代中国文学的开山祖师。但历史评者赞美他的贡献，多集中于他面对社会不义，呐喊彷徨的反应。鲁迅这一部分的表现，其实不脱十九世纪欧洲写实主义的传统之一：人道胸怀及控诉精神。摆在彼时世界文学的版图上，算不得真正突出。据说是受果戈理(Gogol)启发的《狂人日记》成于一九一八年；卡夫卡的《蜕变》成于一九一四年；而夏目漱石的抒情心理小说《心镜》则于一九一六年推出。我们多半已忘记晚清时的鲁迅，曾热衷于科幻小说如《月界旅行》(凡尔纳著)的翻译；而那位曾写过散文诗《野草》以及滑稽讽刺小说《故事新编》的鲁迅，也是二十世纪八十年代以来才渐为学者认识[30]。我们不禁要想象，如果当年的鲁迅不孜孜于《呐喊》《彷徨》，而持续经营他对科幻奇情的兴趣，对阴森魅艳的执念，或他的尖诮戏谑的功夫，那么由他“开创”的现代文学，特征将是多么不同。在种种创新门径中，鲁迅选择了写实主义为主轴——这其实是承继欧洲传统遗绪的“保守”风格。鲁迅的抉择，已成往事。但所需注意的是，以其人多样的才华，他的抉择不应是唯一的抉择。后之学者把他的创作之路化繁为简，视为当然，不仅低估其人的潜力，也正泯除了在中国现代文学彼端，众声喧哗的多重可能。

对我而言,中国作家将文学现代化的努力,未尝较西方为迟。这股跃跃欲试的冲动不始自“五四”,而发端于晚清。更不客气地说,“五四”精英的文学口味其实远较晚清前辈为窄。他们延续了“新小说”的感时忧国叙述,却摒除或压抑其他已然成形的实验。面对西方的“新颖”文潮,他们推举了写实主义——而且是西方写实主义最安稳的一支,作为颂之习之的对象。至于真正惊世骇俗的现代主义,除了新感觉派部分作者外,在二十世纪二三十年代的中国乏人问津。如前所述,我们可以凭着后见之明,为“五四”以来的现代小说铺陈起承转合的逻辑。但与此同时,我们必得扪心自问,在重审中国文学现代性时,我们是否仍沉浸于“五四”那套典范,而昧于典范之外的花花世界呢?

三

所谓“被压抑的”现代性,可以指陈三个不同方向:(一)它代表一个文学传统内生生不息的创造力。这一创造力在迎向十九世纪以来西方的政经扩张主义及“现代话语”时,曾经显现极具争议性的反应,而且众说纷纭,难以定于一尊。然而“五四”以来,我们却将其归纳进腐朽不足观的传统之内。相对于此,以西学是尚的现代观念,几乎垄断了文学视野——尽管这渡海而来的“现代”观念不脱时间上的落差。(二)“被压抑的现代性”指的是“五四”以来的文学及文学史写作的自我检查及压抑现象。在历史进程独一无二的指标下,作家勤于筛选文学经验中的杂质,视其为跟不上时代的糟粕。这一汰旧换新工作的理论基础,当然包括(却未必限于)弗洛伊德式的“影响的焦虑”或马克思式的“政治潜意识”影响[31]。弗、马二氏的学说,在解放被压抑的个人或社群主体上,自有贡献。但反讽的是,这些憧憬解放的学说被神圣化后,竟成为压迫或压抑主体及群体的最佳借口。于是中国文学现代性的发展反愈趋僵化。(三)“被压抑的现代性”亦泛指晚清、“五四”及二十世纪三十年代以来,种种不入(主)流的文艺实验。从科幻到狭邪、从鸳鸯蝴蝶到新感觉派、从沈从文到张爱玲,种种创作,苟若不感时忧国或呐喊彷徨,便被视为无足可观。即便有识者承认其不时发抒的新意,这一新意也基本以负面方式论断。

但在现代文学发展已近百年的今天,我们对“被压抑的现代性”的挖掘,极有必要。既名“压抑”,上述的诸般现象其实从未离我们远去,而是以不断渗透、挪移及变形的方式,幽幽述说着主流文学不能企及的欲望,回旋不已的冲动。

准此,我们可以回到“五四”的前身——晚清,观察中西文学擦撞出的现代火花。晚清小说,类别繁多,但我以为至少有下列四类,最能凸显一代中国文人与未来对话的野心。

第一,自十九世纪中叶以来的狭邪小说,虽为“五四”学者所诟病,却在开拓中国情欲主体想象上,影响深远。这些作品杂糅了古典情色小说的两大传统——感伤及艳情,而能赋予新意。如《品花宝鉴》(1849)总结了古典以来余桃断袖的主题,竟向《红楼梦》《牡丹亭》借鉴,敷衍成一大型浪漫说部。假凤虚凰,阴阳交错。男欢女爱的至情从未如此大规模地被颠覆过。又如《花月痕》(1872)反写才子佳人的素材,因成就“才子落魄、佳人蒙尘”的凄艳故事。其中的男女主角以赴死之心“言”情“说”爱,而少及于其他,俨然以文学想象的爱欲,凌驾生理原欲的爱欲。至于小说为男主人翁营造的落魄畸零形象,必曾影响下一代郁达夫等人的颓废美学。

《海上花列传》(1892)写欢场犹如情场,又视逢场作戏为真情流露的最佳时刻,出手即不凡。作者韩邦庆为百年前一群上海妓女做“列传”,兼亦预言上海行将崛起的都会风貌。以素朴之笔写繁华之事,白描功夫要令“五四”写实主义大家们相形见绌的。《孽海花》以花榜状元赛金花艳史为经,以庚子前后三十年历史为纬,交织成一政治小说。赛金花以淫邪之身,颠倒八国联军统帅,扭转国运,是二十世纪中国最暧昧的神话之一。国体与女体、政治与欲望，相生相克。日后多少时新的女权议论，自此得到灵感。识者每诟病狭邪小说海淫诲盗，却忽略在历史危机中，一代中国人的欲望与恐惧，如何流入对一己身体的放肆想象上。其极致处，连叙述方式的本身也变得枝蔓涣散，少有节制。

第二，我们也需再思公案侠义小说的热潮，实已暗暗重塑传统对法律正义(leagal justice)与诗学正义(poetic justice)的论述。像《荡寇志》《三侠五义》(1878)般的作品，写江湖侠客、保皇勤王，一向被视为《水浒》以降侠义说部的末流。鲁迅般的学者由此看到了清室衰颓，民心寄望清官豪侠扭转乾坤的幻想。但换个角度，我们又何尝不可说这是晚清作者及读者最犬儒的自嘲？当庙堂与江湖、执法者与玩法者混淆不分时，所有关于正义的演述面临崩解危机。刘鹗的《老残游记》进一步质诘此问题。我们一般不将《老残游记》放在侠义公案小说中阅读。但书中老残的任侠尚武背景，是有案可查的。只是时不我予，当年一心仗剑治天下的老残落得以笔代剑，成为浪迹江湖的郎中，而非侠客。即使如是，他与官府周旋，力申"清官比赃官可恨"论，无疑逆转了公案说部的底线。

刘鹗心中的侠已沦为治病的大夫。就在《老残游记》一纸风行的同时，旅日的医科学生鲁迅正要舍医就文，以作家为专业。以笔代剑，以墨水换取血水，鲁迅的抱负或许来自他老师章太炎的"儒侠论"？这且不提，世纪初有革命心怀的作者为自己造像时，却自然援引了游侠刺客的原型。海峡两岸的学者如陈平原、龚鹏程等对此已各有发挥[32]。看看清末另一型侠义革命小说，如《东欧女豪杰》《女娲石》《新中国未来记》等，则可知民主斗士去古未远。早期"左派"文人自膺侠骨柔情者，也颇不乏人。在小说或在现实里，他们毁家纾难、亡命法外，为的正是一伸助弱锄奸的大志。

第三，谴责小说，如《二十年目睹之怪现状》《官场现形记》等，一向被奉为是晚清小说的研究样本。小说的作者吴趼人、李伯元讽刺时事，笑谑人情，确是辛辣油滑。然而这类作品遭到鲁迅"辞气浮露、笔无藏锋"的苛评。

我们无须为谴责小说的缺点文过饰非。比起祖师爷吴敬梓的《儒林外史》,晚清作者未免失之轻浮,毫无深度。但此一现象不仅在于作者个人的自我期许,更在于整个文学市场机制(!)的巨变。吴敬梓可以以笑中有泪的笔触,写一个儒生文士生产过剩,一介功名难求的悲喜剧,基本不失对学优则仕的乡愁,或礼衰乐颓的喟叹。李伯元、吴趼人没有工夫感受儒林内外的冷暖,他们的时代已经是个学术价值四散分崩的时代。写作不只是寄情托志,更是谋生之道。他们讽刺世道不彰,自己却也得为这样的世道负责。吴、李是近代中国第一批"下海"的职业文人。

鲁迅一辈对晚清谴责作家的失望,其实泄露出他们的正统儒家心事。对他们而言,写作是事业,不是企业;是文以载道,不是言不及义。相形之下,晚清那批"无行"的文人,对文学、象征资本的挪移运用,反较"五四"志士更有"现代"商业意识些。而在一片插科打诨下,谴责小说家是极虚无的。他们的辞气的确浮露,大概因为自己也明白,除了文字游戏,再无其他。鲁迅谓其"谴责",其实是以一老派道学口气,来看待一批末代玩世文人。吴、李作品最重要的感情标记是笑——嘲笑、苦笑、冷笑、讪笑。这笑在"涕泪飘零"的"五四"典范里,难得听闻。老舍、张天翼、钱锺书的部分作品,算是聊胜于无。此无他,笑其实比泪更有道德颠覆力。一直到二十世纪八十年代,晚清的种种笑声,才重现于两岸文学中。

第四,科幻小说曾在晚清风靡一时。借着翻译作品所得的灵感,作家搬演飞车潜艇,上天入地,更云游太空。中国古典小说,不乏志怪神魔佳作。但仙魔斗法、腾云驾雾之余,殊少对器械发明产生实证兴趣。晚清作家承袭凡尔纳、威尔斯(Wells)、贝拉米(Bellamy)的影响,展开虚构的科学论述,行有余力,更撷取神魔小说精华,下笔成篇,令人眼界大开。吴趼人的贾宝玉漫游时光隧道(《新石头记》)、徐念慈的法螺先生航向太阳系诸星球(《新法螺先生谭》),正是最明白的例子。由此,小说家对传统或西方构成"知识"及"真理"的论述,展开系列对话。

晚清科幻小说尽管想象高渺,却仍有其现实根源。作者对历史困境所不能已于言者,尽行投诸另一世界。乌托邦小说,从《新中国未来记》《月球殖民地》《乌托邦游记》到《新石头记》,设计理想国度、假托世外桃源,是为空间的位移。而更重要的,晚清作者自西方科幻小说里借来"未来完成式"的叙述法,得以自未来角度倒叙今后应可发生的种种。《新中国未来记》成于一九〇二年,却以一九六二年为时间坐标;《新纪元》则更遥想公元二〇〇〇年大中华民主国的盖世盛况。这种赎回历史,典借将来的叙事策略,竟也有言中的时候。

我以晚清小说的四个文类——狎邪、公案侠义、谴责、科幻——来说明彼时文人丰沛的创作力,已使他们在西潮涌至之前大有斩获。而这四个文类其实已预告了二十世纪中国"正宗"现代文学的四个方向:对欲望、正义、价值、知识范畴的批判性思考,以及对如何叙述欲望、正义、价值、知识的形式性琢磨。奇怪的是,"五四"以来的作者或许暗受这些作品启发,却终要挟洋自重。他们视狭邪小说为欲望的污染,侠义公案小说为正义的堕落,谴责小说为价值的浪费,科幻小说为知识的扭曲。从为人生而文学到为革命而文学,"五四"的作家别有怀抱,但却将前此五花八门的题材及风格,逐渐化约为写实/现实主义的金科玉律。

然而那些被压抑的现代性岂真无影无踪?在鸳鸯蝴蝶派、新感觉派,甚或武侠小说里,潜存的非主流创作力依稀可辨;而即使是正统"五四"典律内的作品,作家又何尝不有意无意泄露对欲望尺度以外的欲望,对正义实践的辩证,对价值流动的注目,对真理/知识的疑惑?这些时刻才是作家追求、发掘中国文学现代性的重要指标。在二十世纪末,从典范边缘、经典缝隙间,重新认知中国文学现代之路的千头万绪,可谓此其时也。而这项福柯式(Foucault)的探源、考掘的工作,都将引领我们至晚清的断层。抚摸那几十年间突然涌起,却又突然被遗忘、埋藏的创新痕迹,我们要感叹以"五四"为主轴的现代性视野,是怎样错过了晚清一代更为混沌喧哗的求新声音。

即使前文对晚清小说四个文类，仅做点到为止的回顾，我们应已了解那不只是一个“过渡”到现代的时期，而是一个被压抑了的现代时期。“五四”其实是晚清以来对中国现代性追求的收煞——极匆促而窄化的收煞，而非开端。没有晚清，何来“五四”？

注　释

[1] 阿英的《晚清小说史》曾估计百日维新至辛亥革命期间，有一千种以上的小说出版。但此一估计近年已为学者重新检讨。赖芳伶推测此一时期的出版物，应在两千种以上，见《清末小说与社会政治变迁》，台北：大安，1990 年，第 62 页。日籍学者樽本照雄则以更精密的估算方式，推论 1840 至 1911 年间小说出版计 2304 种，其中创作 1288 种，翻译 1016 种，见《清末民初小说目录》，大阪：大阪经大，1988 年。

[2] Perry Link, *Mandarin Ducks and Butterflies* (Berkeley:U. of California P.,1981), pp.149—155.

[3] 时萌:《晚清小说》,台北:国文天地,1990 年,第 11 页。

[4] Andrew Nathan and Leo Lee, "The Beginning of Mass Culture," in David Johnson, Andrew Nathan, and Evelyn Rawski (eds.), *Popular Culture in Late Imperial China* (Berkeley : U. of California P., 1991), p.372.

[5] 陈伯海、袁进:《上海近代文学史》,上海:上海人民出版社,1993 年,第 138—140 页;亦见时萌,第 3 页;袁进:《中国小说的近代变革》,北京:中国社会科学出版社,1992 年,第 26—27 页。

[6] 时萌,第 3—4 页。

[7] 李伯元初抵上海时,曾任《指南报》编辑,后来创立或主编《游戏报》及《世界繁华报》。吴趼人及其他晚清作者如欧阳钜源也是这些游戏小报的经常撰稿者。见魏绍昌编:《李伯元研究资料》,上海:上海人民出版社,1962 年,第 5—10 页。吴趼人曾主编《消闲报》及《采风报》《奇新报》等刊物。见魏绍昌编:《吴趼人研究资料》,上海:上海古籍出版社,1980 年,第 4 页。亦见 Link,pp.140—149。

[8] 时萌,第 9 页。

[9] 赖芳伶,第 90—91 页。陈平原估计 1902 至 1916 年曾出现 57 种文学杂志,见《二十世纪中国小说史》第一卷,北京:北京大学出版社,1989 年,第 67—68 页。

[10] 赖芳伶,第 89—97 页;Shu-ying Tsau,"The Rise of 'New Fiction'," in Doleželová-Velingerová (ed.),*The Chinese Novel at the Turn of the Century* (Toronto:U. of Toronto P.,1980), pp.25—26.

[11] 时萌,第 11 页。

[12] 陈平原,第 28—29 页。

[13] 同上,第 43—44 页。

[14] Benjamin Schwartz, *In Search of Wealth and Power* (Cambridge: Harvard U., 1964);C. T. Hsia,"Yen Fu and Liang Ch'i - ch'ao as Advocates of New Fiction,"in Adele Austin Rickett (ed.),*Chinese Approaches to Literature from Confucius to Liang Ch'i-ch'ao* (Princeton: Princeton U.P.,1978),pp. 221 — 257;Leo Lee,*The Romantic Generation of Modern Chinese Writers* (Cambridge:Harvard U.P.,1973),Chaps 1—3.

[15] 最近的讨论,可见 Lydia Liu,*Translingual Practice* (Stanford: Stanford U.P., 1996)。

[16] 袁进，第 18 页。

[17] 见范伯群：《从通俗小说看近代吴文化之流变》，熊向东、周榕芳、王继权编：《首届中国近代文学国际学术研讨会论文集》，南昌：百花洲文艺出版社，1994 年，第 292 页。

[18] Matei Calinescu, *Five Faces of Modernity* (Durham: Duke U.P., 1987), pp.13—94.

[19] 或者可再思唐之于六朝及隋，元之于宋金的关系。

[20] 我们必须注意晚清的“新”是相对于明清以来的传统流变；但另一方面，明清的文学“发明”或于晚清已属陈腔，对晚清同时的西方读者，却属闻所未闻。

[21] 有关西方现代性崛起的书籍繁多，见 Marshall Berman, *All That is Solid Melt into Air*(New York: Penguin, 1983)。

[22] 见 John Zou, “Travel and Translation,” paper presented at the conference “Literature, History, Culture: Reenvisioning Chinese and Comparative Literature,” Princeton University, June 26, 1994 年。

[23] 二十世纪八十年代的中国文学，尽管深受西方现代及后现代的思潮冲击，却衍生出独树一帜的现代及后现代性，不能置诸西方文学进化论时间表观之。

[24] Paul de Man, “Literary History and Literary Modernity,” in *Blindness and Insight* (Minneapolis: U. of Minnesota P., 1983).

[25] 《赵氏孤儿》被介绍到十七世纪欧洲，即是一个例子。

[26] 见 Gregory Jusdanis, *Belated Modernity*(Minneapolis: U. of Minnesota P., 1991)。

[27] 我的理论依据，可见 William Paulson 对混沌理论(Chaos theory)的讨论及其文学史研究的意义，“Literature, Complexity, and Interdisciplinarity,” in Katherine Hayles (ed.), *Chaos and Order*(Chicago: U. of Chicago P., 1991), pp.37— 53; Stephen Gould 对进化论的重新评估，in *Wonderful Life*(N. Y.: Bentham, 1993); Cifford Geertz 对北非及东南亚“多重现代性”的观察，in *After the Fact* (Cambridge: Harvard U.P., 1995); 以及 Charles Taylor 对多元文化及现代性的省思，in *Multiculturalism and “The Politics of Recognition”*(Princeton: Princeton U.P., 1992)及“Inwardness and the Culture of Modernity,” in Axel Honneth et al. (eds.), *Philosophical Interventions in the Unfinished Project of Enlightenment* (Cambridge: MIT P., 1992), pp. 88—110。Paul Cohen 的 *Discovering History in China* 强调中国现代化的因由须自中国的传统内找寻，而西方的冲击仅为因素之一。此说近于我的论点，但未强调“现代性”本身的多元可能。

[28] Gould, p.51.

[29] 同上。

[30] 如李欧梵在 *Voices from the Iron House* 中的专章研究，见 *Voices from the Iron House*（Bloomington： Indiana U.P.，1987）。

[31] 见 Harold Bloom，*The Anxiety of Influence*（New York：Oxford U.P.，1973）；Fredric Jameson，*The Political Unconscious*（Ithaca：Cornell U.P.，1981）。

[32] 陈平原：《论晚清志士的游侠心态》，收于淡江大学中文系编：《侠与中国文化》，台北：学生书局，1993 年，第 227—268 页。龚鹏程：《侠骨与柔情：论近代知识分子的生命型态》，见《近代思想史散论》，台北：三民，1993 年，第 101—136 页。

寓教于恶

三部晚清狎邪小说

描绘倡优生涯的小说是晚清小说的一个重要部分。鲁迅在其《中国小说史略》中将这类小说称为“狭邪小说”[1]。此一名称不仅点明了这类小说颓废的题材,而且也暗示其叙述方式中诲淫浮夸的气息。批评家们通常抱怨晚清狎邪小说笔调粗糙,充满风花雪月的陈腔滥调,人物和情节也嫌千篇一律。然而这些传统批评并未能解答一些显而易见的问题:狎邪小说的作者们为何及如何借卫道之辞来表达其非非之想?狎邪小说的流行是否意味晚清的性风俗起了变化?狎邪小说怎样攫取、改写中国文学的浪漫主义传统?如果狎邪小说曾风靡一代读者,它们是否确实重新界定了晚清文化及伦理方面有关情色的概念?

就着这些问题,我将讨论三部晚清狎邪小说:《品花宝鉴》(1849)、《海上花列传》(1892)和《孽海花》(1907)。这三部小说各为晚清倡优生活提供了一幅独特画面,并进而彰显或嘲讽传统品德礼仪的伪善及矫情处。合而观之,这三部小说也对各自所代表的伦理、欲望,乃至修辞前提,相互提出质疑。由于篇幅所限,我不能在本文中完满回答前述的课题。然而我将提出下列初步的观察:一、作为晚清第一部大部头狎邪小说,《品花宝鉴》通过

“女性化”文体，将彼时男扮女装的乾旦及其恩客间的私情浪漫化，从而颠覆了传统风月小说性伦理的规范；二、《海上花列传》打破了读者及书中人物所共同憧憬的浪漫主义常规，因而给妓女生活提供了一幅更为写实的画面；三、《孽海花》通过一个妓女的发达史，批判晚清历史政治乱象，终使“狎邪”交易成为当代道德关系的一个象征。

一

陈森（1796？—1870？）所作的《品花宝鉴》通常被认为是晚清第一部长篇狎邪小说[2]。这本小说以六十章的篇幅，记录了一群京剧伶人及其恩客间的罗曼史。小说师承了中国古典文学中的两个浪漫主义传统。在情节及人物塑造方面，它植根于理想化的才子与倡优的爱情故事，这一传统可以追溯到唐代传奇故事如《李娃传》等。在修辞及叙述方面，它所表现的狎昵抒情倾向，使它成为感伤艳情传统的一部分；这一传统，用夏志清的话来说，包括“诗人李商隐、杜牧、李后主，以及诸如《西厢记》《牡丹亭》《桃花扇》《长生殿》和《红楼梦》之类的戏剧及小说”[3]。

为了使色情幻想过渡到高渺的感伤格调，陈森大事使用陈腔滥调、迂诗腐词来装点《品花宝鉴》，在在显示一个二流作家的想象力难以跳出前人窠臼。如果《品花宝鉴》只是描述一般妓女和才子之间的罗曼史，它的确是不值一哂。但是陈森笔下的风尘名花都是京剧伶人，而且这些伶人原都是男儿身。这使《品花宝鉴》成为一部奇书。小说原意在模仿文学里“才子佳人”的老旧主题，却造成了一种双重讽刺。《品花宝鉴》并不描绘真正的才子佳人，它只是将男伶和嫖客权充为才子佳人来大做文章。所谓的佳人都有性别问题，我们看到的是一幕幕假凤虚凰的好戏。

尽管《品花宝鉴》的题材看来耸人听闻，它的表达方式却显出传统言情说部的影响无所不在。有心从书中观察晚清男色风习的读者，可能要对此书失望。如前所述,这部小说的艺术缺陷显而易见:它的叙述无味,人物平板,酒宴文会的描绘过度冗长,闹剧穿插也很唐突。无怪曾有评者失望之余,抱怨道:“如果说《品花宝鉴》证明了什么的话,它所证明的是一个无能的作家写出来的同性恋爱情故事,正与俗套的异性恋爱情故事一样,令人不可置信。无论其性行为及感情取向如何,平庸的作家写出的作品总是平庸的。”[4]

但我以为《品花宝鉴》的重要性,不在宣扬离经叛道的性行为,而在以迂回的方式,触动并补充晚清社会中有关性(行为)的论述。《品花宝鉴》也许是一部平庸的小说,它却涉及了一个特定的社会环境中,性规范被合法或非法化的现象,以及时人描写和阅读这些现象的道德借口。更重要的是,由于小说的修辞方式沿袭了传统说部的成规,却又逾越了男女性别界限,它出人意料地揭示了女性在浪漫主义传统形成过程中所起的作用。我因此要说《品花宝鉴》写的虽是男色,却对传统文学如何想象女性,有极吊诡的注解。我以为女性人物的缺席,恰恰是这部小说的潜在动力。陈森及笔下的角色一意在男人中寻找已经消失的理想女子,反使我们了解到这部小说在性观念及伦理方面,对女性的暧昧之处。

《品花宝鉴》的情节以两对情人为中心,通过他们之间浪漫关系的变化,陈森揭橥了忠孝节义、至情至爱等美德的真实含义。书中的主角乾旦杜琴言拒绝了许多敬慕者的求爱,对才貌出众的书生梅子玉矢志不移。与杜琴言类似的男伶苏蕙芬更是情义双全。他爱上了贫穷但有才华的书生田春航,义助田求取功名,终使其功成名就。这两场爱情都历经波折与眼泪,更不用说无数情书与情诗的往返。鲁迅及其他学者以为杜琴言和梅子玉为虚构人物,因为他们姓名中的“玉”与“言”为“寓言”的同音字[5];而田春航和苏蕙芬则以真实人物为依据,分别为曾在乾隆年间做过两湖总督的毕秋帆及其终生知己李桂官[6]。

这两对情人之间的恋情,清楚地表明陈森师承前述中国文学中的两个浪漫主义传统。苏蕙芬和田春航代表了那种书生落魄，幸遇妓女钟情搭救的主题。至于杜琴言和梅子玉则不折不扣是清初以降中国爱情感伤小说中的典型——林黛玉和贾宝玉——的翻版。杜琴言和梅子玉互表深情的经过，简直像是比赛而非恋爱。陈森让他们成为三种美德，情(爱情或感情能力)、才(文学才华)、愁(感伤能力)的表率[7]。没有这三种美德的人，是不配谈恋爱的。于此同时，聚散离合、颠沛流离，外加误解和周围的逆境，更表明他们无条件的情爱和坚忍。陈森写这样的人间至情，犹嫌不足，更在第五十五章中告诉我们杜琴言其实原非凡品，而是贬入红尘，经历情劫的仙人。由于他们坚贞不移，两对佳偶在小说末尾都喜庆团圆。但这种团圆建立在一种奇怪的前提上，即男主人翁必须先合法娶妻。无巧不巧，梅子玉的妻子不仅看上去酷似杜琴言，而且欣然接受两“美”共侍一夫的婚姻。一切苦尽甘来，小说圆满落幕。

在此值得注意的是，陈森如何结合传统言情小说高蹈和低鄙的层次，来实现自己的爱情幻想。同样值得注意的是，他如何力图弥补《品花宝鉴》及传统爱情故事间伦理甚至法理认知的差异。在所有可能的文学来源中，陈森很明显地将《红楼梦》作为自己作品最主要的原型。我们可以轻而易举地在《品花宝鉴》中发现脱胎自《红楼梦》情境的对应事物：像大观园(第一章及以后)、十二钗(第六十章)、风月宝鉴(第十章)的指涉；又像关于“情”与“淫”的哲学讨论(第十二章)、前生命定的悲情恋爱、“兼美”观念的抒发，以及由好色小丑演出的闹剧插曲(第十九、二十三与五十八章)等。然而颇具反讽意味的是，甚至《红楼梦》中反映出来的浪漫视野，对陈森来说似乎都还不够“纯洁”。他笔下的男伶及其恩客出入于花街柳巷，但他们的志节高超，对情欲的洁癖犹胜宝玉与黛玉三分。在小说中，杜琴言和梅子玉甚至很少见面，更不用说会产生什么淫念了；任何肌肤之亲都会给他们之间柏拉图式的恋情留下污点。

尽管杜琴言和梅子玉具有令人敬佩的美德，他们毕竟是余桃断袖之辈。正如论者所言,无论他们的行为怎样值得赞扬,(从大观点来看)他们之间的关系即使不应受到谴责,至少也是可笑的[8]。性别上的阴错阳差解构了《品花宝鉴》"似乎"遵循的所有浪漫主义公式,同时也迫使我们重新思考这些浪漫主义公式背后的伦理前提。我并不是说陈森有意识地将他自己的小说写成对传统言情说部的一种批判或讽刺。我要强调的是,正因为陈森非常努力地——或许甚至是过度努力地——将男伶写成才女,将妓男及其嫖客写成恪守孔孟之道的禁欲主义者,以及将颓废堕落写成三贞九烈,他反凸显了小说中手段和目的之间的矛盾,同时也暴露了他急于调和伦理规则和情欲诱惑之间的辩证关系。这种矛盾并不限于《品花宝鉴》之类的小说;相反的,它正显示了大多数晚清"正常"狎邪小说,及其所模仿的旧才子佳人浪漫传统中,所潜在的伦理及修辞方面的不协调。陈森小说中的性别错位为我们提供一特殊角度,一窥中国言情及艳情文学中早被视为当然的常规,局限何在。

就他实际的作为而言,陈森毕竟既没有意图,也没有能力探索这一题材内在的道德矛盾。如果我们用《品花宝鉴》中的两场爱情与诸如李渔(1611—1680?)创作的《男孟母教合三迁》这样的故事相比较,我们会发现陈森实际上有多么"保守"。李渔的故事同样描述了两个龙阳君间的罗曼史。故事中的"女"主角如此钟情于自己的情人,以致自去其势,表明心迹。情人死后,这位"女"主角含辛茹苦,教育情人与前妻所生的儿子,最后使其通过科举,赢得功名。由于他的懿德和"母爱",他为自己赢得了"男孟母"的称号。

李渔的想象力是如此的大胆不羁,他乃能无情地嘲弄传统文学的成规,揭发孔孟道德的矛盾。他虚构的"男孟母"将现实世界中的性行为及伦理准则,变成巴赫金所谓的"嘉年华"杂碎。韩南教授在其对李渔的研究中指出,这一故事大大嘲讽了中国小说中诸如"异性恋爱""异性婚姻""贞烈寡妇"及"勇气母亲"之类的主题[9]。如果我们进一步发展韩南的观点,我们可以说李渔不仅嘲讽了一个“正常”社会中的道德及性风俗的虚矫，对那些身受社会压迫，反却自愿遵循恶习酷法，而犹沾沾自喜者，抨击更不遗余力。《男孟母》将调侃的想象力发展成极端的讽刺，对伦理和性关系中的矫情处，做了全面揭发。

如果忽略作品的年代，我们会发现《品花宝鉴》正可能作为李渔的嘲笑对象。陈森企图创作一部逾越社会等级及性规范的罗曼史，但结果恰恰肯定了这些规范的威力。他缺乏李渔那样玩世不恭批判社会的态度，也缺乏曹雪芹那种洞悉人生情淫虚实相克相生的智慧。因此我们必须从其他方面寻找《品花宝鉴》的特点。我以为这部小说在为颓废的情爱做无力的辩解时，戏剧性地显示了一个原本颇有挑战性的主题，如何可被一个奉行传统叙述的二流作家所“驯化”。我也以为这暴露了小说最根本的矛盾，即陈森因袭传统为女性而设的修辞论述来描写那些易弁而钗的男子，但所谓的为女性而设的修辞叙述，根本是源出于以男性为中心的价值体系。所谓的佳人美色，其实是满足了男性作家及读者的想象，女性多半无缘置喙。

对《品花宝鉴》最常见的责难之一，即是其情节太类似于一般的异性恋罗曼史。小说中的那些旦角虽说在现实生活中，并不以男扮女装的面目出现，也并非皆是性倒错者，但他们总以其在舞台上所扮的女性角色受到评价，而且他们的恩客和小说的叙述者也将他们看成女人。陈森在男伶角色身上，滥用一般仅适用于女性人物的名称、成语、意象及词汇，以至于一个粗心读者往往看罢全书，竟可能完全疏忽小说中的性别暗示。在《品花宝鉴》中，“真正”的女人并不具任何重要地位，但她们不断“出现”在小说的对话、诗词、典故、谐语、笑话和描绘性段落中，成了故事中最常出现的隐形人。“世间的活美人是再没有这样好的。就是画师画的美人，也画不到这样的神情眉目。他姓杜，或者就是杜丽娘还魂？”在《品花宝鉴》的第二章里，梅子玉就是这样从朋友那里第一次了解到杜琴言的美貌。汤显祖的戏《牡丹亭》中风华绝代的女主角杜丽娘——恰恰变成品评现实世界中，那些男扮女装者的标准。

正如他们的职业所表明，乾旦在舞台内外只是那些由他们自己及其恩客所召唤出来的“妇女”的“代言人”。如同杜丽娘或者林黛玉一样，杜琴言被塑造成浪漫传统中一个理想形象的化身。他受赞叹的原因，不在于他本身，而在于他所形似的人物。在小说中他从来没有被视为实实在在的欲望目标，因为在欲望的辩证关系中，他本人是一个代替品。小说的无形动力很吊诡的是“女人”而不是男人。只有在这个理想的，却不存在的“女人”起作用时，我们才能感受到小说从忠到贞的伦理取向。

另一方面，陈森用女性叙述方式来界定男伶的罗曼史之举，也反映了一个明确的历史事实。晚明和清代男伶戏班的突然兴盛，并非出于(多数)中国男性性爱好的改变，而是出于政府严令禁止官绅嫖妓的结果[10]。男伶应时而生，成为妓女的代替，正是对这种男人为男人制定的禁令的一种反扑——男风大盛按理说更代表一种堕落，然而这却被法律所容忍。

这一历史事实很容易使我们联想起福柯(Foucault)《性史》所论的性行为及其叙述方式与社会、法律及政治监视之间的永恒斗争[11]。但对我来说，它是造成陈森小说文字风格“性倒错”现象的直接原因。《品花宝鉴》将男人作为女人来描绘，将纵欲的幽会写成纯情好戏，可以看作是陈森自我陶醉的忏悔录，也可以看作是他自圆其说的狂想曲。在这两方面陈森也许都有些虚伪，但他真实地暴露了一个社会如何只看自己愿意看见的事物，并将性压抑化解为男女易位的化装舞会。陈森未能使自己的男色版罗曼史有别于传统罗曼史，因此甚至可以被视为一有力的例证，显示了陈森如何大谈女人，却从来没真把女人“放在眼里”，还有他的同性恋幻想如何重新铭刻，而非泯除了男女有别的古训。

但指证陈森有意无意地套用传统描写女性的叙述方式完成自己的写作，只是我观点的一部分。仔细读过《品花宝鉴》后，我们会发现小说中的性别矛盾，以及与性别有关的伦理概念，另有一个侧面。当陈森一方面将女性视为无上的倾慕对象,另一方面又轻而易举地默认男伶为女性的完美化身时,我们体会到其中必有矛盾。如果女性象征着小说中美和德的最高境界,作为其代替的男性旦角怎么会如此轻易就成为其化身?一个装扮成女子的男人在什么意义上居然可被视为比他的"原型"更为完善?究竟是谁在规定妇女的美德及女性叙述方式?

早在小说的第一章中,所有的恩客就曾聚集在一起,训诂、讨论有关女性美的修辞传统。他们的结论是,在诸如《诗经》《楚辞》之类的经典中,"佳人""美人"等字眼兼指男女,因此追求男佳人与男美人从来就是诗礼之道。他们还进一步证明人类社会和自然界中,阳必优于阴、男必优于女的"哲学"观点。这一场伪学术讨论是一关键场景,因为它从小说的一开始就肯定了性别的价值差异,并对其提出论证。从这场讨论中的逻辑上来说,女人只是一个带有男人所规定的"女子"特征的东西,是一个由男人制造并可以被男人完善化的"角色"。由此,梅子玉开始了他对绝色(男性)佳人的漫长追求,而他最终与杜琴言的团圆,证明他的追求是有价值的。甚至梅子玉那位相貌酷似杜琴言的新婚妻子也不得不承认,她自己没有她的男性姐姐那么完美。

这一三角婚姻听上去虽然荒唐,但对陈森来说,必定十分重要。苏蕙芬与田春航的浪漫史也以三角婚姻宣告结束。就此而言,我们当然可以说这种关系影射雌雄同体的理想,但如果换个阅读角度,我们会发现大团圆的结局所强调的,不过是一种以男性为中心的幻想。《品花宝鉴》企图描绘理想的女性美,并将这种女性美作为书中男性情人之间浪漫关系的基础,但结果却表明"理想"女性的构成因素早已由男人设定。这里涉及的已经不再仅仅是与生俱来的性"别",而是像陈森描绘并参与的那种社会所认可的性"资格"。

既然性"资格"是人为的、可替代的,小说中有关妇女最令人惊讶的结论是——女人可以由男人充当。无论在舞台上还是在实际生活中,这些由男人扮演的女人都可以达到“兼美”的最高标准。我在前文中说过杜琴言是杜丽娘或林黛玉式等美女的化身。但如果杜丽娘和林黛玉都仅仅是虚构人物，杜琴言也只是假象之假象。他面貌不属于任何人，而只属于浪漫故事中的佳人叙述传统。当女人被贬低成一种没有实质内容的标志时，使女人成为女人的伦理规则泄露了它的武断实质。

我们还可以采用另一种观点来观察《品花宝鉴》中的性叙述方式，如何偏向于满足传统男性的欲望。陈森在对梅子玉、杜琴言及其他男伶吹捧之余，无意透露一个冰冷的事实，即几乎所有男伶都来自贫困家庭，他们被卖进戏班，经过“学习”后才变成了“美人”与“佳人”。陈森描绘的男性中心社会，不仅将其性及伦理规范强加于妇女，而且在必要时能将经济地位低下的男人“变成”女人，以利供销。那些男伶无论在事实上还是在象征意义上，都是为了谋求生存而被女性化。

我们重读《品花宝鉴》，因此无须仅以看热闹的心情，专注于它的男色题材，更可由其中的女性论述一窥晚清性风俗和伦理观念所形成的复杂脉络。小说中充满陈词滥调的修辞叙述非但不能轻视，反是指向晚清性及伦理矛盾的一个开端。

二

我要讨论的第二部狎邪小说是韩邦庆(1856—1894)创作的《海上花列传》。这部小说全面反映了十九世纪末上海花街柳巷的生活点滴。它以二十多个妓女及其嫖客为主要人物，详细描绘了他们来往的花招，他们之间的露水姻缘，及其所产生的道德及心理后果。《海上花列传》从未成为流行小说。但批评家如鲁迅、胡适、刘大杰、赵景深、阿英、孟瑶直到郑绪雷(Stephen Cheng)都毫不迟疑地赞美它的艺术成就[12]。大家通常认为《海上花列传》之所以不流行是因为它用吴语方言写成，因此其他地区的读者无法欣赏。事实上对中国读者来说,这部小说并非所传般的难懂,因为用吴语方言写成的只是其对话部分。而且由于著名小说家张爱玲于一九八三年将全书译成普通话[13],语言问题应已得到解决。

《海上花列传》不流行的真正原因,或许是它读来"不像"我们通常了解的妓女小说,而这将是我的讨论的起点。相比之下,《海上花列传》与晚清狎邪小说的开山祖师《品花宝鉴》大相径庭。我所指的当然不只是妓男妓女的性别差异而已,而是韩邦庆对传统风月小说这一文学体裁的人物、情节、修辞以及一般道德文化前提的真实性原则,所做的彻底改造。伪才子佳人式的俗套在《海上花列传》一书中已经烟消云散,上海的妓女和嫖客们平庸得令人吃惊。他们见面、恋爱、争吵、分手或重聚的方式一如普通的情人,但即使如此,他们也知道他们只是假戏真做,扮演类似于丈夫和妻子的角色而已。他们不屑(也不会?)写情书和情诗,也不热衷于床笫之事。张爱玲正确指出尽管小说的主题是八十年前上海的淫窟纪实,小说中却殊少色情成分[14]。以往多数狎邪小说中喜欢自我撇清,在情与淫、正派与堕落之间大做文章。但在《海上花列传》中这些分野已经很难看出。这使得不少批评家们已经指出《海上花列传》在写实方面胜过《红楼梦》以来的大多数中国小说。

张爱玲和其他批评家的称赞,并不意味着《海上花列传》的写实,仅仅是对某一社会阶层的习俗及道德所做的忠实暴露。我们还应该将该书逼真的气氛看成是作者力图打破狎邪小说的叙事常规而生的真实"效果"。换句话说,《海上花列传》的写实风格不仅对社会所接受或想象的妓女生涯,提出了疑问,也对阅读和写作是类妓院小说的文化及美学动机,进行反驳。而韩邦庆的小说最精彩之处在于它看似互相矛盾的目的:他一方面要打破有关歌妓女生活不近情理的浪漫神话,但他的写实叙述又间接肯定这一神话无所不在的威力。

韩邦庆拒绝将这两种目标合而为一的做法,使得他的小说在幻想与不无可疑的"真实",浪漫主义与现实主义,欲望与德行之间来回摆动。从这一角度来看,我们可以说《海上花列传》最引人注目之处,与其说是书中的妓女得以家常方式谈话和行动,倒不如说是她们谈话和行动的内容,最终指向小说一开始就企图否定的那些难以置信的浪漫公式。如果我们将勾栏生涯看成是一种逢场作戏的职业,一项以假乱真的技艺,那么书中妓女的行止不仅仅是对理想姻缘的谑仿,这一谑仿本身已经是一门高妙的艺术。这些妓女在真假之间铤而走险,她们过分浪漫或过分现实,都有可能危及职业的完美要求,但可啼可笑的情景却也因此发生。尤其当这些专业勾魂的艳使被她们自己所营造的幻象迷惑而不能自拔时, 她们对自己的辛酸职业,做了最后的嘲弄。

《海上花列传》描绘的妓女并非道德楷模,她们不过是借道德之名,串演了一幕幕妓女与恩客间的欲望游戏。反讽的是,当这些烟花女子在职业艺术中失误时,她们反而能以凄绝的心情,实践一种原只属于浪漫神话的高超志节。更吊诡的是德与欲混淆不清、走火入魔的情形也时有可见。当某个姑娘决心不惜一切,将某种"真正的"美德付诸实践时,她的热情又导生了一种新的欲望。对道德节操过度的向往也是一种偏执、一种对中道的逾越。《海上花列传》之迥异于多数借道德之名以夸耀堕落之实的晚清狎邪小说,正在它试图以一种真正的对话方式,进行一场美德与诱惑的辩证。

下面的三个例子将有助于我们廓清前述的问题。妓女李漱芳和书生陶玉甫之间的恋曲,可以被视为小说中最具浪漫色彩的爱情之一。李与陶一见钟情,随着二人间的爱情加深,陶亟思迎娶李漱芳为正室而不纳她为偏房。这一企图自然遭到陶家的强烈反对。尽管李漱芳起初甘心为妾,她的情人却不肯改变初衷。与此同时,李漱芳染上了肺病。由于无法解决婚姻难题,她的身心日渐衰弱,最后悲惨死去。

这场爱情像极一部中国版的《茶花女》(此书 1892 年已被译成中文),又像一部庸俗化的贾宝玉林黛玉情史,然而它却有趣地折射了娼家道德观念的幽微处。李漱芳一开始就十分明白自己的处境,原不指望嫁给陶玉甫为妻。但几经情郎撩拨,对她这样志比天高的妓女来说,又怎能拒绝成为正牌夫人的诱惑?——不论这诱惑成为事实的可能是多么的微乎其微。麻雀变凤凰是所有妓院小说的宿命欲望。但当婚事遭到陶家拒绝后,李漱芳反而变得比人们意料的要坚强得多:如果她成不了书香人家当之无愧的主妇,至少她能成为一个以自己的职业为荣的妓女。

这一来李漱芳掌握了主动权。甚至在临终之际,她仍然多次拒绝陶玉甫劝她搬出妓院,找一块清静之地休养的建议;她不愿意以“外室”的身份死去。我们可以想象如果陶玉甫不做出他那致命的“正式”“求婚”,这对情人也许会以丈夫与爱妾的身份愉快地共同生活。可是这次不成功的求婚唤醒了潜伏在李漱芳胸中的自尊心,促使她坚持妓女的地位,直到最后。她的坚持有人也许要讥为自暴自弃,但何尝不是择善(恶?)固执的美德表现。无论她在喧嚣的上海妓院中郁郁死去是多么卑微可笑,她的死亡标志着她在道德上不仅战胜了上流社会的虚伪,而且也战胜了自己当初为了顺从社会期待而显现的自卑与虚荣。然而,我仍怀疑李漱芳宁为玉碎的美德中,是否潜伏了一种浪漫主义者的殉道愿望,一种林黛玉之死式的戏剧性姿态。

与上述爱情故事形成鲜明对照的是王莲生、沈小红与张惠贞之间的三角关系。王莲生是一个暂居于上海的中级官员。故事开始时,他与心爱的妓女沈小红已经建立了稳定关系,但这种关系并不妨碍王莲生光顾其他妓女,也不妨碍沈小红接待其他嫖客。在商言商,妓女嫖客之间有一种不成文的默契。无论他们之间感情如何深厚,生意终究还是生意。但王莲生发现沈小红暗自与一京剧伶人发生恋情后,他们之间的微妙关系受到了威胁。由于社会偏见及当时一般伶人行为不检,与戏子发生恋情常为妓女嫖客所不齿。出于报复,王莲生开始接近善解人意、生性可爱的妓女张惠贞。

在一片虚情假意的欢场里,沈小红和王莲生的新恋情原不应产生什么麻烦。但王莲生的另结新欢却使沈小红暴跳如雷,尽管她自己也另有私情。在小说的第九章里,沈小红冲进王莲生在张惠贞处办的宴会,砸坏所有家具并与张惠贞厮打,在地上滚成一团。王莲生在事发时和事后或许感到尴尬,但他从未发火,最后他反向沈小红赔不是。是不是爱情使王莲生和沈小红行为如此“不端”?换个角度说,这是不是一场双方自愿参加的浪漫冒险游戏?如果说沈小红被王莲生的移情别恋所惹怒,她又如何为自己的韵事做辩解?沈小红似乎在同时扮演淫荡的情妇与妒忌的妻子这两种矛盾角色,而王莲生不知不觉中使自己同时变成了乌龟和不忠的丈夫。

因此这段情节的喧嚣具有狎邪小说中罕见的家庭气氛。这种家庭气氛体现于沈小红和王莲生意识到他们之间在任何情况下,都存在的伦理轇轕——他们好似以夫妻反目的方式,表达从暴力到内疚的各种感情。可是王莲生、沈小红之间的闺房勃豀是在违反家庭伦理的性关系中衍生的。事实上,正是这种风尘氛围使他们能够相遇相知,并给予他们演出各种欲望与幻想的机会,包括露水夫妻在内。然而他们现在陷入了不断变换自己角色的困境之中。

沈小红这一人物尤其值得注意。她珍视她与王莲生的关系(当然部分是出于经济原因),但她对新情人同样一往情深。她的激情使她摧毁张惠贞的住所,公开她对王莲生独占性的爱情,也促使她甘冒失去王莲生的人和财之险,发展一段妓女“红杏出墙”的韵事。她赖以生存和发展的环境没有教她任何顾忌,而她的职业性滥交使她经历了十分严酷的欲望与激情的磨难。她的妒忌与轻浮自然使我们联想到《金瓶梅》中潘金莲之类的人物,这在一个想象力植根于《红楼梦》的小说传统中是一罕见现象。但沈小红的确能够去爱并为爱做自我牺牲。小说结尾时她不惜失去大多数嫖客,坚持厮守着不可靠的新情人。而她付出的最大代价是让张惠贞代替自己嫁给王莲生为妾,走上大多数妓女从良后的理想道路。

沈小红与王莲生之间的风流韵事并未就此结束。无疑沈小红看见王莲生背叛自己,另娶张惠贞为妾时,受到很大羞辱。但当新婚的张惠贞与王莲生表弟的私情被人发觉后,王莲生很快就尝到同样的恶果。张惠贞的丑行真正地嘲弄了企图将妓女“驯养”成贤良妇人的王莲生之辈。然而,此处涉及的问题已不仅是不贞或报应,也不仅是妓女与嫖客所持伦理观念的差别,而是在情欲世界里无人能够摆脱的无休止的自我欺瞒以及无法实现的欲望。如果法定婚姻关系尚不能遏制激情与欲望,我们为何要重视婚外恋情中的不忠行为?从相反的角度说,有鉴于沈小红与王莲生在这样不可靠的关系中,竟能表现短暂然而强烈的感情诉求,我们难道不应该珍视这种关系吗?

因此,在小说的第五十四章中,当王莲生得知沈小红的生意一蹶不振后,他或许带着上述想法重访了沈小红。他没有见到小红,但从仆人处得知她几乎失去所有的主顾。他勉强从仆人手中接过一杆装好的烟枪,两滴眼泪无缘无故从眼睛里流出。正是在这一时刻,王莲生觉悟到自己与沈小红毕竟处境相同,不断扮演各种不同角色,甘心用这些角色来欺骗自己并为此付出昂贵代价。这时他对沈小红残存的感情已经升华成一种充满同情的理解。

我从《海上花列传》中选择的第三个例子是赵二宝的悲惨故事。各种迹象都表明作者用赵二宝的故事,作为小说一条潜在的情节线索,将各个分散的故事连接成一叙事整体。小说以赵二宝的哥哥赵朴斋到上海探访舅父开始,描写他如何流连于花街柳巷,在经济上和道德上都全面堕落。在小说的中间部分,赵二宝被其兄诱惑至上海,不久就被灯红酒绿的都市夜生活及花花公子的打情骂俏所吸引。当她用完钱而羞于回家时,她得到一直陪伴着她的母亲的默许,下海为娼。

读者很难忽略赵二宝故事中的自然主义成分。她来自乡间贫穷人家,渴望过快乐有趣的生活。以她的美貌和虚荣而言,她似乎一开始就注定要走上堕落道路。然而在小说的整个过程中,无论她本人还是小说的叙述者,对她的所作所为都没有愧意。二宝毫不困难地适应了新生活,事实上她在短时间内就使自己成了圈子里的红人。

但恰恰由于她的"成功"来得太容易,二宝比她的同行姊妹们更容易受到才子佳人幻想的迷惑。出身高贵的阔少史天然醉心于二宝,将二宝包了整整一个夏天,并将她安置在自己的别墅中。这以后的事情不难猜测。在返回故乡之前史天然答应娶二宝做合法妻室,从此二宝停止了妓女生涯,一心一意学做富贵人家的少奶奶。史天然自然是一去不复返,与此同时,赵二宝发现自己由于准备嫁妆已经负债累累。

二宝在小说中被描绘成一个过度虚荣和天真的女子,以至于不能预料自己可能的下场。但这并不意味着韩邦庆对自己笔下女主角的愚昧毫不矜惜。他从一个冷静的叙事角度表明妓女们陷入她们原可回避的梦想时,毕竟体现出普通人的缺憾与无奈;他了解俗套故事在现实中一再发生的原因,在于它们正是人生的一部分。

由于这一原因,小说以赵二宝从梦中醒来作结,十分具有启迪性。赵二宝在梦中得知曾经碰了她软钉子而砸烂她住处的赖先生将要再次寻衅,当她赶到门口时她却遇见史天然派来的仆人,通知她已经过期的婚礼即将举行。欣喜之中,她仍没忘记嘱咐母亲,不要提起她们经历过的羞辱与痛苦。就在此时,有人提醒二宝史天然实际上已经去世多时,而送信的仆人突然变成了要把她攫走的怪物。

二宝在这一危急时刻醒来,小说就此戛然而止。二宝惊梦的一景揭示了她的欲望和忧虑,而这些欲望与忧虑均来自于二宝和读者都熟悉的风月言情神话。在此我们可以察觉出一种有趣的辩证关系。二宝在梦中表现了她有能力去爱、去经受折磨并宽恕别人——所有这些都是在伟大的浪漫小说中受到赞誉的美德。可是在小说的现实主义环境中,这些美德只出现在妓女及嫖客的梦幻之中,而并没有得到实践。韩邦庆在两个层次上显示了他的写实精神:他首先让他笔下的姑娘们沉溺于此类"梦幻",然后使她们将现实看成梦幻。二宝惊梦后,会不会意识到美梦正如噩梦一样来得急,去得快?她是否不只迷惑于自己的欲望,也受骗于自以为是的美德?

张爱玲与胡适都赞扬二宝的慷慨及其无私的爱情[15]。他们忽略了二宝的美德所具有的虚妄特点。这表明他们是一厢情愿的读者，而不是能够看透浪漫主义理想的批评家。二宝已经从梦中觉醒，而张爱玲和胡适仍认为梦境可以实现，妓女可以或应该以职业为代价，实践种种世俗美德，从而成为"理想"人物[16]。因此，《海上花列传》的最后吊诡在于它预先反驳了最同情这部小说的辩护人，显示了狎邪小说中现实主义与幻想之间的界限，在任何层次上都不易厘清。

三

我要讨论的第三部小说是曾朴(1872—1935)的《孽海花》。一般而言，我们并不将《孽海花》视为狎邪小说，而将其归类于谴责小说或影射小说[17]。但由于小说取材于世纪之交著名学者洪钧(1840—1893)与两个妓女，李蔼如(？—？)与赛金花(1874—1936)之间的风流情史，我们自然可以从狎邪小说的角度来探讨这部作品。实际上这部小说所呈现的孽海情涛，可以作为我们探索小说叙事方式中对话倾向的线索。

曾朴是一个热衷于革命思潮的作家。起初他想将《孽海花》写成一部历史小说，全面刻画中国从一八七〇年直至民国前夕所经历的政治动荡。他不愿采纳传统的中国历史叙事方式，而有意模仿诸如雨果的《悲惨世界》及巴尔扎克的《人间喜剧》等法国名著[18]。由于曾朴在晚清作家中是少数懂外文——他懂的外文是法文——的作家，他因而能够不依靠曲解作品原意的译作，直接接触欧洲文学，他对外国作品叙事方式的偏爱不难理解。

曾朴模仿十九世纪欧洲历史小说的叙事方式，不将历史写成帝王将相的传记，而将历史视为匹夫匹妇在特定时空内，所经历的大小事件的记录。因此他在《孽海花》修订版的前言中宣称，他想把这些现象，合拢了它的侧影或远景和相联系的一些细事，收摄在笔头的摄影机上，叫它一幕一幕地展现,印象上不啻目击了大小事的全景一般[19]。

然而,当曾朴采撷西方典范,写作他理想中的历史小说时,他的想象仍不脱他所指责的中国叙事模式。观察他如何"改写"狎邪小说等传统文学体裁,是十分有意思的事。如前所述,曾朴选用了洪钧与赛金花之间的风流传奇,来反映他的历史视野。洪钧(在小说中更名为金沟)于一八八七至一八九〇年间被任命为驻俄、德、荷兰和奥地利特使。他后因解决中俄边境纠纷时,误购了十二张有错误的中俄地图,导致中国丧失领土而被解职。另一方面,赛金花(小说中名为傅彩云)是一代名妓,由于在义和团之乱中,盛传她与八国联军司令德国元帅瓦德西伯爵(1832—1904)有染,而名噪一时。

尽管日后史家一再证明赛金花与瓦德西不可能有一段情,曾朴对此显然居之不疑[20]。他甚至安排赛金花在随洪钧驻节欧洲时,就与年轻的瓦德西初次发生私情。一九〇〇年她再逢伯爵,重续前缘之余,力劝其制止联军在北京的抢劫及其他暴行。曾朴根据道听途说,将赛金花的化身傅彩云塑造成一个出身娼门,终而成为救国英雄的旷世奇女子。他笔下的傅彩云从来不是一个本分的良家妇女,她充满精力,所思所为在在引人侧目。在《孽海花》中她经历了多种不同的社会地位,其中包括妓女、侍妾、(金沟居留国外时的)挂名官太太、交际花和情妇。她社会地位的多变与她道德尺度的弹性,形成了有意义的呼应。即使在她与金沟"结婚"期间,她也肆无忌惮地与其他男人保持私情。金沟死后,她设法摆脱金家的牵绊,不做未亡人,甘做交际花。《孽海花》并未写完,小说因此没有来得及叙述传闻中傅彩云(或赛金花)与瓦德西伯爵的重逢。我们在书中最后看到她与一个京剧男伶发生私情并远走高飞。

当然,傅彩云的艳名并不仅仅出自她的几段私情。曾朴的故事告诉我们,傅也有其他方面的魅力。在欧洲时她就已经能够赢得德国维多利亚女皇及其他王室的青睐,她甚至还和俄国虚无主义革命家夏丽雅结下友情,彻夜聆听其畅谈革命理想。与金沟这样一个典型的晚清政客相比,傅彩云的生命各方面都显得更活泼多彩。金沟是一个披着开明外衣的老派官僚。他致力西学,无非是求在剧烈变化的历史洪流中,保住自己的官位。他的事业以出使欧洲达到顶端。但由于他处理洋务生硬无能,他的使命注定要以失败作终。曾朴明白地揶揄金沟是家里的乌龟,官场上的笨伯。金沟和小老婆傅彩云上演的绿色卧房闹剧因此可以被视为嘲弄晚清官场无能不举的政治讽刺。

我们在此面临的问题是:像傅彩云(或赛金花)这样的"坏"女人,是否可用来作为一部庞大历史政治小说的轴心?曾朴在面临这一问题时,或许要抿嘴暗笑了。不错,赛金花是一个颓废无行的女人。但又有谁比她更有资格,引导我们进入一个腐败堕落、聚散不定的世界?在《孽海花》中,三教九流充斥,男女贵贱乱交。这样紊乱的社会人际关系为彼时政治、商业、革命及洋务等不同领域的相与交杂,提供了隐喻模型。赛金花风情万种,以淫逸无行的方式,加速清帝国道德及政治的崩溃,但另一方面,她不也是一个在最后关头改变了国家命运的女英雄吗?当中国无助地受列强蹂躏之时,是赛金花挺"身"而出,在卧榻之上劝服了瓦德西,使中国免于更难堪的羞辱。而使得赛金花这样做的,不是道德上的谨小慎微,而是马基雅维里式的为达目的不择手段的做法,和她的淫逸"美德"。

因此《孽海花》凸现了近代中国文化上最可争议的一则神话传奇。在中国古典小说中,我们很少看见傅彩云这样的女性人物,以如此的活力穿梭于社会的公众及私人领域,并在行动上表现出集政治、伦理与性行为于一体的魅力。赛金花或傅彩云的故事似乎告诉我们,为国捐"躯"可以从字面上解释,尽忠报国不必以贞洁为前提,万恶之首的"淫"或许能以一种迂回方式拯救国家的危机呢。傅彩云的浪漫冒险嘲弄了传统孔孟之道从修身到平天下一以贯之的逻辑,将诸恶之首的"淫"变成了救赎民族伤痛的灵丹妙药。究竟赛金花是否代表了二十世纪中国女权主义的先锋,还是仅仅体现了男性最不可救药的性幻想,是一个有趣的话题。但更为有趣的是,她这个人物表现了曾朴头脑中两种意识形态的冲突:她一方面代表了晚清开明知识分子的玩世不恭和自嘲,另一方面又代表了革命宣传家"嘉年华会"式的离经叛道思想。

关于曾朴如何对狎邪小说的常规既尊又贬的例子还可以举出一些。他一方面吹捧赛金花的侠情义骨,把她风尘巾帼的形象推向极端,但另一方面又渲染赛不足为人道也的私生活,因而凸显她品德上的缺陷。曾朴对笔下的赛金花或傅彩云必然心存好感,她是小说中最能体现晚清开放精神的人物。即便如此,曾朴毕竟受制于他的个人识见及文化环境。他在处理狎邪小说的叙事方式时,有时仍不免显得不太自在。以她放纵无行的适应性及无穷的精力而言,赛金花或傅彩云不但可成为摧毁晚清道德、政治信条的祸水,她甚至对方兴未艾的革命思潮也构成威胁。她释放出的能量已经超出作者所能控制的范围。尽管曾朴对傅彩云这个人物暗中怀有偏爱,他一定觉得自己有必要对她的泼辣无情加以解释。这使他又回到风月小说的老传统中找寻灵感。

曾朴竭力表明在傅彩云故事的背后,还隐藏着一段鲜为人知的青楼恩怨。他在小说的开头就告诉我们,傅彩云与金沟的恋情并非出于偶然,而是前生注定。金沟在未取得功名前曾与烟台名妓梁新燕(真名据说叫李蔼如)有过一段恋情。梁新燕资助过金沟,金并许诺她金榜题名后,娶她为妻。但金沟中榜后自食前言,梁新燕绝望之余悬梁自尽。十五年后,金沟与傅彩云初次见面,就不由自主地倾倒裙下。后来他注意到傅彩云头上有条红色胎记,乃知傅竟是当年旧情人的转世投胎。

金沟与梁新燕的罗曼史听来无疑像陈腔滥调,但作为有关傅彩云(或赛金花)的传奇背景,它显示了另一层意义。傅彩云这个人物不再只是一个人尽可夫的荡妇,也可视为惩罚金沟寡情背信的果报工具[21];她的淫荡就是金沟忘恩负义的报应。曾朴似乎从未意识到傅彩云这种双面夏娃的性格问题。在这方面，小说最令人吃惊的是金沟之死的场面。在第二十四章中我们得知金沟的病主要是由于他在中俄边界谈判中受愚失利，羞愤交加所造成。但在弥留之际，他惊恐万状地看到旧情人梁新燕的鬼魂前来索命。金沟之死既出于他在洋务上的惨败，也出于他过去犯下的冤孽。

通过梁新燕还魂报仇的故事，曾朴或许满足了部分老派卫道之士：傅彩云之所以没有像中国古典小说中其他荡妇那样受到谴责，主要是因为她也是宿命轮回的一部分。但这种做法使傅彩云成为一个更复杂的人物。因为她和她的前身梁新燕代表了互相矛盾的新旧道德标准，而她们的交错出现只有使小说的基本历史道德框架摇摇欲坠。

曾朴曾受到十九世纪欧洲史观的影响，视历史为一种充满变化和斗争的直线进化过程。当个人被卷入这种汹涌澎湃的历史流变中，他的命运必须由历史决定。任何人，无论好坏，都不能置身事外。兴衰成败的标准亦因此有了改变。在这层意义上，正如《孽海花》的标题所示，傅彩云也与金沟一样，够资格称为孽海之“花”。她的发迹见证了历史秩序经过嬗变而分崩离析的一刻。

但金沟与梁新燕恨史的插入，唤出了一种相反的历史观。如果傅彩云这个人物的出现在于惩罚金沟的无情，我们可以说曾朴实在是要把历史放在因果报应的道德结构之内。我们甚至可从小说的标题《孽海花》中推论出这种倾向。“孽”字强烈意味着佛教转世轮回的观念，它不仅指明了罪恶的本身，也指明了它的前因后果。曾朴的革命性进化史观很奇怪地受到一种非进化性的，甚至是轮回性的，报应观念的限制。傅彩云虽具有逾越当代道德及性规范的叛逆精神，但既然她的个性和行为出自前世的恩怨宿命，她仍难称之为一个有自由意志的人。

已故的普实克教授曾抱怨，“《孽海花》的主要弱点在于两种不协调因素之间的巨大差距：小说对傅彩云及金沟浪漫关系的渲染，与对日本爱国浪人和狂热的安南‘黑旗军’的描绘，很不相称”[22]。胡适也持相似观点。但这种结构上的不协调也许促使我们探讨曾朴的历史和政治观时,要格外留心。我以为曾朴最大的优点恰恰在于他改写了两则妓女故事,并将其织入当代历史事件中。他借此混淆了国家大事与风花雪月,将公众与私人的道德范畴融入一问题重重的新空间。他使傅彩云(或赛金花)成为中国古典小说最令人难忘的名妓之一。她社会地位的急遽消长反映了晚清政治道德基础的松动;她多变的性格使她能浮沉于时代潮流中,其放纵无羁之处,甚至能超越创造者曾朴的原始设想。

在以上对三部晚清狎邪小说的讨论中,我试图说明这些作品的"矛盾",不仅来自人与环境冲突下所表现的道德及伦理变貌,也来自这些作品与古典感伤艳情传统的对话。以下的观察,或可作为我们重审晚清狎邪小说的起点。

《品花宝鉴》在极反讽的情形下,成为晚清狎邪小说的开路先锋。该书套用浪漫文学的公式,描绘男伶及其恩客间亲爱精诚的关系,大大嘲仿了古典说部的爱情。小说性"别"的混淆以及与性别有关的叙述、修辞的错位,使我们对小说中女性缺席的现象必须三思:它暴露出女性一方面是男性性幻想与叙述中的理想目标,另一方面也是男性文化霸权下的牺牲。

《海上花列传》在另一层次上颠覆了传统狎邪小说的妓女形象。它并不真正泯除公式化的人物和主题,反而暴露出妓院生活本身就是浪漫公式与现实间的复杂混合物。与多数自我撇清的狎邪小说不同,《海上花列传》绝不简化道德的课题,反能提供一种道德的辩证,促我们再思。小说在最令人料想不到的地方,表现出道德的真谛,并在最暧昧无奈的时刻,揭发了美德与欲望、梦幻与现实之间的互换关系。

《孽海花》则通过一个从良妓女的风流韵事,折射中国国运之盛衰起伏。曾朴将妓院小说写成历史小说,并进而颠倒我们所居之不疑的道德伦理取向。经过他的踵事增华,赛金花传奇成为表现世纪之交中国人对性及政治幻想(或忧虑？)的最佳神话之一。

因此,这三部小说从三个不同角度探索了传统社会及文学文化叙述的一些重要阙目:男女之间角色的冲突,现实与浪漫主义的交锋,德与欲之间的对话,以及公众与私人领域之间的对抗。狎邪小说向来被认为是晚清小说较薄弱的部分。我对上述三部妓院小说的讨论旨在证明狎邪小说或许包含着层层吊诡,有待发掘。寓“教”于“恶”,此之谓也。

注 释

[1] 鲁迅:《中国小说史略》,北京:人民出版社,1958 年,第 265 页。狭邪者,勾栏也。本文刻意以“狎邪”代替“狭邪”二字,以示与鲁迅原意有别,兼亦扩充此一文类的范畴与意义。

[2] 同上。

[3] C. T. Hsia,“Hsu Ch’en-ya’s Yu-li hun: An Essay in Literary and Criticism,” in

Liu Ts'un-yan(ed.),*Chinese Middlebrow Fiction:From the Ch'ing and Early Republican Eras* (Hong Kong:The Chinese U.P.,1984),p.201.

[4] Stephen Cheng,*Flowers of Shanghai and the Late Ch'ing Courtesan Novel*,diss., Harvard U.,1979, pp.14—15.

[5] 鲁迅,第 266 页;Stephen Cheng,p.10。

[6] 赵景深:《〈品花宝鉴〉考证》,见陈森:《品花宝鉴》附录,台北:广雅书局,1984 年,第 762—764 页。

[7] Hsia,p.214.

[8] Cheng,p.10.

[9] Patrick Hanan,*The Chinese Vernacular Story* (Cambridge: Harvard U.P.,1981), p.175; 亦可参阅 Hanan, *The Invention of Li Yu* (Cambridge: Havard U.P.,1988), pp.97—98。

[10] 有关晚明及清代男风的资料,可参见如Jonathan D. Spence,*The Memory Palace of Matieo Ricci* (New York:Viking, 1984), pp.201—231;孔另境:《〈品花宝鉴〉史料》,见《品花宝鉴》附录,第 769—774 页。

[11] 见如 Michel Foucault , *The History of Sexuality* , Vol.1 ,trans. Robert Hurley (New York: Vintage,1980)。

[12] 鲁迅:《中国小说史略》,第 268—270 页;胡适:《海上花列传》亚东版序,重印于《海上花列传》,台北:广雅书局,1984 年,第 1—22 页;刘大杰:《中国小说发达史》,香港:古文书局,1974 年,第 256—258 页;赵景深:《小说戏曲新考》,上海:世界书局,1943 年,第 81—84 页;阿英:《晚清小说史》,香港:中华书局,1973 年,第 72 页;孟瑶:《中国小说史》,台北:传记文学,1980 年,第 666—670 页;Stephen Cheng, *Flowers of Shanghai and the Late Ch'ing Courtesan Novel*;张爱玲:《张看》,台北:皇冠出版社,1979 年,第 177—178 页。

[13] 张爱玲的注译本《海上花》于 1983 年由台北皇冠出版社印行。对原作略有删节,并写有一极具见地之跋。本文对《海上花列传》的讨论及例证,受益张文极多,在论文中不再一一注明。

[14] 张爱玲:《张看》,第 177—178 页。

[15] 胡适:《海上花列传》亚东版叙八。张爱玲:《红楼梦魇》,台北:皇冠出版社,1977 年,第 9 页,及其注译本《海上花》跋,第 571—608 页。

[16] 胡适，同上；张爱玲：注译本《海上花》，第599页。

[17] 鲁迅在《中国小说史略》中即视《孽海花》为谴责小说(291页)。

[18] 见曾朴致胡适信，《孽海花》附录二，台北：世界书局，1960年，第18—19页。但学者已经注意到将曾作与其心仪的西方小说模式做对比，所得毕竟十分有限。见 Peter Li，"The Dramatic Structure of Niehhaihua，"in Milena Doleželová-Velingerová(ed.)，*The Chinese Novel at the Turn of the Century*(Toronto：U. of Toronto P.，1980)，p.150。

[19] 曾朴：修订版《孽海花》序。

[20] 见如罗家伦的讨论。《孽海花》附录四；魏绍昌：《关于瓦赛公案的真相》，刊于《传记文学》第52卷第3期，1988年，第58—64页。

[21] 见 Peter Li，*Tseng P'u：The Literary Journey of a Chinese Writer*，diss. U. of Chicago，1972，pp. 71—169。

[22] Jaroslav Průšek，"The Changing Role of Narrator in the Chinese Novel in the Beginning of the Twentieth Century，" in Leo Ou-fan Lee (ed.)，*The lyrical and the Epic* (Bloomington ：Indiana U.P., 1980)，p.117.

贾宝玉坐潜水艇

晚清科幻小说新论

晚清小说是中国古典小说中常被忽视的一环。过去数十年来我们对晚清小说的研究，多在《老残游记》《官场现形记》等作间打转，所论的范畴，也不离谴责、狎邪、黑幕等主题。至于风格特征，当年鲁迅在《中国小说史略》里所说的“辞气浮露、笔无藏锋”[1]，似乎仍被奉若圭臬。其实以晚清小说出版之繁、题材之广，必有不少珠玉仍被埋没。以科幻小说而言，“五四”以后新文学运动的成绩，就比不上晚清。别的不说，一味计较文学“反映”人生、“写实”至上的作者与读者，又怎能欣赏像贾宝玉坐潜水艇这样匪夷所思的怪谈？

话说宝玉在林妹妹死后，万念俱灰。那年雪夜拜别老父后，自个儿出家云游四海。不知过了几世几劫，宝玉凡心又动，重入红尘。此时已是清末，乱象四起。宝玉身历庚子事变，对国事日益忧心。他发表革新言论，却引来官兵追捕。落荒而逃之际，他偶入一个叫“文明境界”的所在。“文明境界”简直是个摩登桃花源，物产丰饶，地灵人杰。最令宝玉大开眼界的是“文明境界”的高科技发展。境内四季温度率有空调，机器仆人来往执役，“电火”常燃机器运转。上天有飞车，入地有隧车。而小说的高潮之一是宝玉乘坐一艘状似巨鲸的潜水艇,航行海底两万里,由南极到北极,看尽奇观异景,珍禽怪兽。当日恒坐大观园内,哪里想到世界之大,文明之新?

贾宝玉访"文明境界",乘飞车、坐潜艇的情节出自小说《新石头记》(1908),作者是大家熟知的吴趼人(沃尧)。吴以《二十年目睹之怪现状》《恨海》《九命奇冤》等作享誉,他对现代中国科幻小说的开路工作,却少有人提及。其实类似《新石头记》这样的创作或翻译,曾在晚清风靡一时。科幻小说以其天马行空的情节,光怪陆离的器械背景,曾经吸引了大批趋时好新的读者。而在表面的无稽之谈外,科幻小说的所论所述,也深饶历史文化意义。它以反写实的笔调,投射了最现实的家国危机,而且直指一代中国人想象、言说未来世界的方向及局限。晚清的科幻作家一方面承袭中国古典神怪小说的遗产,一方面借鉴当代西方科幻小说的发明,所形成的叙述模式,自成一格,也让我们再思科幻小说这一文类的疆界[2]。至于晚清科幻作品所呈现的各种乌托邦视野,以及对时间及空间观念的实验,更是我们一窥世纪之交,历史及政治思潮嬗变的好材料。以下的论述当然不敢奢言将晚清科幻小说的问题一网打尽。我只希望借有限的例证,勾勒出四个可行的研究方向,以期引发更多的对话。

一、从神怪到科幻

我们以往研究晚清小说,多半将眼光放在甲午战后到辛亥革命的一段时期内。清末十余年间小说的繁荣与变化,确是有目共睹的事实。但如果我们放大视野,将晚清文学的范畴再向回倒推半个世纪,则可发现许多不同的脉络,仍待探讨厘清。谈晚清科幻小说,我因此建议以太平天国起事前夕、绍兴俞万春所作的《荡寇志》(1847),作为一策略性的起点。《荡寇志》也许不符合一般科幻小说的定义,但清末科幻叙述的一些特色,以及其所对应的历史课题,已可由此书中得见端倪。俞万春以金圣叹七十回本《水浒传》为基础,写梁山泊好汉聚义后,心怀叵测,兴兵造反的经过。他呼应金圣叹的观点,对古本《水浒》中宋江之流接受招安,并为国平定其他乱事的情节不以为然。《荡寇志》因此一反旧例,不写梁山泊人马投诚勤王,而写他们不忠不义、祸国殃民的下场。俞万春又塑造了以陈希真、陈丽卿父女为首的一群忠贞侠士,与梁山泊对抗。历经多次大战,水浒一百单八叛党最后非死即诛。

由于《荡寇志》弥漫浓烈的封建效忠思想,该书在太平天国时期成为政治读物。清廷热烈印刷流传,而太平军则必欲禁之而后快。二十世纪的中国既然自认是反对封建主义,自然要把《荡寇志》看作是反动文学的样板。这本小说对忠义问题的处理,夹缠不清,其实颇值有心人注意[3]。我所关心的是俞万春如何就《水浒传》旧有的叙事传统,推陈出新。诚如鲁迅所言,《荡寇志》"思想未免煞风景",但"造事行文,有时几欲摩前传之垒,采录景象,亦颇有施罗所未试者,在纠缠旧作之同类小说中,盖差为佼佼者矣"[4]。

俞万春的小说里,有什么是施耐庵、罗贯中所未曾尝试的呢?我以为最可一提的,是俞万春对军事科技、器械发明的兴趣。《荡寇志》既是战争小说,少不得要对行军布阵、对垒交锋,渲染一番。俞万春熟读《水浒》,青年时期又曾随父赴粤东剿平瑶乱[5],写战争场面确是头头是道。但此君显然别有抱负,他在小说中介绍、解说为数不少的新武器,为前所仅见。像奔雷车、沉螺舟、落匣连珠铳、飞天神雷、陷地鬼户等,都曾大发神威。这些器械听来虽然古怪,倒也不全出于俞万春的非非之想。俞对中国兵器史素有研究,甚至曾著书立说[6]。居住广东时,又对西洋事物,多有接触。而鸦片战争中英军的船坚炮利,想来也对他造成冲击。《荡寇志》写的虽是宋代故事,但却力图引进"先进"兵器科学的概念,自然令人耳目一新。

以奔雷车为例,这是宋江招聘的欧罗巴国军师白尔瓦罕所献。此车形似巨兽,共分三层,上层装置炮眼,中层藏有兵士,发射弩箭,下层则遍置钩矛蒺藜。全车严严密封,枪箭铳炮不入。尤其车底装有呯板,轮边又有尖齿,所以任何地形驶来都是快捷灵巧。若非此车仍需马匹带动,俨然就是坦克车的前身。白尔瓦罕另造有沉螺舟。顾名思义,这是种潜水战舰。舟做蚌壳状,可开可阖,能载兵士上千人,潜水前舟内备足干粮灯火,舟外遍敷沥青,即可穿洋过海,数月不需浮出水面。至于沉螺舟的动力及舟内的空气等问题,俞万春倒没有想到过。梁山泊得到这些新武器,果然所向无敌。若非后来白尔瓦罕被宋军设计生擒,宋军要想求胜还更得多费周章呢。

白尔瓦罕这位洋军师的出现,也是一绝。白蓝眼高鼻,原为渊渠国人。其父唎哑呢唎,亦为军械发明师。白生于澳门,习得技艺后,本想贡献大宋朝廷,无奈受奸相所妒,竟遭构陷而被发配边疆——好一个欧洲版的"逼上梁山"故事。俞万春写白的博学多才,又心在汉家,多少反映了彼时知识分子对洋枪洋炮洋鬼子的模棱心态。他一方面暗示白的科学新知,其实中国老祖宗都已发现,比方前述的奔雷车吧,据宋江军师吴用的说法,就是脱胎自咱们的吕公车。另一方面俞万春也急忙安排了宋营的女军师刘慧娘小姐,苦思白尔瓦罕的招数,以求以毒攻毒。这分明响应了当时名士如魏源等"师夷之长以制夷"的号召[7]。而师夷以制夷的最高表现,竟是先怀柔、收编那个本来和我们作对的"夷"。果然白尔瓦罕被擒后,感于天朝军威,不但倾囊相授自家才艺,并附赠军械秘籍《轮机经》。但这岂不成了"制夷以师夷之长"吗?果如此,洋人又有什么可怕?俞小说情节的本末倒置处,恰恰表现了清末现代化运动中,中西接触的一个荒唐侧面。

然而我们若以为《荡寇志》只一味描写半调子的新武器竞赛,那又大错特错了。这部小说更不乏传统的神怪人物及场面。宋军的智囊人物陈希真就是一个道士,梁山泊方面的公孙胜亦擅妖法。双方对峙,各祭出呼风唤雨、撒豆成兵的本事,土遁水遁更是常事,而徒儿有难,师父必又出马。一时《荡寇志》读来不像《水浒传》,反似《封神榜》。小说最后,陈希真父女得道升天,则与俞万春本人的道教思想,相互辉映。

我们应如何看待《荡寇志》中科幻与神怪的冲突呢?纯从形式而言,俞万春描写科技发明，代表文学想象的推陈出新，对习于神怪公式的清末读者，应属一大刺激。而相较于传统奇门遁甲、飞天入地的叙述，我所谓的科技虽也是一种新的迷思，毕竟多了一层知性色彩。俞在许多章节中，对所创造的新事物多能详为解释，而不徒以怪异炫人为能事。但刻意分殊神怪与科幻的文类疆界，是件抽刀断水的难事[8]。在此我更有兴趣的是俞万春为何及如何将科技与神怪合为一炉而冶之？其所代表的历史意义又是什么？

以前述白尔瓦罕发明奔雷车为例。宋营的女军师刘慧娘当时正好身染重病，奄奄一息，因此宋军毫无还手之策。慧娘之病，只有千年人参仙的血可治。为此英雄好汉们发动了一场捉拿参仙的好戏。这位参仙年纪虽大，长得却像三四岁小孩，每当月圆之夜，光着屁股满山瞎跑。众家好汉屡捉不着，后来还是其中一人的师父通一子出山，才手到擒来。慧娘喝了白色的参仙血，豁然而愈，下一幕中又恢复科学办事的精神，设计了极精密的飞弹“飞天神雷”，以及地底工事“陷地鬼户”，乃大破奔雷车阵。

俞万春在神怪与科技间的摆荡，或可从人参仙与奔雷车的对比中得知一二。两者都有不可思议的威力，但参仙的玄妙莫测，显然在俞心中更胜一筹。这样的例子在《荡寇志》中数见不鲜。但所有的新旧兵器法术，都比不上陈希真的乾元宝镜。此镜照阴阳、摄元神、通古今，真是超级多功能妙用无穷。令人想不通的是，既有这样的宝贝，俞万春又何必忙着搬演新科技武器呢？

《荡寇志》的写成之期，正是晚清洋务运动发微伊始的阶段。比起开明人士的言行，俞万春的思想算是保守得可以。但也正因如此，当他下笔写作具有现代科幻意味的小说章节，我们反能看出许多有趣的问题。他如何构思新的器械发明，以求“荡寇”，又如何将这些新事物融入传统的想象及论述，无不遥指鸦片战争后，一代中国人“富国强兵”的欲望与焦虑。俞以封建忠义思想为经、道教修炼飞升之术为纬，所编织出的宇宙观终于涵摄了他借科学器械所铺展的新知识论。古中国的一切就像那个乾元宝镜一般，博大精深,吃定了各种西洋算学器械的小道。这样的思维模式在太平天国后更成主流,上焉者形成“中学为体、西学为用”的道器二元说,下焉者则预示了“刀枪不入”“扶清灭洋”的义和团式思想。

《荡寇志》后五十年,《年大将军平西传》(1899)以类似方式糅合了科幻与神怪,来叙述雍正年间年羹尧平西藏之事。其中雪山老祖大斗罗马教皇、月经布炼成的“胭脂巾”力克无敌“电气鞭”等情节,实在令人瞠目结舌。而当年西洋人钦天监正南怀仁居然有于南国泰克绍箕裘,做升天球,造地行船和借火镜,成了“小鲁班”,显然仍带有《荡寇志》中白尔瓦罕的影子。小说的主角更生童子为求破敌,远赴欧罗巴洲,向瑞典奇人学艺,则肯定了科技向西方取经的时代潮流。其后的《新纪元》(1908)、《电世界》(1909)等小说,科幻成分越趋加重,下文当再论及,而晚清小说由神怪过渡到科幻的历程,至此告一段落。

二、乌托邦之进出

乌托邦是科幻小说重要的主题之一。借着一幻想国度的建立或消失,科幻小说作家寄托他们逃避、改造或批判现实世界的块垒,实验各种科学及政教措施。乌托邦的想象可以投射一理想的桃花源,也可以虚拟出堕落的鬼门关,因此又有反乌托邦、拟讽乌托邦等次文类的衍生。晚清不少作家喜在作品起始处,介绍一寓言所在,以为楔子。像曾朴的《孽海花》、颐琐的《黄绣球》、陈天华的《狮子吼》,都曾在书首托言子虚之地,点出全书要旨。这样的写法,已含有乌托邦或反乌托邦的用意,但浅尝即止,因此难谓突出。

萧然郁生的《乌托邦游记》(1906)开宗明义要写出探访理想国的奇遇。但小说后继乏力,只写到我们探险家在太空船上的种种,就戛然而止。看来要进入乌托邦,还真不容易。晚清乌托邦小说写得最完整,也最耐人深思的，我以为首推吴趼人的《新石头记》。如前所述，吴的谴责小说一向为人津津乐道，《新石头记》则较少受到注意。顾名思义，这部小说是曹雪芹《石头记》的众多续篇之一。比起一般续貂之作，《新石头记》至少没在林黛玉死而复生上做文章；相反的，林妹妹根本未曾出现。全书的重心反集中在宝玉周游清末中国，以及访问“文明境界”，领教其政教科技风采上。吴趼人的识见，果然高人一等。

《新石头记》共分四十回。前二十回叙述宝玉出家后，凡心再动，坠入清末“野蛮世界”的经过。吴趼人巧妙运用曹雪芹《石头记》中女娲炼石补天的神话，强调宝玉为女娲所遗顽石，一直未能遂其补天壮志。此番再下红尘，宝玉不再混迹脂粉丛中，而要以行动一偿补天夙愿。吴趼人因此延续了原书的神话架构，却在其中贯注了感时忧国的历史意识。宝玉先访上海，看遍洋场升官发财丑态，他又遇上了粗鄙的薛蟠，后者反倒是如鱼得水，十分兜得转。小说十二回以后写义和团之乱，宝玉感愤之余，发表维新议论，反被诬为拳匪余党，一度被捕，几乎丧命。

《新石头记》后二十回才是全书重心所在。宝玉为逃避官方缉捕，来到“文明境界”。此处民康物阜，既无作奸犯科之徒，娼妓乞丐更是闻所未闻。最吸引人的当是境内物质文明的高度发展。由于气温由人工调节，这里农艺一年四熟，而四时花木则随时可以赏玩。居民饮食皆经科学调配，全为流体，营养美容，又便消化。医术发达，自不在话下，更有增强脑“筋”、制造聪明的奇方妙药。日常生活有司时器、千里镜、助听器、机器人以及“地火”（瓦斯？）等设备；交通运输则上有飞车、下有隧车、水中来去有水靴，“不烦举步”而又秩序井然。就说那隧车吧，可不是我们所谓的地铁，而是经过特殊设计的地底电跑车，停驶自如，且因电磁性相拒故，怎么开都撞不到一块儿去。宝玉在此大开洋荤。坐飞车高来高去，飘飘欲仙不说，参观自动化工厂设备及军事科技演习，更好似刘姥姥当日逛大观园一般。当然最高潮是宝玉乘着潜水艇所做的海底探险。吴趼人其时与周桂笙等合办《月月小说》杂志,大量译介西方科幻作品,“文明境界”的种种,当可见其影响。尤其法国作家儒勒·凡尔纳(Jules Verne)的畅销作品,如《海底历险两万里》等作,已被迻译刊行。想来吴趼人自其中得到不少灵感。

吴趼人也借“文明境界”的典章制度,发抒了自己的政治理想。原来统治“文明境界”的,是一位复姓东方,名强,表字文明的老先生。东方文明来自“自由村”,所生三子一女分别为东方英、东方德、东方法、东方美,“父子五人,俱有经天纬地之才,定国安邦之志”。在东方家族的治理下,“文明境界”发扬四维八德,成了既富且强又好礼的泱泱大国。吴趼人本人是提倡君主立宪的,他把“文明境界”写成了开明专制之国,也就不足为怪。只是“文明境界”的君民真是世界大同的信徒吗?不然。东方先生的子女尽以欧美强国命名,已显其政治渴望,另一方面他们对红、黑、棕各种人却极其卑视,嫌其思想“无非是一个懒字”。前述增长脑“筋”的“制造聪明散”是绝不肯让这些人等吃的:“野蛮人用了”,只能“助长野蛮”。谄强欺弱而又自命不凡,“文明境界”的居民仁字挂帅,骨子里却是一群不折不扣的阿Q。这大约是吴趼人始料未及之处了。

宝玉在“野蛮世界”及“文明境界”的游历,很使我们想起伏尔泰(Voltaire)的《赣第德》(*Candide*)。一场“文明境界”的洗礼,让宝玉了解乌托邦的理想,确实可行,只是他乡再好,终非已乡。宝玉仍需回到“野蛮世界”。临行前东方文明揭露了自己的真实身份,原来他竟是《石头记》中的甄宝玉!贾宝玉见文明花果,已为昔日至交捷足先得,不禁怅然若失。小说最后,宝玉做了一场大梦,梦中见到中国已摆脱帝国主义欺凌,日益富强。北京城内正举行万国和平会,扬子江头则是工厂林立,车水马龙。宝玉也参加了万国和平会,当中国皇帝出场演讲,赫然正是东方文明。宝玉听演讲听得兴起,忽地一脚踏空跌落深渊,醒来方知是南柯一梦。

贾宝玉因补天之志已为甄宝玉占了头筹,终于留下随身宝玉,飘然远行。此石后存于灵台方寸山的斜月三星洞,有缘之人当可看到上镌的《新石头记》。石后有歌一首，其中“悲复悲兮世事，哀复哀兮后生。补天乏术兮岁不我与，群鼠满目兮恣其纵横”一段，道尽吴趼人的心事。至于“吃粪媚外的奴隶小人”，却只能看到英文打油诗一首：

All foreigners thou shalt worship,
Be always in sincere friendship.
Tis the way to get bread to eat and money to spend.
And upon this thy family's living will depend;
There's one thing nobody can guess:
Thy countrymen thou canst oppress.

今试译如下：“洋人洋人你崇拜，真情真意抱满怀。面包金钱跟着来，食衣住行太悠哉！只有一事没想到，自己同胞你迫害！”《新石头记》以顽石补天之志始，以“补天乏术”终，紧扣曹著脉络，而能放大大观园之憧憬，建立宏观的乌托邦蓝图，谓之为晚清科幻小说的杰作，谁曰不然？

晚清小说中尚有海天独啸子的《女娲石》(1904)踵事《镜花缘》的前例，创造了一女权至上的女儿国，尽纳妇女人才“如英俊者、武俊者、伶俐者、诙谐者、文学者、教育者”。一反传统妇女形象，这一女性乌托邦中的成员以科学家、政论家、发明家的身份出现，揖让进退，处处显示理性与文明的风范。小说最激进处，甚至排斥女国民自男性处受孕，而以人工授精法代之。这一群东方亚玛逊女杰，令读者大开眼界。另外抽斧所作的《新鼠史》(1908)，以鼠国兴衰喻中国末世的乱象，并描写腐败的鼠国如何被置之死地而新生，终于变法图强，重振国威，而且“还原”为其祖虎国的经过。格局虽不大，但以动物寓言方式，诉说一乌托邦的欲望，尚可一观。二十世纪三十年代老舍的拟讽乌托邦小说《猫城记》，应可置于其下论之。

三、太空幻境

科幻小说对不可知世界的向往与描摹,除了表现在科技神怪事物或乌托邦的想象上,也常可得见于对时空架构的重组上。小说家们亟思超越躯体的束缚,时间的极限,乃至地理的障碍,以探寻另一种生存情境的可能。对时空观念的再思,也必然影响到寻常历史意识的定位,由此产生的曲折对话,最为可观。晚清科幻小说家对时间的处理,下节将再论及。他们对世纪之交中国的地理及文化空间,有些什么样的看法呢?

在荒江钓叟的《月球殖民地小说》(1904)中,中国虽大,已非容身之地。有志之士,都想奔向月球。书中嫦娥奔月的神话固然有迹可循,但我以为前述法国作家凡尔纳的《八十天环游地球》及《月界旅行》等中译本,尤其可为借镜。《月界旅行》的译者还是日后大名鼎鼎的鲁迅。但这《月球殖民地小说》架构虽大,可惜又是未完。就已成的三十五回来看,月球所代表的乌托邦意义,已呼之欲出,虽然主要情节仍发展在地球之上。

我刻意提到《月》书的情节是在地球之"上"发生,是因为小说最重要的道具及其所形成的空间是一个大飞行气球——《八十天环游地球》气球旅行的影响,呼之欲出。我们的注意力多半是随着气球漂洋过海而移转。小说的故事极其俗套:文士龙孟华携妻凤氏因避祸而远走他乡。途中所乘之船沉没,凤氏失踪。龙思妻情切,幸遇日本气球旅行家玉太郎及其中国妻子所助,乃乘着气球,绕着地球,四处寻妻。

荒江钓叟所创造的气球硕大无比,设备一应俱全。我们的志士仁人乘此飞行器探访亚、美、非、欧四大洲及无数岛屿,自然遇到不少千奇百怪之事。在这一方面,小说明显因袭了《镜花缘》的模式。譬如龙、玉等人因追踪凤氏,飘到印度洋上空,即造访了不少岛国:勒儿来复岛岛民以迂腐无能见称;鱼鳞国的女性以缠"手"为美;莽来赐岛盛行为大我而牺牲小我,以致只剩下十余居民。凡此皆让我们想起《镜花缘》中的海外奇遇。对荒江钓叟而言,每一处岛国都是中国的缩影,批判之寓意,自不待言。另一方面作者对实际西洋都会如纽约、伦敦的描写,亦多少摸着个边儿,比起李汝珍的时代,毕竟视野扩大了许多。

但乘气球御风而行和海上航舟间的空间差异,才是我们最应注意的。古小说中的能人异士虽也高来高去,但少见如此庞大的空中行宫,载运如此多的辎重人马,四处飘荡。随着气球冉冉而升,我们的视野陡地放宽,而且是由上而下,纵览世界。再没有比气球这样的"位置"更能使我们看清,中国的疆域其实只是世界地理的一部分。也再没有比气球这样的"飘浮"器,更能传达出那种悬而不定的身心感受。孔老夫子当年自叹"道不行,乘桴浮于海",借着《月》书,清末的文士大约可说,道不行,乘球飘于空吧?这本小说写得实在不算好,但在表现一个历史时刻中国人空间想象的改变,仍颇值一观。

小说中好几个角色都曾梦到月球上的种种,事实上,龙孟华的儿子龙必大就是所谓月球童子投胎。月球是太空里的桃花源,是天使往来的神仙洞府。月宫中供有三座巨像,中为如来释迦,东为孔氏仲尼,西边竟是美国总统华盛顿!晚清作家中西合璧的想象力,由此可见一斑。月球既是如此佳美的所在,自然人人心向往之。但以玉太郎的气球设备,"奔月"尚需努力。小说写到龙孟华终与妻子团圆,移民月球。而玉太郎仍与其他同伴暂居海角荒岛,试验气球——他们成了月球在地球殖民地的开拓者。荒江钓叟就此搁笔,他所留下的最后的悬疑是玉太郎因试验气球,身受重伤。究竟这群人能否登上月球呢?《月球殖民地小说》悬而未决的现貌,反给我们无限低回的余地。

上月球,其实不稀奇。晚清小说里,还有飞向太阳的呢。东海觉我(徐念慈)的《新法螺先生谭》(1905)更上层楼,描写中国人地心及太阳系历险记,把我们的空间范畴,推向更深更远的宇宙。《新法螺先生谭》是东海觉我根据日本谷岩小波译的《法螺先生谭》所做的戏仿。后者曾由包天笑译成中文。由小说题目即可知，主人翁擅吹法螺，而读者也乐得一听他的太空奇谭。小说中的法螺先生是个深具科学思辨精神之人。因不欲“局局于诸家之说”，成为“一学界之奴”，经年苦思突破现有之知识僵局，终脑筋紊乱，忘其所以。一日奔上三十六万尺之高山，适遇“诸星球所出之各吸力”的交点。在极速狂风之中，法螺先生的肉体与灵魂也被震荡分家，从此展开灵、肉各别的冒险。法螺先生将灵魂之身炼成一“不可思议之发光原动力”，比太阳的光力要强万倍。他飞经欧美，光照四处，引起科学界绝大震惊。但当他来到中国时，却要失望了。时值正午，全中国的人民多仍酣睡未醒呢。尽管法螺先生竭尽光源，照得大地闪耀刺眼，那厢的中国人依旧“嘘气如云”：少数醒来的也是销金帐中，坐拥金莲。法螺先生这才了解只有光，没有热，仍不能成事。

以后法螺先生绕行地球，与月世界相撞。躯体部分坠落，且因重力加速度故，竟穿入一火山口，经十八层地质变化，最后直落地心，而且掉在一老头子的炕上。此处实为地底之中国，老头姓黄名种，九千余岁矣，却自称出生仅十余日。果然地底一日，世上千年。黄老引导法螺先生观一穹形天幕，只见地上中国乌烟瘴气，颓唐不堪。后又拜访“内观镜室”，室内陈列各形各色瓶子，中国人的“气质”，尽存于此。以当时而言，气质优良者仅百分之一二。有一特大瓶中，装满了吗咖烟毒，比例高达全民气质的百分之六十五。法螺先生颇有感触，决定除了作为发光体外，亦应为“声之原”，以唤醒国民。

在小说的第三部分里，法螺先生的灵魂飞入太阳系的诸星球。他在水星上观看了造人术，在金星上体验物种进化、生生不息的达尔文观念。金星表面，软若皮球，金银珠宝遍布。但真正令法螺先生注意的，是星球上尚存原始腔肠动物的化石。即使这些石头裂为碎块，亦仍余温灼手。法螺先生乃知这一热力是促进生物繁殖进化的动力。所谓“凡物皆能进化，面靡所底止。金星球然，即地球何莫不然”。相较之下，中国已成冷血动物之国，宁不可忧！是故法螺先生最后一站是奔向太阳，思吸收其光热，以助中华。但因速度故，终于功亏一篑。

回到地球后的法螺先生，灵魂躯体复合为一。他希望借自己发明的“脑电”，教导群众发光发热，促进生产。此举不意引来电信电话电灯公司的杯葛，只好草草歇手。脑电之说，颇与彼时康有为、谭嗣同的仁学与电学说相呼应，值得有心人继续研究。

《新法螺先生谭》篇幅虽不长，但笔触灵活，所述地心星球之旅，在在引人入胜。谈科幻小说中令读者啧啧称奇，不能自已的雄浑观(sublime)，此作可为佳例。但我更以为其中法螺先生凌虚御空，游于物外的描写，已近《庄子》中逍遥游的意象。中国读者读来，想必要发出会心的微笑。至于各种应时当令的科学进化论点的渲染，则犹其余事。小说中的三个主要意象，光、热、力，不仅代表了中国对西洋科技、民性的总结看法，也是其踏向现代之门的必要物质与精神条件。光、热、力是科技能量的精华，也是国民道德的体现，更是文学功能的指标。《新法螺先生谭》以科幻之笔，预言了二十世纪中国新文化、文学运动的主要寄托。

四、回到未来

晚清科幻小说除了探索空间的无穷，以为中国现实困境打通一条出路外，对时间流变的可能，也不断提出方案。随着进化论或天演说(由严复等人)的翻译、传入，中国的知识分子对时间呈直线发展，且愈益精进的说法，印象深刻。对他们而言，所谓的物竞天择、物种进化等观念，不仅有其生物学上的意义，也暗示了道德上的自我超越。晚清作家憧憬未来，希望自未来的实现，看到中国的希望。而未来也提供一特殊角度，供他们检视现实的缺憾。但吊诡的是，当晚清作家迫不及待地铭刻他们对未来的欲望及理想时，他们预先“消费”或“消耗”了未来。当那神秘的天启时刻提早降临，当那邈远的不可知成为想象的必然，晚清小说家把未来变成了一种乡愁。他们的预言作品不是迎向，而是回到未来。果如此，这些作品纵然肯定线性史观，却暗暗散播着天道循环论，也就可以理解了。

春飒的《未来世界》(1907)虽有堂皇的书名，但丝毫不见"未来"如何开展，就是一个好例子。小说沿用古典说部的公式，仅以维新立宪等主张敷衍其上，并不能带给读者新意。吴趼人的《光绪万年》(1907)也有类似问题，他想象未来君主立宪后的一切美景，却难逃眼下事物的窠臼。诚然科幻小说的未来，说穿了都是现实的倒影延伸，有"远见"的作者还是能化腐朽为神奇，挑动读者的想象及欲望。

由是观之，碧荷馆主人的《新纪元》则可资一论。这部小说所设定的时间是一九九九年。此时中国国力强大，早已改用立宪政体；中央地方皆有议院，政党会社自由设立。各国的租界早于六十年前收回，蒙古、西藏、新疆也已建省。全中国的人口，计达一千兆！单是常备、后备军人，即有六百万。中国早非世纪初的老大帝国，而成泰西各国所隐隐担忧的新"黄祸"了。

小说的重点在于中国与西方强国间的一场世纪之战。战事之爆发，缘于匈牙利境内匈奴裔的黄种人与欧裔的白种人因是否采用黄帝纪年，发生冲突。由于事关世界黄、白人种日后的福祉，一场内乱迅速演变为世界大战。中国方面以寡敌众，却毫不忧惧。事实上，是中国托言保护黄种匈奴裔人民，出兵入驻匈国，先挑起战端的。当年的被侵者现在成入侵者，可真是风水轮流转了。统率中国海军的是黄之盛元帅，智勇双全，自不待言。难得他性好先进科技，因此引进许多新鲜武器，蔚成奇观。

黄以海战知觉器(雷达？)、洋面探险器(声纳？)大破敌舰水雷，又以日光镜引火烧毁敌方船舰。我们同时也看到水上步行器、避电衣、流质电射灯、泅水衣、软玻璃眼镜等轻便军事用具，广被采用。欧洲军队不敌，竟施放剧毒绿(氯)气。幸有黄夫人献计，采用水底攻势，并将水还原为氢、氧，引火烧船。此一化水为火之招，配合上述日光镜，果然大败欧洲联合舰队。前此被视为稀奇的大气球、潜水艇，在《新纪元》里更是成群结队出动，成为普通装备。此役是战争的转折点，虽发生于一九九九年，读来倒有些《三国》赤壁之战、火烧曹军的味道。科幻小说的未来总也抛不下过去，信然。

碧荷馆主人写战争中的中国将士，一齐用命，全世界、五大洲的华侨，包括一群住在婆罗洲外海底的侨胞，也空前大团结为祖国助威。这真是国际版的《荡寇志》。小说最后少数敌军负隅顽抗，放碳气、树电墙，皆为黄元帅一一破解。压轴是黄夫人祭出追魂砂，此砂的特异成分能放出比X光更强的光线，终歼灭所有敌人。各战败国与中国签约，割地赔款、设立租界。时为黄帝四千七百零九年，西历二千年。中国的"新纪元"于焉开始。

《新纪元》一书对时间的关切，可从世界大战的起因，竟是为了奉行黄帝纪年看出。碧荷馆主人对中国的前瞻，其实是基于一回顾的姿态。他在世纪初所做的世纪末预言，急欲摆脱历史包袱，却反而印证了中国过去与现在的阴影，从未消失。中国的未来只是重演列强对中国的丑行，并以其人之道还治其人之身。这样的"新纪元"痛快虽痛快，毕竟只是抄袭、挪用了西方诸国的"历史"，求取想象中的"未来"好景。依样画葫芦，何"新"之有？但作者对历史的焦虑感，已跃然纸上。

《新纪元》对中国未来国力的憧憬及大中国思想，使我们想到梁启超那部有名的《新中国未来记》(1902)。这部(未完成的)小说记叙光绪二十八年(1902)一甲子后，中国政治的盛况。时为一九六二年，大中华民主国的国民正庆祝维新五十周年纪念。南京有万国太平会议，上海则举行大博览会，并敦请全国教育会长曲阜先生孔弘道演讲，讲题是"中国近六十年史"。是日有数千各国学者，数万学生前来听讲，曲阜先生侃侃而谈中国民主立宪的经过，举座为之动容。夏志清教授谓此景直追《妙法莲华经》中释迦证道，感天动地的庄严盛大场面，确是良有以也[9]。

我们通常将《新中国未来记》当作政治小说来读，多注重梁启超在其中所揭橥的立宪维新理念。但从科幻预言小说的观点来看此作，则可一窥晚清作家在时间的战场上,所做的种种驰骋。《新中国未来记》的架构来自日本作家末铁广肠的《雪中梅》(1886),然而梁启超并未能贯彻始终。小说只得五回,而且预言的架构自第一回后即迅速消失。这不只是梁启超在经营小说美学上的缺失,他对新中国的未来"究竟"是什么样子,以及新中国要"如何"达到那样的未来,缺乏更丰富的想象资源,恐怕才是主因。历史上的一九六二年,幻想并未实现。一九九九年即将到来,中国的新纪元可有希望?

《新法螺先生谭》的作者徐念慈曾写道:"月球之旅游、世界之末日、地心海底之旅行,日新不已,皆本科学之理想,超越自然,而促其进化者也。"[10]善哉斯言。晚清的科幻作家始于对历史的感喟,终于对未来的向往,在中西科幻神怪传统中,摸索一新的小说路线,而其"补天"之志,未尝稍移。这一类别的小说,在"五四"之后突告沉寂。除老舍《猫城记》、沈从文《阿丽丝中国游记》等聊为点缀外,文坛大抵为写实主义的天下。这篇文章以四个方向介绍清末科幻小说的发展。孰科孰幻,犹待辩证,但科幻小说的出现,无疑从极特殊的角度,见证了中国现代化的开始。时序又到了另一个世纪末,在张系国、黄海等人的努力下,我们是否能盼望一个科幻小说"新纪元"的到来?

注 释

[1] 鲁迅:《中国小说史略》,台北:宏雅,1981 年,第 298 页。

[2] 西方关于科幻小说的研究极多,现仅举二例。Darko Suvin, *Positions and Presuppositions in Science Fiction*(Kent:Kent Sate U.P.,1988);Carl D. Malmgren, *Worlds Apart: Narratology of science Fiction* (Bloomington:Indiana U.P.,1991).

[3] 见如欧阳健:《〈荡寇志〉价值新说》,收于《明清小说采正》,台北:贯雅,1992 年,

第 402—455 页。

[4] 鲁迅:《中国小说史略》,第 157 页。

[5] 俞万春:《荡寇志》,北京:人民文学出版社,1981 年,第 1039 页。

[6] 俞万春曾著《火器论》及《骑射论》。

[7] 参考袁英光、桂遵义:《中国近代史学史》,江苏:江苏古籍出版社,1989 年,第 67—80 页。

[8] 科幻小说批评者多强调科与幻的分野,常在于前者对知识论式叙述的铺陈,对理性逻辑的讲求,对未来世界“超乎想象之外的描述”“尽在情理之中”的解释。见 Malmgren,pp.1—23。

[9] 夏志清:《新小说的提倡者:严复与梁启超》,收于林明德编:《晚清小说研究》,台北:联经,1988 年,第 79 页。

[10] 徐念慈:《小说林缘启》,引自时萌:《晚清小说》,台北:国文天地,1990 年,第 46 页。

《老残游记》与公案小说

在中国白话小说传统的流变中，晚清小说一向较受冷落。有幸常为文学史家所提及者不过寥寥数本，而其中最为我们耳熟能详的，可能要首推刘鹗的《老残游记》。我们历来推崇《老残游记》的优点，多半是强调其生动的述景叙情方式，比诸以往话本及拟话本小说之因袭陈套，迥不相同。像大明湖的湖光水色，隆冬黄河的冰封千里，乃至黑妞白妞的歌喉婉转，都是我们至今犹津津乐道的场景。另一方面，《老残游记》一书中的政治信息也是批评家们交相讨论的关目。刘鹗借书中人物所发表的政见，虽曾被讥为保守维新派，然其人感时忧国的情怀，却不能不让我们肃然起敬。夏志清先生称《老残游记》一书首开中国现代“政治小说”的先河，诚非虚誉[1]。但是一般我们从政治小说的角度来讨论《老残游记》时，往往侧重书中直接明白的议论，而忽略小说的叙述形式或情节布局，亦时有暗示作者政治动机的可能。除了首回老残惊梦一节曾广为方家研究外，一直到近数年来才有学者对老残游大明湖的情景做较新的诠释，认为其中的一景一物俱不乏香草美人的深意[2]。有鉴于此，本文拟从公案小说的格式与传统来探讨其与《老残游记》间的关系，以求肯定该书之为政治小说佳构的原因，不仅在于作者对家国大事的平铺直述，亦在于对本身叙述模式规格的质疑反动。此外，本文亦求将此一现象纳入晚清小说创新求变的风潮中稍事引申，或可收举一反三之效亦未可知。

公案小说的发展可谓源远流长。宋灌园耐得翁《都城纪胜》“瓦舍众伎”条所载“说话”四家的“小说家”，其子目即有烟粉、灵怪、传奇、公案的分别；罗烨《醉翁谈录》分小说为八类，其中也有“公案”一类。公案小说的内容大抵描述当时社会日常发生的民刑事件，而以“摘奸发伏、洗雪冤枉”为高潮[3]。宋代话本如《错斩崔宁》《合同文字记》《三现身包龙图断冤》等，均是佳例。而由此类话本广受欢迎的程度来看，它必然也多少反映了市井民众对于良好社会秩序及清廉官吏的盼望。久而久之，乃有“包待制”这样清官形象的流行。元代的公案戏剧尤可证明是类题材影响之深远，而有关包公事迹的流传，亦有赖这些戏剧的推波助澜。迨迄明代，公案小说仍在话本与拟话本中占有相当分量。“三言”“二拍”里的故事如《陈御史巧勘金钗钿》《况太守断死孩儿》《滕大尹鬼断家私》等俱是情节曲折、高潮迭起，且其间作者对人情世故的观察显较前人更为细腻。另外公案小说以专集形态流传者亦始盛于此时，像《包孝肃公百家公案演义》和《海刚峰先生居官公案》等，事事集中各类断狱故事，而以某一清官(包公、海公)贯串全局[4]。这类公案小说文字驳杂，取材标准不一，反不如单篇小说引人入胜，但其对清代大部头的公案小说在形式布局上却有发轫伊始之功。

清代的公案小说大盛于嘉道年间，这与当时王朝政治衰颓，民生逐渐艰困，以及秘密组织如“白莲教”“天理教”的死灰复燃未尝没有关系。从《施公案》的编印开始，公案小说不只专注于堆砌各种刑案狱讼，也间接渲染清官如何效忠皇室，怀柔绿林人士为其所用的主题。以今天的眼光来看，前者易使小说陷入歌功颂德的窠臼，但后者若穿插妥当，却能使情节陡生柳暗花明的新鲜感。至此，公案小说的侠义成分已俨然成为不可或缺的要项。除《施公案》外，《七侠五义》《忠烈小五义传》和《彭公案》等均是清代公案小说中的佼佼者,而书中豪侠志士的英雄行径,更是脍炙人口的焦点。黄天霸父子英雄、七侠五义出生入死的事迹早已成为尔后小说戏曲文化的母题之一。其后晚清小说中接续传统公案模式而又能推陈出新者,则首推吴趼人的《九命奇冤》。

本文这样不殚辞费地概述中国公案小说的流变,无非是想强调其在传统白话文学中的地位不容我们轻忽,也希冀借此背景来凸现《老残游记》与传统叙述模式间相互因应的过程。我们展开《老残游记》一书稍加审视,便可发现书中的几个情节重心均不脱公案小说的影响。但有趣的是刘鹗显然别有用心。他不仅不推崇所谓"清官"的方正不阿、明察秋毫,反而大做翻案文章,痛陈他那有名的"赃官可恨,人人知之;清官尤可恨,人多不知……清官则自以为我不要钱,何所不可,刚愎自用,小则杀人,大则误国"的议论。批评家对此咸认刘鹗系感时而发,与当时政情人物多有若合符节之处。参照刘鹗的写作动机,这当然是信而有征的判断[5]。但是如果我们自传统公案文学的观点来看,则更可知《老残游记》一出,以往公案小说的格式实已岌岌可危。是故刘鹗在此的成就,不仅在于直接攻击数位当代的"清官",也同时针对深入民心已久的公案文学及潜藏于其后的意识形态,严加批判。准此,我们可以说《老残游记》的政治企图除了行之于对时人时事的针砭外,亦隐现于刘鹗对某一文学形式的苦心经营上。

《老残游记》书中与公案传统发生关系的地方,约在第四至六、十三至十四及十五至十九回,所处理的官吏则有玉贤、刚弼、史钧甫等人。前二者由于直接影射毓贤、刚毅二人,故批评家一向乐于用来作为讨论该书与实际历史间关系的佐证。四至六回叙述曹州巡抚玉贤自恃严正清廉,反未能细体下情,导致无辜百姓因阴错阳差或为人嫁祸而屈死者,不计其数。所以表面上曹州弊绝风清,政绩卓著,却换来老残"得失沦肌髓,因之急事功,冤埋城阙暗,血染顶珠红"的无穷浩叹。第十五至十九回更是一格局完整的公案故事。借着一集体中毒案件扑朔迷离的发展,刘鹗描写一孱弱寡妇被刚弼屈打成招，几濒于死的冤狱。幸赖老残见义勇为，锲而不舍地追踪案情，历经曲折，终使元凶俯首，全案水落石出。整个情节有如抽丝剥茧，确是引人入胜。尤以老残独闯公堂力释冤情的场景，读来正气凛然，颇有大快人心之感。此外第十三、十四回叙述史钧甫观察执意要执行他的贾让治河策，而情愿淹死成千上万的百姓，益使读者感到迂腐颟顸的"清官"与徇私枉法的"赃官" 其差距不过是五十步与百步之比而已——虽则自法治逻辑的角度而言，"清官"与"赃官"的分野是如何也不容抹杀的。

在传统公案小说里，一位清明睿智的官吏往往是整个情节发展的关键所在。不论案情有多么奇诡错综，一位清官总能(也应该)加以平反以昭雪冤情。借着清官的断案，故事中的伦理道德模式得以再建，而其所代表的政治安定力量也重获肯定。以西方文学词汇来解释，清官的行止或无须尽合情理，但其最终的作为却必具有"机械神"(deus ex machina)的功能，俾可力挽狂澜，使道德政治秩序失而复得。根据此一概念来看，《老残游记》中有关公案的描写就不禁使我们疑窦丛生了。首先，正因为刘鹗是位苦心孤诣的作者，我们才有理由设想他之改写公案小说中的清官形象，必不仅局限于攻击某数位特定人物。如果官吏清浊不分，尽属一丘之貉，那么赖之以统辖天下的王朝政权岂不也就摇摇欲坠了吗？刘鹗在此反对现行政权的用心不言而喻，而其对官僚制度的批判，显与另一部清末名著，李宝嘉的《官场现形记》有相互呼应之妙。唯刘鹗以其自身浮沉宦海的经验入于书中，写来尤见真切，且能发前人之所未发。

其次，刘鹗力书清官残暴不仁的昏昧行径，对已习于传统公案小说形式的读者而言，不啻当头棒喝，从而使我们警觉以往公案小说的清官形象原只是千篇一律的俗套，与"现实"人生所可能发生的种种未必契合。这类逆转公式化描写，重新塑造读者认知取向的方式(defamiliarization)，是文学创作(尤其是"写实"文学)推陈出新的途径之一[6]。如果我们肯定《老残游记》产生了让我们耳目一新的"写实"感，则此等改写某一既定文学成规的做法就更有细加体会的必要。毕竟一文学作品的“写实”效果不但源于对外在事物的模拟,也有赖于自家文字媒介及叙述格式的操作排比。

但随着公案小说模式逆转而生的新道德视景,才更使我们意识到《老残游记》在中国古典小说转变中所占的地位。前已言及刘鹗借着清官不仁的主体以抒发个人反对政治现状的块垒,但尤令我们瞩目的是,一旦清官所代表的政治安定力量消弭于无形,则其所应维系的道德秩序亦无从施展,而这正是《老残游记》一书所面临之问题的症结所在。以往公案小说里所铺陈的伦常善恶关系多有赖清官的斡旋支持而得不坠,但在《老残游记》中清官的所作所为却造成一种道德混沌的状态(moral ambiguity)。这并不意味刘鹗存心揭露一道德尺度沦丧的世界,恰恰相反,作者似在暗示其笔下的清官倒是在勤政安民的前提下,方才做出伤天害理的论断。这其间所滋生的矛盾龃龉感,可能是让我们读者感到惶惑不安的最大原因。我们或许要质疑,到底出于什么原因使得《老残游记》中的公案情节发生了偏差?

也许我们对晚清思想政治界所发生的种种现象做一历史性的回顾,会稍有助于我们了解《老残游记》的公案部分。自甲午战争以后,外患益亟,内政日敝。王朝上下有心为善,力图扭转时局者实并不乏人。然而我们从“中学为体、西学为用”说的发展,百日维新的挫败,以及义和团的兴起,便不难发现各项思想政治上的努力,均难逃构思或执行偏差、名实不符的困境。原本的良法美意,反变为祸国殃民的渊薮。整个清帝国最后十数年间所面临的价值体系动摇,朝令夕改的紊乱状态,势必使得知识分子要对家国现状重做考虑反省。刘鹗对官吏的批判自应纳入此一反动潮流来解释,而他的“清官尤可恨”虽语出惊人,却适足以反映其本人对以往政治道德的“神话”亦有了爱恨交织、无所适从的暧昧心态。但这种暧昧的心态并不仅见于《老残游记》一书而已。像曾朴的《孽海花》一味为赛金花脱罪,将其由名妓的身份抬举为救国救民的女英雄(见张鸿《续孽海花》),或像《二十年目睹之怪现状》内夸张鼠辈当道,君子仁人落荒而逃的闹剧,在探讨道德价值混淆的基调上实与《老残游记》一脉相承。以较专业化方式来说,晚清小说开拓了一模拟嘲弄(parody)的新境,对以往的政教章程、文学成规在模仿之余却又暗图瓦解讽笑,因此而造成读者进退两难、哭笑不得的地位,实应视为意料之中的阅读效果。

刘鹗本人面对此一道德价值体系的颠倒游移,显然并无完满的解决之道。我们但看老残独闯刚弼公堂力释无辜一节,就可思过半矣。老残匹马单枪,义无反顾的情怀固然值得喝彩,但我们若细细思忖,当可明了这不过是刘鹗一厢情愿的安排,亦是因循侠义小说中的英雄形象而来的设计,未必与真实可能的情况相符。老残在此所显示的堂吉诃德精神(Quixotic spirit),不免让我们慨叹他所热衷的道义伸张,居然成为不合时宜的举止。诚如夏志清先生所言,就算老残能救得了一二性命,但面临其他千百的冤狱,又能如之何[7]? 作者在此泄露的一种道德无力感,是极端深沉无奈的。当书内的"清官"变得昏昧严苛,而有待一走方郎中来扮演"机器神"的角色时,传统公案的精神实已冰消瓦解。隐含于其下的官(政府)民对立的情势,也就越发紧张了。另一面,纯就《老残游记》的写实层次而言,独闯公堂一节显然点出刘鹗亟于维护小说世界中的正义(poetic justice)而舍弃了前此做客观描写的决心。相形之下,老残观黄河泛滥殃及百姓而落泪,或倾听玉贤虐政而义愤填膺的场面,显较十八、九回的情节更切近刘鹗的个人经验。

以往我们在讨论《老残游记》书中有关官吏断案的情节时,多半强调作者对时政的愤慨。另有慧眼独具的批评家则指出其与西方侦探小说有密不可分的关系。揆诸小说中提到福尔摩斯之名(第十八回)[8],此等观察自是言之成理。但在我们极力找寻《老残游记》与西方影响的蛛丝马迹之际,却忽略其与公案小说间的传承,是否已犯了舍近求远之弊呢? 公案小说发展至十九世纪末年已是强弩之末,但其广受欢迎的程度却仍高踞斯时通俗文学的上峰。刘鹗的《老残游记》虽云不乏创意,可是唯有照映在某一传统模式之下,其"新"意方得凸显。不仅此也,刘鹗之选择公案式小说作为拟讽的对象,可谓深具一石二鸟之效:他一方面借机抒发自己臧否人物的目的,另一方面也在改换公案小说人物造型及布局间,对其身处的文学传统重加反省。如果说政治小说的定义不仅限于对政治事物的直接涉及,也表现在作者意欲借文学模式的转换来激发读者阅读认知习惯的调整,那么《老残游记》与盛行之公案小说间的错综关系,正可为此做一佳例。

注 释

[1] C. T. Hsia, "Obsession with China," *A History of Modern Chinese Fiction*, Appendix I (New Haven: Yale U.P., 1971), p.537.

[2] Donald Holoch, "The Travels of Lao Can: Allegorican Narrative," in Milena Doleželová - Velingerová (ed.), *The Chinese Novel at the Turn of the Century* (Toronto: U. of Toronto P., 1981), pp.129—149.

[3] 有关话本小说发展大要,参看胡士莹:《话本小说概论》,台北:丹青,1983 年,第 650—671 页;孟瑶:《中国小说史》第二册,台北:传记文学,1980 年,第 137—216 页。

[4] 参见马幼垣:《明代公案小说的版本传统——龙图公案考》,收于《中国小说史集稿》,台北:时报,1980 年,第 147—182 页。

[5] 参见蒋逸雪《〈老残游记〉考证》及夏志清《〈老残游记〉新论》,均收于联经版《老残游记》,台北:联经,1966 年,第 317—363、395—401 页。

[6] Roman Jakobson, "On Realism in Art," in L. Matejka & K. Pomorska (eds.), *Readings in Russian Poetics* (Cambridge: MIT P., 1971), pp.38—46.

[7] 夏志清:《〈老残游记〉新论》,第 395 页。

[8] 同上,第 389—390 页。夏志清先生显然对该书十八、九回侦探式情节不甚满意,而忽略刘鹗于此实已重入公案小说的窠臼。另参见 H. E. Shadick 著,柳存仁译:《西洋文人对于〈老残游记〉的印象》,收于联经版《老残游记》,第 381 页。

“谴责”以外的喧嚣

试探晚清小说的闹剧意义

在中国小说的发展上，晚清小说无疑代表一极繁盛的阶段，但一般学者对其之评价却通常是毁多于誉。鲁迅于二十世纪二十年代首以“谴责小说”一词涵盖晚清小说的大宗。从而为往后批评家树立一研究典范[1]。流风所及，至今我们仍以针砭时事、嘲弄风俗来标榜晚清小说的特色。然而学者在讨论各个作品尖酸泼辣的讽刺意图之余，又每每遗憾其体制散漫、内容浮夸等弊病。此等批评方式几乎已成定论，以鲁迅一语综述之，即所谓：“虽命意在于匡世，似与讽刺小说同伦，而辞气浮露，笔无藏锋，甚且过甚其辞，以合时人嗜好。”以今日文学欣赏的角度观之，这一论点原无可非议之处。但值得我们深思的是，谴责小说之所以在中国小说流变中独树一帜，并非只是因为晚清作者专事讥世讽俗之故。在此之前讽刺批判性的文学实已有深远的传统。只要与宋明和清初的小说相较，我们便可发现晚清“谴责小说”最具突破性之处，并不在于作者对社会现状的口诛笔伐，而在于随着强烈讽刺目的而衍生的闹剧模式。在谴责小说出现以前，从没有一个时期的作品表现出如此一致的喧嚷讽谑、嬉笑怒骂的风格；也从没有一个时期的作者共同投注如此庞大的精力与好奇心，以图揭发社会各阶层的丑态；更没有一个时期的作品在形式上是如此的拮据扭曲、生涩多变。这些特点以往皆在鲁迅所谓“辞气浮露，笔无藏锋”的贬谪下被轻轻一笔带过。事实上，如果我们要肯定晚清小说在文学史上承前启后的地位，则其以“谴责”为名所经营的嬉闹乖张之格调就有进一步研究的必要。本文草成的目的，即是希望朝此方向提出一些初步的观察。

一

任何对晚清谴责小说如《官场现形记》《二十年目睹之怪现状》者稍有涉猎的读者，大概都能勾勒出如下的一个小说世界：传统小说里的英雄豪杰、才子佳人在此销声匿迹，取而代之的则是一群群猥琐苟且的蛇鼠之辈。上至大人先生，下至升斗小民，似乎在晚清的社会中都不约而同地改头换面，成为“怪现状”作者吴趼人所谓的“蛇虫鼠蚁、魑魅魍魉”之徒。偶有一两位志士仁人的出现，却均只堪为无足轻重的边配人物。尤有甚者，以往小说里忠孝节义的主题也一一消弭无形——谴责小说所呈现的是一个是非混淆、价值颠倒的世界。面对这样的小说视景，我们初步的反应也许是惊诧叹息晚清社会的堕落竟一至如斯。但在大叹世风日下、人心不古之余，我们是否也不时为书中高潮迭起的荒唐情景逗得忍俊不禁呢？毕竟作者在书前篇后所发的“正义”之声已属老生常谈，最能吸引我们阅读兴趣的，反倒是那些光怪陆离，层出不穷的“怪现状”。晚清的作者们显然也深谙这其中阅读焦点移转的奥妙，于是他们在“谴责”的前提之下，居然滋生了前所罕见的兴趣，大肆搜罗、夸张甚而捏造各色耸人听闻的故事，以满足读者的好奇[2]。至此传统的小说形式已难再符需要，其叙述结构及意识形态的改变，似乎也成为无可避免的结果。

或许中国的文学批评一向以作品的温柔敦厚是尚，讲究无违中道，故而像谴责小说中所肆意渲染的笑料，实在很难获得批评家的青睐。即使我们用一般“教化性喜剧”的标准来看这些戏谑喧哗的场面，都嫌有隔靴搔痒之弊。谴责小说中的嬉闹缺乏明白的道德信息。小说终了，坏人不见得遭报惩，社会秩序也未必除旧布新，尤见缺乏的是传统小说中惯有之团圆妥协的结局——事实上许多小说不是草草结束，就是根本难卒终章。这些现象都暗示我们若欲欣赏谴责小说的笑谑，则有另辟蹊径的必要。准此，一些西方文学批评中的观念或许有值得我们借镜之处。

在西洋文学传统中，类似谴责小说之类的讽刺作品可谓其来有自。批评家傅瑞(Frye)根据希腊犬儒作者曼尼帕斯(Menippus)之名归纳而为“曼尼匹安式”讽刺[3]。其中较为国人所熟知的大家有拉伯雷(Rabelais)、伏尔泰(Voltaire)——《赣第德》(*Candide*)的作者及斯威夫特(Swift)——《格列佛游记》(*Gulliver's Travels*)作者等人。这些作家的作品虽意在批判，却采取一煞有介事的态度刻意夸张其讽刺对象，其效果则是滑稽突梯，笑料百出。作者行有余力之际，则更蓄意营造一与常情迥不相同的世界观，在其中一些伦常学理都有了似是而非的翻版，使读者徘徊书内书外之际，常生是耶非耶的价值恍惚感。借此机会，作者亦可自炫其广博的社会或学术知识，堆砌排比、连篇累牍则是其惯用的写作伎俩。尤其值得注意的是，既然这些作品的写成已是不按牌理出牌，我们读者也自难用一般文学的逻辑规范横加论断，而是应持但观其“变”的态度，另立欣赏准绳。

近数年来，随着二十世纪三十年代前苏联批评家巴赫金(Bakhtin)的重被发掘，有关“闹剧”(farce)的文学理论亦绽现新意[4]。巴赫金特重西方中世纪以降的“嘉年华”(Carnival)文学传统，对其中戏谑露骨的“笑”果，尤有独到的见解。巴氏以为，“嘉年华”式的喧笑是一种浑然忘我的情境，意在颠倒尊卑长幼、贤愚高下的限制，强调人生之内没有不可付诸一笑的事物。巴氏之论原有其特定的文学背景，但我们若撷英咀华，将其延伸到“闹剧”定义之中，却能益显其寓意之宽广。由是，我们大抵可将“闹剧”作为一文学模式时所具有的内涵，罗列如后：第一，“闹剧”在精神上是反传统、反成规的。所有我们日常遵从的章法礼俗,均成闹剧情节里插科打诨的最佳素材。有趣的是,“闹剧”的天地虽云乱则乱矣,却可酝酿发展出一套自家的“秩序”,而此等“秩序”正是要对一般正常的社会秩序做最大的逆转。第二,闹剧式的人物多是獐头鼠目、光怪陆离的丑行角色。这些人物占据了情节的核心,施展出种种攻击性或亵渎性的言行,使自居理智清明的读者难以自处。然而这些人物的魅力,端在于他们虽然可恶,但却更为可笑。他们不断逾越体法尺度,可是其无孔不入的精力及匪夷所思的作为,却实在使我们啧啧称奇。第三,闹剧的世界是一道德混沌的大地。我们一向视为当然的事物,均在此喧嚷唐突的气氛中变得暧昧难明。也正因为“闹剧”本身意在抹消任何肯定的道德立场,对读者而言其所激发的笑闹性质亦不易廓清。我们对闹剧式的情节或可给予嗤之以鼻的讥笑冷笑, 或可发出无可奈何的苦笑讪笑,但最具吊诡性的是,我们或在有意无意间“暂且”放下道德礼法,投入闹剧的世界,随着情节流转而开怀大笑。

二

以上本文征引了西方二家的理论,作为讨论闹剧式写作的参考。但这并不意味着我们在审视谴责小说的嬉闹场面或结构时,非得奉行西方理论不可。削足适履,原是从事比较文学研究者的大忌。笔者所愿借此强调的,则是试图重估谴责小说在“谴责”目的以外,所仍拥有的复杂意义层面。明乎此,我们在讨论其闹剧模式时,方能收触类旁通之效。我们且拿吴趼人《二十年目睹之怪现状》来做例子。这部小说无论在情节、结构、人物等各方面都堪称为谴责小说的典型, 而作者力求揭露社会各层面丑态的野心,尤为大多数作品所不及。小说以匿名主角“九死一生”因父丧而赴杭州寻亲始,历述其二十年间于商场、官场中所见所闻的种种怪现状,而以其看破世事,自甘退隐为结束。整部小说虽以一固定主人翁“九死一生”穿针引线,纵贯全局，但不少批评家均已指出，此一设计无非是权宜之举，因为全书的重心不在“九死一生”的个人经历，而在由他所引出的各种怪现状[5]。这些形形色色的怪现状固然足征作者讽刺社会的苦心，但唯有照映在闹剧的光影之下，其本身的活力方得彰显。显而易见的，吴趼人笔下的世界是个群丑跳梁的局面。任何人若想挣得一席之地，就必得服膺这一世界的新“法则”。所以表面上“怪现状”的各情节似乎各不相属，但内里均臣属同一闹剧式逻辑：牛鬼蛇神，各显神通，但均是乖离正道的荒谬之举。小说的笑闹，于焉而起。有关各种令人喷饭的描写，可谓信手拈来，皆成佳例。最有名的苟才为了升官发财，可以下跪泣求新寡的儿媳嫁给长官为妾；另有候补的县太爷居然趁人不备盗取财物。子孙不肖，千方百计谋夺家产者有之，虐待长亲恶之欲其死者亦有之。此外名士无行，张冠李戴的笑话也是数见不鲜；更有淫妇获颁旌表“节烈可风”，或是富室子纵欲而死却得“孝于殉母”的美名这类荒谬绝伦的情节。整部小说即在这些蝇营狗苟之辈此起彼落的活动下，迤逦百余回方得终止。而终止的原因并非是小说有了任何肯定性的转机，而是出于我们的“正派”主角厌倦一切，黯然退隐之故。

即使从以上对“怪现状”一鳞半爪的介绍里，我们已可发现这部小说所诉求的阅读效果，绝不止于读者的轻颦浅笑而已。以往以“谴责”眼光来看此书者，必然义愤填膺，长叹国之将亡，定有先兆。但是我们若持“闹剧”的角度重审种种情节，则可知作者在“谴责”之外，实有刻意夸大其荒谬惹笑处的动机，而这类笑谑不唯充满惊世骇俗的内涵，也一再攻击试探读者的阅读尺度。的确，我们读者的立场是十分尴尬的。我们一方面自居清明超然的地位，不屑书中人物所为，但另一方面我们又未尝不知全书最引人入胜处，即在于其百科大全式地罗列种种可笑可恨的事物。任何读者若板着面孔来读此书，势必难以一窥书中最精彩的部分；但是如果我们兴致勃勃地期盼书中鼠辈接二连三地铤而走险，却又有“助纣为虐”之嫌。此无他，只因“笑话”闹得越大，“公理”似乎越不能战胜“邪恶”也。前者批评家谓《怪现状》的情节模式环绕两个轴心进行,即“坏人战胜好人”“巨奸大恶战胜小奸小恶”,确是言之成理[6]。而我们正不妨将此看作是《怪现状》中闹剧世界里的“新道德”规范。小说将近结束时,书中仅有的几个“好人”都被排挤到社会边缘,但是绝大多数懂得营生之道的丑角却都仍精力蓬勃,摩拳擦掌地准备再串演下一出好戏。有鉴于此,谁又能说这片黑暗混乱的社会里,没有它自成一格的“秩序”呢?

《二十年目睹之怪现状》所呈现的闹剧视景,不过仅是晚清谴责小说中的一个例子而已。在其他脍炙人口的作品中,我们也可发现类似的处理。如李伯元的《官场现形记》集中火力描述晚清卖官鬻爵的现象,写来更具“专业化”的架势。所有衙门上下在一般公务之余,居然另行发展一套贪污纳贿的“行政”系统,管道森森,门路俨然,直令读者拍案惊奇。而其中角色热衷名利的丑态,犹其余事。另外曾朴的《孽海花》把名妓赛金花的形象重加塑造,让她一面与洪钧闹着一幕幕绿云盖顶的新闻,一面又猛与各国王公巨卿、革命志士打交道,仿佛真是晚清官场、欢场炙手可热的第一人。《孽海花》虽未竟全书,但作者把赛氏捧为扭转庚子变局之枢纽人物的目标,已足显其内蕴的闹剧高潮。除了这几部较常为人提及的小说外,李伯元的《文明小史》也不容忽视。该书详述清末“维新”运动前后,朝野上下的种种荒唐反应。其中崇洋媚外者嘴脸之活灵活现,已屡有方家提及。而许多投机人士趁此中西价值混淆之际滥竽充数、沐猴而冠的行径,尤其令我们啼笑皆非。像半吊子留学生趾高气扬,或奸商开学店大发利市的情节,读来实有历久弥新之感。至若书末黄世昌为谋升迁,将太太送给长官做“古法按摩”的描写,更直追《怪现状》一书的精彩片段。特别值得一提的是作者姓名已失之《官场维新记》一书。该书体制大抵类似同期其他谴责小说。作者以一特定反派人物袁伯珍做主角,详述其受“高人”指点,乃以升官发财为职志,不屈不挠,终而美梦成真的经过。如此情节安排,实不啻将传统所倡“有志者事竟成”的美德大做翻案文章。而作者以一丑角作为全集主人翁,尤为中国古典小说中所少见。小说最后,功成名就的袁伯珍意气风发地大放厥词,号召天下"有志"之士尽兴乎来的场面,可称得上是谴责小说中闹剧演出的经典场面之一。

以上本文企图以"闹剧"模式来重加定义晚清谴责小说的范畴,并建议我们若持见怪不怪的态度来阅读种种荒唐可耻的场景或人物,或可享受"乐在其中"的共鸣感。卫道之士对这样的一个阅读方法也许颇不以为然。但笔者以为,自鲁迅以降,我们对谴责小说的诠释已有愈趋僵化的局势。如果我们承认文学批评原就无须定于一尊,而文学作品本身所含的意义与动机亦是千头万绪的话,那么尝试一个新的阅读角度,未尝不会使作品产生柳暗花明的新意。准此,我们根据前文所介绍的闹剧背景与风格,可对晚清"谴责小说"在文学史上的意义做如下的结论。

第一,晚清小说写作的背景,原就是一扰攘纷呈的年代。对应这样一个创作环境,作家们在写作形式与题材上有急遽改变,也是可想而知的事。以往批评家们热切地想运用一个纯净的定义来综述此一复杂文学现象,未免时有左支右绌之感。而"闹剧"一词于此值得考虑的原因,乃在于其本身即属一附着衍生式(parasitic)的写作模式,必得依赖其他文学模式而生,也因此并不排斥我们已习用的定义(如谴责小说)。但"闹剧"的精神是要在表面单纯一统的规范中,暴露种种龃龉矛盾的漏洞,在严谨肃穆的时刻里,激发出阵阵莫名其妙的哄笑。用巴赫金的术语来说,是要以"百家争鸣"的嘈杂(heteroglossia)来代替唯我独尊的声音。是故具闹剧倾向的作品中,圣贤人物、礼法尺度均将融于一无所不包的喧嚣中。以此观点来看谴责小说,我们立可发现以往批评家所谓严肃的讽刺意图,原只是其吵嚷喧闹的叙述方式中之一端而已。

第二,如果根据上述有关闹剧的描述,则以往谴责小说中最为人所诟病的"辞气浮露、笔无藏锋"等形式问题,就有重加思量的必要。但这并不意味着我们非得赞美其情节枝蔓、人物夸张等弊病不可。笔者所建议的是,晚清小说如具有强烈反传统精神,则此精神应不只反映于作者表面的议论上,也应可暗示于其对文学规格的反省上。闹剧式写作蓄意打破传统情节布局、人物塑造的窠臼,务求出奇制胜、耸人听闻。我们读者也许会对其玩世不恭、戏谑惫懒的倾向,表示不满,但隐含于其下的另一种创作意识形态,却不容我们忽视,而这对日后作家想象力的开展,尤可谓意义深远。

第三,"闹剧"式作品除了在创作动机上显得暧昧不明外,也同样要求读者在阅读过程中不断做自我调适。比诸以往的古典小说,谴责小说表现出一种罕见的自嘲嘲人的双重趋向,而我们读者也须有将一切付之一笑的雅量,才能进入其闹剧天地。换句话说,"文以载道"的金科玉律,在此对读者或作者均可能只是表面文章而已。真正引起我们注意的,反倒是小说在"章法"以外所借题发挥的部分。套句晚近流行的批评术语,谴责小说强烈地引导我们采取一种解构(deconstruction)看法。

闹剧式作品既然以偏锋取胜,自难入于文学传统的主流。但其所汇集的一股桀骜不驯的创作力量,却一再于"五四"以后的小说中显现出来。远如五十年前的老舍、张天翼,近如目前当红的莫言,其作品多多少少都承继了晚清谴责小说的闹剧性冲动。是故我们对这方面的研究,也许称得上是此其时也。

注 释

[1] 鲁迅:《中国小说史略》,第二十八篇;另有关晚清小说的基本介绍与批评,参见阿英:《晚清小说史》,台北:1980 年。

[2] 有关晚清作者抄袭捏造的讨论,可参见陈幸蕙:《〈二十年目睹之怪现状〉研究》,台北:1982 年,第二章;魏绍昌:《李伯元研究资料》,香港:1980 年,第 180 页。这些现象都使我们对晚清作家所表现的"写实"态度,有进一步讨论的必要。

[3] Northrop Frye, *Anatomy of Criticism* (Princeton: Princeton U.P., 1957), pp.308—312.

[4] 参见 M. M. Bakhtin, *Rabelais and His World*, trans. Helene Iswolsky (Cambridge, Mass.: MIT P., 1968); 及 *The Dialogic Imagination*, trans. M. Holquist and C. Emerson (Austin: U. of Texas P., 1981), 第 1、4 章。

[5] 参见如 Milena Doleželová - Velingerová, "Typology of Plot Structures in Late Qing Novels," in M. Doleželová - Velingerová (ed.), *The Chinese Novel at the Turn of the Century* (Toronto: U. of Toronto P., 1980), pp.38—56。

[6] 同上, 第 53 页。

“说话”与中国白话小说叙事模式的关系

对一个现代读者而言,中国古典白话小说的主要特征之一,可能是其不断运用说话人的虚拟修辞策略(simulated rhetoric of the storyteller)。尽管在叙事模式上,中国古典白话小说写作、阅读的活动和它成熟精练的程度,与最初市井中的说书人已有很大的差异,此一特征却绵延不辍。自宋朝的“话本”式微后,说话的修辞策略即为文人所模仿,以写作精致的短篇故事或长篇小说[1]。虽然明、清二代的非韵文故事(prose fiction)经由文人愈趋细腻的描述润色而变得繁复起来,因而从纯粹的脚本形式向前跨了一大步[2],但说话人引生的“现场情境”(situational context)几乎仍是所有白话小说在结构和风格上的常规。更有甚者,出现于晚元时期的长篇小说中,作者甚至将整部作品分割成一段段的章节,分别赋予其回目,以借此模仿说话场面若断若续的情境。

韩南教授(Patrick Hanan)曾将古典中国白话小说对说话形态无休止的拟仿称为“虚拟情境”(simulated context),意谓“假称一部作品于现场传颂的情境”[3]。传统的批评家和文学史家均倾向于追寻此种修辞策略的源头及发展;仅有少数学者曾专注其对中国古典小说叙事类型的影响[4]。因此,本文的目的是要将说话的虚拟情境视作促使中国古典小说“似真”(verisimilitude)效果发展的主要叙事法则。笔者除了将检视说话情境的叙述策略如何形成外,并企图一窥包含于其中的社会/文化因素。同时,对说话情境变迁及传承过程的观察,似乎更可为“五四”时期的小说提供另一个新的研究角度。本文所采取的方法勉强可算是结构主义式的。但笔者以为,我们对任何方法学不应只是人云亦云的推崇或贬斥;它的合法性(legitimacy)应建立在其是否能增进我们对某一文学现象的了解之上。

一

中国古典小说的叙事模式沿用说话的虚拟情境近七百年之久,其在风格上所呈现的特殊延续性,实很难在其他国家非韵文故事的传统中找到相似例证。但这并不意味着中国古典小说所构成的集合(corpus)仅慵懒疲惫地重复一种叙述模式。正如韩南及何谷里(Robert Hegel)所分别指出的,每一时代有才气的作家多多少少都以其独特的风格,修正与调适此一传统模式[5]。但即使接受此一事实,我们仍然认为说话的虚拟修辞策略可以被视为一个基本指标,引领我们对中国古典小说做一总体的认识,而期待能于其下发掘一些可言之成理、引人置信的规律性(rules of intelligibility)。

由于说话人所引生的虚构(simulacrum)着重渲染作者与读者直接沟通的过程,无疑为叙事文体的写实效果提供了最方便的道路。如我们将“叙述者”(narrator)与“接听者”(narratee)的角色比拟为说话人和其听众,其所模拟的沟通情境自然是市集中说话人与听众间的唱和。事实上,此种情况将雅克布森式(Jakobsonian)的语言传达状况——即以作者(implied author)\说话人为叙述者(addresser),而以读者(reader)\ 听众为接受者(addressee)的状况——完全具体化了[6]。但说话的情境不仅赋予故事一个鲜活的叙事结构,其所传达的身历其境的“再现”(representational)轨迹,更强迫我们思考一些更深层的美学及文化上的因素。如我们底下所要讨论的,"说话人"并不是在"一"个作品中占据存在地位的一个独立人格,而是先于作品而存在,且经常被中国古典小说作家所召唤使用的一种叙事成规。因此,由说话所引起的模拟式真实效果应被视为一更广泛的"似真"策略之部分,填补虚构与真实世界间的裂缝,达成一部作品所谓"真实的动机"(realistic motivation)[7]。换句话说,说话人的声音增添某一作品的说服性。再者,从社会文化话语所形成互为指涉(intertextual)的复杂关系而言,说话人的存在实不仅只是一平凡的艺术成规而已。"他"的存在有其根深蒂固的历史文化因素支持着。用巴特(Roland Barthes)的话说,说话人的声音是在一特定历史时空中,"一个集体的、匿名的声音,其源头正是一般人的知识总合"[8]。

热奈特(Genette)认为所有叙事文中的写实幻影实际上都是"记述"的种种变化(variations of diegesis),因为"事实上,以文字形式造就出来的模拟篇章,终究不过是文字与文字间相互的模拟游戏罢了"(the truth is that mimesis in words can only be mimesis of words)[9]。因此,作品中说话的情境虽然借着建立某一语言传达状况,而呈现出强烈的模拟现实倾向,终究也只不过是一种记述的形式(diegetic form)。由于这个事实,当我们讨论说话的虚拟情境时,必须对其下的叙事要素再做审视。由于热奈特曾经发展了一套关于叙事文体话语的精密理论,我们或可借他的理论模型一用,兼可验证此种理论的有效性。

热奈特定义了三个叙事文体话语中相互关联的修辞元素,即"声音"(voice)、"语态"(mood)和"时式"(tense)。在其理论系统中,"时式"指的是叙事文体(narrative)与故事素材(story)间的关系;"语态"定义叙事文体表陈再现功能的形式(或程度);"声音"则是有关"叙事文体及其真实或隐藏的立场"[10]。有鉴于说话的情境建立起一模拟的语言传达状况,此状况并在原先的作品中定义了叙述者与接听者的关系,我们大可将其放在热奈特的

“声音”模式中讨论。但由于其对叙事文体观点及记述结构(diegetic structure)的形成有着深远的影响,任何有关说话人“声音”的讨论均无法不提到“语态”和“时式”。

以下我们将讨论有关虚拟说话情境中所隐含的“声音”的问题。首先,说话情境借着“外在化”和“空间化”(externalizing and spatializing)的方式,造成读者的临场感和意义不假外求的丰满感(sense of immediacy and plentitude),由是建立起真实客观的幻影。好似在说书时,叙述者的信息(words)与他的思考(thoughts)直接沟通,成了透明的意符。既然“意义”和“形式”假设是与发言之时(utterance)同时存在,那么说话人的声音自然可以真实客观的名义直接展示其感知及观念的一面。

如果上述的论点我们今日看来似曾相识,这必须归因于法国哲学家德里达(Derrida)所带来的观念:他认为西方哲学/形而上学史中一个基本且重复出现的现象,即为牺牲书写文字(written words; l' écriture)而独重口说文字(spoken words)稳定恒久的地位[11]。德里达将真理中心主义归类为西方文化独有的现象。但此说已先后为斯皮瓦克(Gayatri Spivak)和魏斯凌(Donald Wesling)批判为“东方主义”的迷思(myth of orientalism)—— 一种因地理区位有别而形成之想当然耳的差异(geographical fiction) [12]。如魏斯凌所说,中国的书写文字实有其强烈的语音成分在内,“而为凡诺罗莎(Fenollosa)、庞德(Ezra Pound)和德里达所遗忘或贬抑”;中国哲学和文学传统臣服于“源头”(origin)和“现存”(presence)的迷思的程度与西方传统是一样的[13]。因此,如果德里达有关书写文字与口说文字对立的论式是有意义的话,我们或许也可将其应用于中国古典小说中,以解释作家对说话的修辞策略恒久的迷恋。

借着隐含在有限的时间、空间中意义不假外求的特性,口说文字将书写文字的复杂性削减至最低。正如许多人以为我们对一切事物的知觉(perception)可以促使我们与现存的真实(reality of present)直接沟通一般,口说文字"似乎"也比书写篇章更接近真实。但我们却没有想到它其实贬抑了诠释的过程,进而牺牲了意义的多元性。当古典话本小说试图在一奇幻题材上加诸一写实的情境时,此一特有的"似真"叙述方式已开始作用,使得我们相信说话人的直接话语是一种真实复又诚恳的沟通形式。因此,所谓"真实"的第一个层面即为说话人而非故事本身,更何况说话人在意识形态及心理层面上都足以成为一个令人信服的参考章法。当读者参与和说话人沟通的模拟情况时,好像他不止接受语言临场传达状况的有效性,并且也分享说话人所感觉到的"真实"视景。此处我们可以发现一个吊诡:虽然说话在一部作品中常被认为是微不足道的过时形式,或仅是中国小说中一个怪有趣的特征,但事实上,无论就美学或文化层次而言,说话情境在中国古典小说的叙事模式中,均可视为驱动似真感的主力。它并非作品中可有可无的点缀,相反的,它的"存在"(presence)即保证了任何一部作品的意义感。

然而,此种虚拟的修辞策略并不只出现于中国的白话小说中。在西方的叙事传统里,我们可以发现颇多与中国传统相似的话语模式。举个例子来说,由于与口语叙事传统明显的关联,中国小说中说话的成规与荷马史诗中的口说吟诵有着表面上的相关性。二者皆指陈了一种说故事人与听众间心照不宣的和谐情境,以使故事能"好像真的发生般"地沟通着。但此种比较有其事实上的严格限制:虽然西方叙事传统可以追溯到荷马式口说吟诵的情况中[14],说话的虚拟情境却不能视为中国叙事艺术的初生形态。我们的记载里早期口语叙事文的例子有唐代的"变文"和发生在宋代京师中的实际说书行为等。但明显地,两者在叙事传统中均出现得相当晚,并且均呈现已受书写叙事传统影响的痕迹[15]。

说话的虚拟情境也会让我们联想到如薄伽丘(Boccaccio)的《十日谈》(*Decameron*)和乔叟(Chaucer)的《坎特伯雷故事》(*Canterbury Tales*)等西方叙事文体。二者皆是在一个大的架构中串连自成格局的个别作品。但它们与中国说话技巧的差别在于薄伽丘和乔叟笔下的各个叙述者均有其鲜明的爱憎风格与个性,这种情形在西方的"说故事"叙事文体中代表着一种突破。而中国的说话人与其说是具体化的个人,倒不如说他代表着一种集体的社会意识。不像薄伽丘和乔叟的作品中说故事的主角,中国作家笔下的说话人很少炫耀其在智慧或社会地位上的优越感,继而轻视乃至嘲讽他所叙说的人生百态。中国作品中的说话人是被设计用来激发如史登(J.P. Stern)所说的"适中的距离"(middle distance)之用:不让我们太接近所要描叙的对象,也不能太远离它;促使我们以认知日常生活的方式去看待它[16]。在阅读的过程中,我们理所当然地假设说话人是我们之中的一份子,在"我们的"道德和社会所容许的尺度下发言。

在十八世纪,欧洲的小说家们运用了其他不同的虚拟情境的方法。我们可以看到如菲尔丁(Fielding)运用其权威式的叙述者;拉克娄(Laclos)、理查逊(Richardson)和孟德斯鸠(Montesquieu)的书信体小说,其中每一封信代表了不同的情节关系;笛福(Defoe)和歌德(Goethe)使用如日记体和笔记(journal)式的技巧。晚近英美文学中的例子有梅尔维尔(Melville)的以实玛利(Ishmael),马克·吐温(Mark Twain)的哈克·芬(Hucklebery Finn)和康拉德(Conrad)的马罗(Marlow),三者均在叙事文体中,带起了一种仿若叙述者与听众直接沟通的(拟)语言传达状况。以上的例子中,每一个个体意识以其独特的语言姿态展现了各自的叙事内容。大部分时候,这些叙事文都呈现了说话者情感和智性各层面,因此构成了所谓第一人称的观点。

虽然第一人称观点的小说很轻易地就能达到临场感和让读者感觉熟悉亲密的效果,但自十八世纪以来,用这种方法写作的西方小说家们却也警觉到了它可能引起的反讽程度。例如,第一人称的小说会引起读者的反抗或产生矛盾而使其迷惑。也就是说,叙述者的话"听起来"真实却经常不可信赖。此种不可信赖性使得读者有权做自主独立的判断。如依萨(Wolfgang Iser)所言,十九世纪小说作者运用虚拟情境,却往往构成其与日俱增的意义游移性的特征[17]。

相对于西方的第一人称小说,最起码在《红楼梦》之前的中国小说中,说话人的声音是被设计用来传达语意充足的幻象,而非作品内在的匮乏的。因此该声音实际上并非如十九世纪西方拟声小说般,造成一不可信赖的意识。更何况正因中国小说中的故事(histoire)部分往往充满了奇幻诡谲的成分,使得读者必须将说话人的声音视为合乎理法的"自然化"最佳代表(a decorum of naturalization)。从某种角度来看,说话人达到了热奈特所说的"人为的似真"(vraisemblance artificiel)效果[18],因为故事逻辑的凝聚性正是基于说话人所展现的与读者的共识,以及依照文化及意识形态的观念所下的评断。另外,作为一个引发文化及历史动机相互指涉的中介声音,说话人指引了我们一条模拟的轨迹,但我们却不必把此一轨迹自限于十九世纪欧洲小说对叙事者的写实观念上。有鉴于不同时代,各式各样的白话小说反复运用说话人作为一先验的声音——此声音,以后结构主义(post-structuralist)的术语来说,是早就已经被"书写"过了(already written)——才使得所有的叙事文体变得煞有介事般的可理解,也因如此,该声音在中国古典小说之中,应以如巴特定义"迷思"的观点来看待才合适。

既然伴随着说话叙事模式出现的虚拟情境借着直接沟通的幻象而肯定社会集体意识,则我们必须注意接听者的重要性。中国古典小说中的接听者与威尔生(W. Daniel Wilson)所说的"人物化"(characterized)的读者一般,是指在公共场所中的一般听众而言,说话人可以源源不断地将其修辞技巧施于其上。不同于十八世纪的西方小说,如斯特恩(Sterne)的《项狄传》(*Tristram Shandy*),其中人物化的读者是以一种负面的或阻挠理想读者的反应的姿态出现,中国古典小说与接听者水乳交融。此接听者为一内设的存在,其作用是成为作品真正读者所应有的反应和判断的最佳范例。意即在说话的情境中,"人物化"的读者和"预设的"或理想的读者(intended or ideal reader)的反应之间有了一种巧妙的默契关系[19]。因此,只要说话人的修辞策略是与“似真”而非值得商榷的“真理”(arguable“truth”)有所牵连，则接听者心悦诚服的姿态便谕知我们说话人是值得信赖的。此种说话人与其听众之间(包含了人物化的接听者和理想的读者)看起来直接的沟通,也替日本学者吉川幸次郎(Yoshikawa kōjirō)的研究做了最好的疏通。他认为在中国古典小说的叙事模式中不断地有一种辩证性的论辩过程出现[20]:说话人首先提出一个不太能使人信服的论点,然后借着将历史的经验普及合理化(generalization),或做道德上的判断,使听者祛除疑惑,最后终于接受他的论证为一足可信赖的陈述。

中国古典小说中说话情境的功能不仅止于定义与小说有关的叙述者和接听者的姿态上。不可避免的,它同样决定了包含距离、观点、焦点等叙事表征模式,而这些问题都可包含在热奈特对叙事陈述的“语态”类中讨论。特别是在明清的长篇小说中,我们可以发现作家们使用虚拟叙事姿态的目的不在于让读者尽信某一作品与口说源流有直接的传承关系,而在于将街市说话人此一现成的角色改头换面,以建立起另一权宜叙述角度。此点再度证实了我们的看法,即说话的情境是一似真的叙事技巧,而非只是一为了模拟“重现生命”的修辞策略。如浦安迪(Andrew Plaks)所言:“在许多作品中,说话人的姿态致生的美学影响在于将个人事件赋予社会共同关切的角度,引领读者的注意力远离叙事细节中的直线时序(linear sequentiality)和模拟的特性,进入一些范围较广的天地中去,与历史写作(historical writing)中常见的主题相互呼应。”[21]

浦安迪的观察在此非常具有启发性，因为它精细描绘了明清二代有心的小说家——其中大部分是文人——如何借模拟情境调整他们与世俗,甚至粗俗的写作主题之间的距离。从说话人的观点来看,有才气的作家们能在作品中将大众及个人的情感并置，也因此表现了他们与其故事之间反讽的关系。不论他们的故事是圣人行传式的传奇(hagiographical romance)或色情小说,说话人似乎总是一个老练豁达的旁观者,对着我们娓娓诉说着他的故事。但从说话人“总”以一种堂吉诃德式的精神企图综合不同种类故事时,我们反可以观察作者夹处各种人类复杂处境和社会制度及道德教条间的紧张现象。也因此,我们似应重行观察伊德玛(W. L. Idema)的说法,他认为“中国古典的作家们并不注重那些有着鲜明的历史背景,使得个人化成为可能的主要角色。反之,却对那些角色如何以不同的方式体现一致的道德信条着墨甚多”[22]。当然,中国古典作家不像欧洲小说家那样对个人英雄及其行径做整体的描述,但此项事实并不意味中国作家们不关心有关个人的问题。他们只是以另一种非常不同的途径去处理这些问题罢了。

准此,说话情境无疑地替明、清小说家提供了一个遁辞(alibi),使他们借一超然无我的声音从事实为私人兴趣的描写。借着说话人的全知视景所设定的“适中距离”,这些作家似乎超越了个人经验的层面,而到达了一个更广大、更可以公开的意义范围中。这种倾向特别可以在从《金瓶梅》到李渔的《肉蒲团》以及“三言”“二拍”等小说中的猥亵情节描写得到证实。在这些作品中,作者显然对刺探风月韵事有极大的兴趣(这当然多少也反映了当时的伦理观),但同时他们口头上又得明白表示严谨的道德尺度。欲解决此种两难的困境,他们使用说话人的全知视景及修辞策略来达成一石二鸟的目的:一方面说话人豁达老练,实事求是的声音允许他们以一种详细却又漠不关己的超然态度叙述一些风月细节;另一方面,凭着权威式的认知语气和先验的社会/文化的意念,说话人即使在叙述最露骨的场面时仍暗示我们,他的用意无非是带领我们相信,他的故事是在更广大的道德内省之下有感而发。因此,说话人很巧妙地同时扮演了两个角色:一为偷窥者,他的“报道”满足了读者及作者自己的好奇心;另一为社会尺度的代言人,他对道德方面所付的口惠使他在一个可接受的语意范围中,“保护”了故事敏感暧昧的主题。也因此,只要说话的情境成为一部作品统一遵循的原则,则对作者及其理想的读者而言,这些风月故事和它们的道德/寓言式的“教诲”均为同样“可理解”或“真实”的。

谈到中国古典白话小说中的时间结构,说话情境的贡献在于以连续的现场感(continuous present)来控制叙事时所延续的时间。这是说作家企图浓缩并定位时间的流动,不论故事有多长,至少在表面上必须让读者有种在一定时间内戛然而止的完整感。事实上,中国古典小说叙事文体的结构被认为是“间隙”的(interstitial),与西方十八及十九世纪小说具有“连贯结构”(architectonic)的特质对照[23]。虽然在最基本的层面而言,中西方的叙事文体均是以前后连续的时序出现[24],中国古典小说却经常避免将各事件顺序发展,而喜好将各事件重叠,或将事件与非事件(non-event)并叙,以强调它们之间平等的重要性,也因此反映了人生同时存在的经验。

浦安迪一度想捕捉此一中国叙事文体的独特性质。他认为中国古典的叙事文体与中国哲学一般,将存在(existence)以不断流动、变化、往复的方式构思[25]。虽然这一说法有些夸大,但浦安迪对中国叙事文体所做的哲学式观察仍有几分道理,因为强调连续流动的“整体性”(totalization),使得中国古典叙事文体去除了明显的方向感而产生了一种“静止”的印象(motionlessness)[26]。

因应浦安迪的意见,我们要建议中国古典小说叙事文体中看似静止的时间结构部分应来自说话的虚拟情境。作为对真实语言传达状况的拟仿,说话情境强烈地显现将叙事文中连续的时序(diachronic sequence)加以同时化(synchronize)的倾向。不论时间范围有多广,读者永远假设他自身立即进入聆听说书的现场中,参与说书那一刻的临场经验。此点在明清的长篇小说中显得特别突出。我们可以看到此类的小说每一回均是以说话人的“话说……”开始,而在“欲知后事如何,且听下回分解”的悬疑高潮下结束。

职是之故，小说对时序发展总是以下列两种方法进行着：我们在叙事主线之下可以发现一条循序渐进的线索，但它的发展在表层却被说话人不断地间歇破坏。也因此我们可以轻易地将焦点对准于说话人的存在，并据此发展出一个以“现在”为基准的回旋式时间次序。只要说书情境成为似真的常规，中国古典小说企图以说话人的存在统领全局、控制意义的假设即可成立。另一方面，似乎传统说话人及作者都体会到，故事临场感的产生往往得力于在主线“事件”之上穿插许多无关紧要的“非事件”(non-events)。因此，所有的语言姿态、声音回响、夸大、论断、琐碎的指涉、抒情的描写、叙事格式等通常被视为阻碍作品时序流通的技巧，反变成了一个功能性的意符，达到了借说话情境造成时间留滞的效果。

二

中国古典小说中的虚拟说话情境到晚清时仍被普遍用为叙事基本模式之一。但同时值得注意的是，早在十八世纪，《红楼梦》的作者曹雪芹就曾经对此说话特征做过极有突破性的修正。曹雪芹的说话技巧非但不让我们假想数百年来说话人“原音”的重现，还刻意提醒我们说话人的底本是从别处辗转“传抄”而来的纸上文章。曹是极具自我意识的作家，他对传统说话的运用比前代作家更有所发挥，但同时也质疑并且彻底破坏了从其中发展出来的似真力量。结果是说话情境很巧妙地点出了小说的主题：

> 假作真时真亦假
> 无为有处有还无[27]

与以往不同，曹雪芹不以一个，却以一系列的说话情境来开展他的故事。小说一开始是作者(implied author)曹雪芹直接陈述他要写一部自传性的小说的企图。一会儿之后,传统的说话人现身,告诉我们石头变成一块通灵宝玉,并附着在他人间的另一半"宝玉"身上,以及他在人间的种种奇异经历。我们同样知道此故事的原始素材是石头自行"书写"的"回忆录",其后为空空道人所传抄,最后由曹雪芹增删编纂而成。借着强调说话人的全知能力,作者曹雪芹所开展的观点不止将他的经验客观化,同时使他自己成为该书的反讽读者之一。但由说话情境所形成的反讽并未就此打住。因为在"红楼梦"中暗含不同叙事层面,每一层面各以石头、空空道人、曹雪芹等扮演说话人或听众的角色;层层代换推行,造成不断延伸的"故事中的故事中的故事……"的效果。虽然自第二回起,先前的这些叙述代言人相互重叠,终与故事开始时的说话人的声音相同,我们仍不时地可以分辨出他们之间角度观点的差异。当宝玉狭窄的经验和意识成为此作品的中心主题时,必须由石头的见证和回忆来补足;而同时石头自身的奇幻起源也必须让一更具有全知能力的说话人来证实。曹雪芹更进一步在一定距离上操纵说话人。从小说一开始,我们即已知道曹雪芹的心智状况早与历练后的石头或成人且世故的宝玉相同了。因此,我们可以说此一叙事文是从结束的地方开始,曹雪芹企图借着"客观"地扮演说话人的角色,"客观"地重组、诠释他自身主观的经验。

借着此种潜藏于说话情境间无穷尽的交互关系,曹雪芹得以将小说虚幻与真实纠结的主题彻底发挥。米勒(Lucien Miller)曾在《红楼梦》中找出了九种不同的话语层次[28]。虽然我们不必完全同意此种生硬的区分,但他的研究仍有可取之处。他认为《红楼梦》的叙事形式必定忠实于其内容,并且"读者恒久的喜悦来自他漫无头绪的感觉"[29]。说实在的,当读者为急速转换的多层叙事意义所迷惑之时,不免要倾向于思考小说中所投射出之"真实"的本质。米勒认为这种令人目眩的"谜团"使得读者产生似可意会又难言传的感觉,不无道理。但从对说话情境的研究中,我们最起码可以找出形成此一“谜团”的条件。从某一个层面来说,《红楼梦》本身似乎是一篇“有关说话传统的说话”:只有当我们接受说话人具有特权的声音及他对生活所做的拟仿及神话般的诠释,并承认其话语律则时,我们才一头栽进到小说中,将故事信以为“真”——空空道人在阅读石头的回忆录时的反应,正具体地示范了曹雪芹的理想读者所可能有的态度。但对于这种似真的常规,曹雪芹又加上了具有强烈吊诡性格的一笔。如说话人所言,这小说毕竟可以当成无凭无据的假语村言来阅读[30]。故事“就是”故事,不应被当真。小说的主题告诉我们人生与故事一样,不论我们如何增删、改订、赋予新意,到头来不过只是一场虚幻的记载罢了。在我们以为把握了“真实”生活与说故事之间的分野时,它又似乎不断地后退着,使我们永远摸不着头绪。

在二十世纪初,当社会政治的动乱透露了文化及意识形态系统崩溃的信息之时,虚拟的说话情境在统治了中国白话小说叙事文体近六百年后,终于有了激烈的改变。虽然文学史的递嬗并不一定平行于政治上的变革,但晚清的谴责小说确有其明显政治动机,使得我们必须将其放在其同时代的意识形态背景中考虑[31]。当具有革命思想的文人们“认识发现”到白话小说巨大的感染力量和教化功能时,他们争相鼓吹这一文类来表达他们的义愤和伤感。此种主观倾向随着西方叙事模式引介进入中国,使得有才气的作家们对于传统说话模式及其下的似真视景再做思考。必然的,在作家强调抒发个人欲望及企图的冲动下,说话传统无可避免地被贬抑甚至消失。晚清小说中的说话情境表面上也许原封不动,但它过去所认同的社会文化价值却被更具特性的主体性声音所取代,也因此在写作和阅读过程上形成了前所未有的张力。迥异于以往单独大一统的说话人声音,晚清小说似乎是许多个别嘈杂声音的呈现,每一个声音都代表了不同的政治/意识形态间的歧异。

这种主观化倾向可以刘鹗的《老残游记》(1904—1907)为代表。乍看之下,此小说倒像是由主题各不相属的杂文逸事、淡雅小品所组成的随笔文集。然而刘鹗以其单一主观的语态所形成的说话人声音统一了此书的主线及支脉。传统上,说话人倾向于将作者个人的敏锐感觉和大众的心灵以互相交糅混杂的面貌呈现,但在《老残游记》中,我们发现作者酝酿一有限的第三人称观点,使得说话方式受制于一个人的视景。换句话说,说话人习惯于替某一特定角色的经验说话、辩护。

刘鹗对于说话人声音的修正,我们不应只认为是形式上的一种策略运用,也应视为在意识形态上的转变,改写说故事传统中的似真观念。由于夏志清称《老残游记》为"中国第一本政治小说"[32],我们同样地也认为刘鹗的不妥协思想(nonconformist ideas)不仅由其对政治公然的讨论显现[此点可由夏志清与谢迪克(Harold Shadick)的研究中得见[33],也由其对传统小说主题与叙事语态煞费苦心的安排上得知。在此,说话声音的主观化当然可以视为最重要的技巧之一。

在《老残游记》中,说话人似乎失去了他往昔作为一个社会代言人的超然地位。此一新说话人对某一情况的看法亦不尽与社会意识认同。正如小说一开始老残寓言式的梦境所启示我们的,刘鹗视当时腐败的社会如一艘有许多愚人拥挤其上,行将沉没的船一般。虽然老残想尽全力拯救他们,他却是第一个受到怀疑,终于被扔入海中的人。因此,当刘鹗让他的说话人与老残站在同一边时,他其实已在暗中攻击传统叙事声音所拥护的社会大多数。刘鹗的说话人用一种亲切熟悉的声音邀请他的理想读者(当然是一些头脑清楚、明晰事理的社会精英),以一种反讽嘲弄的态度支持老残,与社会的迟钝愚蠢做堂吉诃德式的对抗。老残的孤军奋斗注定是徒劳无功的。说话人以一种忧郁的语调娓娓叙述这孤独英雄的冒险事迹,感喟之情,跃然纸上。此种低回落拓的主观语态,替小说注入了一股抒情的哀愁,而自然与古典话本、拟话本中老练世故的职业化声音有强烈对比。

除了使作者的意识得以发抒外,说话人个人化的声音也促进其他古典描写技巧的革新。以往沿用已久的俗套用语使得人物风景的描写变成陈腔滥调。刘鹗则运用精确新颖的文字意象记录人物的所见所闻。事实上,我们亦不妨视此一改变肇因于叙述者姿态的更新。为了要突出老残个人的感受,说话人似乎一扫以往超然全知的立场,代之以一同情角度来表现老残的心声。如此,说话人的口气俨然追随老残的喜怒哀乐流转,而不仅是沿袭俗滥的用语。普实克教授曾经注意到当中国古典诗词中的主观、印象式的抒情特色"被小说家自由地运用以表达角色真实的感受时",中国小说的"现代"感于焉出现[34]。普实克的观察也许失之过分简化,但证诸《老残游记》中说话人姿态的改变所导生之描述性修辞的推陈出新,我们或许可再思普氏的意见。

无论就类型学还是主题学而言,"五四"新小说的出现已大不同于以往。由于深受十九世纪西方写实小说的影响,"五四"以来的新小说家似乎抛弃了传统小说的许多形式规则,这自然包括了说话人的虚拟情境。但事实显示,说话的话语模式从未完全消失,但却与十九世纪欧洲的写实主义相融合形成一种新"似真"的风潮。正如雅克布森所说,文学形式的演化,"与其说是某些元素消失,某些元素继起的问题,倒不如说是不同元素在某一系统中相互关系的改变。换句话说,是主导力量互有消长的问题"[35]。

在"五四"时期的作者中,企图复苏说话传统,兼能糅合西方叙事风格的作家,首推老舍(舒庆春,1899—1966)。诚如普实克许久以前所说的:"老舍作品中错综复杂的风格与情节,一方面仍留有古代中国说话人的余韵,另一方面却也得自他最崇拜的狄更斯的影响。"[36]老舍所受狄更斯的影响,可由他面对一个充斥着悲苦不义的世界,却能经营出喜剧式甚至嬉笑怒骂的风格上得见。但他的叙事声音(此处尤指在《骆驼祥子》之前的小说)可说是狄更斯风格与中国说书技巧的精彩结合。一方面他提醒我们古典说话人替大众说话的功能;但另一方面,这自满的、圆滑的声音不时地被作者或角色的间接叙述或内心独白所打断。因此,老舍的风格最好的部分开展了一种主体相互指涉的形式(intersubjectivity),记录了两种或多种意识的融合。借着貌似"统一"的叙事声音将不同的思考心灵并置,老舍显然继承了狄更斯叙述者的技巧。根据密勒(J. H. Miller)的说法,狄更斯擅于利用叙述者自相对立的观点以制造内在的张力[37]。此外,老舍也有可能受狄更斯影响,企图进一步发展说话传统中意义与辩证的多重潜力 (polysemous and dialectical potentials)。

老舍重行运用说话语态并不意味他照抄了酒楼茶肆中的说书情境,他也并不全将小说中的叙述者与职业说书人混为一谈,只与一群假设为被动的听众打交道。老舍所直接承自传统的,毋宁是修辞的姿态和观点,或以热奈特的话来说,是"声音"和"语态"。当老舍的叙述者采用一些陈腔滥调或口语,以建立与读者直接深入沟通的语言幻象时,或当他采取一个"适中的距离"来评判故事时,他的叙述者仿若古典的说话人再生。但老舍设计此一叙述者并非要重现古典小说中美学和文化的似真风格,而是要推翻传统说话人的权威地位,质疑其曾拥有的语义和记述的连贯性,并且向读者的敏锐感挑战。

老舍独特的叙述声音早于他的第一部小说《老张的哲学》(1928)中便已成型。他的叙述者以第一人称复数"我们"的声音说话,暗示了一群隔岸观火的旁观者,细细品味社会中不断起伏的乱象。他们不虞有被迫害的危险,所以有雅兴观察揶揄别人的痛苦,以一种纡尊降贵的态度大开玩笑。此种"油腔滑调"的修辞风格使叙述者的嘲弄态度与遭遇不幸的角色间产生了一种不均衡的现象。老舍将狄更斯式的怪诞(grotesque)喜剧风格注入他的小说中,特别长于将社会价值涂抹污染,把角色所感受到的痛苦化解为戏剧性的姿态,并且将一个悲调故事转变成一个喧闹式的狂想讽刺剧。

老舍叙述者的游移姿态也唤起了读者复杂的反应。打从故事一开始,读者就必须依赖叙述者以一种亲切、说故事般的修辞技巧提供资讯,并且试着借助传统的虚拟情境与故事中的"我们"建立一种亲密的关系。"我们"这个叙述者似乎是站在大多数的角度说话,邀请读者加入"他们",共同嘲笑"好人"的痛苦,以及"坏人"邪恶但滑稽的行径。毫无疑问,阅读老舍作品的乐趣在于我们暂时将现实中的痛苦搁在一边,而让叙述者替我们开启一系列"恶有善报"的荒谬情境。但当故事的终极危机愈来愈逼近,任何一个读者都会发现他已经陷入一个令人窘困尴尬的情况中,因为叙述者此时已将古典说话的似真传统完全反过来了。我们也许会被他的叙事方法所迷惑,但这并不代表我们会赞同他替我们所化约得来的社会价值,我们与叙述者间的笑声代表了我们自身道德的游移性,也因此使老舍严厉的社会批判有了反讽式的回响。

显然,老舍并不能确定他的读者是否能体会他改写古典说话声音时的反讽暗示。例如在《老张的哲学》的第二部分里,他不断地在叙事过程中插入自己或角色的评论,这些"稳健冷静"的声音可能会吸引我们注意到小说喧闹后面的冷酷现实,但它们亦减低了如说话人般的叙述者嬉笑怒骂的活力。小说结尾的时候,叙述者似乎摆荡于两个极端之间:他一方面扮演的是如小丑般的社会代言人的角色,引领观众赞美老张的胜利;但另一方面,他必须不时地对作者的意识让步,提醒我们主角所承受的痛苦。从他所拟仿的古典叙事模式来判断,我们可以说:老舍是一个自打耳光的说话人。

说话传统当然并未阻碍了"五四"以来作家的脚步。如文学史家所指出的:在中国大陆,尤其是一九四九年之后的小说,正以另一种显著的风格将此一传统再加以改革,形成新的契机。而在台湾地区,司马中原也可视为近三十年来最受瞩目的说话人之一。有鉴于说话的声音在当代中国小说中仍不绝如缕,我们描述古典中国白话小说传统中叙事话语的一些特殊模式才觉别有意义。而我们也必须思索植根于传承与变迁中的文化及历史因素。正因如此,以上我们所讨论的也许可以作为一个抛砖引玉的尝试,以期待有更新的发现。

注 释

[1] 可参见乐蘅军:《宋代话本研究》,台北:国立台湾大学,1969 年,第一章;马幼垣:《中国职业说书的起源》,见《中国小说史集稿》,台北:时报,1980 年,第 183—201 页;庄因:《话本楔子汇说》, 台北: 国立台湾大学,1965 年, 第 34—45、153—169 页; Cyril Birch,"Some Formal Characteristics of the Hua-pen Story," *Bulletin of the School of Oriental and African Studies*,17,2(1955),pp.346—364。

[2] 例如可参见 Patrick Hanan 对四位明代作家的讨论,见其 *The Chinese Vernacular Story*(Cambridge:Harvard U.P.,1981),chs.1—4。

[3] Patrick Hanan,"The Nature of Ling Meng-ch'u's Fiction," in Andrew Plaks (ed.), *Chinese Narrative*(Princeton:Princeton U.P.,1977),p.87.

[4] 例如可参见 Cyril Birch,"Some Formal Characteristics of the Hua-pen Story,"Andrew Plaks,"Towards a Critical Theory of Chinese Narrative,"in *Chinese Narrative*,328 ff。

[5] Hanan,The *Chinese Vernacular Story*, esp. chs.5—9;Robert Hegel,*The Novel in Seventeenth Century China* (N. Y.:Columbia U.P.,1981),chs.4—6.

[6] Roman Jakobson,"Linguistics and Poetics," in Richard and Fernande De George (eds.), *The Structuralists from Marx to Lévi-Strauss* (N.Y.:Anchor Books,1972),p.89.

[7] Boris Tomashevski,"Thématique," in Tzvetan Todorov(ed.),*Théorie de la littérature*(Paris: Seuil,1965),p.284.

[8] Roland Barthes, *S/Z*, trans. Richard Miller(New York: Hill and Wang,1974), p.25.

[9] Gérard Genette, *Narrative Discourse*, trans. Jane Lewin (Ithaca: Cornell U.P., 1980),p.164.

[10] Ibid.,p.31.

[11] Jacques Derrida, *Of Grammatology*, trans. Gayatri Spivak(Baltimore: The Johns Hopkins U.P.,1976),part 1.

[12] 见 Spivak 对 *Of Grammatology* 英译本所做的导言,p.Ixxxii。其中她写到:"从'Exergue'章的第一个句子开始,真理中心主义与种族中心主义(ethnocentrism)的关系,即吸引我们暗中注意着。然而吊诡的是,德里达几乎将种族中心主义颠倒错置,坚持真理中心主义是属于西方独占的财产……虽然在本书第一部分中曾讨论了一些西方对中国的偏见,然而东方在德里达的作品中却从未被认真地研究或解构过。"另外,亦可见 Donald Wesling,"Methodological Implication of the Philosophy of Jacques Derrida for Comparative Literature," in John J. Deeney (ed.), *Chinese-West Comparative Literature: Theory and Strategy* (Hong Kong: Chinese U.P.,1981),pp. 45—49。

[13] Wesling,pp.110—111.

[14] Robert Scholes and Robert Kellogg, *The Nature of Narrative* (N. Y. :Oxford U.P., 1966), pp.17—56.

[15] 见马幼垣,第 183—193 页,中国古典虚构故事的传统起源于以书写形式呈现的史料。所以虽然"说话"的修辞策略代表了古典中国虚构叙事文体构成的话语中最重要的形式,我们应视其为一种似真的常规,而不必视其如开创西方叙事传统的荷马式套语的语码(formulaic code)一样。亦可参见 Andrew Plaks, "Towards a Critical Theory of Chinese Narrative," p.327。

[16] J. P. Stern, *On Realism* (London: Harper, 1973), p.121.

[17] Wolfgang Iser, "Indeterminacy and the Reader's Response in Prose Fiction," in J. Hillis Miller(ed.), *Aspects of Narrative* (N. Y.: Columbia U.P., 1971), pp.1—46.

[18] Gérard Genette, "Vraisemblance et Motivation," *Communications*, 11(1968), p.6.

[19] W. Daniel Wilson, "Readers in Texts," PMLA, V, 96, 5(1981), p.849。Wilson 对作品中不同读者的区分,倾向于将内设读者(implied reader)与他所谓的"被引导的虚构读者"(intended fictive reader)或"理想读者"(ideal reader)混为一谈。这么做他未免将依萨对此一名词所界定的原有的活泼特质给轻轻带过了。根据依萨的说法:因为有许多历史及文化的先决条件的限制,一个内设读者可以,但不一定会成为作者的理想读者;同样地,依萨认为阅读的过程是一种与意义挣扎撷抗的过程,此点亦是 Wilson 所忽略的。另见 Wilson, p.855, 及 Wolfgang Iser, *The Implied Reader* (Baltimore: The John Hopkins U.P., 1978), final chapter; Seymour Chartman, *Story and Discourse* (Ithaca: Cornell U.P., 1980), pp. 253—262.

[20] 吉川幸次郎著,郑清茂译:《中国小说论》,刊于《大陆杂志语言丛刊》第 1 卷第 4 期,第 397—403 页 。

[21] Plaks, "Towards a Critical Theory of Chinese Narrative," p.328.

[22] W. L. Idema, "Storytelling and the Short Story in China," *T'oung Pao*, 59 (1965), p.54.

[23] Andrew Plaks, "The Problem of Structure in Chinese Narrative," *Tamkang Review*, 6, 2 & 7, 1(1976, joint edition), p.434.

[24] Andrew Plaks, "Towards a Theory of Chinese Narrative," pp.312—314.

[25] Andrew Plaks, "Full Length Hsiao-shuo and the Western Novel: A Generic Reappraisal," *New Asia Academic Bulletin*, 1(1978), p.164.

[26] Ibid.

[27] 曹雪芹:《红楼梦》,台北:文化,1957 年,第 55 页 。

[28] Lucién Miller, *Masks of Fiction in the Dream of the Red chamber: Myth, Mimesis, and Persona*(Tucson:U. of Arizona P., 1975), pp.181—185.

[29] Ibid, p.256.

[30] 例如,《红楼梦》中第一回有诗云:

满纸荒唐言,一把辛酸泪!

都云作者痴,谁解其中味?

[31] 见夏志清,"Yen Fu and Liang Ch'i-ch'ao as Advocates of New Fiction," in Adele Austin Rickett (ed.), *Chinese Approaches to Literature from Confucius to Liang Ch'i-ch'ao* (Princeton:Princeton U.P., 1978), pp.222—323, ff。另可见林毓生对晚清及"五四"时期中国知识分子欲借"思想、文化以解决问题的方法"(the cultural-intellectualistic approach)的讨论,见其 *The Crisis of Chinese Consciousness* (Madison:U. of Wisconsin P., 1979), pp.26—29。

[32] 夏志清,"Obsession with China: The Moral Burden of Modern Chinese Literature," appendix I, *A History of Modern Chinese Fiction* (New Haven:Yale U.P., 1971), p.538.

[33] 夏志清,"Obsession with China,"pp. 539—541; Harold Shadick, "Introduction" to his translation of *The Travels of Lao Ts'an* (Ithaca:Cornell U.P., 1952), p.20。

[34] Jaroslav Průšek, "Reality and Art in Chinese Literature," in *Archiv Orientalni*, 32 (1964), p.617; rpt. in Leo Ou—fan Lee (ed.), *The Lyrical and the Epic* (Bloomington:Indiana U.P., 1980), p.99.

[35] Roman Jakobson, "The Dominant," in L. Matejka & K. Pomorska (eds.), *Readings in Russian Poetics*(Cambridge:MIT P., 1971), p.85.

[36] Průšek , "Basic Problems of the History of Modern Chinese Literature,"in Lee (ed.), *The Lyrical and the Epic*, p.222.

[37] J. Hillis Miller, *The Form of Victorian Fiction* (London:U. of Notre Dame P., 1968), pp.76—78.

翻译"现代性"

论晚清小说的翻译

晚清时期见证了各种翻译、出版和阅读西方小说的方式，其花样之多，在中国文学史上可谓空前。阿英在《晚清小说史》中指出，晚清出版的超过一千部的小说里，有三分之二是翻译作品[1]。樽本照雄近年编订的目录里，确认了四百七十九部创作小说，六百二十八部翻译小说[2]。其他学者亦有相近的评估。例如陈平原的最新统计显示，一八九九至一九一一年间，共有六百一十五部外国作品的中文全译本[3]。其中狄更斯、小仲马、雨果和托尔斯泰的作品广受读者欢迎，而柯南·道尔、赫格德（H. Rder Hafqard）和儒勒·凡尔纳的作品则稳居畅销小说前三名[4]。

然而，晚清文人对于何为翻译工作，并没有一个严谨定义。当时的翻译其实包括了改述、重写、缩译、转译和重整文字风格等做法。严复（1853—1921）、梁启超（1873—1929）和林纾（1852—1924）皆是个中高手。多年以前，史华兹（Benjamin Schwartz）、夏志清和李欧梵就曾分别以上述三人为例证，指出晚清的译者通过其译作所欲达到的目标，不论是在感情方面或者意识形态方面，都不是原著作者所能想象得到的。他们甚至指出，这些译者对原著或有心或无意的误解，不知不觉间衍生出多个不同版本的"现代"观念[5]。翻译作为一种人类沟通的形式，总是难免取决于历史上的偶然因素。而晚清的译者随意地玩弄各个“现代”的文本，正如晚清的小说家任意地玩弄着各个“传统”的文本一样。

以下我将以三个例子来探讨翻译和晚清“现代”话语之间的种种关系。我的讨论，并不局限于当一种语言翻译到另一种语言时，所产生的局部方面的问题。我主要专注一些超越语言以上的做法，例如晚清译者怎样使西方的叙述模式、文体特质、感情语域和意识形态的概念，“移植”到中国来。换言之，我将焦点集中于翻译怎样“再”(不是“改”)造出晚清作者和读者对现实的憧憬，从而构成了中国追寻“现代”过程中最有趣的一面[6]。我以三篇晚清小说为例，做下列三点辩证：第一，李伯元(1867—1910)的《文明小史》(1905)中绝妙地描绘了在转入二十世纪期间，人们怎样把翻译挪用或者滥用，以致发展一种“文明”——现代——的职业；第二，梁启超的《新中国未来记》(1902)借镜日本和西方的乌托邦作品，译介一种“未来完成式”的叙述方法，结果创立了二十世纪中国政治对话中一种最重要的修辞策略；第三，吴趼人(1866—1910)的《新石头记》(1908)套用西方科幻小说模式，据以改换成一个中国历险奇想，并进而将传统哲学概念，例如“天”“仁”等，“翻译”成新的知识性对话。

一

李伯元的《文明小史》第十四回中记有三兄弟：“贾”子犹、“贾”平权和“贾”葛民，由江苏的吴江启程往上海。贾氏三兄弟虽然出身自保守家庭，接受传统教育，却十分向往新潮，决心要与时并进。他们订阅上海的报章杂志，研读现代思想的书籍，又与开明的文人为伍。不仅此也，他们更是进口货和所有新产品的忠实用户，从洋服到电灯都不错过。他们越来越渴望跟上时代，最终决定要去上海——现代文化的圣地——“朝圣”一番。

贾氏兄弟的上海之行，正如晚清时暴露种种丑闻的小说公式一样，只带来了一连串使人捧腹大笑的结果。他们遇到的“新女性”原来是一群妓女；他们拜访了一所西式学校，校长据说是孔子一百二十八代后人；他们进西餐厅大开洋荤；而他们碰到的革命人士其实是一群无耻的骗子。

贾氏兄弟的行程高潮，是来到了一间专卖西学译作的书坊。这家书店的畅销书从《男女交合大改良》到《传种新问题》之类[7]，让他们叹为观止。他们也有幸认识了一位著名的译者和编辑，辛修甫先生，据说辛先生有一本秘籍，里面收集了所有他从外国书籍上学到的词汇名称，分门别类记录下来。无论一篇原著或者他人的翻译是多么晦涩难解，辛先生总能想出一个漂亮清楚的译本。辛先生在处理文章时，“删的删，改的改，然后取出他那本秘本来，一个字一个字地推敲”[8]。结果一篇流畅易明的作品诞生了！辛先生从来没有给任何人一睹他的秘籍。他的出版人对于这一点可有一套道理：“赛如生肉已经煮熟了。然而不下油盐酱醋各式作料，仍旧是淡而无味。(辛先生)那本书，就是做书的作料，其中油盐酱醋，色色俱有。”其中一个贾氏兄弟评道：这本秘籍“大约同我们作(八股)文章的《文料触机》不相上下”[9]。

在一个开明知识分子无不渴望得到西方书本里奥秘知识的年代，译者所扮演的角色几乎像是神谕传授人。通过译者神奇的解释，陌生奇怪的字词章句都得以一一解码，外国的知识似乎由此豁然开朗。辛先生那本秘籍正代表了一代中国知识分子最想要的启蒙法宝。可是问题还在：辛先生是如何学到这些奇妙的技巧的呢？他一个人怎么可能不管事物的范畴或语言的根源，学贯中西新旧，样样精通呢？最使人困惑的是，难道世上真有一本秘籍，能够轻易地把所有新的词汇、观念、知识转换成我们习以为常的话语吗？

这里的关键，并不是翻译技术的问题，而是翻译竟被用成一种似是而非的诠释手段，通往神秘的“现代性”的捷径。李伯元了解西学是进入现代世界的关键，热切希望能学到手。但贾氏兄弟的好奇心仅止于几本最新的出版物，哪怕只是换汤不换药的性爱、受孕新科学的书，还有就是辛先生的那本神奇秘籍。李伯元是个开明的保守派，但这无碍他对现代性的尖锐质疑：西学真的就这么简单，唾手可得吗？也许李伯元是从一个消极立场提出这个疑问，可是在晚清一股脑儿的西学声中，他比笔下那些自命"维新"的人物，头脑要清醒得多。

贾氏兄弟和那些西学出版商及译者自以为张开了双手，迎接现代的学问。李伯元却怀疑他们所制造和流传的，可能不过是他们"已经"居之不疑的东西。如今换上个诱人的外国标签而已。没人知道在辛先生的秘籍里究竟写着什么，不过贾氏兄弟给了我们一条重要的线索。像旧的《文料触机》那样，这本新的秘籍提供了另一套字库和措辞法，只要对新的东西，不管是哪个范畴、哪个场合都一律适用。这本秘籍告诉我们外国的事物并不格外稀奇，其实可以方便地"拿来"就用，而新学亦只是像旧学一样，又是一套之乎者也的八股。移植知识的工作，只不过是重新命名而已——查到了准确的字典，把事物安上正确的名称，就大功告成了。"现代"和西方思想来到了中国，却被转化成其消费者固有思想的最新版本。

李伯元看似保守的批评，其实隐藏着对"现代"极具挑战的思考方法。翻译的过程，正如对"现代性"的追求一样，充满变数，而且没有人可以预知个中究竟。原文里面也许充满深文奥义，也许只是一派胡言。透过翻译，我们也许一无所获，也许学得崭新的东西，从而改变思维方法和叙事形式。译文拮据的文笔、怪诞的修辞、陌生的用语、不连贯的辩证，也许只是译者能力限制的表征，也许更指证与外来及本地语言、知识、符号系统间的差异及断裂。跨越这一断裂是译者的天职，但过分信达雅的翻译，则不免令人怀疑是否有一本"辛先生的辞典"作祟，化难为易，更新为旧？而这一切不正是令翻译在知识和语言上成为对本国读者的挑战吗？

李伯元暗示他笔下那些鼓吹变革者，其实压根儿不想有所变革。他们呼来喝去，以万变来掩饰他们的不变。他们崇尚维新、推动文明，骨子里却对西学既无知又无趣。他们以为要建立与外国知识、话语的中国对应，是轻而易举的事，反正每个外国概念都该有一个相应的中国想法，经由翻译，就可头头是道地挪用。原因无他，一切不过就是中国旧有概念的转手而已。只要按照手中秘籍，“现代性”跟“传统”都一样可供复制、重述或者重建。也许贾氏兄弟是可笑的，但是在小说或历史里，追随他们的人可谓比比皆是，以为只要有秘籍在手，外国的文化传统、政治结构和意识形态便可以“翻译”到中国的文脉里。从这方面看来，李伯元较那些自称为现代化倡导者更能明白，现代化的进程远比想象的复杂，对现代的追求，何止于一本秘籍而已？而二十世纪的中国历史政治，却似乎被这样一种“秘籍”式的现代观所局限了。

同样有趣的例子可见诸故事中另一个人物劳航芥。劳曾受日本和美国的法律训练，并在香港执业（第四十四至五十回）。安徽的总督当时正需找一名传译员，以助其处理洋务。鉴于劳先生的语言能力和法律知识，他被提名担当这个职务。对于总督来说，劳先生代表了一个能有助解开西方奥秘的专家。对于劳先生来说，他负笈、执业国外，成就有限，到头来中国才是他最终一显身手的地方。显然劳航芥在国外与洋人打交道的经历并不愉快，但是回到了中国，他又渴望假洋人以自重。劳先生自命对于西洋文化，无论是衣食住行或者革命思想，都已培养出一套优雅的品味。可是他一到了上海，却迷上了“爱国”的妓女。由于后者曾誓言永不款待外国（样子）的客人，劳航芥竟可轻易地放下自己所有的洋玩意儿以求一亲芳泽。

当总督收到一封英文信的时候，劳先生得以初显身手。他不费吹灰之力就能够代总督回信，使人刮目相看；可是后来有个德国商人来跟总督磋商，劳先生却显然不懂德语，吃了个鳖，使他跟他的老板都尴尬之极。劳先生的困窘之境还不止于此，后来有一个法国副领事去安徽访问，劳航芥因为也不懂法语，只好硬着头皮把领事说的话瞎猜一通。最终那位法国先生将自己的话先译成英语，劳先生才明白他的意思。

乍看之下，劳航芥的故事也许只不过是一幅讽刺画。它描绘一个自以为全盘西化的中国人，被困在自己国家里一个落后的省份，进退两难——这是一个典型的喜剧处境。可是这个故事应另有意义，因其反射中国人对西方的想象，无论在语言或者知识方面，是如何的驳杂混乱。总督聘请劳航芥为超级传译员，背后实假设西方跟中国一样，在地理上、语言上都是一个统一的整体。所以谁要是在外国生活多年，都可以用洋文跟洋人交谈，至于那个洋人是来自哪个地方并不打紧。这也可能是为什么前面的辛先生的例子里，作为一名“翻译人”，只要保有一本西方词汇秘籍，就可以吃遍天下。然而劳航芥的无助处境，清楚地说明了“神秘”的西方语言文明，参差多元，有赖不同与不断的翻译，才能露出端倪。

经过这次蒙羞的经历以后，劳航芥可能比谁都更感到大惑不解。跟小说中比比皆是的“假洋鬼子”不一样，劳先生并非一个小丑式的人物。他是少数在海外生活多年，获得西方知识的人。他在外国工作得不愉快，于是回到中国。奇怪的是，他一回到自己的家乡，却又不禁怀念起那个不怎么友善的外地来。事实上，劳航芥的生活之道就是要自己看上去、听起来都像洋人一般，他之所以受到重用，正因为他有着模仿洋人的能力。可是劳航芥最根本而可笑的缺点，在于他身边的人，包括那个总督，都急于找到一个无所不能的超级传译员，而劳居然自以为就是那样的人。

西方的众多语言参差不一，其实暗示出西方的科学、风格和价值系统也是多元和驳杂的。我们由此可以推论，也许单一的“现代性”并不存在。像劳航芥这类极渴望“现代化”的人，肯定对此一多元现代性的想法感到不悦，因为里面并没有他们期待的秘方，可以让他们轻易、便捷地达到现代性。劳不能理解文明发展的每一个阶段，并不只限于单一的思潮及语境，而是充满各种可能性。多种互相竞争的对话性体系重叠在一起，往往带来矛盾和冲突，最新的可能未必就是竞争下最好的结果。正如没有人能够写一本关于所有外语的秘籍，我们无从找到关于“现代性”的秘籍，因为这样（靠一个来自单一意识形态的人来做)必定事倍而功半。翻译、书写"现代"的人如不能尊重、开拓其他的现代性(和其他的语言),又怎能不流于以偏概全呢?

如果到了今天,我们还对劳航芥的笑剧感到毫不陌生,也许是因为他这类人物还常在眼前。基于被人歧视、自卑感等各种原因,他们在海外处处不如意。可是他们的不满甚至仇外的情绪,并不自动翻译成对自己祖国的向往。事实上,他们一回到中国,自卑感便一扫而空,因为他们终于可以通过洋人的双眼来看东西,指点自己同胞的迷津,并为自己高人一等的能力要求报酬。身为一种陌生语言和文化的代言人,劳航芥之流正充当了文化买办的角色。然而,他与他的同胞一样,一厢情愿地把西方想得太过简单;他更没料到中国本身其实同样复杂,结果只落得不中不西,进退失策。小说并没有交代劳航芥的下场,要是他能等到后殖民主义论大盛时期,他也许可以回到海外,心满意足地向外国观众讲讲(简化了的)第三世界政治吧。

二

"未来",作为一种叙述形式和小说主题,是晚清科学幻想特色中最引人的题目之一[10]。中国传统小说的叙述形式,非常依赖历史性的语境来达到其存在的合法性和逼真的效果。这个语境将任何主题——无论是历史事实或玄奇幻想——放在过去的文脉里,以巩固其若有其事的真实感。通过此一历史话语引发的"过去性",小说与历史产生密切的关系,也才能被读者明白并信以为真[11]。可是在晚清时期,这种历史话语失去了力量,因为过去的"过去性"已经不能再为叙述提供存在的理由。

晚清时的知识分子开始接受进化论的说法。他们相信万物都以直线的方式推衍,甚至朝着单一自明的结果前进,而万物本身有着自然的法理和道德规范。严复和他的朋友所提倡的进化论,康有为关于大同社会的文献,以及孙逸仙激进的革命思想，尽管意识形态的坐标有别，却都提供了一个直线式、前进式的时间观，与传统的循环(或直线而后退的)时间观相对[12]。

晚清社会的"大叙述"(master narrative)在时序上的锐变，可由小说叙述方法中得到有力的证明。尤其是科学幻想说部，提供给我们一个重新理解时间方向和时间性的文类。看一看各部科幻小说的题目，例如《新中国未来记》(1908)[13]、《未来教育记》(1905)、《世界末日记》、《新纪元》(1910)、《新中国》(1910)和《光绪万年》(1908)，我们就可了解彼时作者在想象中国时，不只描写已经发生的事，更有兴趣想象将会发生的事。

一个明显的例子就是梁启超的《新中国未来记》(1902)。这本小说一般被视为梁启超对自己政治小说理论的现身说法。可是要完全明白其中的政治道理，必须先探讨书里叙述的时间进程。在一篇名为《中国之唯一文学报:〈新小说〉》的文章中，梁启超评论了政治小说的形式设计:"政治小说者，著者欲借以吐露其所怀抱之政治思想也。其立论皆以中国为主，事实全由于幻想。"[14]在《新中国未来记》中，其政治思想是在以未来为基础的幻想形式上上演。

《新中国未来记》一开卷，便介绍一九六二年中国的盛况，也就是小说出版后六十年的事。书中描述大中华民主国的公民正庆祝政治改革五十周年纪念。在上海博览会上，备受尊敬的学者孔宏道——孔子第七十二代后人——应邀讲解中国民主如何被缔造。他的讲座吸引了数以千计的热心听众，包括全球数百个地区的留学生。这一幕讲座的构想是如此庄严盛大，夏志清甚至将其与《法华经》开场，佛祖说法的场景相比[15]。

不少学者认为《新中国未来记》深受日本末铁广肠[16]《雪中梅》(1886)的影响。《雪中梅》的开卷描写了二〇四〇年十月三日，日本国会在东京开议后的一百五十周年纪念[17]。除了这部日本小说外，爱德华·贝勒弥的《百年一觉》(或《回顾:2000 到 1887》)的影响，亦相当明显。《百年一觉》讲述一个叫朱利安·威斯特的男人在一八八七年被催眠，经过了一百三十年的沉睡后,到了二〇〇〇年才被一个李德博士唤醒。威斯特是勇敢新世界的陌生人,在李德博士的带领下到处参观,其间他向学识渊博的李德博士提出各种问题,从政治到社会福利都有。通过他们的对话,未来乌托邦得以以一个回顾的形式呈现[18]。

英国传教士李提摩太(1845—1919)将《百年一觉》翻译成中文缩简本。《百年一觉》在一八九一至一八九二年以连载方式在《万国公报》上发表,一八九四年由广学会出版成书。该部作品在一九〇四年以绣像小说形式再版,重新命名为《猛回头》,《百年一觉》的出版,标志着晚清时西方科幻小说首次来到了中国,继贝勒弥后,儒勒·凡尔纳和H.G.威斯这类作家亦被引入中国,以《由地球到月亮》至《第一个登上月球的人》等作品,赢得读者欢迎,贝勒弥提倡的思想,例如民族国家、社会福利制度、中央官僚制,以及"工业大军"等,一定给晚清改革者留下了深刻的印象,梁启超和其老师康有为都提到他们受到《百年一觉》的形式和思想影响[19]。

我要强调的是,《百年一觉》对梁启超这类晚清作家的影响,主要在于此书示范了一种新的修辞语法——未来完成式叙述。这种叙述方式让作者不去处理在未来将可能会发生的事,而直接假设未来已经发生了的事。梁启超本来的计划是写一套三部曲来处理中国未来不同的可能性:《新中国未来记》《旧中国未来记》和《新桃源》。《旧中国未来记》描述一个不求改变的中国所必然导致的灾难,《新桃源》描述一群被流放的华人,如何于两百年前在一个岛屿上建立了一个乌托邦,后来又如何帮助他们的同胞重建中国[20]。当然这三部曲并没有完成。事实上,《新中国未来记》也只写到第五回就倏然而止。

但至少借着小说的倒叙方法[21],我们可以略知小说可能的发展方向。孔宏道在第二回的讲座提到了一九〇三年到一九六二年间的中国历史。这为我们提供了线索, 告诉我们要是整个中国现代化过程得以完成的话,将会发生哪些事。根据孔先生所说,新中国的"未来"可以通过六个阶段来达到：首先是预备时代，接着是分治时代、统一时代、殖产和外竞时代，最后以雄飞时代作结[22]。目前，小说停止在该时间表的第一个阶段。

很多因素迫使梁启超要放弃写作这部小说，甚至包括他写作途中个人对新中国应如何建设的看法，亦有所变更[23]。晚清小说半途而废的例子，我们已经屡见不鲜。《新中国未来记》的特别之处，在于其未完成的形式，使其叙述里的时间进程变得复杂了。这个进程一定曾触动当时的读者，使他们觉得兴奋。《新中国未来记》以未来完成式的叙述方法承诺如何在六十年间，中国曾达到光明的未来。在梁启超的小说中，未来是一种动力/目的，随着情节显示的时间流程，展示出其隐藏的诠释终极目标。按照小说目前的情况看来，（通过未来完成式的叙述）未来的中国已经预先来到了。随之而来的则是填补"现在"与"未来"中间那段历史空档，而这段历史空档正是小说叙述未能迄及的部分。

但小说在第五回突然终止，留下了一个神秘的时间跃进。我们一开始就知道了故事的开头与结尾，却找不到中间应连接两端的桥梁。小说因未完所失去的不单是前进式的叙述，还有使未来可以理解、可以达到的历史性时间。

即使各种外在因素迫使梁启超放弃写完这部小说，我把这部小说的未来完成式叙述视为梁启超与一个新时间观念妥协的迹象。在他的"未来完成式"叙述中，起码隐藏着三种不同的时间表。

第一，未来像是在历史另一端的神奇时刻，是历史前进动力的终极。预先规划好的时间表一旦完成，未来并非是各种历史动力互相碰撞后凝结成新的关系，而是超越时间的神话性一刻。这样的未来不妨视为儒家思想中的终极理想，也反映出梁启超历史观的本体论。

第二，正如前文所述的政治议程大纲，中国在小说中被设计成一个世界超级强国，使人不禁怀疑这不过只是当时欧洲列强模式的翻版。从比较历史的角度看来，一九六二年新中国的这个"未来"，将只不过实现了一九〇二年欧洲“曾发生过”的事情。问题是,要是对晚清读者来说,新中国的“未来”只是当时欧洲现状的翻版,那么新中国的未来将永远慢欧洲一步,不断重蹈西方过去(政治和经济上)的覆辙而已。困于西方意识形态/政治的强权,中国所能做的,似乎总是要赶上时间前进的列车。

第三,梁启超对未来的看法,也可能是要完成一个单一的、直线式的(却不一定是革命性的)时间发展。这种直线式的模式,在儒家思想和传统欧洲思想中相当普遍。它使像梁启超这样的小说家耽于其中,无法进一步想象未来各种不同的方向,以及进化过程本身的变数。我们可以说,就算过去可以被视作是一条已经实现了的历史线索,这并不意味未来也一定就得按照预设情境,逐步实践。小说的名称虽然是指“新中国的未来”,却应讽刺地理解成“新中国没有未来”。没有未来,不只是因为小说根本没有完成,也是因为在尝试建立叙述未来的意识形态和概念的模式时,小说包含了对时间展示无限可能的一种根本敌意。

梁启超的小说借未来的创造,使彼时中国作家得以站在一个新的时间脉络里,想象中国。但远在晚清的文脉里,引发了又一重吊诡。我在别处已举例说明过,晚清作家对未来中国注入了如此多的热诚,以致想抢先占有未知之数,为历史预定前景。当遥远的未来变得如此熟悉,当神秘的大预言只不过是今日新闻,晚清作家很可能已注销了未来的动力。因为他们未来性的观点,只不过是“昔日”或现时情怀的重现而已。迈向未来成了“回到”未来。他们的作品并未真正地发现一个新地带,而是中国传统时间、历史观的复辟;他们探访未来的秘密行程表,是通过过去的幻想来进行的。甚至他们新发现的直线进行式时间,也可能只是套在传统时间循环上的障眼法。也就是说,晚清文人对历史及未来的总结,只是一厢情愿,其结果只能是把现在的文化、道德观、目标和幻想投射进未来。正如我们对历史的记忆只被减化成一种——就是多个可能性中实现了的那一种,未来也被缩减成单一的整体。

在此我愿以一个寓言式的阅读方法,稍为再引申梁启超这部未完成的小说。未来完成式一经梁启超的开创,以后数十年间流行不辍——倒不是流行在小说叙述中,至少表面上不是,而是盛行于政治对话中。后者所隐含的紧迫性,比所有其他社会话语形式都来得明显。"五四"时期以后,出现了各种不同的意识形态,也都为中国的未来铭刻了一片美好前景。其中马克思主义更是一幅最具说服力的图像。在如何建设新中国的想法上,梁启超和毛泽东也许有天渊之别,可是在叙述话语的层次上,梁启超以未来完成式所做的(社会/政治上)未完成的叙述,实为中国共产党革命的时间表,塑造了一个原型。共产革命曾经吸引了数千万中国知识分子为其献身。而上述梁启超的《新中国未来记》里包含着的三种时间表,也都有迹可寻,轮流捍卫着革命的目的论[24]。

把一九四二年至一九七七年的中共文学说成是以未来完成式的乌托邦形式写成,其实是低估了人民共和国文学政治的力量。渗透于社会每个阶层实行的国家叙述,其实都是按照这类形式执行。在梁启超半途而废的《新中国未来记》这个小说叙述中有过去,有未来,而由过去如何过渡到未来的"现在"部分,独被牺牲。该部小说的头尾俱备,中间部分却永远迷失了。

三

乌托邦是晚清科学幻想的主要类别之一。通过一个理想境地的发现,晚清作家得以介绍科技发明,将社会政治的各种议程戏剧化,并放肆个人的玄奇梦想。在乌托邦的幻想中,不同的时间可以混在一起,互相比拼,在现实中不受欢迎的政教姿态,也因此得到实践。更重要的,乌托邦式的科学幻想,可把一个失败的国族空间投置在乌有乡中,重新建构其合法与合理性。

晚清作家也许多少受到了传统中国乌托邦原型的启发,如《诗经》《老子》《桃花源记》或者《水浒传》等。除此，他们还在小说、政治理论和科学发明这几方面，吸取了更多的西方模式来建立自己的观点。儒勒·凡尔纳的探险小说和赫伯特·斯宾塞的社会达尔文派文论都使中国的文人深受启发[25]。晚清杂志里也连载过大量的西方科幻小说。然而，我们不应忽略了“恶托邦”。晚清作家创作不少这类与乌托邦相反的黑暗天地。如果说乌托邦是扫灭一切不理想事物的叙述，恶托邦恰恰相反，它幻想恶法当道后的情况。与当时西方的乌托邦叙述一样，晚清的乌托邦产生了自己负面的文本。

不少晚清小说曾以介绍乌托邦或恶托邦的境貌为开场白，例如梁启超的《新中国未来记》想象一九〇二年政治改革后六十年的中国；颐琐的《黄绣球》(1905)以一个自由村作为理想的背景，让小说中的女主角黄绣球得以展开其改革大计。相反的例子则有曾朴的《孽海花》，小说以介绍奴乐岛开始，述说岛上的子民堕落愚昧，国家将亡，犹不自知。陈天华的《狮子吼》(1905)亦借一个华民岛说明类似的场景。在侣笙写的《痴人说梦记》高潮部分，一群改革者占领了一个落后的仙人岛，在那里推行科学工业化、教育和君主宪制，将其转变成一个现代社会。虽然这些例子都反映出作者乌托邦或者恶托邦的想象，却都只不过权充小说的引子而已，小说正文多是关于政治现实的。

萧然郁生的《乌托邦游记》(1906)则处理一个航向理想行星中的旅程。小说开卷颇有吸引力，叙述探险者如何准备行程、建造飞船和开始第一次探险，在这方面，作者必定受到西方小说的启发。遗憾的是，这部小说并未写完。我们的太空人还没有到达目的地，小说就停止了。仿佛这几位太空人的乌托邦之旅，永远在空中悬而不决。

无论从什么观点来看，吴趼人的《新石头记》(1908)都称得上是晚清时期最引人入胜的乌托邦小说。晚清小说读者对吴趼人的名字绝不陌生。他常跟揭露社会丑闻的小说联系在一起，例如《二十年目睹之怪现状》(1910)，或者伤感浪漫之作，例如《恨海》(1906)。《新石头记》一书展示了吴趼人未被肯定的才华，也进一步证明了他是晚清作家中最多才多艺的一位。

正如该书的题目所显示，这本小说以曹雪芹的《石头记》续集形式出现。在吴趼人着手写《新石头记》之前，这部经典小说已经有不少续集流传，大都是为贾宝玉和林黛玉的爱情悲剧翻案。吴趼人的《新石头记》则与众不同，低调处理了其他续集常见的那套感伤主义。在多数的续集中，女主角林黛玉要么复活过来，要么有一个新的化身，吴趼人的《新石头记》可没有这些东西，更遑论黛玉与宝玉大团圆之类的结局了。吴趼人把贾宝玉塑造成一个在时空中孤独的旅行者，他先来到晚清时的中国，再到一个未来的乌托邦。以往宝玉对大观园中众女子的热情，如今成了对中国人民的同情；昔日怡红公子的浪漫风流，如今让位给急切的务实思想。

吴趼人改写《石头记》，也许有剥削这部经典小说，一遂自己的目的之嫌。但我认为他如此做，却是精心策划的结果。这部续集的中心，依然是曹雪芹《石头记》笔下那块石头的神话冒险。曹雪芹把他的家族兴衰，置于女娲补天神话中观之。据说，当年黄帝跟蚩尤大战，撼动宇宙，连上天也出现裂缝。善良的女娲便炼了三万六千五百零一块石头作为材料，弥补青天。补天之后，竟有一块石头剩了下来，而且一经女娲提炼，已有灵气。既然未能"补天"，那块石头总有一份失落之感，千百年后，终得以到红尘一游。宝玉(那块灵石的化身)和黛玉的爱情悲剧由此开始[26]。在吴趼人的重述故事中，那块石头——也就是宝玉——为了完成"补天"的壮志，再下红尘俗世。这次他游历的是晚清时期的中国，距离《石头记》又不知已过了几世几劫。

《新石头记》有四十回，平均分为两部分。在第一部分里，宝玉经过数个世纪的隐遁，再下凡尘。他来到"野蛮世界"(一看就知道是指中国)，从南至北旅行，见识了各种新事旧物、奇人怪谭。在宝玉的旅行中，他与仆人茗烟重逢，两人结伴上路。他也再遇了宝钗的哥哥，那个无所事事的薛蟠，后者依然还过着放荡的生活。宝玉甚至目击了义和团的暴行。他最后因鼓吹民主思想的异端邪说而被捕。

吴趼人是写谴责小说的老手。他善于用各种嬉笑怒骂的人事,来刻画中国的腐败混乱。吴把贾宝玉塑造成一个像伏尔泰(Voltaire)笔下赣第德(Candide)般的人物。通过他天真的观感,使旧的社会政治恶相重新呈现出来。而贾宝玉来到乱世,他天真无邪、诚实正直的个性处处受到考验,也不禁使人想起吴趼人的《二十年目睹之怪现状》中的主角兼叙述人“九死一生”。吴趼人亦加插了宝玉初睹西方文明的几幕喜剧。火柴、蒸汽船、电灯泡、西餐和报纸都使宝玉受到文化震撼。最有趣的一幕发生在第二回。宝玉在一间小酒馆里,有人介绍了一部流行小说《石头记》给他。故事情节竟跟他自己的家族史如此吻合,使宝玉大吃一惊。他表露了自己的身份,却只换来了众家小说迷的哄笑,以为他是个无聊的冒牌货。在原著里,空空道人曾阅读过刻在灵石上的生平故事因而悟道。吴趼人循此再添上了一层元小说(meta-fiction)的叙述趣味,只不过他的读者真能受到启发么?

在故事的第二部分开卷,宝玉因传播异端被捕入狱。他后来逃出,远离了“野蛮世界”。他来到一个神秘的国家:“文明境界”。打这儿起,吴趼人的乌托邦想象开始凝聚。吴趼人如此叙述宝玉的神游天外,一方面可能是受到了传统中国故事的影响,例如李公佐(770—848)的传奇《南柯太守传》,就讲述一个人长睡之后醒来,才发现世界早已大变。另一方面,贝勒弥的《百年一觉》的影响显然可见[27]。

吴趼人的“文明境界”并不像桃花源那样,呈现一个小农式洞天福地,“不知有汉,勿论魏晋”。“文明境界”也不是《老子》中所憧憬的“小国寡民”。“文明境界”无论在军事力量、政治结构、科学发展、教育制度或者道德修养方面都壮大强盛,俨然是个超级科技帝国,在各个方面都领先时代。

对宝玉而言,印象最深的是“文明境界”的科学和技术发展:人工调控的气候,使农夫一年有四次收成;各种机械人打理日常家务;神奇的药物可以提高脑部功能;温室式的花园,全年提供四时蔬果;改良通讯的设备,包括电脑化的“时光机”“千里仪”和“助听器”。文明境界还有着最先进的运输工具:“飞车”像大鸟般在天空飞翔,而“遁地车”就在地下互相接触。这些车辆都有独立的特别磁墙保护,无论你怎样驾驶都不会擦撞损毁。另外还有“水靴”,旅行人穿了可以随意在水上行走,不会下沉。宝玉还拜访了现代工厂。宝玉对所见所闻,叹为观止,其天真欢喜之情,恰如《石头记》中刘姥姥逛大观园一样。

另外,通过两次由“文明境界”官员安排的探险活动,亦可以看出宝玉(或者是吴趼人)对新奇事物的热衷。宝玉和他名叫老少年的导游(也曾是吴的笔名)一起坐飞车到非洲中部狩猎(第二十六、二十七回),又乘一艘鲸鱼状的潜水艇在海底漫游。在由南极至北极的行程中,宝玉和他的朋友捕捉了各种珍贵奇特的海洋动物,例如美人鱼、有百尺长的海鹜、像小鸡般的儵鱼,共有“三尾、六足、四目,其声如鹊”[28]。宝玉在潜水艇里探访海底通道、收集深海的奇珍瑰宝。这些科学技术跃进和神奇探险,并非只是商业绰头或者个人狂想。我们进一步要分析小说中“物质”的层面如何成为理解吴趼人(和其他有同样想法的文人作家)的道德和哲学视野的关键。

在构想那些飞天入海的旅行时,吴趼人很可能受到了西方流行科幻小说译本的启发,特别是儒勒·凡尔纳的作品,例如《八十天环游地球》(1873,中译本 1900 年)、《从地球到月球的九十七小时廿分钟》(译于 1903 年)、《海底两万里》(1870,中译于 1902 年),以及《地心游记》(1864,译于 1902 和 1905 年)[29]。凡尔纳的《海底两万里》在《月月小说》中连载,正是由吴趼人和其友人共同经营的月刊。更有意思的是,吴趼人能将传统中国典故中的狂想因素融入新的故事情节中。例如宝玉去非洲坐的那辆飞车,据说在李汝珍(1763—1830)的《镜花缘》(1828)第六十六回中已经出现。上述的一些海洋生物,亦可在《山海经》中找到有关记载。宝玉在非洲狩猎捉到的那只大鸟,原是属于《庄子》中所说的大鹏那个品种。

宝玉和他的朋友惊叹这些新发现竟全都可以在中国典籍中找到依据,

不少读者也应会觉得心有戚戚焉。宝玉的探险记引发起似曾相识的感觉：无论多新奇多刺激的事物，原来都是人们旧有熟悉的东西的变相。可是，细读之下，《新石头记》似乎要讲的是另一回事。诚然，吴趼人把宝玉所见的珍奇异事都跟中国古远的那一套扯上关系，但他在下结论前必定也反复思考。在第二十五回，宝玉看过了飞车军事检阅后感叹道：“那小说上的腾云驾雾，想来也不过如此。”[30]其中一个护使答道：“本来创造这车的时候，也是因为古人有了那理想，才想到这个实验的法子。可笑那欧美的人，造了个气球，又累赘危险，还在那里夸张得了不得。怎及得这个稳当如意呢？”[31]文明境界的飞车是一项新的军事发明，经过了长期的试验和改良才制成。也许早在数百年前，各先辈的心中已有飞车的雏型，可是这个意念的实行，必须经过长期不断做实验，才能掌握到必备的技巧。一个狂想的意念萌芽后，必须经过演变才能在科学方面得以实行。小说这一幕以及其他的章回都表达了进化论的信息。

宝玉“文明境界”之旅的高潮，在于拜访了一位明君东方强。这使人想起赣第德与爱多拉多的圣王相遇的情况。通过东方强所描述的“文明境界”政治系统，吴趼人表达了他心中的乌托邦蓝图(第三十八回)[32]。照东方强的描述，“文明境界”实行君主立宪制，这也暗示了吴趼人的政治理想。东方强将他的疆土分成八个区，各以中国八德命名(忠、孝、仁、爱、信、义、和、平)。他的三个儿子东方英、东方德、东方法和女儿东方美，分掌各区行政事务，而他自己就隐居在“仁”那一区内，不用说，东方氏家族中各个统治者都有“经天纬地之才，安邦定国之志”[33]。

宝玉和东方强对话的重点，在于后者向宝玉解释，“仁”才是统治最根本的原则。根据东方强所说，只要心中有“仁”，统治者不但可以改善民生，也可以将仁人之心推广到其他国家，使在暴政下受苦的人民受惠。所以东方强总结道：“至上天至仁之心视之，何一种人，非天所赋？此时红、黑、棕各种人，久沉于水火之中，受尽虐待，同是人类，彼族何以独遭不幸？”[34]

东方强关于仁的精髓所做的讲话,跟吴趼人拥护儒家政治思想的立场不谋而合。在其科学探险和乌托邦治国的狂想之下,吴趼人把他的改革计划建基于固有的政治理想上,强调以仁义治天下。有趣的是,东方强一方面教诲内圣外王的道理,另一方面也不避讳世俗的物质收获及生活标准的精进,例如诸多的科技发明和海外探险等。仁义礼智与科学发展这两者似乎并不连贯。究竟在文明境界里,什么是维系德行和科学的关键呢?道德提升究竟是有助于世俗的科技发展,还是成为后者的妨碍呢?最重要的,吴趼人这种乌托邦想法,其理论基础究竟何在?

吴趼人把德行与科学等量齐观,将形而上和形而下的追求一视同仁,这跟传统上道重于器、精神贵于物质的看法颇有不同。我认为作为一个开明的保守文人,吴趼人对"仁"注入了新的理解。这并非吴趼人的个人特殊见解,而是晚清时儒家思想的急剧变化的一端,要进一步解释吴趼人独特的乌托邦理想,我们必先得看看这部小说的知识背景。

吴趼人对当代的政治改革并不陌生,而且无论是理论或者实践都颇有经验。他深受康有为和谭嗣同的"新思想"影响,并曾积极参与君主立宪等维新运动。历史记载中亦提到吴趼人曾厕身谴责一九〇五年美国反华裔劳工的法案[35]。与此同时,吴趼人亦写了不少有关的政论文章。一八九七和一八九八年间,他发表了六十篇文章,阐述中国应如何改革的宏图,总名为《茧呓外编》。这些文章所涉及的范围极广,从军事训练、法律改革、外交策略、经济策划、科学试验到农业改造无一不备。通过政治文章,吴趼人展示出一个理想国的蓝图,而我以为《新石头记》中的文明境界正是建立在这个蓝图之上。

在这六十篇政论文中,我最感兴趣的是《格致》(早期对"科学"的译名)一文[36]。对吴趼人而言,他的理想世界充满宇宙动能和道德活力,永远生生不息。他附和流行说法,认为世界充满一种无形物质,传送光波、声纳及电力。根据吴趼人的说法,将这些个别能量形式统一起来的特性就是"爱力"。

"爱力"是由形而上和形而下两界中的元素所形成的混合物,是推动地球和宇宙的根本动力[37]:"爱力者,盖即吸力之别称。水乳之交融,胶漆之相投,爱力为之也。爱力之最大且久者,在地心。万物之附于地而不散漫者,爱力为之也。"[38]

爱力和文明境界又有什么关系呢?吴趼人的文明境界可以跟康有为的《大同书》[39]中提出的大同世界相比,后者乃是晚清改革派最富戏剧性的乌托邦。康有为将儒家典籍做了激进新解,并据之想象大同世界为一包罗万象的社会。这个社会已经达到了道德完美、物质丰盛的境界。康有为的大同世界出自其向未来发展的直线时间观念,跟传统中国乌托邦理想形成鲜明对比。传统乌托邦的时间观若不是静止的就是退化式的。在康有为的理想世界中,政府结构是由一个个小型自治区联盟组成的,其政治政策是要禁止私有财产,甚至泯除家庭。大同世界同时还严格奉行性别和种族平等主义。然而,在这些激进的改革之上,"仁"仍然是治理社会的最主要原则。

有学者指出康有为的未来乌托邦其实是晚清流行思潮的总汇[40];它至少源自于康对儒家"仁"学的激进诠释理解、大乘佛教众生皆平等的理想,以及新教基督徒所倡的平等主义[41]。正如张灏所述,康有为把正统新儒家典范中"克己复礼",天理和人欲的紧张关系缓和下来,因为他加入了佛家离苦得乐的憧憬[42]。康有为的佛教观带有强烈的对"道德、物质和享乐主义的幸福"的追求意味,特别是华严宗此生可以修持精神涅槃的说法[43]。在华严思想中,俗世不断的进步和物质进步可以体现内烁的超越性,因此与修行来世的目标不相悖背。所以在康有为(1858—1927)的大同世界里,我们不难看到享乐主义的符号:房屋"珠玑金碧,光采陆离",运输"大小舟皆电运,不假水火",食物"皆作精汁,故人愈寿"[44]。

康有为关于大同世界的最大成就,在于对形而下的事物所做的形而上的思考。作为西汉儒家今文经学的随人,康有为追从董仲舒的哲学,发展出自己的世界观。董仲舒认为宇宙间充满了"气"的物质力量,"气"乃是宇宙原初的物质。在康有为的重新理解下,"气"跟当代西方的"以太"和"电磁场"等概念等同。当"气"或者"以太"在世间可以找到最有力的表征时,正是"仁"的体现[45]。

作为一种理论假设出来的物质,"以太"虽然看不见,却无所不在,更是传送光波和其他能量形态的媒介[46]。这个概念为晚清激进的知识分子所接受,其中尤以谭嗣同(1865—1898)为代表人物。鉴于康有为和谭嗣同在百日维新中密切的关系,我们可以肯定康有为在《大同书》中关于"仁"的(伪)科学研究方法,影响了谭嗣同《仁学》(1896)中的想法。在该论文中,形而下的元素"以太"和道德标准"仁"被视为可以二元互补的力量,相衍相生。

"遍法界、虚空界、众生界,有至大至精微,无所不胶粘,不贯洽,不管络而充满之一物焉,目不得而色,耳不得而声,口鼻不得而臭味,无以名之,名之曰以太。其显于用也,孔谓之仁,谓之无,谓之性;墨谓之兼爱;佛谓之性诲,谓之慈悲;耶谓之灵魂,谓之爱人如己,视敌如友;格致家谓之爱力,吸力,咸是物也。"[47](有点部分乃本文作者按)

吴趼人既然同情康有为和谭嗣同的政治议程,那么在《新石头记》中按上述两人的论点来界定"仁"的概念,也不足为奇。在爱力的推动之下,"仁"不单只表现在人类互相亲爱和彼此关怀的能力中,更表现在生命力量凝聚为宇宙的动力秩序中。

再回到《新石头记》。我们可以看出东方强所一再宣扬的"仁"学,并非传统儒家思想,而是晚清激进儒家学者所理解的道德科学主义。对吴趼人来说,只有在日常生活中实践科学性的进步,才能确实地体验出"仁"的真谛;物质上的现代化是"仁"或者人性内在力量的外烁光辉。换言之,"仁"既是为政之道的纲领,也是科学进步的立足点;既是伦理的超越内涵,也是物理运作的法则。在当时多数学者埋首于中国的"道"与西方的"器"两个极端的研究之际,吴趼人的乌托邦确是别开生面,他提供了德行即为科学、科学即为德行的另类见解。

如果只说吴趼人的乌托邦叙述仅仅回应康有为和谭嗣同的思想，他不过是康、谭“科学”思想的从人而已。但吴趼人明白，通过科幻小说的写作，他可成为别树一格的作家，而不只是意识形态的传声筒。如前所述，《新石头记》是曹雪芹《石头记》的续集，跟这部十八世纪巨著的其他续集不同，吴趼人始终依违曹雪芹的幻想架构，他把才子佳人的故事放进了新的科学性乌托邦文脉内，将历史的没落编织进一幅远古的创世神话中。这正是吴趼人的小说能成为二十世纪一个最有趣的乌托邦的关键所在。

《新石头记》的始、终都是附托在曹雪芹《石头记》开头的那个石头神话中。我们都记得，曹雪芹的小说开卷时，灵石遗憾未能完成补天之志，它下凡游历，结果一事无成，终于返璞归真。《新石头记》开始时则讲述灵石退隐出凡尘，又经历了数个世纪，因一时孤独所触而叹道：“当日女娲氏炼出五色石来，本是备作补天之用，那三万六千五百块都用了，单单遗下我未用，后来虽然通了灵，却只和那些女孩子鬼混了几年，未曾酬我这补天之愿。怎能够完了这个志向，我就化灰化烟，也是无怨的了。”[48]故此，为了要“补天”，灵石再度下凡。

且看吴趼人如何“再重新翻译”了“天”的意思。大体而言，“天”在此仍然意味着尽善尽美，宇宙意义的终极实践。但“天”既不是宗教话语中神恩的体现，也不是政治话语中的法权象征。在吴趼人的诠释里，“天”成了一个新的未来承诺，即中国对富强的无限期望。更进一步说，《新石头记》中宝玉要补的“天”，是严复译自赫胥黎《天演论》的“天”(1898)[49]。这个“天”带有达尔文主义的色彩：“物竞天择”。或者，像康有为所论，“天”是一个自强不息、精进不已的有机体，饶富意志、目的、感情和创造力[50]。

传统“天”的概念在转入本世纪时出现了一个大裂缝。随着内忧外患接踵而至，大清帝国的权力每况愈下。“天命”的正统、合法性摇摇欲坠。严复翻译的《天演论》只不过是当时众多重新谈论、审思“天”的道德和社会意义的著作之一。正如史华兹指出，严复并非不知道中文“天”字的含糊性，但是他依然以“天”来代英文的“自然”(Nature)[51]。吴趼人也许并不完全了解他选用“天”这个字所引起的含糊定义问题。然而,按照他小说中的逻辑,我们可以问:当天的裂缝已经大得不可救药,还值得我们做“补天”的尝试吗?天应不应该补?还是应该任由天塌下来,再由其他的东西去代替?

就着这些问题,吴趼人将《新石头记》的时间范围从神话的空间移到历史的空间。二十世纪的大观园不再是由少数特权分子专有,而是变成像文明境界一样的乌托邦,让人民分享。物质改良和精神超越在文明境界或者新大观园中得以和谐共存。用康有为的话来说,这就几近于大同世界。所以宝玉的补天之志,已经有别于曹雪芹《石头记》中回到神话根源的怀旧情怀,而是迎向未来之旅。吴趼人的贾宝玉有着强烈的救国之心,似乎是曹雪芹那个正版宝玉的反面。他寻求补天方法,不是为了爱情,而是为了爱国。

但既然吴趼人将他的小说置诸曹雪芹石头神话的脉络里,他必得涉及梦与醒、幻与真的交错关系。正如曹雪芹的《石头记》一样,吴趼人的《新石头记》也该引发自我反射式的阅读。小说一方面支持康有为“大同世界”的理想,创造“文明境界”,但又同时质疑“文明境界”内蕴的实证、进步信息,一方面指向历史,一方面回到曹雪芹笔下那石头神话的世界。

宝玉与东方强谈话末了,后者竟以“兄弟”称呼宝玉,叫宝玉大惑不解。因为两人岁数差了一大截,这个称呼竟使他们看来像同辈一样。在宝玉快要离去之际,东方强表明了自己的身份:他竟是曹雪芹原版《石头记》中贾宝玉在尘世的分身甄宝玉!这个发现把我们带回原著各种类比和幻象的复杂世界中。甄宝玉在外表上是贾宝玉的翻版,可是他在红尘俗世中所享尽的荣华富贵,却正是贾宝玉所要敬谢不敏的。在《新石头记》里,甄宝玉也被描写成一个理想人物,他所做到的正是贾宝玉可望而不可及的事。甄宝玉以东方强的化身,比贾宝玉更早完成了“补天”的志愿。一如吴趼人安排的剧情显示,贾宝玉要实行其乌托邦的欲望,可是来迟了一步。吴趼人将“文明境界”放在乌托邦未来完成式的处境中,将贾宝玉塑造成一个理想主义者，不过在他要实现其理想时，已经错过了时机。当宝玉徘徊在历史各个时段之际，他只能作为“未来已经发生了的事情”迟到的旁观者。

在痛苦的过去和幻想的将来之间，有着一道时间的折缝，而许多振奋人心的事就是发生在这段时间中。吴趼人对时间的理解，使他从理想的历史中异化了出来，也使他不能对追寻、实践理想，抱持奢望。换句话说，中国锐变过程中有段时间被神秘地“包括在外”了。那块灵石曾经错过了女娲补天的最初用场，他在凡世以泪水浇灌的情史也不能偿赎弥补恨海情天。如今他遨游未来，却已经预见他将第三度失去“补天”的机会。吴趼人的贾宝玉陷在过去与未来之间，仍然只是那块闷闷不乐的灵石，一个在历史以外孤独、迷惑的旅行者，不知何去何从。

康有为的《大同书》洋溢着天启的预言，《新石头记》却不一样。后者是一个在感情和意识形态上都模棱两可的乌托邦。也许正因为这份含糊性，这部小说才成为二十世纪初一部最引人入胜的科幻小说。恰与曹雪芹的小说呼应，《新石头记》的尾声，有一连串梦境出现。在梦中，宝玉又再度回到了中国。使他大吃一惊的是，北京即将举行世界博览会，而扬子江畔早已工业化了，但见两岸工厂林立，船只亦在江上往来不断。宝玉出席了一个关于世界和平的讲座，主讲者是中国的皇帝。宝玉定睛一看，皇帝不是别人，竟然就是甄宝玉/东方强。一惊之下，宝玉摔下椅子，醒了过来。

吴趼人的小说中，把甄宝玉/东方强描写成一个能够改革中国的圣王。可是我们若将这个角色跟曹雪芹《石头记》中原来的那个甄宝玉对照，难免使人怀疑吴趼人的态度。身为贾宝玉的“反面”，甄宝玉所体现的理想，到头来都只能作为“真实”的幻影而已。如此推论，东方强/甄宝玉在《新石头记》中的成功，只不过是一场徒劳，当不得真。这道出了贾宝玉乌托邦的虚幻的本质。吴趼人一方面计划着新中国的美好未来，一方面却对其可行性抱有怀疑。既然宝玉“又”错失了改革现代中国的机会，他只好继续在时光隧道的旅行，将未来梦想负托在他的替身身上。小说的尾声，出现了模棱两可、带有抑郁的语气，在在使书中的乐观预言，大打折扣。吴趼人将古代的补天神话注入了一个相当现代化的信息，以曹雪芹的讽刺托喻阐明了改革的(不)可能，从这方面来说，《新石头记》称得上是晚清时期最复杂的国家寓言之一。

《新石头记》的结尾与《石头记》的开场遥相呼应。宝玉离开了“文明境界”，打算到“自由村”终老。临行他给他的向导老少年一块玉牌作为纪念。老少年一失手把玉掉下，这玉一掉掉到灵台方寸山的斜月三星洞，而且还原成顽石本相。熟悉《西游记》的读者当然要会心而笑，因为此山此洞正是中国另一著名的石头神话的发源地——石猴孙悟空的故乡。之后，老少年重拾玉牌，却发现上面刻满新的铭文，写的就是《新石头记》的故事。铭文最后有诗一首。石头借此诗叹曰：

方寸之间兮有台曰灵
方寸之形兮斜月三星
…………
补天无术兮岁不我与
群鼠满目兮恣其纵横

但小说并不就此打住。吴趼人又写道，只有关心中国命运的读者才能一睹全文，至于崇洋媚外者只能从石头上看到一首英文诗：

All foreigners thou shalt worship
Be always in sincere friendship
Tis the way to get bread to eat and money to spend
And upon this way thy family's living will depend
There is one thing nobody can guess

Thy country men thou canst oppress[52]

吴趼人以英文打油诗总结《新石头记》,堪称是神来之笔。他让只通中文的读者望英诗兴叹,隐隐觉得错过了什么。而如果说曹雪芹的《石头记》就是破解——翻译——一段顽石奇文，吴趼人更延续了这一诠释/翻译的过程。他仿佛暗示,到了晚清,没有点西洋语言文化底子,读者还真难完全参破《新石头记》的全貌。但看懂了英诗的读者,恐怕又要落入自嘲或自省的讪笑中吧？书末引的这首英文诗使得曹雪芹首开其端的石头文字迷宫,更加复杂。贾宝玉必须穿历不同时空境界,以求补天之道,而吴趼人的理想读者何尝不如宝玉一般,必须穿历不同的语言境界,好掌握石头神话的玄机。

注　释

[1] 阿英:《晚清小说史》,香港:太平书局,1996 年,第 180 页。晚清翻译的详细资料,见于熊锐之:《西学东渐与晚清社会》,上海:上海人民出版社,1994 年,第 6 至第 8 章。

[2] 时萌:《晚清小说》,台北:国文天地,1990 年,第 11 页。

[3] 陈平原:《二十世纪中国小说史》第 1 册，北京：北京大学出版社,1989 年,第 28—29 页。另见于赖芳伶:《清末小说与社会政治变迁》,台北:大安出版社,1994 年,第

67—85 页。

[4] 陈平原:《二十世纪中国小说史》,第 43—44 页。

[5] 史华兹 (Benjamin Schwartz),*In Search of Wealth and Power*(Cambridge:MA:Harvard U.P.,1964); 李欧梵 (Leo Ou-fan Lee),*The Ramantic Generation of Modern Chinese Writers* (Cambridge:MA:Council on East Asian Studies,Harvard U.,1973),第1—3 章; 夏志清:*Yen Fu and Liang Ch'i-Ch'ao as Advocates of New Fiction*, 见 Adele Austin Rickett 编:*Chinese Approaches to Literature from Confucius to Liang Ch'i-Ch'ao* (Princeton:Princeton U.P.,1978),第 224—255 页。

[6] 进一步的论证,可见于刘禾(Lydia Liu)的新书:*Translingual Practice:Literature, National Culture,and Translated Modernity-China,1900—1937* (Stanford:Stanford U.P.,1995),第 1—2 章。

[7] 李伯元:《文明小史》,台北:世界书局,1974 年,第 92 页。

[8] 同上,第 90—91 页。

[9] 同上。

[10] 见李欧梵: *In Search of Modernity*, 载于 Paul A Cohen,Merle Goldman 合编:*Ideas across Cultures*(Cambridge: MA:Harvard U.P.,1989),第 109—136 页;其中论及在十九世纪末,未来的概念如何传入中国的问题。

[11] 见作者著,"*Fictional History/Historical Fiction*", *Studies in Languages and literature*,第 1 卷,1985 年,第 64—76 页。

[12] 李泽厚:《中国近代思想史》,台北:谷风出版社,1985 年,第 530—531 页。

[13] 以春飒的《未来世界》(1907)为例,作者虽然声称要揭露未来中国社会可能会发生的问题,却并没有结构出一个与当时世界不同的境界。我们所见不过是眼前的老问题,套以未来的标签而已。吴趼人的《光绪万年》(1907)亦有同类的问题。那个故事以1875 年为背景,讲述君主立宪制一万多年以后,中国的繁荣盛况。

[14] 梁启超:《中国之唯一文学报〈新小说〉》,引自夏晓虹:《觉世与传世》,北京:北京大学出版社,1992 年,第 65 页。

[15] 夏志清,第 251—254 页。另见夏晓虹,第 223—235 页。

[16] 夏志清,第 251 页。夏晓虹,第 232 页。

[17] 夏志清,第 252 页。

[18] 关于《百年一觉》一书，更详尽的分析见于 Krishna Kumar, *Utopia and Anti Utopia in Modern Times*(Cambridge: Basil Blackwell, 1987), pp.132—167。

[19] 夏晓虹，第 53—54 页。

[20] 同上，第 59—60 页。

[21] 使用倒叙法最有名的例子，是吴趼人的《九命奇冤》，见胡适；另见方梓勋：《〈九命奇冤〉的时间：西方影响与国内传统》，见米列娜(Doleželová-Velingerová)编：The *Chinese Fiction at the Turn of the Century* (Toronto: U. of Toronto P., 1980)，第 116—128 页。

[22] 梁启超：《新中国未来记》，台北：光雅书局，1984 年，第一回。

[23] 夏晓虹，第 71—72 页。

[24] 毛泽东思想对话的兴起，见 David Apter 和 Tony Saich 最近的研究，*Revolutionary Discourse in Mao's Republic* (Cambridge: Harvard U.P., 1994)。

[25] 当时的主要杂志，例如《新小说》《月月小说》《小说林》，以及《绣像小说》，都连载科幻小说。

[26] 关于《石头记》中灵石神话的更彻底研究，可参考 Jing Wang, *The Story of Stone* (Durham: Duke U.P., 1992)，第 2—3 章。

[27] 《百年一觉》一书更详尽的分析见于 Krishna，第 132—167 页。

[28] 吴趼人：《新石头记》，郑州：中州古籍出版社，1986 年，第 235 页。

[29] 凡尔纳的作品，被译成中文的还有，《气球上的五个星期》(1903)、《幸运的比甘》(1903)、《月球周围》(1904)、《没有名称的家庭》(1905)，以及《神秘岛》(1905)。见 Wu Dingbao：《序》，载于 Wu Dingbao, Patrick Murphy 编：*Science Fiction From China* (New York: Praeger, 1989), p.xiv。

[30] 同上，第 193 页。

[31] 同上，第 193—194 页。

[32] 同上，第 274、284、292 页。

[33] 同上，第 175 页。

[34] 同上，第 305 页。

[35] 关于吴趼人参与这次运动的资料，见吴趼人：《序》，载于《新石头记》，第 8 页。

[36] “格致”源于儒家经典《大学》，在“科学”二字正式采用以前，是指科学的概念和实行。

[37] 吴趼人:《格致》,载于《茧呓外编》,见《我佛山人文集》第八卷,广州:花城出版社,1988 年,第 125 页。

[38] 同上。

[39] 康有为:《大同书》,上海:人民出版社,1956 年。

[40] 张灏(Hao Chang), *Chinese Intellectuals in Crisis*(Berkeley : U. of California P., 1987),p.56。

[41] 张灏,第 25—35 页。另见金观涛、刘青峰:《理想主义与乌托邦:大同书中儒家与佛教的终极关怀》,刊于《二十一世纪》第 27 期,第 53—61 页。李泽厚:《中国古代思想史论》,第 228—235 页。

[42] 同上,第 56—57 页。

[43] 同上。另见高振农:《中国佛学与近代哲学》,收于《近代中国与近代文化》,第 229—244 页。

[44] 康有为:《大同书》,第 38 页。

[45] 张灏,第 33—35 页;李泽厚:《中国古代思想史论》,第 228—235 页。

[46] "以太"这个概念在中国亦有根可寻;新儒家"气"的概念由以"气"(物质力量)为本的单一主义者张载和王夫之的传统演变而来。见张灏, 第 81—89 页; 李泽厚,第 109—123 页。

[47] 谭嗣同:《仁学》,《谭嗣同全集》,上海:上海古籍出版社,1963 年,第 121 页。见张灏:《烈士精神与批评意识:谭嗣同思想的分析》,第 87—130 页。另见李泽厚的讨论,第 228—250 页。

[48] 吴趼人:《新石头记》,第 3 页。

[49] Schwartz,第 91—139 页。

[50] 张灏,第 36 页。

[51] "天"这个字,可以解作"九重天""至高无上的神"以及"一种不是创造出来的组合物质",见 Schwartz,第 96 页。另见萧公权:《康有为的科学之旅:关于"天"的讲义》,载于 Lo Jung-pang:*K'ang Yu-wei:A Biography and a Symposium*(Tucson:U. of Arizona P. for the Association of Asian Studies,1967),pp.375—397。

[52] 译文为:

凡是洋人你都崇拜

总是那样真情满怀
这是得到面包与金钱的良方
您的家庭生活因此也可悠哉
只是一件事谁也没想到
你竟然把自己的同胞迫害

辑　二

从“头”谈起

鲁迅、沈从文与砍头

一九〇六年，日本仙台医学专校的中国留学生鲁迅在课余幻灯欣赏时，看到一个画面：一群中国人正兴致勃勃地围观一桩砍头盛事。被砍的也是中国同胞，行刑者则为日本人，行刑地点却在中国东北。犯人的罪名是：日俄战争期间替俄国人做军事侦探。这张幻灯画面深深震撼了鲁迅。如其日后所言，学期未毕，他即遄返东京，随之竟弃医学而就文学。砍头一景，俨然成为刺激鲁迅生命志业的源头，亦从而掀开了现代中国文学的新页。

鲁迅对头与砍头的执念，在在可见诸文章。无独有偶的，“五四”作家中另有高手，也曾把无“头”故事写得头头是道。这不是别人，竟是沈从文。提起沈从文，我们立即联想到他温柔敦厚的品格、抒情婉约的文字、乡土田园的故事。谁承想到他和血丝呼啦的头颅会有所轇輵？但沈从文不但写，而且写了不少有关砍头的文字。他少年从军，曾亲见多起千人受屠的大场面，看幻灯作文的鲁迅与他相比，反倒是小巫见大巫了。然而沈从文有关砍头的小说或散文里，不见郁愤激越，却有反常的平静从容。难道他真如过去极“左派”所言，黄连树下弹琴、死人堆上跳舞，苦中作乐到极点了吗？就算“反动保守”，沈亦实可不必冒这样题材的大不韪。他的砍头文字因此值得细思。我以为它们一方面凸显了沈少年经验的传奇面,一方面也透露了他温暖闲适的抒情哲学后,前卫叛逆的冲动。而与鲁迅作品合观,我们更可见两者为现代中国写实文学的美学及道德尺度,所形成的一场主要对话。

一

在一九〇六年的那张幻灯里,鲁迅看到清末中国人最卑怯投机又麻木不仁的劣根性。何以日俄两军在中国的领土厮杀,而中国人仍甘为其所役,打探侦察?何以自己同胞受戮,而中国人仍张口垂涎、津津有味地欣赏砍头大观?鲁迅的忧愤,莫可言喻。十六年后,在小说集《呐喊》的序言中他写道:"凡是愚弱的国民,即使体格如何健全,如何茁壮,也只能做毫无意义的示众的材料和看客,病死多少是不必以为不幸的。所以我们的第一要著,是在改变他们的精神,而善于改变精神的是,我那时以为当然要推文艺。"[1]这段文字,剀切动人,可以视为"五四"以来中国文学的基调。医学只能救治中国人病弱的皮囊,唯有文艺才能改造他们的心志,使他们免于没"头"没"脑"、行尸走肉地生活。躯体的腐朽断裂,犹可担待,重寻心灵的头绪,才是首要之务。更进一步说,中国人引颈待戮之灾,何尝不肇始于他们精神上的身首异处?

鲁迅对头与身体、身体与心灵的对照描写,果然卓显他的文学才具。而他自述一九〇六年亲睹幻灯,愤而弃医就文的经过,实已极具戏剧张力。较之说部创作,亦不遑多让。学者如李欧梵等业已指出,由于缺乏实证,这场幻灯经验有可能出于杜撰,本身就是一件文学虚构[2]!到底鲁迅是否看过那张改变他一生的幻灯片,恐怕要成为文学史上的一桩无头公案。但值得我们注意的,不是幻灯的有无,而是鲁迅"无中生有",以幻代真的能力,他从文字幻象凝聚毕生执念的才华。不仅此也,鲁迅看砍头幻灯的自述,原就是他回顾创作之路,为自己,也为读者"追加"的一个起点,"后设"的一个开头。我们因而要问，此“头”果系彼“头”乎？何以一开头即是断头？

砍头或头的意象，在鲁迅小说和散文中均有发挥。著名的《药》写的就是革命志士刀下断头的血，如何竟沦为民间偏方的故事。烈士的血到头来既不能治心，也不能治身。我们也都记得《阿Q正传》中，犯人被绑赴刑场，砍首示众的场面，如何成为阿Q心中的绝妙好戏，而阿Q最后莫名其妙地被枪毙了事，如何成为围观群众的一大遗憾。还有《故事新编》中的《铸剑》，眉间尺为报杀父之仇，不惜自刎其颈，以求知交黑衣人能借机谋刺秦王。故事的高潮中，眉间尺、黑衣人及秦王的三颗头颅俱落秦廷镬中，啮咬追逐，成为鲁迅作品中最奇诡的景象之一。一九二八年的杂文《铲共大观》里，鲁迅更讥诮地评着万人争看杀头的新闻：“‘民众’一批是由北往南，一批是由南往北，挤着，嚷着……脸上都表现着或者正在神往，或者已经满足的神情。”[3]闻之宁不堪惊！更不提像《墓碣文》等那样夸张人头尸身的场面了。

砍头为鲁迅带来的文学想象，可从刑罚与道德角度解释。作为过去极刑的一种，砍头在执行技术上饶有社会意义。如《阿Q正传》所述，被定谳斩首的犯人在受刑前必得游街示众，必得在大庭广众下，咔嚓人头落地。群众的围观原是其设计的一部分。借此，执行砍头的当局不仅可收杀一儆百之效，也向公众证明其生杀予夺的无上权力。这类诉诸群众的“大观”式刑罚技术，中外皆然。近年法国人福柯(Foucault)对此曾加以理论化。他提醒我们，“大观”式刑罚有其隐忧。暴力的展示，可能刺激群众对权力当局形成一挑衅的力量[4]。令人啼笑皆非的是，斩首示“众”也可能导致一残酷的娱乐场合，在其中群众既怕且爱地观看身首分家的奇景——正如《阿Q正传》所述。但群众的笑声叫声未尝不使杀头的威吓警惕大打折扣，从而动摇了执法者严肃的权威性[5]。

由是观之，鲁迅赋予砍头的诠释，便得从长计议。我们还记得，一九〇六年的那场砍头是在幻灯上看到的。鲁迅的叙事位置是“观看”中国人“观看”杀头的好戏。这样的游离位置引发了道德的歧义性。当他斥责中国人忽略了砍头大刑真正、严肃的意义时，他其实采取了居高临下的视角。他比群众看得清楚，他把砍头“真当回事儿”。但试问，这不原就是统治者设计砍头的初衷么？鲁迅当然反对砍头及执行砍头的那个暴虐政权，但他似乎并不排斥使砍头成为可能的那套道德与政治思维模式。君不闻“无意义的示众材料和看客”，死多少都是不足为惜的么？鲁迅于此反成指点批判看客的高级看客。另一方面，他以笑谑的口吻写着砍头盛事，讽刺之余，不无自我颠覆的作用。群众的热情捧场，已暗示了传统刑罚意义的质变。当砍头渐失威吓效用时，嗜血的群众开始蠢蠢欲动。阿Q终被“枪毙”，因而代表另一轮刑罚与镇压技术的开始。只是它真能达到目的吗？鲁迅的怀疑态度，既惫懒又犬儒，并不亚于他笔下的群众。他是“与人民永远在一起”的。

鲁迅“有”头“没”头的文字，因此投射了他感时忧国的块垒，以及自身立场的游移。但我以为在上述道德的层次外，头及砍头更能导出一种认识论上的吊诡，不容忽视。回溯鲁迅自述的创作缘起，我们可说他在砍头一景中，不仅看到中国人的无知与无耻，也更感到个体生命符号系统的崩裂，而此一崩裂足使社会文化意义停止运作。身首异处使人不再是人，但更可怖的是躯体的肢解断失，只是整个“中国”象征锁链散落的一小部分。中国领土四分五裂，中国的政治群龙无“首”，中国的语言“古为今用”，难达新义。连传统那圆融有机的礼教机构，也证明只是一席人吃人的盛宴，一场神魔不分的梦魇。陷身在这样个人及历史意识的断层中，鲁迅的呐喊与徬徨自是既深且远，撼人心肺。

然而鲁迅在求取艺术表达形式时，实陷入另一难题。他对砍头与断头意象所显示的焦虑，无非更突出其对整合的生命道统及其符号体系之憧憬。但是这一憧憬在鲁迅创作意念里，只能以否定的形式表露。换句话说，鲁迅越是渴求一统的、贯串的意义体现，便越趋于夸张笔下人间的缺憾与断裂；他越向往完整真实的叙述，便越感到意符与意旨、语言与世界的罅隙。砍头一景因而直指鲁迅对生命本体意义失落的恐惧,以及一种难归始原的乡愁式渴望。由是延伸,我们更要说断裂的主题不只显现于头与身体的分家,也显现于像《狂人日记》中,叙事语言的文白分歧及主角性格的分裂,《祝福》中祥林嫂对身后二鬼分尸的恐惧,乃至《在酒楼上》知识分子言行不一的愧疚上。而鲁迅的杂文,正是以文类上芜杂散漫、“见首不见尾”的风格,分立于传统种种“大叙述”之外。鲁迅以惊见砍头所象征的意义崩裂起家,竟至自身迎向崩裂的主题、人物与风格,以作为对此一现象的批判。这不能不看作是一为求“全”却自我割裂、否定的极致演出。

隐藏在这几近以毒攻毒的写作姿态下,至少有两层吊诡。第一,如果理想社会文化境界只能借否定或崩裂形式做负面衬托,鲁迅的美学观势必沦入不断自我矛盾的轮回。他越暴露中国社会根深蒂固的丑陋,越显出现实与他原始理想的差距,越暗示弥补此一差距的艰辛无望。那为什么还要继续写呢?“写作”成为荒谬的活动。陷身此一轮回中,鲁迅犹抱一暧昧的耽溺心态。诚如夏济安先生当年以《黑暗的闸门》一文,描述鲁迅及其角色的悲剧命运所指:当英雄如鲁迅者投身于黑暗的战斗中,他自膺的宿命负担竟可成为一种蛊惑,一种夸耀[6]。第二,肢体及社会结构断裂带来了非理性状态,亦释放出始料未及的欲望。批评家早已指出,鲁迅对死亡和人之心灵的幽暗面,有着不足为外人道的迷恋。《狂人日记》里他对礼教“吃人”意象的描摹,何其鬼趣多端;又如《药》中他写古中国对人头人血的迷信,竟自流露一己的好奇。而最令人难忘的是,《阿Q正传》里万人争睹阿Q正法的场面,充斥着一片嘉年华盛会的欢乐气息,与《铸剑》里的三“头”大战,遥相呼应。至于出现于《从百草园到三味书屋》中,那个蛇身人首的女怪,或是散文诗《墓碣文》里,那具“胸腹俱破,中无心肝”,而能口发人言的死尸,更展现鲁迅因由着身体的裂变,所生的深广想象。这些吊诡层面构成鲁迅作品最引人入胜的动力。

二

沈从文十四岁从军，曾经转戍湘川黔边界。军事的杀伐牺牲，对他原不足奇。尤其地方汉苗等族杂处，传统上民风已极强悍，一逢乱世，枉死刀枪下的冤魂，更不知凡几。沈的作品中关于死亡，尤其是横死的题材不在少数，但最令人触目惊心的，仍属他对大规模砍头的描写。小说如《我的教育》《黔小景》《黄昏》《新与旧》，散文传记如《从文自传》《湘西》等均曾涉及砍头的情景。陶醉于《边城》《长河》式作品的沈迷们，可能不免讶于这类血腥场面的出现。但沈写来处变不惊的风格，才更让人心有疑窦：怎么到了人头落地的节骨眼儿，他还能"温柔""抒情"得起来？但也就是在这些地方，沈从文将传统抒情文类的范畴，推至危险的极致，并借此一展他前卫叛逆的企图。同时，他处理砍头的态度，也为鲁迅所示范的那套写实法则，提供一不同的出路。

我们且先以中篇《我的教育》为例。该作描述沈早期行伍经验，自传意味浓厚，而看杀头则是其中的一大项消遣。全文二十三个小节里，细写或提及杀头的部分竟占了十二节。年轻的小兵沈从文看到军队砍土匪的头，也砍逃兵的头，砍罪犯的头，也砍无辜百姓的头。军队的生活太"单调"了，"要刺激，除了杀头，没有可以使这些很强壮的群人兴奋的事了"。看完了砍头，有人爬上挂人头的塔尖，"拨那死人的眼睛"，有人以抛头为乐。沈从文不甘人后，也好奇地"踢了这人头一脚，自己的脚尖也踢疼了"。晚上大伙议论刽子手的刀法，并用同把杀头的刀杀狗烹肉，沈也乐在其中。日子久了，一切习以为常，沈反在寂寞里，有了新感受。一天早上他一个人怀着"莫名其妙的心情"，走到杀人桥上观看。一掬烧剩的纸钱，"似乎是平常所见路旁的蓝色野花，作灰蓝颜色，很凄凉地与已凝结成为黑色浆块的血迹相对照"。一切宁静如常，沈无言而退。

以沈从文多次参与砍头大观的经验来看，他一定也是鲁迅痛哭的无知

“看客”之一，为人吃人的社会，加油助威。可不是，沈老年轻时，看之不足，还用脚踢咧。但要紧的是，他在文中不仅是无知麻木的看客，“也是”不知天高地厚的小兵，“也是”灵犀渐通的年轻艺术家。他同时用不同的观点看砍头、看世界，也要求读者做如是“观”。由此产生的包容的、多角并行的生命视野，在同辈作家中，实不多见。在《黔小景》中，或在《从文自传》《怀化镇》一章中，他写尚未成年的小孩，“用稻草扎成小兜，装着四个或两个血淋淋的人头”，哭啼地在山道上走着。懂得的人立刻可知那是小孩父兄的头。如何死的却是“谁也不明白，也不必须过问的”。在自传《一个大王》中，他笔锋一转，写一个狐媚的女匪被捕后，仍能颠倒众生，俟机脱走。她最后与一弁目一夜风流，事泄后终难逃被砍的命运。或是在《新与旧》中，他写一个曾经风光一时的刽子手，在刑罚技术演进到枪毙时，竟面临了生命价值的危机。描写被砍头或看砍头者的反应，鲁迅已有先例。但从黑色幽默兼同情的角度替刽子手唏嘘，沈从文此作可算独沽一味。当然，沈在追述当年苗乱及辛亥革命时所无谓牺牲的脑袋成千上百，其惨烈令人掩卷后，犹自悚栗不已。

试想鲁迅如果要写作这些题材，会是什么样的结果？在沈从文笔下，我们只得一清如水的文字白描。既少孤愤，尤乏讥诮。但沈对人性的愚蠢、家国的动乱，岂真无动于衷？《我的教育》或《从文自传》的叙述者，以蓦然回首的姿态，回顾军旅生涯的血腥点滴。因年纪与见识成长而生之反讽意图，早藏于字里行间。当小兵沈从文凝视溪流边斩首尸身的血迹，一夜就能濯洗尽净；当他眼见无辜的农民，被迫以掷筊的儿戏方式赌输性命，哀哀向待释的难友交代后事，他形之于外的反应是莫可奈何。但作家沈从文想到死者已矣，杀人者与被杀者的家人似乎很快就忘了一切，“大家就是这个样子活下来”，“规矩以外记下一些别人的痛苦或恐怖，是谁也无这义务”时，寥寥数语，却有多少对人世劫噩的大悲悯、大惊恸积蕴其中！

这样的诠释方法，虽点出沈从文极敬谨沉潜的人道关怀，却仍不能说明他砍头故事真正的力道所在，以及他与鲁迅分庭抗礼的最大本钱。欲论其详，一切还得从“头”开始。前文已试申明，鲁迅对砍头意象有着不能自已的焦虑与恐惧。这不只因为万头攒动、争看人头落地的奇观，道尽了中国人的麻木冷酷，也更因为那场景所暗示的荒谬气息，带出了一切礼仪及生命的崩颓与断裂。鲁迅的焦虑与恐惧，因有其形而上的层次。而在寻求文学语言的表达时，个人肢体砍断失落的震颤痛苦，还有阵阵围观者的叫声笑声，成为他一切想象的具体依归。请注意这里身体与精神、社会与礼教、国家与国魂之间虚实交接的连锁关系。就像语言与事物，意符与意旨互为指涉的关系一样，身体、社会与国家是某种内烁资源的外在体现，构成一情境交融的象征体系。作为其基础的个人身体/精神有变，自然反映更高阶序之象征关系的倾圮。

三

沈从文与鲁迅最大的不同处，即在于他并不预设这样的象征锁链。在他的世界里，人与人、人与物的关系辗转照映，唯缺鲁迅所构思的那种牵一发而动全身的逻辑秩序。相对于“象征”，我们毋宁说他的叙事法则，更倾向于当代批评常说的“寓意”(allegorical)表达。象征借具体经验、符号“再现”灵光一闪般的内烁意义，几近神秘的宗教启悟；寓意表达则偏重具体经验、符号间的类比衍生，而将内烁意义做无限延搁，因此遥拟修辞托喻的“游戏”法则。所谓情随意转，意伴“言”生。语言本身也正是“物”界中，最灵犀流转的一部分。终其创作路程，沈从文一再强调语言与形式的重要，绝非偶然。语言、形式、身体这些“外在”的东西，其实并不永远附属于超越的意义、内容、精神之下，而自能蓬勃扩散，不滞不黏。沈从文常喜说的文学的“神性”，应在这“寓意”而非“象征”的范畴下，才愈见玄机。

依循这一观点，我们可再思何以沈从文对天地最无情事物，仍能做最有情的观看。“亲民爱物”式的人道主义辞令，不足以解释沈写那些最残酷血腥人事的动机。从他对语言修辞上的强烈寓意特征，我们或能揣摩他出入生命悲欢仁暴之间，而能不囿于“一”的原委。砍头当然是极其可怖的暴行。但不像鲁迅对砍头所赋予的唯一象征内涵，沈从文自其中还看到许多“意料以外”的意义，同样需要我们的关注。既然他无意自头的断裂中，引申一环环相扣的象征危机，他的反应在悲悯之余，竟多了一层宽容。既然他不汲汲预设一道统知识的始原中心，他的视界因可及于最该诅咒詈恨的人或事。在寓意的想象中，等列并行的类比取代了灵光“再现”的象征阶序；而罅隙或圆融、断裂或衔接都还原为修辞的符号，为散乱的世界暂时做一注脚。尤其耐人细思的是，尽管鲁迅自身体的斫伤，发展其对社会人生的认知体系，但身体毕竟不如心灵重要——恰如他认为语言文学只能作为达“义”救“心”的工具一样。沈反其道而行，在身体形而下的运作或停止运作里，他重新发掘生命不可测的律动潜能。在文学叙述的起承转合形式中，他见证意义涣散、重组、衍生的无尽过程。这一对身体、语言、形式的执着，其实说明了沈从文对“五四”人道主义最特殊的诠释。

于是由小说《黄昏》我们看到这样的景象。扬子江中游的一个衰敝的小镇里，正值晚饭时分。炊烟处处，彩霞满天。午后的一场大雨停后，处处稍见新意。孩子们正在臭水塘边围捕鳝鱼，小鸭则悠游水中觅食。而这也是每日例行的砍头时分。看狱的老门丁刚从白日梦里惊醒，他原在计算“属于一生的一笔账项”。年轻时的荒唐，百年后的准备，一一流过眼前。行刑兵的步伐已近。被点到名的囚犯，或惊惶、或悲泣、或抵抗。一阵骚动后，一个被拉走的乡下人还老实地拜托狱吏：“砦上人来时，请你告诉他们，我去了，只请他们帮我还村中漆匠五百钱，我应当还他这笔钱……”刑场上只剩下“留在家中也没晚饭”的孩子们高兴地围观。天上一角全红了，“一切是那么美丽而肃穆”。典狱官急着办事，偏偏一个小兵点灯不慎，打翻了一地灯油。典狱官惦记着“自己房中煨的红烧肉，担心公丁已偷吃去一半”。这时，“天上红的地方全变为紫色，地面一切角隅皆渐渐地模糊起来，于是居然夜了”。

我们如果只看到《黄昏》中对社会的反讽批判,或是“天地不仁”的慨叹,未免糟蹋了这篇小说。砍头,而且是冤枉的砍头,是沈从文的主题。托生乱世,人命果不如蝼蚁!但他抒情的笔触,静静地将与砍头同时的各种感官意象联结起来:变幻莫测的夕照,晚饭的炊烟菜香,小孩的嬉戏目光,老门丁的春情旧梦,犯人的最后交代,添油兵丁的笨拙举动,还有典狱官的红烧肉,似乎一起来到眼前。这些杂然分属的事物好像各不相干,但又似乎有所关联。分则木然兀立,合则生机乍现。离合存没之间,它们没有象征内烁的逻辑,唯见文字左右联属的寓意。鲁迅断头一瞥所引出那决绝的、崩裂的危机感渐弛渐远,取而代之者竟是一连绵柔韧的生活及生命憧憬。置之“死地”而后“生”,在一个政教秩序四分五裂的时代,沈的断头故事别具道德意图。他对生命本能的惊奇,不因荒诞无道的世路而稍挫。他对文字“之间”接驳意义的可能(而非必然),未曾失去一再尝试的兴趣。这种对身体、文字、具象符号增殖互补的信心,其实充满了嘉年华式的反叛冲动,与鲁迅追逐终极形上道统的姿态,遥相对立。同时,沈从文也对抒情文类的题材及道德尺度,做了历史性的突破。

鲁迅与沈从文的砍头故事,因此提供我们绝佳的机会,回顾现代中国写实文学的不同路线。鲁迅从断头的场景,看出了中国的社会民心,以及“中国”的道统象征,不可收拾的摧颓瓦解。沈从文面对这样的现状,却试图从文字寓言的层次,提供疗伤弥缝的可能。但两者成就,皆远过于此。鲁迅在身体断裂、意义流失的黑暗夹缝间,竟然发展出一不由自主的迷恋,一种与理性背道而驰的恣肆快感。奇诡曲折,令人三叹。沈从文则绝非童骙的乐观主义者。正如著名的《三个男人与一个女人》的结尾所述:“我老不安定,因为我常常要记起那些过去事情……有些过去的事情永远咬着我的心,我说出来,你们却以为是个故事。”沈从文书写砍头的故事,或许是求借着叙述的力量,化解他不说也罢的生命创痛;但更重要的,因由叙述绵延不尽的寓意格式,他将碎裂的、分割的众生百相组合起来。在意识形态狂飙的二十世纪二三十年代，我们失落的终极信仰和生命寄托“也许永远不回来了，也许明天回来！”（沈从文《边城》结语）但对沈而言，处在或长或短的等待状态里，哪怕是虚构的希望也还得有。生活还得过，命还得活，“故事”也还没有到头。故事就是延续生命的基石。

“五四”以后的作家多数接受了鲁迅的砍头情结，由文学“反映”人生，力抒忧国忧民的义愤。他们把鲁迅视为新一代文学的头头。沈从文另辟蹊径，把人生“当作”文学，为他没头的故事找寻接头。因此他最吊诡的贡献，是把“五四”文学第一“巨头”——鲁迅的言谈叙事法则，一股脑儿地砍将下来。他的文采想象，为现代小说另起了个源头，而他对文学文字寓意的无悔追逐，不由得我们不点头。

注　释

[1] 鲁迅：《呐喊》自序，见《鲁迅全集》第1卷，北京：人民文学出版社，1981年，第417页。

[2] Leo Ou-fan Lee, *Voices form the Iron House* (Bloomington: Indiana U.P., 1987), p.18.

[3] 鲁迅：《铲共大观》，见《鲁迅杂文集》，上海：人民出版社，1972年，第124页。

[4] Michel Foucault, *Discipline and Punish*, trans. Richard Howard(New York：Random House,1973),pp.24—95.

[5] 参考 Frank Lentricchia,*Ariel and the Police*(Madison：U. of Wisconsin P.,1988),pp.29—102。

[6] T. A. Hsia,*Gate of Darkness* (Seattle：U. of Washington P.),p.146.

“母亲”，你在何方？

论巴金的一篇奇情小说

“五四”新文学创作自鲁迅首开其端以来，至二十世纪三十年代已是绿叶成荫。作家如茅盾、老舍、张天翼、沈从文等均各以独特的风格及题材，广博文名。但就受读者欢迎程度而论，仍以巴金为个中翘楚。早期的巴金是安那其主义（Anarchism，或译为无政府主义）的鼓吹者，他的笔名即是由二位西方无政府主义者“巴”枯宁（Bakunin）及克鲁泡特“金”（Koroptkin）的名字拆拼而成。基于此一政治信念，巴金的小说以描写浪漫且略带感伤气质的叛逆青年如何反抗家庭社会见长。他的《激流三部曲》（《家》《春》《秋》，1933—1940）当年不知风靡多少青年男女，俨然成为见证一个时代成长的重要记录。但由于多产及浮泛的滥情倾向，巴金的作品良莠不齐，也因此难获严肃批评家的青睐[1]。一直要到中期以后的作品如《寒夜》（1947），我们才得见其洞察人情世故，呈现道德视景的功力。巴金于“文革”期间曾惨遭整肃，“平反”后，出版悼念妻子萧珊、追怀往事故人的散文集《随想录》等作，字字血泪，传颂一时。近年他更常出现在诺贝尔文学奖的候选名单中，但对曾身历自“五四”到“文革”风浪的老作家而言，这些身外的荣辱，应已是无足轻重的了。

本文要介绍的是巴金早期的一个短篇小说《第二的母亲》(1932)。在众多大部头作品的阴影下,这个短篇一向为人所忽视,应是可以理解的事。但笔者以为《第二的母亲》文章虽小,却包含了不少精彩的线索,恰可作为我们管窥巴金早期创作特色的门径。尤其巴金在文内融合自传经验、社会批评、政治理想的意图,以及掩映其下的传奇幻想和自我矛盾,实具有十足文学史意义,不是一两句"滥情""浪漫"的评语就可打发得了的。本文将分为两个部分:在第一部分中,笔者将对故事本身做缜密观察,并援引巴金的政治理念作为意义架构的基础;在第二部分,将提供文学史传承的资料,以及晚近文学批评所可导生的看法,以显示这一短篇的复杂性,兼亦引发更多的对话。

一

对我们这一辈的读者而言,《第二的母亲》的情节堪称传奇。主角叙述者"我"自幼父母双亡,寄居鳏居的叔父家,叔父无子嗣,乃将他视如己出。我们幼小的主角生来多愁善感,加以生活孤单,故益发思念母亲。一日,叔父携其赴戏园观戏,适有一俏丽中年妇人坐于后,且与叔父状极熟识。对此妇人,主角先是好奇,继而产生好感;一场戏看下来,两人已是十分热络。待曲终人散,妇人笑问主角如何称呼她,"我抬起头睁大了眼睛看她的脸……我有些感动,不知道怎样,而且连我自己也有些不明白,我竟然接连叫了两声'妈妈'"。(《巴金短篇小说集》,第三集,香港,今代,1966,页22)

故事至此已经是"感人肺腑",但好戏还在后头。由于这场"母""子"相认的结果,主角又跟着妇人到她家中。双方互诉慈爱孺慕之情,自不待言。妇人屡次提及主角貌似她失散多年的弟弟,并由此引出一段惊人的"故事":原来这位妇人根本是个男人!她(他?)自幼因家贫被卖至戏班学戏,因相貌清秀,乃习旦角。日久习惯丕变,竟以女装为常,且凭此周旋富商巨贾间,为其娈宠。主角的叔父恰好此道,也正是为她赎身的恩客。一席话罢,妇人泪如雨下,我们主角的惊诧之情亦可想而知。但令人好奇的是,他并不因此而稍改初衷:"我也陪着她哭了。我紧紧抱着她,我想安慰她,但我说不出别的话,我只是怜惜地唤着'妈妈'。"(页 33)

这场将错就错的悲喜剧并未对叔父公开。事实上,在以后的两年中,三个人假戏真做,假夫妇配假母子居然也过得美满幸福。主角不禁叹道:"从此我就有一个母亲了。是的,我常常骄傲地想着:我也有一个母亲了。"(页 35)可惜好景不长,叔父突因病而死,一切急转直下。"母亲"被逐,贫病不知所终,而主角经历这一场感情教育亦自成长。故事结尾,"我"已长大成人,疾呼"我怜悯那些有着脆弱的性格的人,我诅咒那个不合理的制度。为了这个我还要生活下去"。(页 36)

我们应当怎样来看待这样的一篇小说? 以传统批评观点而言,巴金的滥情及自恋的倾向,真可谓莫此为甚。但无可讳言的,正因《第二的母亲》的故事奇峰迭起,情感澎湃激昂,反亢自有一股动人力量。而纯就巴金的创作立场及意识形态来看,这篇故事有许多复杂迂回处,尤足耐人寻味。大体言之,巴金的自传经验及政治理想在此相互定义增删,汇集一极具浪漫色彩的传奇,而此一传奇的真确性终又受到质疑而瓦解,并因此显露出乌托邦的特质。

与不少"五四"后作家相似(如郁达夫),巴金早期的小说充满自传色彩,而他也勤于写作自传性文章。自传或回忆录本身的文体传承及"似真性"(verisimilitude)是近年文学批评的一大关目,我们暂且存而不论[2];巴金所作自传性小说及文章间所造成相互指涉的效果或张力,已是饶富兴味的话题。尽管巴金否认《第二的母亲》的真实性,我们实有充分的证据指陈该作的自传渊源。巴金原名李尧棠(字芾甘),一九〇四年出生于四川一个地主大家庭。父亲做过县官,母亲亦知书达礼。巴金从小备受家人宠爱,尤其是他的母亲。然而"快乐的童年"结束得何其早,在一九一七年以前的六七年间，巴金的奶妈、母亲、二姐、一个亲近的丫鬟及父亲皆相继去世。生死的无奈与无常，是少年巴金所深自体会的创伤，而以母亲的死给他打击最大。母亲死后父亲又即续弦，“这位新母亲待我们也很好，但她并不能够医好我心上的那个伤痕，她不能够像死去的母亲那样地爱我，我也不能像爱亡母那样地爱她”，毕竟“在这之前我们原是两个彼此不了解的陌生人”[3]。

巴金对戏剧的爱好也是其来有自的事实，不仅在他回忆的文章中时相提及，也是巨作《家》的开场话题。至于清末民初的戏子与士人间的狎邪关系，更是巴金亲见的家庭经验。他的祖父及二、三、五叔与当时川中唱旦角的男伶时有往还，三叔与名旦李凤卿的交往及李贫病以终、无以为殓的下场，亦应是《第二的母亲》故事的蓝本[4]。李伶及其他旦角也曾出现在《家》中，暗示长辈败德无行的一面。

这些表面似不相属的自传性资料在《第二的母亲》中被排比联结，居然敷衍成一极戏剧化的故事，而且步步吃紧，具有强烈意识形态动机。就此所谓的“滥情”或“浪漫”，不仅不是我们习讲的缺点，反成参透巴金理念的指标。在小说中，巴金至少在阶级畛域、两性道德及亲子伦理方面展现了明显反传统姿态。从表面的层次来说，诚如巴金夫子自道，这是篇关于“被践踏、被侮辱的人的故事”[5]。在贫富强弱不均的社会里，故事中的“母亲”不但自幼生为仆役，失去生存的自由，及长大甚至失去了选择“性趣”或保持性别的自由，任人轻贱玩弄。明清一代常被士子视为“风雅”的男色狎游之风，实暗示一耸人的社会问题，故巴金的控诉自有其人道主义的立场。然而巴金的同情并非口惠而已。在故事中，他安排了一位年老且和善的叔父，以几乎奉承的姿态，宠幸这位“母亲”。不仅如此，巴金的“我”更干脆披挂上阵，大认亲娘。就在母子相拥，抱头痛哭的一刻，巴金“暂时”跨越了礼教阶序的界限，将男妾由最低鄙的角落提升到最高洁的母亲地位。

然而《第二的母亲》之所以撼人心弦，显然不只是因为这位“母亲”出身低下之故，而且尤其因为“她”是男人。在冲破社会阶级高下差别之余，巴金似乎更有意挑衅男女性别严防,不仅要质诘社会控制“性”的规范是否适切,也要对女性的地位做深入观察。对应晚清民初的社会文化背景,故事中叔父与“母亲”的“不正常”关系,可能反不如今日听来那般具有新闻性。我们所应注意的,反是在同性恋及性倒错的风习下,所潜藏的社会制约及男女地位消长的问题。如故事所示,性活动何尝只是生理的或私人的事?它实为暴露社会政治经济活动以及文化成规的重要所在[6]。在显示某一社会阶层对性的剥削控制上,我们再难找到故事中母亲那般贴切实在的例子。他不是自愿,而是被迫“卖”进戏班“学习”旦角的风情。“他不晓得挨了多少鞭子才学得像一个女人。他穿女人的衣服,做女人的声音,走女人的脚步……他一举一动都是挨了许多鞭子,淌了许多眼泪,流了许多血过后才‘学’出来的。”(页30)而一旦习惯成“自然”后,此一身份反成为谋生的“本钱”,以供应一特殊性风尚的需要。心理上的阉割和生理上的阉割,其实一样可怕,在一个男性中心的社会里,“母亲”从男人被贬为女人,因为他没有“福气”:“我怎么配称作男人呢?只有你才配,你有福气呀!从前在十六岁以前,我也是像你这样,不过我是穷小厮罢了,可是志向却是很大……然而如今一切都落空了,我完全成了一个女人,我不过是一个女人。”(页31)

对热衷女性主义的读者而言,这一告白应具有双重的启示性。男女之别的确是社会政治经济阶级之别的一部分——不争气或没福气的男人在某一文化时空中,竟真有“沦”为女人的可能。而另一方面,男性中心社会的自我中心倾向,已经夸大到自行“制造”女人,且能以假乱真的地步。所谓是可忍而孰不可忍,女性主义者要如何面对像母亲这样的畸零人呢?《第二的母亲》引起的复杂男/女性问题,可能是巴金始料未及的。事实上,在小说中巴金所采取的态度显得含混不清。对“母亲”这样遭遇的人,再回头已是百年身,故而权宜之计,是让他遇到叔父般的大好人,以及一个渴求母爱的儿子。我们可以说巴金在此似乎承认了父系社会的压力,不再强求解放“母亲”。但另一种较激进的读法,却暗示巴金有意要超越性别的障碍,憧憬一

“三”性平等交融的人际关系——包括了性爱及亲子之爱。

也就是依循这第二层次的读法，笔者试图更进一步指出《第二的母亲》对家庭伦理的颠覆性。母子亲情原被视为人伦关系中难以取代的至情，中西文学中，颂扬母爱或痛悼母丧的作品不知凡几，而巴金在这方面的表现也从不后于人。耐人寻味的是，在《第二的母亲》中小巴金于思念亡母而不可得之际，居然“从空虚里制造出一个母亲”（页 20），而且在发现了这位母亲的性别后，仍毅然决然地爱下去。巴金虽说以此证实了母爱召唤的威力果然惊人，但另一方面他实际已动摇了传统对母亲或母爱的先验式迷思，复数化了（第二！）母亲的绝对唯一性，甚至揶揄了母亲性别的必然性。巴金自己想必也意识到问题的暧昧。《第二的母亲》原收于一九三二年《抹布集》，一九三四年收于《沉默集》中时，曾更名为《母亲》，但未几又改回原名。由《第二的母亲》到《母亲》，如是反复，岂仅偶然？

近年西方女性主义学者对“母性”观念的变迁及定义，已迭有评论[7]，巴金的作品因此无意中反得风气之先。确然，如果伦理关系的价值须先溯及社会文化环境的定位，则“母亲”的意义除得自生理上传宗接代的过程外，亦必不断经过历史理念的淘洗。弗洛伊德以迄拉康（Lacan）一派的心理学家以“恋母情结”为精神分析的章本，实仅是母亲神话（伪）科学化或知识论化的实例之一。相形之下，巴金的恋母情结究竟具有什么样的内涵，倒十分值得我们继续思考。仿照拉康的论点，失去母亲的“缺憾”（lack）是人类意识成长的起点。果如是，小巴金找来的男性母亲固然在想象的层次上，暂时弥补了缺憾，实际上却暗示了“缺憾”本身的位移——李代桃僵，追求“母亲”所象征的意义丰足之源，居然是如此延异变迁、似是而非。其实巴金对伦理关系的批判并不止于此，《第二的母亲》中，更呈现了一个极其反讽的家庭雏型。“叔父”“母亲”及“我”各自扮演了父母子女的角色，而且竟也有模有样，其乐融融。对照巴金在《家》中猛烈抨击的传统大家庭制度，我们真不禁要怀疑，到底哪个家才更像是个家了？

以上的论述固不乏笔者故事今判的动机,但我们若仔细爬梳巴金早期的政治理念背景,仍可找出不少线索,来印证《第二的母亲》的意识形态因缘。众所周知,巴金是现代中国文学中最重要的安那其主义作家,如果我们将《第二的母亲》放在巴金安那其理想中来阅读,则原本耸动浪漫的情节就暂可落实了。由于篇幅所限,本文无法详述安那其主义的历史与活动,但归根结底,它旨在号召有志之士反抗资本主义的压迫与残酷,憧憬泯灭一切政府组织(包括民主及共产政治),以求取一自由、平等、合作之生活理想的实现。安那其主义有一强烈原始主义(primitivism)及人道主义的倾向,其浪漫色彩自不待言。然而在实践方面,此派人士为达目的不择手段,常与恐怖主义挂钩,格外于其博爱宗旨上加添一层激进暴力色彩。二十世纪二十年代以还,由于共产主义勃兴,安那其风潮因缺乏明显意识形态基础及组织,乃渐趋式微[8]。

中国学者与安那其主义的接触,始于清末。留日的刘师复,留法的"党国元老"吴稚晖、李石曾均为重要鼓吹者。早在一九二〇年巴金即已受到安那其理想的感召,当时他阅读了克鲁泡特金的《告少年》(*An Appeal to the Young*,李石曾译)及波兰作家廖抗夫(Leopold Kampf)的剧本《夜未央》(*On the Eve*,亦为李石曾译)。对后者,"他的感动真是不能用言语形容出来……在那本书里面, 这一个十五岁的小孩子第一次找到了他的梦中英雄,他又找到了他的终身事业"[9]。以后的三十年间,巴金的无政府式"爱人类爱世界"的立场未尝剧变,谓其左倾,其实是小看了他的志趣[10]。

有鉴于巴金早期的政治立场,我们可以揣测像《第二的母亲》中的高潮,实暗寓一安那其式的乌托邦传奇。在一九一四年由刘师复创立的"无政府共产主义同志社"宣言中,即揭橥消除地主、资本家、寄生虫、政府官员、军队、警察、宗教、法律、婚姻的目标[11]。这样的宣言固然极尽空泛高蹈之能事,却着实与"五四"前后激烈反传统思潮相唱和,有其蛊惑人心的魅力。以类似这样的安那其理念来看《第二的母亲》,则可见巴金正是要在纸上一抒他的革命块垒。对传统礼教的反抗必须是激烈而彻底的。“孤儿”巴金在小说中要为自己再“找”一个母亲，而且必得是个与众不同的母亲。个人的、自传式的渴望与社会正义感相互交错，辗转形成一奇妙的新伦理基型。可不是么！“我”认了“母亲”后的快乐生活，岂不照映了男有分、“女”有归、“鳏寡孤独者”皆有所养的大同社会？令人莞尔的是，巴金的步子走得太快太乱，他笔下的阶级、性别、伦理关系大跃进，恐怕早已超过一般学究（甚或巴金自己？）所构想的步骤，注定引人侧目。

安那其式的理想境界毕竟是可望而不可及的，巴金的内在矛盾在小说中其实早已展露无遗。在情节布局上，叔父的小资产经济身份，竟成为巴金及“母亲”的幸福基础；另一方面，叔父又必须速速死去，好使暂得解放的各种人际伦理关系重趋“正常”。在叙述模式上，我们看到巴金如何经营一回忆录式时序、孩童的认知及感情观点，好为自己的传奇故事做开脱。对此我们不免要嗔怪，安那其的理想其实尚未实现，如何却只能用“过去式”来追念？此外，巴金也很难对小说中的现实及传奇部分，做较合理的融通。而这些龃龉间隙正留下了许多机会，让我们以现代批评方法，一探究竟。

二

以流行于中国二三十年代的写实小说传统来看，《第二的母亲》至少内蕴了两套叙事成规：一是传奇性的，在其中巴金超越了现实羁绊，成就一种一厢情愿的圆满情节；另一是“正统”写实式的，点破了上述传奇的虚构性，引导读者做出“人生原本如此”的认知。这两套成规相衍相生，实间接示范了写实小说的美学架构。而依违这两者之间，传统写实小说家最擅用某一（或一群）人物主体意识的情境转换，来呈现知识的得失、历史的兴替，乃至生命的流变等意义。在《第二的母亲》中，我们正可得见巴金如何运用主角“我”对母亲的追求及失败，来衔接由传奇到写实、由理想到现实的过程。但笔者以为,这样的阅读方式虽言之成理,却仍有简化问题之嫌,尤其不能照顾到较深层意识形态动机的复杂性。有鉴于此,笔者拟参照晚近文学理论的一些方法,以图弥补上述论式的不足。

让我们先援引两则与《第二的母亲》情节相关的中西小说,作为讨论的起点:李渔(1611—1680)《无声戏》中的短篇《男孟母教合三迁》,以及法国小说家巴尔扎克(Balzac, 1799—1850)的中篇小说《撒哈辛》(*Sarrasine*)。李渔是明末清初文学界的奇才,至今仍以他的戏曲及(据称为其所作的)《肉蒲团》等享誉。《无声戏》较罕为人知,其中收集了十二个短篇拟话本故事,篇篇有其嘲弄世俗的痕迹。《男孟母教合三迁》中的两个主角尤瑞郎、许秀芳都有龙阳之癖。尤自“嫁”于许后,自去其势,以示真情。后许涉讼瘐死狱中,尤誓为其带孝守节,并领养许前妻所生一子。为了教育此子成人,瑞郎含辛茹苦,不惜效法孟母三迁。这个孩子果不负所望,日后高中进士,尤的节烈也受到表扬[12]。

李渔叙述这篇故事的口气一本正经,骨子里却极尽游戏揶揄之能事。韩南(Hanan)教授谓其别出心裁,“在同一小说内开了‘男欢女爱’‘异性婚姻’‘贞节寡妇’和‘识见独到的母亲’这类题材的玩笑”,堪称允当[13]。与这篇惊世骇俗的短篇相较,《第二的母亲》在戏谑讽刺的程度上,反倒瞠乎其后。由于《无声戏》流传不广,巴金未必得知这篇故事。但我们所关心的,不是影响传承之类的问题,而是两作在反传统动机下,叙事方式的差异。李渔的故事有系统地逆转白话小说主题成规,带给我们一个阴阳颠倒,令人啧啧称奇的传奇“佳话”。除了表面对伦理及男女性关系的讽刺外,此作有其强烈幻想层面,直指我们现在常称的“嘉年华式”(carnivalesque)喧闹吊诡的意境[14]。如果按照李渔的写法,我们会期望《第二的母亲》有一大团圆的结局,甚或为社会所接纳。然而巴金的写实训练不唯不能让他的想象贯彻始终,反更因此暴露传奇本身的漏洞或局限。在他的故事中,“母亲”直截了当自承为玩物,而且执着于眼前的安逸不能自拔。巴金更不禁指出,“像她

那样一生给人做玩偶的有着脆弱性格的人，是不应该活到现在，而且也没有机会活到现在。"（页36）

另一方面，巴尔扎克的《撒哈辛》叙述名雕刻匠撒哈辛恃才傲物，得罪不少达官教士而不自知。某日撒邂逅名唤赞比耐拉的女伶，惊为天人，乃苦思追求。赞固然风姿绰约，但举止神秘。交往日久，撒益为情所苦，而赞依然可望而不可及。撒最后逼赞摊牌，才赫然发现赞为一被阉娈童，系某教主雇来嘲弄撒之工具。撒羞愤欲绝，怒斥赞："怪物，你什么也生不出来！因为你，世界上所有的女人将从我心头抹去……再也没有爱了！人世所有欢乐、所有感情都绝我而去。""从今以后，爱或被爱对我都毫无意义！"[15]

已故法国文化文学批评家罗朗·巴特（Roland Barthes）曾以《撒哈辛》为基础，写了一本极重要的著作《S/Z》。也由于巴特的征引，这篇小说曾广受注目。巴特对此作的分析方法对结构主义理论有典范性意义，无法在此详述。但巴氏立论中有关写实叙述定义的部分，值得我们注意。他将《撒》视作一写实观念自我瓦解的寓言：由赞比耐拉性别的混淆，巴特推而广之，指出巴尔扎克的世界中，语言、身体、金钱、伦理的体系，已失去了一清二楚的透明对应关系，沦为不断飘浮延伸的"换喻"（metonemy）[16]。换句话说，撒哈辛所一向"信以为真"的生活价值，其实是个混沌不堪的符号集合体。我们可以从不同的入口，赋予各样诠释，但所谓的真相却掩映于虚实之中，难再掌握——一如"母亲"的传奇。至此我们已可了然《撒哈辛》与《第二的母亲》之分野所在。恰与撒哈辛相反，故事中的巴金在获知"母亲"暧昧的身份后，反更怜惜地追认他对"母亲"的爱意，使写实与传奇的互动关系，又有了柳暗花明的奇趣。如果我们因此遽称巴金较为滥情，是并不公平的。和撒哈辛一样，故事中的巴金的确做了选择，而他决定把对"母亲"的爱实践到底，显然"有意"要延续已现罅隙的浪漫幻想。夹处在李渔嘉年华式传奇以及巴尔扎克的自剖式写实中，《第二的母亲》所隐含各种（理念）声音的对话，实在是曲折嘈杂得多。

在没有找到更令人满意的方法之前,笔者暂拟运用社会文化批评家詹明信(Fredric Jameson)在《政治潜意识》(*The Political Unconscious*)中的部分论式[17],作为继续观照《第二的母亲》的基础,这是因为《政》书内将心理学、传记经验、文学的象征行动及社会意义,做了较细腻的连锁,恰符前文讨论内容之故。当然,笔者的议论绝不排斥他种诠释方法的可能或是有效性。

按照詹的看法,我们可将《第二的母亲》视为巴金在个人欲望、意识形态认知,以及历史实相间找寻出路的一项象征行动。我们在本文第一部分所述的巴金早年经验,在此不但毋需规避,反成有意义的叙事资料。但这并不意味着我们又回到新批评学者攻击最有力的传统传记/文学研读法,强在作品中找出与作家生命工整对仗的线索;也不意味着我们必得像结构符号学者一般,仅视作家的传记或生命本身为又一"作品",与书写作品无分轩轾。巴金早年的经历当然影响了他的创作观和像《第二的母亲》这类作品。我们要强调的是,这些经历潜存于作家的潜意识里,除了举证巴金个人独特的经历,也蕴藏了社会结构——家庭——在某一历史状况中,所特有的征候。换句话说,既然人生而为社会的一分子,其潜意识闳域必也铭记了群我来往的轨迹与结构,而非单音独白。所以当巴金"不由自已"地于童年生活找寻个人资料,驱策他的潜意识冲动,却实是已充满社会群体(如家庭)声音的叙述体。詹明信称此一众声嘈杂的叙述体为"幻影"(fantasm),意味着潜意识中"一种不稳定或相抵触的结构,运作其中的功能或事件,不断地(在真实生命中以不同方式演出)需要重复、扩散,并不停地要求找寻结构的新出路"[18]。在幻影或潜意识叙述体找寻表达方式的同时,"欲望"满足与否的问题,亦于焉而生。

准此,我们约略可揣摩构成巴金早期创作活动的"幻影"资料:如他幼失怙恃后,对"完整"家庭的渴望,对母亲的思念,对戏剧所营造的虚实世界的迷恋,对年轻继母的隔膜以及自身地位的犹疑,对家中下人不幸遭遇的惊诧与同情，对男伶与婚姻关系的错综迷惘等。这些皆以家庭关系为辐辏点，以对母亲的爱为最后的依归。这些“幻影”情境恍恍惚惚，冲撞聚散，不断驱迫作家以一文字方式将其落实，俾求欲望的满足。

当“幻影”情境终得遂所欲，以愿望满足的方式出现于文字中时，詹明信称其为“想象文字”(imaginary text)。在《第二的母亲》中，这一层次可谓呼之欲出。所有“幻影”情境交互结合，暂时都有了意义的落脚处。巴金的家又由散而聚；第二的母亲非但不像继母可怕，反值得亲近，而且亲近后兼又实现了假“戏”真做的兴味，甚能一抒对“被侮辱者与被压迫者”的同情。“母亲”的再现确汇集了所有欲望的源流。然而我们有兴趣的，并不是欲望实现的内容，而是促使其朝某一方面构筑想象的意理结构(axiomatic structure)。此一结构说穿了离不开作者的意识形态，在其主导下，不同的社会关系组合逐渐浮现。如前所述，巴金的安那其理想至此得展所长。传统强制性的礼教规章逐渐崩塌，“老吾老以及人之老”“幼吾幼以及人之幼”的博爱信条以最浪漫狂野的安那其方式施行。我们有理由相信，在这一阶段巴金的想象可以无限延伸，以迄无穷。

但是“想象文字”并不能构成作品的完整性。事实上“想象文字”在天马行空的开展之际，必已同时预设了可能的障碍，作用一如弗洛伊德心理学所谓的“实际原则”(reality principle)，监督由“想象文字”所代表的“快乐原则”(pleasure principle)。“想象文字”驰骋恣肆，毕竟是不着边际的欲望使然。唯有借着对现实情境的认知，方能使意理结构或意识形态再获厘清。因之在“想象文字”之上，有所谓“象征文字”(symbolic texts)。“象征文字”将欲望导向历史，使读者猛然惊醒欲望不能实现的现实因素及意识形态驱动的方向。由是观之，《第二的母亲》所具的“象征文字”层面，亦判然可辨。且不说叔父死后，“母亲”立失庇佑，巴金的“我”也随从族人意愿，另觅安身之地的安排；即在“想象文字”进行中，我们已可质问，“家”的稳定性不是建筑在叔父的经济能力及社会(家庭)地位上？叔父、“母亲”、“我”三人不是在相互消费传统家庭伦理?巴金在同情"母亲"之余,不也指出他的柔弱注定要受社会淘汰?安那其的理想宏远高邈,不是一蹴可成的。然而我们也必须承认,"象征文字"的出现虽打破了作品自足完满的假象,却无形肯定了作品或创作本身的历史意义:就是因为理想尚未实现,我们才更有必要不断地写下去、念下去——叙述本身就是一个实实在在的社会象征行动,启示我们、与我们对话,激荡出更丰富的叙述可能。

与前述的《男孟母教合三迁》与《撒哈辛》相比,《第二的母亲》在表现"想象文字"与"象征文字"的交相为用上,显然较易引导我们体会詹明信的立论,并对其稍加延伸。《第》文的激情处凸显了巴金自我质诘思辨的努力。他所运用的童稚观点,根本是个成年作家自我撇清的借口,由童稚与成年所代表的两种叙事声音,也正和"幻想"与"象征"文字若合符节。可贵的是,这两者绝非呈简单的辩证状态,而是你来我往,将问题愈加复杂化。当第二的"母亲"自暴身份之际,小巴金若有所失——理想中的母亲竟是荒唐的幻影,但他随即又添补了另一层理想意义,使濒于写实的叙述又跃向另一幻想:即使妈妈是男的,又何怪之有?小巴金要为母亲保守"秘密",大巴金又预言真相的必然揭露。男与女,隐与显,得与失,过去与现在,传记与传奇,重重关系,难再划清。《第二的母亲》的叙述分裂重合,张力实远大于前列二作,因为巴金不断在"想象文字"中看出象征的侵扰,又不断在"象征文字"中重燃想象的渴求。我们若用由孩提到成人的"启蒙仪式"主题来看这篇小说,难免要以成长经验的不可逆性简化了巴金创作过程千回百转的复杂。"第二的母亲"不只是幼年,更是成年巴金所渴求的,意义却何其不同。"第一"的母亲在小说"开始前"就失去了。因着这极其深意的"缺憾",巴金的欲望产生,故事叙述展开,理念的折冲交错亦付诸表征。巴金创作活动的本身(而非目标),已具有铭刻历史的意义。

以上的阅读自然称不上有系统可言。但借着对《第二的母亲》的诠释,笔者不仅期望赋予素被视为浪漫浮浅的巴金某一深度,也期望借机提供一些我们回顾三十年代文学所可采行的路线。以往的批评者及文学史家勉强运用“新批评”的美学标准来评价此一时期的文学，难免觉得不够精致细腻。但有鉴于当时作家对连接文学与政治理念的热衷，还有对献身（广义的）革命行动的向往，我们若把他们的小说只当作手工艺品来品评，而不去思考作家本身生活事迹、创作活动，以及意识形态间交错而成的“作品”，那么我们实已错过“文学”作为一个时代最重要的象征性社会行动的意义。另一方面，文学史家若仅持政治历史或传记角度，一味在小说中搜寻一拍即合的证据，则更属事倍功半的方法。如何在历史与虚构、欲望与实践、个人与社会等传统二元领域间，寻找相互交会龃龉的界面，从而引出此起彼落的抗辩交谈声音，也许是我们应努力的方向。

注　释

[1] 见夏志清著，刘绍铭译：《中国现代小说史》，台北：传记文学，1979 年，第 255—257 页。

[2] 近年讨论自传及忏悔录式作品写作同题之论著益多，可参见如张汉良：《匿名的作者：罗朗·巴特/沈馥》，刊于《中外文学》第 14 卷第 4 期，1985 年，第 4—17 页。

[3] 巴金：《忆》，见《巴金文集》第 10 卷，北京：人民文学出版社，1961 年，第 54 页。

[4] 同上,第 57—60 页。

[5] 巴金:《〈抹布集〉序》,见《巴金短篇小说集》第 3 辑,香港:今代,1966 年,第 2 页。

[6] 参见如 Michel Foucault, *The History of Sexuality*, Vol.1, trans. Robert Hurley (N. Y.: Vintage, 1980); Roger Scruton, *Sexual Desire: A Moral Philosophy of the Erotic* (N. Y.: Free, 1986), pp.322—361。

[7] 如 Nancy Chodorov, *The Reproduction of Mothering: Psychoanalysis and the Sociology of Gender* (Berkeley: U. of California P., 1978)。

[8] Olga Lang, *Pa Chin and His Writing: Chinese Youth Between Two Revolutions* (Cambridge: Harvard U.P., 1967), pp. 37—57.

[9] 巴金,《生之忏悔》;笔者是引用夏志清的引语,见夏志清:《中国现代小说史》,第 258 页。

[10] 无政府主义与共产主义因口号相似,常被交互混杂,但巴金在 1949 年以前,至少仍保持了无政府主义的姿态。见 Lang, pp.55—56、126、190、265—272。

[11] 引自 Lang, p.52。

[12] 李渔:"男孟母教合三迁",《无声戏》,《李渔全集》,台北:成文,无出版期,第 538—545 页。

[13] Patrick Hanan, *The Chinese Vernacular Story* (Cambridge: Harvard U.P., 1981), p.175;亦参见夏志清著、刘绍铭译:《中国小说,美国批评家》,刊于《中国时报》1984 年 1 月 5 日。

[14] "嘉年华"(Carnival)原指中古复活节斋戒期前的狂欢。前苏联学者巴赫金引申其义,指陈一喧笑狂欢的节庆活动及心态,以价值颠倒、秩序散失、想象力发扬为其高潮。见 *Rabelais and His World* (Cambridge: MIT P., 1968)。

[15] Honore de Balzac, "Sarrasine," in Roland Barthes (ed.), *S/Z*, trans. Richard Howard (N. Y.: Hill & Wang, 1974), pp.221—254.

[16] 同上, pp.214—217。

[17] Fredric Jameson, *The Political Unconscious: Narrative as a Socially Symbolic Act* (Ithaca: Cornell U.P., 1981), pp. 179—184. 对詹明信理论的批评, 可见 Fredrick Crews, *Sceptical Engagements* (N. Y.: Oxford U.P., 1986), pp.147—154。

[18] 同上, p.180。

荒谬的喜剧？

《骆驼祥子》的颠覆性

作为二十世纪三十年代中国最重要的小说家之一，老舍（原名舒庆春，1899—1966）显示了两个相生相克的形象。虽然今天使老舍闻名于世的是他的《骆驼祥子》（1937），老舍的声誉最初建立于诸如《老张的哲学》（1928）及《离婚》（1933）等滑稽小说之上，而这些小说也为他赢得了"笑王"的称号。我们当然完全有理由将老舍视为人道主义写实作家，但这种看法使我们忽略了他的喜剧才华，使他仅仅成为鲁迅等人所开创的"正统"现实主义流派中，一个优秀实践者而已。实际上真正使老舍有别于其他现代中国作家的，不是他对社会弊病的客观暴露，而是他通过滑稽与闹剧笔法对社会弊病所做的嘲弄。这种嘲弄笔法的力量来自老舍对笑声和泪水极其自觉的夸张，以及他戏剧性地显示或颠倒道德和理性价值。而蕴于其下的，则是老舍对已约定俗成的"写实/现实"主义的一种颉颃、对话动机。

老舍于一八九九年出生于一个穷困的满族家庭。其时满族的出身早已不再能保障其社会特权及前程。老舍的父亲是卫戍紫禁城的卫士。庚子事变时，光绪皇帝与慈禧太后已先一步西逃，老舍的父亲却莫名其妙地死于紫禁"空"城保卫战中。老舍和他的母亲在极侥幸的情形下，身免于难。值得注意的是,在老舍的回忆中,这些幼时的心灵创伤所引起的讪笑多于悲哀。当他叙述他父亲为一座空洞的皇城所做的牺牲,以及他自己出乎意料地虎口余生的经历时,我们感受到的不只是悲怆,还有一种无边的荒谬感。

这种荒谬感成为老舍作品中幽默的基调。老舍的笑不仅针对一个充满非理性的世界而发,也针对陷于这一世界的老舍本人而发。他不仅对表面可笑的题材大肆发挥,而且要刺探那些原应引起愤怒和眼泪的题材里的喜剧潜流。当老舍以自嘲的口吻,叙述自己作为民国时代满族边缘人的生涯、贫困的家庭环境、孤身任教海外的经历(1924—1929),以及他(由于在英国教书及在美国旅行)错过中国近代史上两次最重要的事件——"五四运动"之后的岁月和中华人民共和国成立——的时候,我们都可以听到这种模棱两可的讪笑声。

但是老舍或许在"文化大革命"(1966—1976)中,才爆发出他最令人瞠目结舌的笑声吧?在被抬捧为"人民艺术家"多年之后,老舍在"文革"高潮中发现自己成了"人民"的敌人。当一切事物突然被剥夺了原有秩序及理性后,世界上唯一剩下的,大约只是夹杂着阵阵鬼魅磔笑的无限混乱而已。老舍的自溺而死或许并非意外。对"笑王"而言,自杀总结了他充满反讽意味的笑的哲学。自杀将他的嘲讽(及自嘲)中所含的自我毁灭倾向,推向极端;自杀也同时对他在生活中所经历过的种种荒唐事件,表明了一种最终的蔑视。

《骆驼祥子》不仅是老舍创作生涯中的里程碑,而且也曾被誉为现代中国小说中"正统"写实主义的一座高峰。这部小说记录北京一个年轻诚实的黄包车夫——祥子——堕落成社会弃儿的过程。老舍有力地控诉了社会的不公,同时对下层人民追求幸福时的希望和绝望,表达了深切同情。书中大量的北京风俗纪实,也使这部小说成为老舍对故都的乡愁礼赞。与老舍早期的长篇小说像《老张的哲学》《牛天赐传》等相比,《骆驼祥子》在文体上呈现了突出的变化。我们在其中既不见一系列滑稽的人物,也不见插科打诨的闹剧行为。相反的,我们见证了人类在不可抗拒的环境中,所做的徒劳斗争。老舍对现实的悲观犬儒态度及宿命信念，在这部小说中如此呼之欲出，使得以往评者多从左拉自然主义的角度来阅读这部作品。然而在这部小说的叹息及眼泪背后，我们似乎也听到一种捉摸不定的、暧昧的笑声潜伏左右。用老舍本人的话来说："生命是闹着玩的，事事显出如此；从前我这么想过，现在我懂得了。"

祥子是一个生长于北京贫民窟中的孤儿。他年轻诚实，唯一的大志就是希望能够拥有一部黄包车，而且他的确具有实现这一目标的能力。为了实现理想，他勤奋地干活。他的自尊心使他不屑于像同伴那样堕落于吸鸦片、逛窑子。但在小说中，当他的理想刚刚实现，就被一件偶发的军阀拉夫事件所中挫，黄包车也被夺走。尽管如此，祥子后来仍设法逃出军营。出逃时顺手牵走三匹骆驼，并将其贱价出售，因此得到了"骆驼"的绰号。这一盗窃行为虽然情有可原，却损害了他的正直性格，也标志着他堕落的第一步。

这件事仅仅是祥子厄运的开端。老舍似乎决心让他的主人翁在遭受最后打击前，先经历形形色色的困厄。祥子与车行老板的女儿——丑陋而且霸道的虎妞——的婚姻就是这样的劫难之一。祥子从未喜欢过虎妞，但一天晚上虎妞在祥子酒醉时勾引了他。事后虎妞佯装怀孕，其父信以为真，将她逐出家门，祥子因此不得不与她结婚。祥子的勤奋并没有给他带来任何报偿。他的新雇主曹教授是个好心的社会主义者。但祥子的好日子没过几天，曹教授就被控参与阴谋活动而遭警察抄家，祥子的积蓄也全被一个无耻的侦探私吞。在消沉之中，祥子开始抽烟酗酒，并混迹于从前他所鄙视的那些黄包车夫之中，他甚至从一个临时雇主的妻子身上染上了性病。然而祥子的不幸并不于此结束。虎妞死于难产，祥子唯一谈得上话的朋友，卖身养家的邻居小福子，后来也自杀了。这一切最终使祥子陷入绝望。

以往的许多评论或赞美老舍对被压迫者的人道主义关怀，或强调老舍对下层社会自然主义式的描绘，却很少有人注意到《骆驼祥子》的形式结构问题。至于这部小说与老舍喜剧作品之间的关系,则几乎无人论及。有鉴于老舍最令人发噱的作品往往奠基于他对人生最冷酷的观察,我们不禁要问:在《骆驼祥子》中,老舍是否仍暗暗沿用了这一“喜剧”手法?是否这部小说在对人生的自然主义的描绘后面,有某种凄厉幽森的“喜剧”力量作祟?

老舍在描写祥子的堕落时,运用了一种很传统的喜剧模式,即经由某种机械力量的作弄,使得原本有活力的人或事物变成僵化的“东西”。从这个观点来看,小说首要表现的是一个黄包车夫和他的黄包车之间的“爱情”。尽管祥子想拥有黄包车的小小欲望本身无可厚非,但他表达欲望的方式无疑是十分浪漫的,而且可能过于浪漫。这使得他和黄包车之间的亲密关系在在引人侧目。由于祥子简直将他的黄包车当成了心上人,我们可以探讨小说因此所产生的喜剧性基调。在老舍的正宗喜剧作品中,我们已看到一系列迷恋于金钱、书画、做媒、爱国主义、“现代妻子”等事物或概念的正反面人物。他们的行径皆因“执迷不悟”,而成为我们的笑柄。祥子只是这一系列人物中的又一个角色罢了——尽管他是以一种偏执而令人悲哀的方式加入这些人物的行列的。

不仅此也,祥子堕落的开端无疑已充满了闹剧元素。虽然我们不赞同祥子的盗窃行为,他的质朴性格和他的环境却使我们在某种程度上愿意宽恕他的错误。然而随着小说情节的发展,我们意识到祥子失车及此后盗窃骆驼的行为,只是一连串灾难的前奏而已。自此以后,祥子的厄运以令人吃惊的速度接踵而至,甚至达到了机械重复的程度。命运三次使祥子几乎实现拥有黄包车、金钱和心爱的女人的愿望,然而每一次都以祥子一无所获宣告结束。在小说中祥子遭到军队的抢劫,秘密警察的骚扰,顾客的虐待,虎妞和另一个女人的引诱和玩弄,以及车行老板的欺骗。他沉溺于赌博,性病缠身,最终无法从事他曾经热爱过的职业。他不仅两次失去黄包车,而且失去了妻子、儿子、恩人、知己和自己的财产,最后甚至丧失了自我。

在经历这些一波未平、一波又起的厄运过程中,祥子竟以一种新形象出现在读者面前：他灾星高照，注定了逢吉化凶；他成了霉运当头的扫把星。祥子一系列灾难令人“目不暇接”，也导出了小说荒谬的喜剧性质。老舍意在控诉缺乏正义和同情的社会，却出人意料地引生了一种恐怖幽默效果：如同卓别林电影中反复出现的倒霉鬼那样，骆驼祥子最后演出的是一出阴森滑稽剧。小说开始时，我们但愿祥子能交上好运，摆脱灾难。但当祥子每况愈下的境遇成为必然重复的情节，而且偶然事件成为促成祥子灾祸的常用手段后，小说的悲剧张力逐渐消失。我们原本的焦虑与同情逐步耗尽，取而代之的竟是一种不断增长的、带有讽刺意味的好奇心：我们想看看祥子的境遇究竟会“坏”到什么地步。祥子的灾难如此引人注目，他的失败者形象势必可纳入伏尔泰笔下的老实人赣第德和冯·伽米索笔下的受气包行列。他们经受着一次又一次荒谬无情的考验，终使罕见的磨难成为“奇观”，非人的痛苦成为“传奇”。

我们对祥子看法的改变，不仅显示了我们自己心理自我防御机制的作用，而且显示了老舍本人对人生的不合理现象，所持有的模棱两可的态度。老舍以往的喜剧或闹剧善于堆砌排比风马牛不相及的事物及概念，或颠倒嘲弄价值的标准及社会道德的规范。《骆驼祥子》的重要性正在于他大胆地以喜剧叙事手法，来叙述一个纯粹赚人热泪的故事。无论小说的煽情悲剧色彩如何根深蒂固，老舍对祥子（及其他人物）所受磨难的过度暴露，以及他刻意地将有活力的人贬为行尸走肉的做法，势必产生一种荒谬的、令人黯然或愤然失笑的效果。

老舍的早期小说运用狄更斯式的手法，以及晚清谴责小说中的荒唐滑稽笔触，夸张社会弊病。《骆驼祥子》则变换了喜剧/闹剧的叙述方式，要用最极端的眼泪代替了最极端的笑声。然而在老舍引生的眼泪和笑声背后，永远隐藏着相同的强烈冲动，一种接近恋栈混乱和自我否定的强烈冲动。煽情悲喜剧（melodrama）在探索已经失去的道德及行为规范的名义下，滥用泪水；而闹剧则就着道德及行为规范的沉沦，产生狂纵无度的喧笑。《骆驼祥子》处于煽情悲剧和闹剧交界处，令人涕极而笑的程度不亚于《老张的哲学》令人笑中生泪的效果。这两种小说中呈现的戏剧性荒谬(和恐怖)均来自老舍对于现实含意本体性的怀疑,及其对于任何人间努力的嘲讽态度。

作为一个陷入无情环境中的浪漫主义者,祥子是老舍笔下知识分子角色——诸如《二马》中的马威和《离婚》中的老李等人——的一个卑微不幸的翻版。祥子如同马威和老李一般,没有意识到在一个充满不义和腐败的社会中,任何实现理想的企图都将变成无意义的笑话。祥子受骗于自己的奢望,而这一障蔽从犬儒的角度来看,无疑是十分可笑的。在理想的驱使下,祥子性格中的愚钝性显得多于悲剧性。小说结尾时,读者清楚地认识到世界是一个深不可测的黑洞,任何理解世界的企图从一开始就注定要失败。似祥子般的浪漫主义者只是由于自我撇清或欺骗,才没有及早认识到这一不言自明的真理。

另一方面,祥子的妻子虎妞也是老舍小说中最令人难忘的"喜剧"人物之一。这个胖大丑怪、脾气暴躁的贫民窟"女皇",个性中充满了闹剧潜力。老舍对虎妞的卑视到了恨极生爱的地步。虎妞自私的父亲为了让她为自己管理车行,使她变成了老小姐。然而虎妞最终以引诱祥子并与之结婚表示了反抗。生活使她变成了"另一个怪物,既陈旧又摩登,既是闺女又是妇人,既是女人又是男人,既是人又像野兽"。她的脸色每每随着她的化妆技巧由铁青变成黑红,而她的食欲和性欲永远难以得到满足。作为泼妇,虎妞脱胎于《柳郛的》中那个殴打丈夫和公公,虐待家族中的女人,并利用基督教名义控制全村的闹剧女骗子。这两个泼妇都怪诞不经,既使我们感到可怕,又使我们感到可笑。虎妞的喜剧面在她与苍白无力的小福子配对时,更得到充分发挥。虎妞与小福子这两个人物的体格和个性本身已经形成了鲜明的对照。当处在一起时,她们演出了一段恶欺善的自然主义好戏,同时也加插了一幕母老虎强压小可怜的黑色喜剧。

黑色喜剧的意味甚至可以在老舍处理虎妞之死的手法中看出。由于年龄过大及孕期营养过度,虎妞腹中胎儿极大,导致难产。在短篇小说《抱孙》

中，老舍描写了一位婆婆在媳妇怀孕期间为其大事进补所造成的可怕结局。在《骆驼祥子》中，老舍用同样的喜剧手法，辛辣地叙述虎妞如何贪食无度，如何养尊处优，不做运动。这些都预示着虎妞的生产可能不妙。果然，虎妞遭受了巨大的痛苦。与她平日的表现恰相对照，虎妞的死是老舍小说中最喧闹的死亡之一。她辗转床侧达两星期之久，呻吟和嘶叫吓坏了所有的邻居。尽管如此，虎妞仍然对别人发号施令。当她信奉的神灵失灵后，她又乞灵于“虾蟆大仙”和她的“徒儿”—— 一个黄脸中年汉子。这两个骗子装神弄鬼，念咒烧符，一面命虎妞强吞符水，一面自己好生享用小福子买回的麻酱烧饼和酱肘子。发现虎妞生命垂危后，他们立刻溜之大吉。这两个骗子使虎妞死亡的场面显得更是声色唱做俱佳。他们恰恰揭示了老舍心目中苦难和死亡的意义所在：“愚蠢与残忍是这里的一些现象，所以愚蠢，所以残忍，却另有原因。”

虎妞和小福子的死只是老舍庆祝死亡和衰败的序曲。这种庆祝在《骆驼祥子》的末尾达到高潮。老舍在一九五五年版《骆驼祥子》中删去了小说原来的最后一章，老舍这样做并不无道理。这章所呈现的一幕幕扭曲夸张、令人毛骨悚然的嘉年华会场景，为中国小说自鲁迅的《阿Q正传》中，阿Q砍头的场面之后所仅见。这一章没有再增加小说情节中已经存在的苦难奇观，相反，它好整以暇地浏览了春天来到时，北京市民快乐的生活。但恰恰由于这一章似乎什么都没有描述，反使它烘托出小说空洞无物的结局。对一部过度充满痛苦、死亡和不幸的小说，这一不像结局的结局对结构和题材方面的完整性提出了尖锐质疑。这一章以激进学生阮明的受刑达到高潮。阮明曾背叛祥子的恩人曹教授，而现在则被祥子出卖。阮明行刑前游街时，北京城万人空巷、欢声雷动，大家都想争睹一场真刀真枪的血腥好戏。面对一群群麻木而又嗜血的人群，老舍发出了鲁迅当年的讥评。可怪的是，就在他抨击这种血腥的嘉年华会场面的同时，老舍似乎仍在刻意卖弄自己丰富的语言。这使他的批判也沾染了华而不实的暧昧感觉。过于流利的道德批判听起来如此耳熟能详,结果就同它所抨击的油滑的北京道德风俗一样,虚浮不堪。

于此同时,我们发现了身处人群之外的祥子。毫无意义的生活使他变成了一个活死人,一个下流的浪荡汉。他在北京街头婚礼和葬礼的行列中讨生活,他成为一个活道具,为北京最后一批富人雅士们的婚丧喜庆装点门面。我们最后看见他走在出殡的灵旗哀乐中。与死人为伍对祥子来说已经成为一种不可能抗拒的“诱惑”。这种游行带来了虚假的壮观与热闹,更暗示游行之外一切事物的无生命、无意义和不真实。祥子可怕的姿态和葬礼的浮华构成一场死亡之舞式的庆典,带给我们一种强烈的颓废戏剧感。当祥子被塑造成一个机器人,机械地扛着招魂幡行走在出殡的队伍中时,我们所见到的是老舍闹剧手法最慑人心魄的翻转。

因此小说的结尾显示的不是祥子的觉悟,而是他堕落成荒谬的行尸走肉。生活的打击夺走了他的黄包车,使他成为他曾蔑视过的大众中的一员,甚至实际上将他变成了一部机器。换言之,小说的喜剧设计经历了一个完整的过程——最后将人物变成了机器。这使我们回想到小说的第一章,在其中老舍已经把北京黄包车夫的行当概括成一种受命运机械控制的生活。祥子的故事正是这种叙述框架中的典型,用老舍自己的话说,祥子的生活起伏恰如这部“机器上某种钉子那么准确了”。

这部机器——无论它是自然主义的“遗传”与“环境”机器,还是一个命运大转盘——以它单调不变的方式运转,将各种不同的生活方式凝固成一种模式。任何人若企图摆脱它的宰制,都会受到被吞灭的威胁。祥子荒谬的“喜剧”来自于他过晚认识到自己在和这样一部可怕的机器打交道。老舍将自然主义的写作公式夸张重复使用,不知不觉地造成了作品自身的解构,就连小说主体叙述者在结尾处亦被祥子身边机械空洞的人和街景所吞并。而在这个时候,我们才深刻感受到老舍小说中一直存在的嘉年华式冲动,对暴力、非理性人生以及死亡难以言说的迷恋与迷惑。

做了女人真倒霉？

丁玲的“霞村”经验

谈论现代中国女作家的创作及早期女性主义者的活动，丁玲(1904—1986)每每是不可或缺的要角。纯就文字艺术的试炼而言，丁玲的小说或流于煽情造作，或偏向政治宣传，笔锋粗糙，不如同期或稍后的女作家如凌叔华、萧红、张爱玲等多矣。但自当年《莎菲女士的日记》(1927)，到“文革”后发表的《杜晚香》(1979)，丁玲半世纪的写作经验每随感情、政治际会屡起屡仆。她的作品与生命两相纠结，辗转曲折，自有其扣人心弦之处。而她对女性身体、社会地位及意识的体验，尤其是有心人探讨(女)性与政治时的绝佳素材。

本文要讨论的是丁玲作于二十世纪四十年代初期的作品《我在霞村的时候》(1941)。这篇作品以陕北农村抗日活动为背景，是她中期的代表作之一。一九五七年“反右”时期，此作与《在医院中》及散文《三八节有感》等均成为丁玲遭受整肃的主要罪状。但攻之骂之的结果，反益形彰显其内容的复杂性，颇有可观。丁玲因此被批判，岂正良有以也？

《我在霞村的时候》的叙述者“我”因健康缘故，被“政治部”遣往邻乡霞村休养。初抵霞村，“我”即感受周遭村民议论纷纷，似有事故发生。经其逐步体察，方知村女贞贞突自日军营中归来，且染花柳恶病，亟待医治。原来贞贞于一年半前日军攻进霞村时，因走避不及而遭奸污。尔后她非但未因此自我了断，反混入日军阵中，甘操贱业。此番归来，村人弃之如敝屣，自是想当然耳的事。唯有贞贞早年私心倾慕的男友夏大宝，对她仍是一往情深。

然而贞贞的故事更有一番周折。"我"逐步了解贞贞并非自甘堕落的女孩。她竟是有"任务"在身，被送至日方从事刺探军情的工作！贞贞为政治而牺牲肉体，不可谓不高贵。无奈多数村人昧于实情，又兼风俗保守，自然容不下她。贞贞自己倒是豁了出去，不再计较。她拒绝男友的示好，决心接受"党"的安排，先到"××"（延安？）治病，再觅校继续"学习"。小说将了，"我"正打点离开霞村，"我心里并没有难受，我仿佛看见了她的光明的前途，明天我将又见着她的，而且还有好一阵时日我们不会分开了"。

好一个"光明"的尾巴！丁玲欲借小说渲染一福音式政治讯息的动机，不言可喻。事实上贞贞的遭遇正可视之为一变种的"圣徒列传"（hagiography）型故事。这类文字，常可见之于宗教文学乃至传统方志笔记等记载，只是在丁玲笔下，宗教或道德的狂热已为意识形态信仰所取代。贞贞为了国家民族的大爱，不惜肉身布施，换取宝贵的情报。有一次"人家说我（贞贞）肚子里面烂了"，又赶上必须传送军情，半夜一个人摸黑"来回走了三十里，走一步，痛一步，只想坐着不走了"。这样的奉献情操，真叫千百男儿无地自容。这样的典范故事，足以为继起的作家依样加工生产。但何以丁玲反在"霞村"去来十七年后，反因此横遭文字狱呢？

按照一九五七年批判丁玲时的说法，丁玲的问题还是出在无产女英雄贞贞的身上。既名为"贞贞"，我们的贞贞怎么可以不贞呢？丁玲显然不怀好意，"把一个被日本侵略者抢去做随营妓女的女子，当作女神一般地加以美化"。不仅此也，"贞贞是一个丧失了民族气节，背叛了祖国和人民的寡廉鲜耻的女人"[1]。饿死事小，失节事大，当时的文艺批评家原来竟是群尚未"解放"的道学先生。而其固执撇清处，与"霞村"故事中所嘲弄的村妇蠢夫，不过是五十步与百步之间。令人莞尔的是，"文革"后为丁玲做平反的论述虽反其道而行，大赞贞贞如何出污泥而不染，如何为大我牺牲小我[4]，却依然是在一狭隘的道德教条圈中打转，不能或不愿去面对丁玲在小说中所暴露的症结问题。

是神女，还是女神？贞贞角色定位的问题是《霞村》情节的张力所在，也是日后批丁或拥丁者各执一词的根源。如果《霞村》确有异于一般样板小说的动人力量，我们可以说丁玲不愿囿于一端，简化小说内蕴的道德、政治与性问题的错综关系，应是首要原因。这个表面看来头头是道的小说，其实深具女性主义讯息。它的挑衅性不在于美化了妓女或丑化了民族正气，而在于根本摇撼了传统文化论述所视为当然的那套女性神话。透过贞贞的痛苦经历，《霞村》点出了她的压力原来来自于"敌""我"双方：而掩藏在爱国爱党前提下的，是她甘对自身肉体的无尽忽视与摧毁。无怪陪伴小说叙述者同到霞村的阿桂，听了贞贞的故事后要长叹："做了女人真倒霉！"

贞贞的厄运始于被攻进霞村的日兵所凌辱。在此之前，她已因争取爱情婚姻的自主，而闹得满村闲话。丁玲对贞贞性格的塑造，毋宁是充满同情的。这个开朗、大方的女孩却注定了要跳入"火坑"，成就一最曲折传奇的命运。她甘愿献身日军，固为村人所不齿，但极反讽的是，她却因此对村人所力持的贞操道统，做了最彻底的回击。剥除了贞贞舍"身"取义的外衣，我们竟发现丁玲是在探触性解放的禁忌。比照"莎菲"时期的浪漫颓废，《霞村》的主题当然别有怀抱，只是丁玲骨子里那点甘为异端的不羁之情，仍然回荡不去。一九五七年丁玲遭整时，有心人提出她于一九三三到一九三六年为国民党软禁期间，与"国特"关系暧昧，煞似贞贞的前身。由是类推，丁玲写《霞村》正似为一己的风流公案做开脱。这类比附，我们自不必当真，但鉴诸《霞村》文内对性问题欲言又止的描述，丁玲借题发挥，一抒块垒的用心，隐约可见。贞贞罹患的何止是"性病"？因"性"而"病"恐怕才是自命贞洁的村人所想当然耳的结论。

《霞村》中对女性身体在男性社会中所代表的神话意义，也有细腻的发挥。在强调男女防闲的社会里，女性的身体一方面被视为孕育生命的神圣处所,一方面却被视为藏污纳秽的不洁表征;一方面被默认为欲乐享受的源头,一方面也公推为伦常礼数的劲敌。处于这些矛盾的交会点下,贞贞的所作所为自然备受议论。前有识者已经指出,在“霞村”中蹂躏利用贞贞身体的,其实不止日军而已。“我方”何尝不借其获取情报[3]?正因“敌”“我”双方都赋予女性身体同等的价值观,贞贞才得以往来两者之间,操作其任务。正因为女性身体是如此的美好却又危险,男性社会才得善加使用之余又严加防范。不仅此也,连女性与女性之间的关系,也要受到同样观念左右。君不见让贞贞最难堪的不是男人,而是同村的多数妇女。丁玲的叙述者说得好:“尤其那一些妇女们,因为有了她(贞贞)才发生对自己的崇敬,才看出自己的圣洁来,因为自己没有被人强奸而骄傲了。”

女性身体除了在礼教上显现模棱意义, 在政治上也往往兼具正邪两极的潜能。古来红颜祸水、倾国倾城的例子多矣,不必于此赘述。与贞贞境遇相同的近代前辈, 则首推浮沉庚子国变的孽海奇花赛金花。赛金花原为娼家女,嫁与状元洪钧为妾后亦不安于室。荡妇淫娃,行径原无可取,但八国联军攻打北京之际,赛二爷居然能委身德帅瓦德西,救生灵涂炭于“床上”。为国“捐躯”,正是功德无量,阿弥陀佛。赛金花传奇固然出自好事之人的编排,但以其流传之广, 正足以显示清末民初的社会如何倾倒于又一则女性身体的政治神话。神女乎?女神乎?在低鄙的青楼名妓与高洁的救国英雄间,赛金花的造型道尽了传统士子缙绅“一鱼两吃”式的性幻想。只是当赛的地位被提升到空前的高峰后,反而亦暴露了清末社会价值紊乱颠倒现象的一端。

比照赛金花的传奇,丁玲很可以把贞贞也写成个小号的、无产阶级的孽海“向阳花”。但是《我在霞村的时候》在彰扬贞贞的杰出表现同时,也悄悄夹带了不少弦外(题外?)之音。丁玲的问题包括了:在以“解放”为号召的政权下,妇女的地位如何才算是解放?两性间的不平等关系,可以用民族意识(中对日)或阶级斗争论来轻轻化解么?女性身体如何成为男性权力放纵或禁抑的对象?还有女作家如何在男性中心叙述传统下,突破障碍,发出独特的声音？对于"左派"乌托邦主义者而言，这些问题只要随着"革命"的成功，自可迎刃而解。但是丁玲似乎不做如是观。小说也许没有提出明确的答案；我们所见的，是叙述者游移于各类角色所代表的立场间，企图包容彼此的矛盾，却终究更无奈地泄露其破绽间隙。曾有评者甚至注意到，一反当时教条小说的单一叙述声音或姿态，《我在霞村的时候》至少含有贞贞、叙述者及多数村人三种声音，相互冲击[4]。而随着故事进行，这三种声音并未如预期般地合而为"一"，以预示一乌托邦式叙事(及意识形态)论式的完成。贞贞始终是与"广大的人民"站在对立的地位上，而所谓拥护她的年轻人，除了痴心的夏大宝外，并不多见。

另一方面我们也要注意，小说除了凸显贞贞进退两难的处境外，叙述者"我"亦是一重要关键。"我"到底是谁呢？故事开始就说，"因为政治部太嘈杂"，"我"被"送到邻村去暂住"，虽然"我的身体已经复原了"。是什么样的噪音迫使"我"离开"政治部"？邻近的霞村岂真比政治部清静？至少我们又碰到贞贞与村人所带来的难题。小说将结，贞贞满怀希望地要服从组织安排，继续"学习"。而叙述者"我"是否已隐隐感觉"政治部"的"嘈杂"将对贞贞构成另一威胁呢？借着"我"所引出的外围叙事框架，我们隐隐发觉"我"与贞贞间竟有一休戚与共的关系。丁玲的"我"满怀郁闷思绪，并不因为"休养"完毕而结束。贞贞的出现俨然具象化了她"身为女性"所特有的期盼与恐惧、希望与挫折。女性革命者的道路走得要比男性更为艰苦。故事最后，丁玲的"我"期许和贞贞"好一阵时日""不会分离了"。她们的"有志一同"，岂只是在于政治理想上的奉献？在其之上，她们还必须对自身的地位，再做一番挣扎。

丁玲的"霞村"去来，因此不只是一个表扬"好人好事"的教条故事，它同时代表了丁玲对女性问题的沉思探索。一念及此，小说前半部侦探故事似的架构也就更有意义。"我"先是听得风声，再辗转深入事件核心，终于得见当事人。而令人惊奇的是，贞贞虽已重病在身，却"一点病征也没有，她的脸色红润、声音清晰,不显得拘束,也不觉得粗野"。这一高潮(或反高潮)其实颇有文章:贞贞的健康表象,当然暗示其人的精神高贵,以及共产主义的护身符法力无边,就丁玲的女性主义立场而言,这当然也多少投射她自矜与同情的心理。但我要强调,贞贞的毛病正是在于她的"表里不一"。不论外表如何"红润健康",她毕竟有"暗疾",得就医兼学习。由贞贞所代表的谜题表面上是解决了,但作为一个多思多虑的侦探,丁玲的"我"显然觉得整个事件另有蹊跷,却不得(不敢得?)其解。《霞村》因有一紧急煞车的侦探叙述结构,使事件不了了之。也因此,丁玲的迷惑反更凸显出来。

不论丁玲的文字如何简单粗糙,政治意图如何直截了当,《我在霞村的时候》很意外地透露了她对妇女问题的深切体验。尤其在连锁政治、道德与性别的畛域时,丁玲揭发了革命的阶级斗争或前进的意识形态,依然有男女之别,而女性的遭遇亦无法化约为"人民"或"国家"的境况。"霞村"在丁玲的笔下,很可以看作是各种左右女性前途的权力交锋场所。尽管故事并未提出什么惊人见解,我们还是可以揣摩丁玲的深沉感触。《霞村》发表于一九四一年,次年毛泽东即发表了著名的在延安文艺座谈会上的讲话。比诸将要发生的种种,《我在霞村的时候》居然成为丁玲充满乡愁感触的最后冒险,一个向过去的"我"的无奈告别手势。

注 释

[1] 《丁玲的"复仇女神"——评〈我在霞村的时候〉》,刊于《文艺报》1958 年第 3 期,第 22—25 页。

[2] 王中忱:《丁玲生活与文学的道路》,吉林:人民出版社,1984 年,第 128—135 页。

[3] Yi-Tsi Mei Feuerwerker, *Ding Ling's Fiction*(Cambridge:Harvard U.P.),p.114.

[4] 同上。

半生缘，一世情

张爱玲与海派小说传统

张爱玲猝逝，引来文坛一片错愕痛惜之声。唏嘘之余，不少文字皆指出张的创作高潮只有抗战期间及其后数年，根据地则不出上海。尽管她在一九五二年离开中国大陆后，创作日少，其中的精品却依然要以沪上风华为依归。从《赤地之恋》到旧作新编的《怨女》《半生缘》，皆是例子。张逝后，有些评者对她在地缘及历史想象上的狭窄，颇有微词，但换个观点，我们可以问，究竟上海有什么样的魅力，使张终生念之写之？更要紧的，究竟张的文字，又赋予上海什么样的魅力？

许多现代小说家，如鲁迅、乔伊斯、卡夫卡、福克纳等，对他们生长居住的地方绝少好感，却又将其发展成为作品的核心场景。张爱玲对上海则显然情有独钟，嘈杂的市声，昏黄的弄堂，阴湿的宅邸，庸俗的人情，无碍她的"中国梦"。是在这样一个华洋杂处、新旧并陈的十里洋场里，张爱玲暂且找到一席安身所在，并编织一则又一则璀璨又荒凉的传奇。

但张爱玲看上海写上海的姿态并不孤独。从文学史的角度看，她应算是"海派"文学的健将之一。顺着这"海派"传统推衍，她日后创作的特色与局限，也才更有可观。但什么又是"海派"呢？从清末以来，"海派"即成为一稍带贬意的形容词,泛指这座黄浦江头城市的生活情调、道德指标与写作态度。海派是生猛多变、标奇立异;是五光十色、噱头滑头外加冤大头;是玩票白相、琐碎庸俗;是花花世界,“地狱里的天堂”。在民初的菊坛,海派京剧即以连台本戏、机关布景,洒狗血卖花招大受小市民的欢迎。与故都四平八稳的正宗演出,雅俗立判。但“海派”成为文学的专有名词,却是肇因于二十世纪三十年代的一场笔仗。始作俑者,不是别人,正是大家熟悉的沈从文。

一九三三年十月,沈从文于天津《大公报》副刊为文,批评上海一群半职业性作家,“玩票白相”“附庸风雅”却与“平庸为缘”。沈的文章立即招来上海苏汶(杜衡)的攻击。他在年底《现代》杂志上讽刺北方作家的自我陶醉,不知民生疾苦。海派作家也许良莠不齐、唯钱是问,但比起“京派”作家的自命清高,却显然诚实得多。这段笔战日后被称为京派与海派之争,在扰攘多事的三十年代,不过是一则插曲。然而现代文学的两种风格,却由此得名,海派俨然机巧善变,相形之下,京派则素朴庄重得多。

但海派小说的面貌,远较这样的二分法复杂。早在一九三一年,鲁迅在《上海文坛之一瞥》中就痛责上海文人轻薄无聊,专以写作“才子加流氓”的小说为能事。鲁迅的批判,意有所指,彼时崛起于上海的革命文学,自然不在此列。鲁迅要责斥的,是市民文学的大宗——鸳鸯蝴蝶派小说。对“五四”文人而言,鸳鸯蝴蝶派以夸张痴男怨女、罗愁绮恨为能事。表面讲的是时代故事,骨子里卖的是才子佳人的老套。一般通俗大众趋之若鹜,实是因为这类作品哗众媚俗,是典型“文化工业”中的消费品。

鲁迅和同路人如茅盾、瞿秋白、钱杏邨等却未注意到,在众多鸳蝴说部中,有不少以上海为背景的作品,已兀自对这十里洋场的瞬息风华,留下见证。这些作品可以上溯到清末时期,论讽刺怪诞有《何典》(张南庄作,1820年以前已完成,1878 年出版),论世情写真则有《海上花》(韩邦庆作,1892年出版)。而《海上花》是影响张爱玲最重要的源头之一。

张爱玲受教于《红楼梦》,已是众所周知的事实。《海上花》的意义却别有不同。《海上花》写妓院中的露水姻缘，本是清末狎邪小说的常见题材。但韩邦庆见人所不能见。他在苟且猥亵的关系中，看出男女最原始、最素朴的欲望挣扎；在声色脂粉的阵仗里，见证寻常夫妇的恩义和勃谿。这本小说所透露的自然主义讯息，是如此了无奇特，却也越发让人触目惊心。小说的女主人翁之一赵二宝来上海寻亲未果，日后堕落为娼门名妓。二宝历尽繁华风霜，最后以惊梦作结，小说亦戛然而止。张爱玲显然深为二宝及其他女子的遭遇感动。她笔下许多女主角的原型(如葛薇龙、郑川嫦、白流苏)，皆脱胎于此。多年之后，张更将全书吴语部分，以白话还原，之后又将其翻为英文。

《海上花》对上海欢场与情场的白描，真切犀利，而写这个新城市的张致做作，惫懒感伤的种种变貌，更有独到之处。在这样一个基础上，邹弢的《海上尘天影》(1896)、孙玉声的《海上繁华梦》(1908)乃至张春帆的《九尾龟》(1919)，对上海的声色犬马，更有所发挥。唯有《海上花》所透露那种繁华中的平庸、喧嚣外的凄凉，却要待张爱玲重新发挥了。

民国以来，写上海妓院的小说风光不再。诚如张爱玲所言，当恋爱“自由”后，妓院不再是唯一可以偷尝禁果的乐园。写自由恋爱与封建婚姻冲突的作品，成为大宗。从徐枕亚的《玉梨魂》到吴双热的《孽冤镜》，皆是最受欢迎的实例，而稍早吴趼人的《恨海》(1909)，则提供了种种哀婉幽艳的叙述模式。鸳蝴小说在言情以外，又对半新不旧的人际关系，别有所见，以细腻世故著称的《歇浦潮》即是张爱玲最爱看的作品之一。

但海派既有造作保守，踵事增华的一面，更有趋时赶新，前卫摩登的一面。上海自清季以来，即是欧风美雨的汇萃之地，任何新的怪的事物，吓不跑见多识广的上海佬，而租界商埠的林立，也造就兼容并蓄的氛围。就在遗老遗少、旧派文人大事铺张鸳鸯蝴蝶之际，“五四”浪漫文人也在此悄然建立他们的大本营。郁达夫、郭沫若的西化滥情作品，都先在上海受到青睐，以后创造社成立，更标榜火辣辣的浪漫色彩，俟至鲁迅等文人纷纷南下，鼓吹左翼文学，早期唯我唯美的风潮，又一跃变为“为人民”“为革命”的号召。上海文坛的五花八门，左右逢源，由此可见一斑。

但这里特别要强调的是在新旧阵营之间，萦绕不去的“第三种”声音。这些作者论才学比不上旧派文人，论热情远逊于革命作家，然而游走其间，他们发展出一套紧俏风流的创作与生活方式，反而与彼时大都会脉搏互动互应，这才是海派的真传。从张资平《梅岭之春》《爱之焦点》、叶灵凤《女娲氏之遗孽》这些早期作品，我们真正得见海派小说夸张感伤、卖弄艳情的现代特征。夸张与卖弄原不足取，但摆在上海那样的人文环境里，夸张与卖弄反成为创作姿态的诚实表现，都会道德的不二法门。更有趣的是，尽管海派文人自命见多识广，他们的沾沾自喜，透露着患得患失的小家子气；尽管他们故作世故风流，他们字里行间，总有除此别无所恃的感伤与彷徨。

等到二十世纪三十年代末新感觉派作家出现，海派“维新”一面的风格，算是发挥得淋漓尽致，刘呐鸥、穆时英、施蛰存、杜衡等，这批文人既汲取了欧洲现代主义写作的流风遗俗，又兼采日本新感觉派作者如横光利一、堀口大学的笔调风韵，发为文章，果然是前无古人。试看刘呐鸥的《两个时间不感症》或穆时英的《上海的狐步舞》，写酒吧舞厅饭店马场风情，十足酒色征逐、纸醉金迷。他们对现代消费符号的敏锐感受，从汽车到好莱坞电影，从香水到巴黎春装，在在令人拍案惊奇。而他们对肉体游戏的好奇，对文体游戏的实验，其大胆处，至今仍不褪色。施蛰存的故事新编、刘呐鸥的尤物速写、穆时英的欢场切片，一次次使读者大开眼界。卫道者要说这是乱世的妖文孽字，然而中国的现代主义，已首度在此登台候教。台湾地区不少学者着迷法兰克福派的新马学说，新旧海派现象其实正是一显身手的对象。本杰明(Banjamin)的纨绔诗人论、商场论，阿多诺(Adorno)的文化工业论，均可由此找到似是而非，或似非而是的讨论空间。

我们现在终于可以回到张爱玲现象了。二十世纪四十年代沦陷区的上海，外弛内张，在烽火杀戮声中，竟然散发无比艳异绮丽的光芒。升斗小民的日子并不好过，但是只要电车的叮当声仍然不辍，暖烘烘的太阳独有余晖，挽着篮子上市场买小菜就是每日的功课。这是张爱玲的上海了。大难下的从容，荒凉里的喧哗，一辈上海人怎样既天真又世故地过日子，是张写之不尽的题材。过气的遗老命妇，神经质的惨绿男女，猥琐的娘姨相帮……穿梭在张的上海弄堂、公寓宅院里。他们都是张所谓"时代的列车"里的乘客，上得来下不去。列车忽忽地开着，从车窗里，他们看着熟悉的旧日风景，瞬息退去，也看到自己窗中的倒影：怯懦而自私，张致又张皇。

在散文《到底是上海人》里，张爱玲写道："上海人是传统的中国人加上近代高压生活的磨炼，新旧文化种种畸形产物的交流，结果也许是不甚健康的，但是这里有一种奇异的智慧。"上海人有独特的"处世艺术"，他们"坏得有分寸""演得不过火"。描写这样独特的处世艺术，是海派作家的拿手好戏。但值得注意的是，张爱玲及许多海派作家原籍并不是上海，如刘呐鸥其实是台湾台南县人。"在地"的身份并不能保证纯正地方风味的作品。而上海这样一个由移动人口与进口文化形成的都会，尤其凸显这层创作特色。像张爱玲这样的作者，既自觉是上海生命共同体的一部分，又不失外地人对上海的兴味与好奇，反能对这城市赋予最深刻的礼赞。如张所谓，《传奇》中的作品即使写香港时，她也"无时无刻不想到上海人"。

张的作品一多半发在鸳鸯蝴蝶派的同路杂志小报，如《紫罗兰》《万象》等。而她也擅写半新不旧人家里的情事恨事，《金锁记》《创世纪》都是这一类作品。但张却又不是完全的鸳蝴派作家，她的"五四"训练、西学背景，使她对新的怪的事物一样好奇。由新感觉派作家一手炒作的那种浮华颓废、游戏人间的姿态，在张的书里书外，翻出新的面貌。徘徊在新旧海派间，张确是她常自命的"不彻底"的实践者。像《红玫瑰与白玫瑰》那样的作品，不妨也看作是她创作哲学的戏剧化告白。张的作品，狎昵与讥诮，耽溺与警醒相持不下。由此而生的张力，最为可观，她的海派前辈为她打造了一座庸俗纷扰的城市背景，并附赠形形色色的人物原型。在另一个历史的夹缝里，这位二十来岁的才女要为这座城市写下传奇，并且身体力行。说张爱玲是集清末以来海派小说之大成者，应不为过。

一九四九年以后，以乡村为空间想象基础的“解放”文学大行其道。上海成了资本主义堕落腐化象征，何况海派文学！当张爱玲在《半生缘》原稿《十八春》里，把女主角顾曼桢发配到东北为祖国建设，海派文学算是告一段落——上海人离开了上海，还有戏唱么？二十世纪五十年代的《赤地之恋》中张安排她的角色们到农村绕了一趟后，兜回上海，但物是人非，繁华是真正不再了。以后张写《半生缘》《怨女》及其他短篇，上海依然是她的灵感泉源，海派一丝命脉，也仅得续于此。

二十世纪五十年代末，大陆作者周而复写作《上海的早晨》，力求把茅盾的上海资本家小说《子夜》改头换面，为新中国摇旗呐喊。这样注重意识形态“卫生”的海派作品，自是另备一格。倒是六十年代白先勇笔下的尹雪艳、金大班，在台北寒碜的舞榭歌台里，还能有模有样地告诉我们，“阿拉是上海人”。风流水转，八十年代的程乃珊、九十年代的王安忆，重起炉灶，再写有关上海的小说。但上海并不等同于海派。王安忆等是否能把这“地狱里的天堂”的生活情调、道德风景重新诠释，还有待时间证明。

辑　三

从老舍到王祯和

现代中国小说的笑谑倾向

刘绍铭教授在一九七九年发表的一篇论文中说,现代的中国作家过于“耽溺”于中国的命运,因而他们的小说好像是写于“涕泪飘零”之中[1]。自我陶醉式的怒吼和苦涩的激情似乎已是现代中国小说的基调。然而这种现象近年来已经有了转变。至少在台湾地区,有些作家已经尝试以不同的方式处理原本也可以赚人热泪的题材。这些作家凭着敏锐的幽默与戏谑,带给现代中国小说一阵迩来鲜闻的笑声。更重要的是,经由阅读他们的作品,我们对上一代作家的喜剧性作品也有了新的看法。

本文希望对老舍的喜剧才能予以重新评价,这是过去一直为批评家所低估了的。在讨论他早期特定作品的同时,笔者认为老舍的喜剧/闹剧力量一方面承袭且精炼了晚清谴责小说的风格,一方面也成为台湾当代作家如王文兴、王祯和近作的先声。由于篇幅所限,笔者在此无法穷尽这个主题的丰富性与复杂性(比方说,老舍颇受注目的《猫城记》因离写实范畴已远,故不在讨论之列),也不能完满回答我所提出的某些问题,但希望这样的研究能使大家对现代中国小说中渐起的喜剧倾向有所注意,同时也进而一窥其美学和意识形态上的动机。

一

作为二十世纪三十年代最重要的小说家之一，老舍（本名舒庆春，1899—1966）一向留给我们一个双重印象。看到老舍早期作品中欢闹的情节，摇摆不定的叙述姿态，及成列的小丑人物，很少有读者能不为所动的。然而当我们要对他的优点做批评性的综观时，我们却更倾向于称扬他对日常生活生动的描绘，他对失败者的怜悯或是他幽默之中的“温馨”[2]。说老舍是一个人道主义的写实小说家当然不算错，但是我们却往往因此忽略了他的喜剧天才，使他成为鲁迅以次，所谓“正统”写实主义的最佳临摹者之一罢了。事实上，笔者以为真正使老舍突出于其他“五四”小说家之上的，并不在于他对社会百病模拟式的揭发，倒在于他能“苦中作乐”，将并不好笑的故事点染成喜剧/闹剧的叙述。

学者们经常指出老舍喜剧/闹剧的想象来自他最心仪的英国小说家狄更斯(Charles Dickens)[3]。的确，证诸他活泼的语言，通俗剧式的情节布置，以及各种古灵精怪的人物大展，老舍是有习自这位写实大师之处。他们二人都认为社会的邪恶及不合理的制度不仅可怕，更是荒谬。然而这样的比较并无碍我们注意到，老舍同样也是古典中国小说及民间表演艺术的辛勤学习者。已过世的普实克(Průšek)教授许久以前就指出，为了使其喜剧小说达到特殊的反讽效果，老舍再度使用了中国古典白话小说中的说书技巧[4]。我们也不难发现，晚清谴责小说提供老舍一丰沛的泉源，使他汲取各种丑戏(buffoonery)及滑稽(burlesque)的样式。

老舍的第一部小说——《老张的哲学》(1928)——足可视为他喜剧性作品的取样，因为它隐含了许多他喜剧陈述中的主题和设计。在这部小说中，老舍嘲弄处于新旧遽然交替下的社会怪现象。纵横全书的主角老张是一个卑鄙的乡下教员，也是个极端狡诈的放贷人。所谓“老张的哲学”就是不择手段地攫取金钱。身具如瓦膨尼(Volpone)一般的精神和才智,老张对金钱的欲望自然而然扩充到对权力和美色的渴求;整部小说即是他如何完成心愿的记录。

老舍描写这位恶棍时,是以狄更斯《滑稽外史》(*Nicholas Nickleby*)中的拉尔夫尼克比(Ralph Nickleby)和魁耳先生(Mr. Queers)作为范本的[5]。但是他也赋予他的恶棍一种风格化的戏剧姿态,使人想起中国传统剧场中的丑角,并由此产生一个令人印象深刻的组合:老张变成一个既可怕又可笑的人物。虽然他违反了所有社会和道德的标准,但是我们却为他怪招百出的想象力和变幻无方的态度所吸引,居然也就"容忍了"他的成功。正如说书人似的叙述者告诉我们的,老张"确乎是镇里——二郎镇——一个重要的人物!老张要是不幸死了,比丢了圣人损失还要大。因为哪个圣人能文武兼全,阴阳都晓呢?"[6]

老张和其他小型恶棍所成就的新价值正和健全社会所赞同的恰恰相反。"新式教育"不过是确保入学人数更高一点儿,行政长官更有钱一点儿的口号;"民主选举"是行贿买官好听一点儿的新说法;"新闻自由"让记者有权随意诬蔑、勒索;"自由主义"鼓励有钱人尽量"自由"娶妾——受过新式教育的女子尤其是上上之选。全书情节发展正如一连串由老张主演的低级滑稽剧。到全书结束,他和他的同党都飞黄腾达,只有善良的或通情达理的角色才不见容。

我们若以讽刺喜剧(satirical comedy)一词形容老舍在《老张的哲学》中所呈现的文学想象,未免过于概略及温和。有鉴于书中充斥莫名其妙的暴力和暧昧的笑声,老舍真正想制造的应是种闹剧(farce)。作为一种叙述形式而言,"闹剧"指的是一种写作形态,这一形态专门揶揄倾覆各种形式和主题上的成规,攻击预设的价值,也以夸张放肆的喜剧行动来考验观众的感受。它通常强调一连串嘉年华式狂欢的事件,其中身体的动作(相撞、滥骂、揶揄、容貌丑化等等)暂时压过了理智和情绪的控制。闹剧行动的"主使者"是小丑。他们或以可笑的被害者姿态出现,或以喜剧的攻击者姿态出现,或者二者兼而有之。经由丑角激越的行为,闹剧也暗示了一种精神状态甚至一种意识形态,如巴赫金(Bakhtin)所称,是以"堕落"的方式在想象中"瓦解"既存的秩序[7]。不过闹剧的核心在于对混乱(chaos)模棱两可的态度:对台上的角色而言,他们在对彼此以及周遭社会做离谱或喜剧式的暴力攻击之余,居然产生了某一种"新秩序";对观众而言,他们的"欢笑"同时来自与此困窘不安状况的实际"距离",以及想象中的"介入"。

上述的闹剧定义自然不尽能适用于老舍的喜剧小说。事实上,笔者稍后将指出,在老舍的早期作品中,他虽然游于笑剧的想象,却也从未放松对写实主义的坚持,因此所造成的一种特殊张力,实更耐人寻味。另一方面,老舍对闹剧标准的概念大可以追溯至晚清的谴责小说。以吴趼人之《二十年目睹之怪现状》(1910)为例,尽管叙述者公开贬责社会上荒谬的事件或人物,但我们发现该书的活力却相当反讽地来自于斯。吴趼人对自己讲述的故事也许义愤填膺,但他并不以情绪化的方式来表达他的愤怒或讥诮。他反倒假扮一个所谓"外向化"的姿态,将这些故事加以收集、研究、分类,好像他要大大方方展示他的社会知识似的[8]。更值得注意的是在这个令人悚然的世界里似乎存在着一种规则——捷克学者多洛契塔娃—瓦凌吉若娃(Doleželová-Velingerová)将之简述为"正不胜邪"及"大邪胜小恶"[9],小说的结尾,温顺的第一人称叙述者自我放逐于社会之外,而他口中的"魑魅魍魉"依然大行其道。

虽然在本质上老舍期望引起的笑声还是和晚清谴责小说一样的暧昧模糊,但是以夸大(caricature)和揶揄(mockery)的技巧而论,老舍的喜剧/闹剧构思要比他的前辈精致多了。在《老张的哲学》中,他创造了复数的叙述者"我们",指的是一群隔岸观火、顾盼自得的观众。因为自己不致遭受迫害,他们可以扬扬得意地拿别人所受的苦难来开玩笑。他们所流泻的油滑、夸饰的辞藻使社会价值为之模糊。将人物原该感受的痛苦化解成笑话,并把悲惨的故事转为欢闹的滑稽大观。叙述者“我们”假称代表大众发言,邀请读者加入“他们”来领略那些喜剧恶棍的表演。随着小说的进行,老张爱上了他学生的爱人,并且有意娶她为妾。他计划举行一场“文明”的婚礼,而且只邀请有妾阶级的人来观礼。当他的计划逐步付诸实行,婚礼不折不扣成了蠢事马戏。面对种种令人喷饭的场面,我们发现自己不仅“嘲笑老张和他的同党”,更“和他们笑成一团”。

老舍显然对这种笑声所暗示的颠覆内涵颇为不安。在《老张的哲学》第二部分中,他不断在叙述中插入他自己的,或是心智健全角色的评论。虽然这些安排可以提醒我们注意滑稽外表后的阴沉现实,却也减弱了小说中闹剧效果的一致性。这点在小说的最后一部分尤其明显。老张的婚礼因为在最后一分钟有一位乡绅出面干涉,终究没有完成。但是他却获得一笔可观的赔偿,拿来买了两名“物美价廉”的村姑,此后生活幸福美满。然而在小说终结之前,叙述者的口气突然一转,述说起善良人物的悲惨命运。这种安排使我们了解到老舍是如何游移于两种风格和结尾之间。一是闹剧式的,挖苦甚而接纳一个群丑跳梁、价值颠倒的社会;一是写实式的,对社会的腐败和人民的疾苦做哀矜的观照。这两种结尾相互渗入对方的美学/道德假定,并因而彰显了老舍的信念——现实既充斥着莫名所以的混乱,根本就是一场闹剧。老舍欢闹惫懒的笑声固然引人注目,不过随之而来的是良知空荡愧疚的回声。

在老舍其他的早期小说中,我们也发现这种激进闹剧和感伤写实——或是“狂笑”和“涕泪”——之间所造成的张力。以他的第二部作品《赵子曰》(1928)为例,虽然小说声称是要提倡爱国主义,其力量却来自嘲弄“五四”时期北京学生的放浪生活。在一一描写赵子曰的经历之时,小说维持着轻快滑稽的风格。但当赵的两名朋友竟分别被证明是爱国的刺客和军阀特务后,故事急转直下。由此我们除了注意到老舍的通俗剧训练及滥情伎俩之外,也再次目睹他的笑闹是如何由暴力和非理性所滋育,又是如何轻易地为其所逞。当低级滑稽剧造成真的痛苦,以及当小丑当真攻掠且杀伤之际,写实主义已以“直接模仿人生”为名,侵入了闹剧的美学天地。在小说结束时,赵的爱国朋友被处死,恶棍仍旧逍遥法外,而赵则已宣誓加入一个新的暗杀计划。

写实/现实主义是否能抛开所有文化/意识形态的假定,而照原样“重现”人生的问题,过于复杂,无法在此讨论。此刻使我们感兴趣的问题是,当闹剧的想象活力受制于写实主义的模拟信条时,像《赵子曰》这样的小说是否就真的提供了一个当代人生的翻版?夏志清评论该小说之结局时说:“重新觉醒的赵子曰既然不学无术,就只能铤而走险,做了恐怖分子;但恐怖主义是中国通俗小说里尽人皆知的侠义观念的夸张和歪曲。”[10]准此我要进一步指出,老舍之把他的主角变成刺客,或许根本不是要创造一个(如夏所假设)使人“信以为真”的结局,而是要以写实的障眼法,将闹剧逾越常理的本质推至极处。一旦赵子曰将加入的恐怖活动以“爱国”或“行侠仗义”为名而被“合法化”,我们如何能在法律与违法、秩序与混乱间划分界限?由于叙述者默认了暴力的效应及恶人的成功,我们在小说结尾发现了一种相当暧昧的心理,与《老张的哲学》相互辉映。

老舍早期的另外两部小说,《二马》(1929)和《离婚》(1933),代表一更为复杂的尝试,要发掘严肃题材中喜剧/闹剧的可能性。虽然老舍不曾放过任何制造滑稽喜剧的机会,他却已然显露一种日益增强的捷才,揭露闹剧之下的焦虑与怀疑。在两本小说中他都介绍了一位浪漫敏感的年轻人。这个年轻人自觉身处敌对的环境,陷于各种冲突之中。他被视为也自觉是一个异数,在生活和心理上都与社会中人格格不入。正因他十分敏感,这位有自觉的英雄了解自己是社会的侵扰者,也拒绝认同这个社会。为了保持清醒或清高,他被迫悄然而逃。

《二马》处理二十世纪初中国人痛苦的海外经验。夏志清教授一度主张它是以"略带悲剧的手法表达……爱国意旨"[11]。但是,以老舍的喜剧/闹剧构思观之,这本小说实在是写一位自以为是的"悲剧"英雄马威,陷身于一个真正的喜剧情境中。马威沉浸于浪漫幻想和无着落的爱国主义中,他不能也不愿见到自己的理想在异国——英国——全成了微不足道的笑话。与他相对照的是他的父亲马则仁。他决意维持旧有的生活方式,做个彬彬儒者,却发现他那一套过时的表演,反倒恰好印证英国人对中国生活的看法。为了强化父子间的冲突,老舍夸大了伦敦的敌意气氛与英国角色的怪态和偏见。就此他差不多写了一部闹剧大全,列述外国人对中国所抱的偏见与看法。当爱国与浪漫情怀的烈焰臻于不可遏抑之时,马威与父亲决裂且逃离英国——不过不是回中国,是去法国。

参照以上喜剧/闹剧观念,我们可以说马威是个喜剧装佯者(alazon)般的人物,被一个以荒谬为常态的世界彻底击败。如傅瑞(Frye)所述:"装佯者是眼高手低,自作聪明的人。"[12]他的性格塑造总有模棱之处:他的行为究竟是悲剧性还是喜剧性全取决于读者诠释其为作茧自缚或是自欺欺人。以马威而言,即使我们发现自己赞同他的判断,和他站在一边对抗敌人,我们还是无法对他的笨拙和自矜释怀。事实上,叙述者经常鼓励我们嘲笑他的挫败与自怜的呻吟。他最后远走法国的举动,为这幅青年爱国者的画像加上了最反讽的一笔。

老舍之写《离婚》,似乎是想回答像马威这样的知识分子果若回到中国,会发生什么样的同题。主角老李活脱是个稍经风霜,也渐妥协的马威。他把乡下老婆带到北京,想让她变成时髦女性,也同时想把已在脑中出现的离婚可能驱除。但他的结局是狼狈回乡,还得克制他那历经文明洗礼,已变得漫无节制的夫人。全书情节当然不止于此,譬如还有老李对邻家妻子浪漫的思慕,以及他为解决朋友问题所做的卓别林式努力,都有助于这部小说作为喜剧性通俗剧的整体效果。不过最令读者难忘的场景之一是李太太在北京的首度西式晚宴。连牛排和白兰地似乎都和促狭的主人(老李的同事)联盟,成了活生生的敌人,专事揭发李太太乡巴佬的底牌。看见一名侍者捧着一大盘"前菜"走近,她拨出地盘,说:"就放这儿吧。"

在许多方面,《离婚》都可视为老舍融合闹剧幻想与现实的最佳例证。白芝(Birch)教授甚至称之为"老舍的第一部也是最后一部喜剧"[13]。除了李太太一直令我们发笑的"蜕变"之外,我们也遇见一大群令人难忘的下级官僚和官太太。这里不过是对其中一批的一瞥:

> 所长是谁?官僚兼土匪。小赵?骗子兼科员。张大哥?男性的媒婆。吴太概?饭桶兼把式匠。孙先生?流氓兼北平俗语搜集者。邱先生?苦闷的象征兼科员。这一堆东西也可以组成一个机关?
>
> 再看那些太太们,张大嫂,方墩,孙太太,邱太太,加上自己的那一位,有一个得样的没有?
>
> 这些男女就是社会的中坚人物,也要生儿养女,为民族谋发展?笑话!一定有个总毛病,不然,这群人便根本不应当存在。既然允许他们存在,除了瞎闹,叫他们干什么?[14]

在这群怪物中,小赵概括了出现于《老张的哲学》和《赵子曰》中狡猾骗子的角色。但是由于他的权力扩张太大,危及每个人的生活,小赵在书末竟神秘地被谋杀了。只有老李知道凶手是谁——"男性媒婆"张大哥家的食客丁二爷。

以丁二爷作为机械神(deus ex machina)式的角色,老舍的目的显然不只是嘲弄游侠义行的原型,也要讽刺侠义小说中一厢情愿的因果报应(poetic justice)安排。不过正由于丁的"义行"太过突兀,即使以通俗剧标准视之也难以令人信服,我们因而注意到老舍喜剧小说中渐盛的激进倾向。丁所做的正是赵子曰后来若有机会也会做的事。老舍似乎指出,要反抗社会弊端，既不能靠政府的力量，也不能靠大众的正义，只有靠自己的行动——但其暴力和不顾死活的程度正与恶人们的行径如出一辙。

和老舍前几部小说的暧昧性结局一样,《离婚》也不以小赵被杀为结束。老李之遁隐乡间似乎是重复马威自我放逐的浪漫希望,不过他现在是在自己的乡土上彷徨,绝无出路。老李也不是独自离开北京的,两个孩子和他一道,外加他的老婆——现在已成令人难以忍受的泼妇,还有丁二爷和他成了搭档,倒像是桑丘潘札(Sancho Panza)和堂吉诃德(Don Quixote)的古怪中国版。这其中的笨拙与不协调之感再次证明,在老舍的喜剧/闹剧世界里,没有人有权贯彻"只存在于小说中"的英雄主义。真正的赢家是老李办公室的小丑们,他们才真正控制了北京城的行政系统。小说颇富深意地结束于张大哥的嘲笑:"丁二是个废物,不过老李太可惜了。可是老李不久就得跑回来,你们看着吧！他还能忘了北平？"

《牛天赐传》是老舍在转向长篇写实小说如《骆驼祥子》(1938)前的最后一部喜剧作品。这部小说有不断繁衍的夸大讽刺和滑稽模仿,一开始会使我们觉得是《老张的哲学》和《赵子曰》的混合。一直到我们读完它的"快乐的结局"之后,才会了解到老舍运用了较前更有系统的方法来"记录排比"荒谬的人事。如此一来,他似乎也暂时收敛在前几部小说潜存的写实关怀中。

如叙述者在小说开端所称,小说讲的是"一个小资产阶级小英雄怎样养成的传记"。老舍试图证明牛天赐——被一对小资产阶级老夫妻养大的弃儿——慷慨的天性如何被家庭、学校和小镇社会所僵化,最后只剩下盲从社会风尚的渴求。这部小说曾与菲尔丁(Fielding)的《汤姆·琼斯》(*Tom Jones*)相提并论[15],不过以其半寓言的形式和连环图画式的情节结构而论,它也令我们想到伏尔泰(Voltaire)的《赣第德》(*Candide*)。此外,它还可以被当作反"教育小说"(bildungsroman)来读,因为它追溯了一位年轻英雄如何在准备进入社会时失去人性的过程。

在嘲弄牛天赐各样的学习经验上，老舍的喜剧想象得以再次大肆发挥。天赐先后接受传统的私塾教育和“改革派”的小学教育。由于两种学校的政策相抵触，他更是一头雾水，无所适从。读到小说这一部分，我们觉得像夹在一个脆弱的，默默承受家庭、学校、社会折磨的男孩，和一个世故成熟的叙述者之间。叙述者是这个记载的始作俑者，却以轻佻的风格处理最荒谬的情景。天赐年纪渐长，盲目跟从城里的流行风尚。他参加学生的革命示威，然而又同时加入老一辈保皇派的“云社”。有时候，他是为倦怠感(ennui)所苦的现代象征派诗人；有时候他又身披传统行头，吟诵藻丽的古诗。天赐的见习过程直到他失去双亲和财富，也因此失去朋友的欢迎才算告一段落。此时他才学到最重要的一课：“钱是一切，这整个的文化都站在它的上面。全是买卖人，连云社的那群算上，全是买卖人，全是投机，全是互相敷衍、欺弄、诈骗。”[16]

矫饰和欺骗的主题在整部小说中有清楚的阐述。老舍笔下整个社会像煞化装舞会，其中所有的人物都装模作样地扮演角色。牛天赐原是弃儿，但被“当作”中产阶级的孩子一样养大。牛先生牛太太假扮双亲的角色，用廉价的教子老套来照顾养子。天赐的第一位导师原是账房先生，连“云社”中典雅的骚人墨客也是群骗子。在表面上互无关联的事件之后，我们发现了一个其实相当一致的动机——所有人物的行为无不是出自拜金主义。小说的高潮(或反高潮)是天赐虽已看透了社会虚假的本质，居然还是选择加入，而且如狡猾的叙述者所承诺，他将来是会功成名就的。

与老舍以前的小说相比，《牛天赐传》的叙述鲜活流利，极少为他对现实的迫切关怀所干扰。正因如此，我们认为叙述者对牛天赐的各种努力写来更具嘲弄感。在小说结束时，他的语气暧昧到了我们不知该为牛天赐的堕落哀叹好，还是为他的“启蒙”欢喜好。既深沉又轻佻，既肯定又否定，老舍的闹剧暧昧感在这部小说中表现得最为淋漓尽致。另一方面，由于他有心借天赐混乱的经验揭露资本主义下中产阶级的弊病，我们也可察觉小说喜剧外表下实酝酿着强烈嘲讽和悲观。无怪老舍放下喜剧策略后，顺理成章地写成像《骆驼祥子》之类的作品。

二

与二十世纪七十年代支配台湾小说的所谓“露骨”写实主义(hard—core realism)潮流相反，一九八〇年以来我们看见一种新的喜剧/闹剧小说趋势，崭露头角[17]。走这条路线的作家不但提供一连串滑稽人物列传，而且从政治不安到女权运动等热门话题都成了笑谑的对象。他们用冒渎的笑声来“刺痒”或戏弄检查制度，也因此在表面的轻浮下颇富别有用心的暗示。由于本文长度有限，笔者只准备介绍四部作品，即王文兴(1939—)的《背海的人》(1981)，王祯和(1940—)的《玫瑰玫瑰我爱你》(1984)，黄凡(1950—)的《反对者》(1984)，以及李乔(1934—)的《恐男症》(1983)。这四位作家早以其他作品闻名，他们何以不安享盛名而要写作“猥亵”或“暧昧”的小说，其动机本身就已颇足注意。以下的研究并无意强在老舍与这些作家间附会影响/接受的直接关系。不过将他们的作品并列后，我们的确看到一些重复的母题和似曾相识的人物，也因此不妨考虑到他们或许共有的传承。不用说，这样的比较也显示自老舍时代以来，这些台湾作家迈进了多远，以及他们所热衷的问题有何不同。我的讨论将从三方面进行。

首先，这四位作家每位都唤起远比老舍更有条理、更“壮观”的闹剧幻想。这或可显示他们更明白所有小说形式均以想象为基础，也因而更乐意依从如闹剧般“不写实”的美学形式标准。此外，他们显然受过现代西方小说的影响，亦能更细致地调和中西小说的风格。四位作家中，以王祯和最易与老舍联想，因为二人都是谑仿(parody)说书(说故事)传统的大师，也都喜欢嘲笑民间小人物在文化/经济剧变时代进退失据的窘状。王的《玫瑰玫瑰我爱你》在这方面是个佳例。小说描写二十世纪六十年代末期，花莲卖春业因越战美军来台度假而生的兴旺景象。严格地说,这不见得是好笑的题材。事实上,另一位小说家黄春明就曾以类似的材料为本,写了一部苦涩的《小寡妇》(1975)。然而在王祯和的世界里,我们首次目睹一个完整的中国版嘉年华式喜剧。皮条客、妓女、小政客及投机分子把全市搅得天翻地覆,展示了一大串极尽荒谬之能事的景象。以"爱国"和推动台湾经济为名,这群小丑竭尽全力来欢迎外国买主。他们钩心斗角,为彼此、为周遭社会都带来莫须有的喜剧性暴力冲突。他们的行为生就能引起我们讥嘲的笑声,而我们自己也常是间接的笑柄。为了改进服务品质,他们安排吧女进英语补习班,在教堂开课,而且由国学毕业的老师任教。他们还以"装备"分等级。为了最高"荣誉",吧女间竞争之激烈真可媲美一年一度的大专联考。在王祯和的世界里,为了满足肉欲的欢愉,一切礼仪架式都崩溃了。荒唐欢闹的性活动似乎足以缓和战争的痛苦、开发中地区的自卑感以及任何真实生命的不愉快。

王祯和用来说故事的语言是台湾俚语、官话陈腔滥调,洋泾浜英文和杂碎日文的混合。这一点延续了嘉年华式逆转堕落的气氛。尤其是宣传口号和宗教经典都被随意引述,甚而被不怀好意地曲解成粗鄙、色情的意思。所有这些修辞上的混乱造成一个百音嘈杂的(cacophony)陈述,不但嘲弄了台湾文化杂乱的本质,也加强了小说本身反抗"正统"小说所依恃之"单音"(monophonic)系统的力量。不过,王祯和从来不让潜在的社会/政治批评意图盖过他小说中喧闹的节庆气氛。正与老舍最滑稽的时刻相互辉映,他能巧妙地将最尖刻的笑话植入最敏感的话题中。读者绝不会忘记那场演变为(男)候选人脱衣大赛的选举政见会,也忘不了皮条客的讨论会如何认真研究吧女的身量、技术甚至月经期。如叙述者所说,要是越战持续到七十年代末期的话,那些吧女可就有机会唱着像"梅花""龙的传人"这样的流行歌曲,在花莲港欢迎客人了。

王祯和的世界充斥着黄色笑话、闹剧伎俩和粗鄙化卡通人物,而黄凡却在小说中经营了一种承自卡夫卡传统的黑色幽默（black humor)。他的《反对者》本意是一部政治小说，记述一位大学教授罗秋南如何卷入一桩校园绯闻，而且最后发展成政治迫害的故事。和王祯和的小说不同，《反对者》很容易引生出两种相矛盾的阅读法。对“严肃”的读者而言，它是个失败的作品，因为它的意识基础太模糊、题外话充斥、二流角色也太多。但是以黄凡自己的话来判断，“政治、经济、是非恩怨、真理、谎言、个人的意志、时代的梦想、永恒的叹息，一切都搅成一团，像天堂花园里的一块泥巴”[18]，我们大可以猜想黄凡其实未必想写一本“有意义”的书，而是要写一本听起来“好像”意义深远的书。当所有夸大的角色和严肃的事件都暴露出只是笑话一场的可能时，我们得见黄凡颠覆性的喜剧策略在运作。

《反对者》的中心问题是这名教授是不是真的强暴了他的学生。稍具比较小说训练的人应会认出，这一安排在其他国家小说中并不乏先例。如福斯特(Forster)的《印度之行》(*A Passage to India*)，就以一件未曾得到法律澄清的罪案作为一瞥错综人际关系的入口。但是黄凡显然不是为此而写下这本小说。他的角色并没有探讨人际关系与感情的精微细致处。恰恰相反，黄凡刻意暴露他的角色不过是群机器人，或是被空洞的野心所驱使的笑剧傀儡。他们自行驱动了迫害与冤狱的机器，却无力再阻止其无情的推进。据此而论，这桩扑朔迷离的强暴事件不过是推动一连串勒索与阴谋的小齿轮罢了。

随着情节发展，我们很惊异(也很好笑)地发现，所有的角色都多多少少和一个始终不曾被揭发的神秘阴谋沾上了边，在这一点上，这本书读来倒像是写坏了的阿加莎·克里斯蒂(Agatha Christie)式侦探小说，天南地北的线索和牵强附会的细节全搅合在一处，尤引起一种荒谬儿戏的感觉。另一方面，黄凡并不以嘲笑政治网络的混乱本质为满足。他更进一步夸张一些党内和党外政客都罹患的妄想病。他们杯弓蛇影，却又唯恐天下不乱。黄凡暗示他们才是比作者更好的说故事者，从捏造事实到相互诬陷，无所不为。

颇为有趣的是，这本小说的整体效果使我们想起了老舍的《牛天赐传》。两位作家都在形形色色事件的流变之后，看见了以金钱或权势支配个人意志的可怕势力。把政治理想的面具撕掉，就发现了污秽的交易从未稍息。尤足注意的是，两部小说都介绍了一位软弱可亲的主角，他虽然行止有失，却获得我们的同情。但是如果我们赞许牛天赐与社会同流合污或是罗秋南的轻易脱罪，我们的道德观念实已摇摇欲坠。因为这两个"快乐的结局"都不是传统定义的善恶有报(poetic justice)。他们的胜利只不过说明，他们已经选择顺从那股推动政经运作的恶势力罢了。

不像"反对者"揭露我们社会中荒唐却也可怕的政治冲突，王文兴的《背海的人》集中描写单一角色退至孤立环境后的心路历程。全书记录一个主角一夜的内心独白(interior monologue)，堪称当代中国小说中最富雄心的尝试之一。王文兴不但要重设一个人的内在活动，而且要赋予象征的深度。就体例内容言，与它旗鼓相当的西方小说是像乔伊斯的《尤利西斯》(*Ulysses*)那样的作品。但是王文兴似乎更沉浸于"自我解构"(self-deconstructive)的乐趣中。他不断谑仿及戏弄(undercut)自己小说所源出的传统和典范，较乔伊斯有过之而无不及。譬如他的英雄(或反英雄)，就是一个西方自浪漫到存在主义文学英雄雏型的讽刺模仿组合。

这本小说可大略分为三部分。第一部分开头就是一串三十一种各地方言的脏话，令有教养的读者难以招架。这部分读来也像是我们的无名英雄——爷，在故意炫耀乖张的知识和社会批评。虽然爷一事无成，但是一旦独处，他就滔滔不绝地大放厥词，对凡事都要妄加论断。他的话题包括哲学、神学、文学、政治、数学、风水、算命、性、色情等等，一切都混淆一起，纠缠不清——他最激进的言论中有一项是把文学批评和性交做一番比较。虽然全书都有强烈的反智气氛，我们仍应考虑此书是一名知识分子反讽式的自嘲：整体而言，它提供了一嘲弄式百科全书(mock encyclopedia)视景。为了与他知识论式的耍宝相互照映，王文兴经营了一种极晦涩婉转的风格，很容易让不经心的读者看得一头雾水。他的革新包括文字书写符号的扭曲、标点符号误用、奇特的双关语、新造词汇和不合文法的句法等等,琳琅满目。无疑的,所有的文字语法设计无非要让读者重新认识语言的魅力或阻力,从而了解王文兴与众不同的世界观。

小说的中段介绍一个几乎被全世界遗忘的神秘政府机构——"近整处"。以所有标准来看,这一段都应被视作现代中国小说中最富想象力的官僚生活群像之一,同时也必然使我们联想到老舍《离婚》中类似的描写。在这里我们见到一打以上的古怪男女人物在一个仿怪诞小说(mock Gothic)的环境里工作。他们唯一的任务就是编辑一部机构创办史。但是他们怕一旦完成,这个机构就要被裁撤,就一直故意拖延。因此在上班时间他们多在闲扯、吃东西、争闹,当然还有做白日梦。在我对他的访谈中(1985 年 11 月 20 日),王文兴明说如果不是顾忌出版检查,他会把这个机构写成军中的一个部门。虽然有这个现实的参照,我们仍然要说他承袭了卡夫卡的《城堡》(*The Castle*)和果戈理(Gogol)的短篇小说中的那种阴森鬼趣,使他能赋予官僚的无聊与不合理现象以黑色的幽默。在一个片段中,一个苦脸小丑式的丑角详述有一次他必须在半夜去埋葬他刚死的婴儿。他一路爬到一个郊区山坡的墓场后,讶异地看到竟有上千的人在坟堆中高兴地唱歌跳舞——原来是中秋节晚会!

小说最激烈也最易引起争议的一部分在最后四十页。我们的主角在此描述他四次妓馆"历险记"。这四次经验各自代表一般性的、虐人—自虐的、滥情式的及闹剧式的遭遇。这四回合的性经验也表现了四个不同层次的男性寻欢幻想。王文兴以其惊人的想象力来细写每一个小节,更"发明"一些要令一般人的想象也为之愕然的场面。他不但不略过身体器官的种种,反而故作正经地细细探究之,把闹剧这种文体推至极致:列举事前调情的阶段,甚至将性交时的声音与姿势做即席演出。结合冷笑的机智与逾矩的细节、嘲仿色情(mock-erotic)的举动与喜剧暴力,"王"版的春宫似乎是同时礼敬和戏仿风月文学(ars erotica)的悠远传统。它也是闹剧用以攻击写实主义自诩完整重现人生的利器。

然而,虽说王文兴的各个色情细节多有可信,整体来看,却令人觉得匪夷所思。我们的英雄在一个虐待狂妓女手中备受折磨的一节读来活像特技表演。王文兴采用现场运动实况报导的口气和节奏来描写下流的动作,在在令读者瞠目结舌。另外爷和另一名妓女的短暂情史则把浪漫俗套夸张化,尤其在揶揄陀斯妥耶夫斯基的传统上——圣女型的妓女"救赎"一位撒旦型的知识分子英雄——王文兴别有心得。由于我们知道王文兴笔下世界其实并不"写实",我们反能见怪不怪地对惊险与嫌恶的情境付之一笑,或是放心地"欣赏"那些故意错置的滥情场面。

小说的高潮是我们的英雄和一名"快乐"的妓女之间的一夕狂欢。这位妓女也是现代中国小说中难得一见的女性捣蛋鬼(trickster)。尽管"职业性倦怠"可能减低她的热情,她却能"推陈出新",带给我们这位愤世嫉俗的英雄重重惊奇。她吊弄他的胃口,发明种种莫名其妙的游戏,收放之间,使一个原可预测的老套寻欢场合成为目不暇接的巴洛克式(baroque)蠢事大会串。她有一种不寻常的天赋,能在生命中最平凡琐碎的时刻找到可以一笑的事。正和陀斯妥耶夫斯基的女英雄相反,她不用泪而用笑来救赎生命中的苦难与不快。难怪王文兴自己要说:"她是个圣人。"[19]

李乔的《恐男症》只是短篇小说。但它具有一种独特闹剧幻想,其粗鄙性与敏感性十分引人注意。它讲的是一个婚后被迫辞职的女子如何陷于一种对男性性器的恐惧症中,丑态百出。不论她到哪里,阴茎的幻觉总是如鬼魅缠身。在表面的层次上,这个故事是攻击仍存于台湾许多私人机构中的不公平雇佣制度。但是由于李乔将社会中所有独断势力具体化为一个阴茎象征,俨然使他的故事成为女性主义抗议男性压迫的新典故。的确,在男性中心的社会中,恐男症是所有女人都难免的精神症候。然而,李乔一定感受到了在这个题材之下的暧昧意义。他的女英雄并不是烈士,而是丑角。她尴尬地夹处于恐惧与欲望、焦虑与幻想、恐惧症与妄想狂之间，一言一行，莫不让读者（男性？）眼界大开。

矛盾的心理反应和冲突造成这个故事的嬉闹效果。故事一开始，我们就被领入一个充斥弗洛伊德陈腔滥调的世界。李乔在最不可能引起色情联想之处，油滑地大开生理器官玩笑。凡是经这位女米达斯（Midas）看到或碰触的东西都变成阴茎。最后的大难是这位女主角在幻觉中坠入深谷，谷中有上千兴奋的阴茎蓄势攻击她。在惊恐中，她先逃入一座庙宇再躲入一间教堂，却发现佛像和耶稣像都对着她自曝所长！

像王祯和与王文兴的小说一样，李乔用亵神（sacrilege）和冒渎（profanity）两种武器来破坏社会正经八百的成规。不过证诸他在《恐男症》之前和之后的作品，我们有理由推测，李乔可能不只是想写一个有关性与女性主义的闹剧，还想借此进一步暗示一个政治寓言。毕竟在女性主义号称重新估量女性经验的大纛下，其本身仍有强烈的意识形态基础。因此《恐男症》一方面可视为男性社会压迫女性的证据，同时也象征久已困扰一般反对者、异端和挫败者的紧张情势。李乔是“乡土文学”的资深作家，但近年似乎已发展出一种更为反讽的风格，使他得以在传达他的社会/政治批评之余，兼有自嘲的余韵。经由《恐男症》，他也指出在闹剧的笑声中，发生什么事都有可能，宗教、政治、性全都融合于阵阵激进的大笑中。

笔者研究的第二方面，关系到这四位作家所构思的不同丑角观念。如前所述，闹剧的世界是被愚人、丑角、伪君子、捣蛋鬼等一类人所支配的。由理性的角度来看，这些人恰如吴趼人在《二十年目睹之怪现状》中描写古怪的恶人时所称，是群“魑魅魍魉”。但不可否认的是，他们正是使我们发出逾矩、暧昧笑声的原动力。

《玫瑰玫瑰我爱你》的主角董斯文（字义是“懂得斯文”），应当被视作现代中国小说中最好的捣蛋鬼之一。好色、好吃而且总是放屁，董斯文正如拉伯雷(Rabelais)笔下的潘饿饥(Panurge),是王祯和嘉年华会式世界中的混世魔王。虽然拥有台大外文系的学位,董斯文却愿意献身于提升花莲吧女的“国际沟通的能力”的事业。对熟悉老舍喜剧小说的人而言,董斯文和《老张的哲学》中的老张是惊人的相似。两个人都是无耻的投机者,不放过任何敛财的机会;也都是多才多艺的煽动者,能将所支配的情况转化成一个又一个胡天胡地的烂摊子。和老舍一样,王祯和完全了解像董斯文这般的小丑会给一个正常社会带来什么危险,但是对他又心怀一种暧昧的好感,当真不愿见他落败。董斯文的恶行反因此构成他一种特殊的魅力,而我们也很高兴看到他异想天开的妙招一一实现。此外,与老张相比,董斯文被赋予更多特异怪癖,因此更易被认为是个活生生的角儿(character),而不只是个定型的样板(stereotype)。董斯文是个“感性”的艺术家,曾经以一篇回忆二十年前台湾旧式厕所挑粪的散文获得文艺大奖。他还是个卫生学家,不但不肯和“学员”上床,也严守他自渎的时间表。在现代中国小说中,我们再难找到像董斯文这样的丑角,单枪匹马地带来如此庞杂的性及粪便(scatological)视象。

另一方面,“反对者”的主角罗秋南是个受害者或代罪羔羊式的丑角。虽然身任著名大学的教授,罗秋南在现实中却是个失败者,一无可取之处。如某些评者指出,罗秋南像索尔·贝娄(Saul Bellow)的何索(Herzog),二者都是挫败的知识分子,浮沉于庸俗的社会中。不过笔者还要提出,罗秋南也有《二马》中的马威和《离婚》中的老李的特征。他们生性耽于浪漫不切实际的梦想,这正是他们痛苦和脆弱的根源。他们的喜剧弱点(comic flaw)在于装模作样,却又无力长保高人一等的表面优势。也因此当他们从体面清高的宝座上跌下来时,就显得加倍可笑。以罗秋南的情形来说,因为他当时醉得太厉害,甚至记不起到底强暴了他的学生没有。既自矜又怯懦,既轻浮又迂腐,他一开始就注定要被敌人耍弄。

在《背海的人》中,王文兴创造了一个没名没姓的英雄——爷。他比董斯文或罗秋南都复杂得多，他既是小丑式的受害人又是喜剧式的攻击者。由他在独白中透露的线索看来，我们可以暂时推测他是个退伍军人，因恐诈赌被逮而逃离台北。小说的背景——一个贫瘠的渔村——恰如其分地衬托爷的处境，反映出他自外于社会或反社会的本性。不过爷并非只是如上描写的一个单面人物。至少他完全了解自己是个笑柄，由此他居然得到自虐的快乐。此外，爷还是位“思想家”，他对每件事质疑，而且试着对他感兴趣的题材提出有系统的理论。爷的性格塑造易使人联想起西方文学的反英雄，如陀斯妥耶夫斯基的地下室人、尼采的超人或贝克特的流浪者。但是王文兴早有先见之明，他让爷嘲笑地宣称他早已“预见”这些简单的比较。当爷的狂言愈说愈多，我们不再能确定他究竟是个装疯卖傻的知识分子还是个妄想狂，是存在主义英雄还是精神病患者，是可怜人还是大流氓。爷有不断改变的心绪和身份，他是个中国作家创造出来的后现代“你我他”(post-modern Everyman)。

王文兴的爷已十足表现的精神病倾向在李乔的女英雄身上更清楚了。奇怪的是，虽然她几乎濒临精神崩溃，她的歇斯底里和焦虑症倒使我们大乐而非受惊。这个喜剧性矛盾来自李乔对故事语调的着意调节。作为一个角色，他的女主角是位古典喜剧的受害人，无助地陷于令她困窘的恐惧症中；作为一个叙述者，她是一名心怀鬼胎的恶作剧者，刻意折磨着心甘情愿的听众。我们可以推测书中的女英雄可能感觉到她的病情不轻，却未必能表达得如此痛快露骨，而另一方面叙述者却大显身手，传达出远超过主角所能言传的激进喜感。一旦了解了叙述声音与观点的差距，我们的读者就更易“欣赏”这个闹剧灾难，终究它不会真的造成损害的。

《恐男症》以分裂的叙述风格或分裂人格来探究心理和意识形态的冲突，尤其令人想起鲁迅的短篇小说《狂人日记》。两位作家都用精神病例指出一个不讲理的社会如何使讲理的人变成狂人(或女狂人)。鲁迅的狂人看透了传统礼教有仁义道德之名而行“吃人”之实，而李乔的女狂人则为男性中心主义的阴茎幻觉纠缠得动弹不得,其联想范围且由男性权威扩至一党政治。不像那位男狂人以日记的形式暗中传达他的焦虑和义愤,这位活在后弗洛伊德时代的女狂人,必须向一位性别不明的精神病医生"自白"她的秘密——这是否意味着,即使假想敌环伺四周,鲁迅的狂人仍旧保有最后一块秘密的天地,得以尽兴一抒个人主义的、浪漫的呻吟?鲁迅的故事无疑引起读者的反讽与义愤感。而李乔却在唤起我们其他反应前,先让我们哑然失笑。我们不难了解鲁迅的意图,但是要了解李乔和他的恐男症女士的脑中乾坤,可就更富挑战性了。

本文讨论的第三方面将试图对这四部作品中的美学与政治动机做简短的观察。毋庸置疑,这四位作家都在某方面传达了社会/政治批评,也因此可以看作是讽刺文学(satire)。譬如,王祯和攻击文化俗滥主义(vandalism)和道德败坏;黄凡讽刺政党间千头万绪的政治冲突;王文兴取笑知识分子的非非之想和官僚体系的腐化;李乔探究性/政治垄断造成的社会不合理现象。但是如果我们仅援用以往标准定义,称这四部作品为讽刺文学,甚或认为它们是对社会/政治弊端做矫正或说教的攻击,则我们将很难处理那些看来纯属取乐的激进喧嚣和闹剧幻想。任何读者和批评家,如果只把"模拟"写实标准施用于以闹剧写成的文学上,而不琢磨此一特殊文类的内涵,是注定无法欣赏这种文学的。糅合虚构(fiction)与真实,这些作家使巴赫金所谓"众声喧哗"(heteroglossia)的想象更具活力,在其中"模拟"与"讽刺"不过是一个不断改变的声音组合中的部分而已[20]。

闹剧的陈述暂时中止现存的阶级秩序,也逆转寻常伦理政治规范,因此赋予"秩序"与"正义"一似是而非的新定义。如吾人所见,董斯文和他的狐群狗党成了王祯和小说中的"英雄";黄凡的主角顺从政治/道德运作的末流;王文兴的爷以和快乐的妓女狂欢取乐为高潮;李乔以无数的阴茎"压服"了他患恐男症的女子。然而,当闹剧嘲弄、瓦解僵硬权威时——包括世俗的官僚制度、社会和学术上的迂腐与伪善、行为举止的故作正经等,倒不意味是和社会/政治势力直接冲突,而是以笑声造成"想象"的胜利。如若误解了这种闹剧的"秩序"与"正义"以及其模棱暧昧的挑逗感,那就是误解了这种文学所预设的规范。部分学者把原意是借幻想力颠倒世界的戏谑,谴责为下流和不道德,正可做如是观。如巴赫金所说,闹剧的笑是"指向全世界、指向历史、指向所有的社会、指向意识形态……它使全世界陶醉在欢乐喜庆的气氛中,于嬉戏和笑声中使世界'灵光再现'"[21]。

征诸闹剧对礼法有系统的嘲笑,我们发现这四部作品皆涉及有关性的玩笑、动作和情节,也许不再只是巧合。王祯和整部小说是以性的"交易"为本;黄凡的《反对者》围绕着绯闻案件发展;王文兴以爷的四次性经历作为小说的高潮;而李乔的故事好似一个加料的黄色笑话。很明显的,"性"被这四位作家用作一种简洁有力的方式,一则泄露我们对礼法的自矜,一则逗弄我们共有的本能欲望,进而使每个人在困窘之余却又发出尴尬乃至开怀的大笑。不仅此也,偷情、变态等话题都被视作揭露控制我们生活的各种文化/道德约束的指标。

以上的讨论也使我们了解到,由闹剧引起的暧昧欢笑和困窘,其实正暗示着我们对限制闹剧蔓延的共识。由这四部小说我们了解,欣赏闹剧时我们必须维持某种距离。这一感情或认知的距离不但使我们的笑声成为可能,也是我们接受潜存闹剧表面下人文意义的必要途径。比如在王祯和的小说里,我们看见作者刻意在现在与过去的时间地点上加以对立;在李乔和王文兴的作品中,我们看见英雄(女英雄)在作为叙述者和作为角色之间相互制衡的张力。在闹剧的插科打诨之外,我们体会到暴力和粗鄙不足取之处,同时也透过闹剧笑声体会甚至在现实生活中都不能得到的正常情理。考虑到这种可能的闹剧"净化"(catharsis)作用,我们甚至可以大胆地说,这些作家是以一种极不同寻常的方式来表现他们人道主义的呼声。

王祯和曾说："也许我看的伤心事太多了，总希望：只要可能，让人间多一点笑声。"[22]王祯和并非唯一这么做的人。半世纪以前老舍也说过："'幽默'中是有同情的。我恨坏人，可是坏人也有好处；我爱好人，而好人也有缺点……我只知道一半恨一半笑的去看世界。"[23]在看了太多"涕泪飘零"的现代中国小说之余，能读到令我们发笑的作品，确使人精神一振。但是老舍和王祯和引起的笑绝不是件简单的事，它深蕴各种可能的刺激与动机。准此，本文差可作为一初步的研究。但若求为闹剧奠定更有条理的理论架构，还有待继续努力。本文部分立论取自当前存在的理论，也是权宜之计。借着讨论老舍喜剧小说与台湾这四位作家最近成就的关联，笔者希望提供一个研究现代中国小说较新的观点。至于暂时的结论(或建议)，则可分述如下。

首先，"涕泪飘零" 不应被视作现代中国小说唯一专利的情绪或风格。一般作者不但有义务寻求更广的题材范畴和小说风格。读者和批评家也应探查更多阅读作品的可能性。正如李欧梵教授在最近一篇文章中指出的，和东欧、拉丁美洲文学相比，大部分的现代中国小说在文学想象的运用上真是太保守了[24]。因此，幽默和笑声或能作为影响我们阅读和写作现代中国小说的可行选择。

其次，笑，尤其是闹剧的笑，需要读者对其美学传统与距离做更灵活的运用。它也可作为一种有效的方法，打破大多数作者与读者独尊写实主义"重现"人生的迷思。以表现生命真相为名，写实/现实主义深植中国作家心中，流行将近半世纪以上。和写实/现实主义标榜的"模拟"信条相反，闹剧以其欢闹和激越，再次揭露了艺术就是艺术，而不全是现实的复制品。闹剧生存于幻想之中，如果我们以严格的"模拟"观和道学的眼光来看，闹剧的笑声就要声销迹匿了。

第三，喜剧/闹剧的观点使我们得以用新的眼光重估现代文学史的内容。除了老舍早期小说之外，我们还可以重新检视张天翼和钱锺书等作家的作品。此外，晚清谴责小说更可视为一丰富的宝藏，提供这些作家的喜剧/闹剧灵感。

最后,自文类特色而言,喜剧/闹剧小说总是不断揶揄挑逗读者的立场以及政府的检查尺度。它在本质上就是易起争论的一种"冒险"的文学形式。半个世纪前,当老舍放弃狂笑而支持涕泪,他其实是选了比较"怯懦"的方法来面对社会/政治问题。激烈的笑不仅是攻击,还要达成一种幻想中的胜利和幻想本身的胜利;而我们大可说这四位台湾作家是由当年老舍和他的同类作家罢手之处再出发。当"伤痕文学"——一种专事"涕泪飘零"效果的写实主义运动——在两岸消退之际,台湾的读者和作者正在"学着"跟前文讨论的喜剧/闹剧作品一起笑。这一对比是政府对创作自由的不同政策所造成的吗?这只是显示文学心理的分歧吗?台湾的读者对这种笑声能接受多少?我们能在当代大陆小说中探出一点"窃笑"或"狂笑"吗?当以后文学史家思索在二十世纪八十年代初期,海峡两岸政治与现代中国文学间错综的关系时,这些都将是有趣的论题。

注　释

[1] 刘绍铭:《涕泪飘零的现代中国文学》,见《涕泪飘零的现代中国文学》,台北:远景,1980 年,第 1—8 页。

[2] 对老舍小说概观的批评,见夏志清,*A History of Modern Chinese Fititon* (New Haven: Yale U.P.,1961),pp. 165—188; Cyril Birch,"Lao Shě,The Humorist in His Humor," *The China Quarterly*(1961),pp.45—59; Zbigniew Slupske,"The Work of Lao Shě

During the First Phase of His Career," in J. Průšek(ed.), *Studies in Modern Chinese Literature* (Akademie-Verlag Berlin, 1964), pp.77—95; Raubir Vohra, *Lao Shě and the Chinese Revolution*(Cambridge: Harvard U.P., 1974); 胡金铨:《老舍和他的作品》, 香港: 文化生活, 1977 年; 孟庆来:《三十年代老舍思想发展浅谈》, 见《中国现代文学研究》, 三(1982), 第 28—46 页; 及黄循洛:《试论老舍的幽默》, 见《中国现代文学研究》, 三(1983), 第 172—184 页。

[3] 譬如, 夏志清, 第 166 页; 并见老舍描述自己对狄更斯和其他英国小说家的兴趣, 老舍:《老牛破车》, 1937 年, 香港翻版, 宇宙, 1961 年。

[4] Jaroslav Průšek, "Basic Problem of the History of Modern Chinese Fiction," in Leo Lee(ed.), *The Lyrical and the Epic* (Bloomington: Indiana U.P., 1980), p.222.

[5] 老舍:《老牛破车》。

[6] 老舍:《老张的哲学》, 香港: 汇通书局, 1976 年, 第 4 页。

[7] 笑剧作为一种文学形式更完整的定义及其与喜剧和幽默的关系, 见 Eric Bentley, "*Farce*," in Robert W. Corrigan (ed.), *Comedy: Meaning and Form* (San Francisco: Chandler, 1965), p.295; Morton Gurewitch, *Comedy: The Irrational Vision*(Ithaca: Cornell U.P., 1976), p.9; Edith Kern, *The Absolute Comic* (N. Y.: Columbia U.P., 1980); Mikhail Bakhtin, *Rabelais and His World*, trans. Helene Iswolsky (Cambridge: MIT P., 1968); William Willeford, *The Fool and His Scepter: A Study in Clowns and Jesters and Their Audience* (Evangton: Northwestern U.P., 1969); C. G. Jung, "On the Psychology of the Trickster-Figure," *Four Archetypes*, trans. R. F. C. Hull (Princeton: Princeton U.P., 1969), pp.133—152。亦见 Charles Baudelaire, "On the Essence of Langhter," trans. Jonathan Mayne, in Corrigan, p.453; Henri Bergson, "Laughter,"in Wylie Sypher (ed.), *Comedy* (Garden Party: Doubleday, 1956); Sigmund Freud, "Humour," in *The Standard Edition of the Complete Psychological Works of Sigmund Freud*, Vol. 21, ed. & trans. James Strachey(London: Hogarth, 1927), pp.159—166。

[8] Northrop Frye, *Anatomy of Criticism* (Princeton: Princeton U.P., ress 1957), p.309.

[9] Milena Doleželová-Velingerová, *The Chinese Novel at the Turn of the Century* (Toronto: U. of Toronto P., 1980), p.53.

[10] 夏志清, 第 170 页。

[11] 同上,第 171—172 页。

[12] 我是引用 Frye 对 alazon 的定义:"小说中欺人或自欺的角色,通常是喜剧或讽刺文中的笑柄,但常是悲剧中的英雄。在喜剧中,他最常以吹牛战士(miles gloriosus)或迂儒的形象出现。"见 *Anatomy of Criticism*,p.365。

[13] Birch,p. 52.

[14] 老舍:《离婚》,香港:南国,出版期缺,第 160 页。

[15] 夏志清,第 180 页。

[16] 老舍:《牛天赐传》,香港:南国,出版期缺,第 285 页。

[17] "露骨写实主义"之定义见夏志清,"Closing Remarks," in Jeannette L. Faurot (ed.), *Chinese Fiction from Taiwan: Critical Perspectives* (Bloomington: Indiana U.P., 1980), p.240。

[18] 黄凡:《反对者》,台北:自立,1984 年,封面引文。

[19] 引自我与王文兴的晤谈,1985 年 11 月 20 日。

[20] Bakhtin, *Rabelais and His World*, p.84.

[21] Bakhtin, "Discourse in the Novel," *The Dialogic Imagination*, trans. Emerson & Michael Holquist, ed. Michael Holquist(Austin: U. of Texas P., 1981), p.263.

[22] 王祯和:《玫瑰玫瑰我爱你》附录,台北:远景,1984 年,第 269 页。

[23] 老舍:《老牛破车》,第 48 页。

[24] 李欧梵:《世界文学的两个见证》,《联合文学》第 5 卷第 3 期,1985 年,第 8—17 页。

女作家的现代"鬼"话

从张爱玲到苏伟贞

熟悉张爱玲的众家读者们，不会忘记《金锁记》后半部的高潮：留学生童世舫追求"骨董"美人姜长安，眼看好事将成，长安的母亲曹七巧却棒打鸳鸯，拆散姻缘。以后童世舫应邀访问女家，由长安的哥哥长白招待作陪。酒过三巡，长白见鬼似的陡然站起，"世舫回过头去，只见门口背着光立着一个小身材的老太太，脸看不清楚，穿一件青灰团龙宫织缎袍，双手捧着大红热水袋，身边夹峙着两个高大女仆。门外日色昏黄，楼梯上铺着湖绿花格子漆布地衣，一级一级上去，通入没有光的所在。"

这段文字，脍炙人口。我们读者的反应，怕是和那位童世舫先生一样："无缘无故的""只是毛骨悚然"。曹七巧的现身，活似僵尸转世，厉鬼还阳。在那场阴森的邀宴中，七巧亲手了断了女儿与世界接触的最后生机，追得她绝望之余，也"一级一级，走进没有光的所在"。由怨女而成怨"鬼"，张爱玲写尽了一名传统枷锁下的女子，如何挣扎、堕落的恐怖过程，而在风格上，她也精心炮制了一则现代鬼话。陵墓般的巨宅，状若吸血鬼的主人，被幽禁的红颜，不知就里的书生，欲盖弥彰的家庭秘密等情节，无一不备，端的是阴风惨惨、煞气重重。《金锁记》的后半部既嘲弄了书生夜遇艳鬼的《聊斋》传统,也夸张了西方古堡式传奇(Gothic romance)的公式,成为新文学中难得一见的鬼屋怪谭。

《金锁记》的鬼趣,早经已故"张学"专家唐文标先生指出[1]。而张爱玲"搞鬼"的才具,在处女作《沉香屑:第一炉香》中可见一斑。我们都还记得葛薇龙初访她姑妈的家,但见"那黄地红边的窗棂,绿玻璃窗里映着海色。那巍巍的白房子,盖着绿色的琉璃瓦,很有点像古代皇陵"。张于此显然意犹未尽,更让薇龙自己觉得是《聊斋志异》中的书生,"上山去探亲出来之后,转眼间那贵家宅第已经化成一座大坟山。"《第一炉香》写的是一个少女以青春为注,在战前香港纸醉金迷的社交圈里,猎取火山孝子的经过。整个故事即以那座"皇陵"也似的华厦为背景,以薇龙和她那"小型慈禧太后"般的姑妈为主角;两人"挽住了时代的巨轮",在自己的天地中,"留住了清末年的淫逸空气"。这股邪媚之气,日后显然颠倒了白先勇,让他写出了像"永远的尹雪艳"之类的人物。而唐文标则指明《第一炉香》根本是篇鬼话,"说一个少女,如何走进'鬼屋'里,被吸血鬼迷上了,做了新鬼。'鬼'只和'鬼'交往,因为这世界既丰富又自足的,不能和外界正常人能通有无的"[2]。

张爱玲的作品,基本映照了一个阴阳不分、鬼影幢幢的境界。她的人物不论是遗老遗少,或是浪子佳人,个个飘荡在凄暗荒凉的宿命轨道上。她(他)们气体虚浮,"像酒精缸里泡着的孩尸"(《花凋》),或像"绣在屏风上的鸟","年深日久了,羽毛暗了,霉了给虫蛀了,死也还死在屏风上"(《茉莉香片》)。这些人恓恓惶惶,在急管繁弦的人世动乱里,只能从鸦片烟榻上,从回忆中,从爱情游戏里,还有种种"小奸小坏"间,找寻"自己的影子""苍白、渺小""自私与空虚"(《流言——烬余录》)。张爱玲凸透镜式的笔锋一转,我们又见这些角色"硕大无朋的自身和这腐烂而美丽的世界,两个尸首背对着背拴在一起,你堕着我,我堕着你,往下沉"(《花凋》)。生命至多只是一个"美丽的,苍凉的手势"(《金锁记》),抓不着也留不下任何有血有肉的行迹。而从张空洞又微带错愕的眼神望去,整个的中国又何尝不是陷于黑暗枯寂的深渊？《中国的日夜》中那首小诗，适足以总结张的视景：“谯楼鼓初定天下；/安民心，/嘈嘈的烦冤的人声下沉。/沉到底。……/中国，到底。”是的，谯楼鼓响，阴风乍起，一晌喧扰的海上繁华褪尽，正是张爱玲鬼故事开场的时分。

张爱玲的小说以写实为基础，避谈怪力乱神，却自能召唤出一颓废荒凉的恐怖世界，不能不算是三四十年代文学的异数。较她稍早的作家中，只有鲁迅部分作品，如《社戏》《女吊》或《从百草园到三味书屋》等，曾费心经营了鬼气森森的想象。已故夏济安教授在《黑暗的闸门》中曾就此加以讨论，肯定其为鲁氏风格的重要因素[3]。另外，吴组缃的短篇《菉竹山房》则以类似《聊斋志异》的背景，讲了则怨妇被疑为女鬼的故事。还有王鲁彦《菊英的出嫁》写冥婚的种种，也算是沾染了些鬼气。与这些男作家相较，张爱玲的世界不事分殊人鬼的异同，而她更无意跳出圈外，以“阳间”(？)的眼光来评价笔下角色的行止。如果鲁迅作品的力量，来自他要冲出“黑暗闸门”的绝望尝试，张爱玲恰是反其道而行，施施然回到历史阴暗的角落，记忆尘封的深处，建立她“真实而安稳”(胡兰成语)的人生观照。正如她的夫子自道：“为了证实自己的存在，古老的记忆比未来的瞭望更明晰、亲切。”她对“周围的现实发生一种奇异的感觉，疑心这是个荒唐的，古代的世界，阴暗而明亮的”(《流言：自己的文章》)。从文学史的角度看，这一亦古亦今、幽明并存的世界是有承自《聊斋志异》之处。但张爱玲处理乱世男女浮沉征逐的悲喜剧，其世故狎俗的市井风情，实更近于话本小说中那些人鬼离合的爱情故事。视人间犹如鬼蜮，张不免使我们想起宋话本《杨思温燕山逢故人》中，郑义娘的一段话：“太平之世，人鬼相分；今日之世，人鬼相杂。”语出凄切，而“太平”与“今日”之世的对比，尤促人再思张道德视景深邃低回的一面[4]。

“张派”鬼话以人拟鬼，风格婉转奇宕，的确吸引不少效尤者。当年的奇女子虽然芳魂早逝，文坛上倒仍常闻鬼声啾啾。特别值得注意的是，较有成就者多为女作家。二十世纪六十年代末期崭露头角的李昂、施叔青，以及后来崛起的钟晓阳、苏伟贞等人,都是个中能手,而像西西、薛荔(李黎)等也偶有佳作。论断她们所形成的小小传统,当然为时尚早。但有鉴于迩来方兴未艾的女性主义论式,我们还是可以为这些作家的关怀及形式特色,做一描述性的介绍,并由此兼识张爱玲的先驱意义。

首先,女作家写作鬼怪故事,在西方文学中有先例可援。十八世纪末期的安·瑞得克莉夫夫人 (Ann Radcliffe) 曾以一系列的作品如《林中传奇》(*The Romance of the Forest*)、《乌道夫古堡秘闻》(*The Mysteries of Udolpho*)等作享名,成为流行一时的"古堡式恐怖小说"的主力之一[5]。是类小说常以中古哥特式古堡为背景,叙述发生其中的咄咄怪事。纠结的爱情或伦理关系,危机四伏的探险行动,辗转推衍于阴暗湿冷的地窖、秘室、回廊之间,间或夹以恐怖机关或超自然事物,构成一幕幕令人又怕又爱的悬疑故事。对此一主题,瑞得克莉夫夫人以后不断有继起的诠释者。如奥斯汀(Jane Austin)写《诺桑觉寺》(*Northanger Abbey*),玛丽·雪莱(Mary Shelley)写《科学怪人》(*Frankenstein*),勃朗特(Charlotte Bronte)写《简·爱》(*Jane Eyre*),乃至乔治·艾略特(George Eliot)写《米德尔马契》(*Middlemarch*),或嘲弄,或科幻,或浪漫,或写实,都能推陈出新,各显鬼才。这些西方女作家的个别特色,不是本文重心,暂且略过不表;但揣摩、参照她们的写作动机,我们对张爱玲以次中国女作家的鬼话,或可略进数言。

以流行的女性主义词汇来说,女作家的恐怖故事可以看作是女性探讨自身意识的表征。不论是张爱玲或是瑞得克莉夫,故事的进行内景均多于外景。远离光天化日,僻寂幽静的深宅大院或是巨厦古堡,正是传统(中上阶层?)女性的活动范畴,也是其生活资源及想象力的最终归宿。再说得玄一点儿,女作家可能将古屋古堡作为投射或转移对性、婚姻及死亡等欲望或恐惧的场合。它权充女性逃避外界旷场威胁(agoraphobia)的安身之地,但也同时是其身心遭受禁锢封锁(claustrophobia)的幽闭象征。穿梭于转折无尽的堂庑廊檐间,谁家的女子不是心事曲折,情思反复?谁家的女子不是赌下了“身家”，但盼蓦然回首，是个郎，而不是色狼，正等在灯火幽微的尽头？鬼屋传奇或古堡怪谭男作家当然写得，但由女作家娓娓述来，倒别有一番自况其身的寓言怀抱。

这样的说法有强烈的女性自我中心倾向。相对于此，我们亦可自女作家在文学社团中地位的消长及对文类的取舍，一探她们与鬼故事的因缘。“五四”以后的新文学蓬勃发展，应运而生的女作家为数不少。但讲到叙事言谈的法则，则重心仍落在以男作家为主的那套“为人生而艺术”的写实文学上。鲁迅、茅盾、巴金等人的作品由不同角度反映人生，批判社会，正可视为文学声音的正统。即使像丁玲这样的作者，以叛逆的莎菲起家，终也落入一“中性”意识形态的写作规范中。独有张爱玲于上海孤岛期间的系列作品，“弃明投暗”，不事微言大义，而专以洋场百态、琐屑人情取胜，且顾盼之间，越发有种世纪末的绚丽从容。蔡美丽教授谓其以“庸俗反当代”，确是一针见血之言[6]。由此推之，我们更要说张爱玲之敷衍现代鬼话，不啻是在“次等”文类中，营造反扑，逾越主流文学及其政治道德意识的力量。识者常乐道张挖掘女性心灵幽暗面的功夫，实则她自外于“阳”光、道“常”(男？)人所不能或不敢道的写作形式本身，已十足蕴含女性主义式的张力。鬼故事因成为试探伦理、情欲、禁忌，疏放意识形态魔魇的重要借口，质疑“写实”文学疆界的一个“美丽而苍凉的手势”。

谈到张派鬼话的衣钵传人，在二十世纪六十年代首推施叔青、李昂这对姊妹花。尤其施叔青的作品，不论写鹿港还是(后来的)香港，均延续了一种光怪陆离、颓靡幽丽的格调，每令读者悚栗不安。施曾坦言是“张爱玲迷”(见《情探》书序)，她学张最有心得之处，大概就是把活生生的世界写“死”了吧？且看她第一篇小说《壁虎》，即鬼气弥漫。日渐衰落的显赫门庭，苍白痴狂的少女，情欲泛滥的家庭关系，乱伦的诱惑，罪孽的重担，死亡的威胁，充塞字里行间，交织成一无所遁逃的人间地狱。《凌迟的抑束》中的浪子推开外祖母的房门，看到“伊脱去上衣，对向着我的整个背因那截肥白的臂膀在前胸不停的挥动……松弛多皱的下垂的肉迅速地猛颤着”，竟引起极颓废的性欲联想；而外祖母突然亡故后，“我伸手跪在床畔，拭去伊沿嘴唇的边缘流出的发着酸味的几滴芹菜汁时，赫然在蒙上灰败的死色的圆脸上仿佛隐现出一只大蝙蝠的黑影来”。施裹尸布似的文体，夹夹缠缠，其所造成之气促窒息的节奏，与日常鲜活的白话，迥不相同。死亡、性、疯癫，及超自然力量统摄了施的想象：女人的身体像淫猥的壁虎，疯妇额头上的红疤酷似蜈蚣（《约伯的后裔》），睡鼠掉入火坑，发出阵阵尸臭（《凌迟的抑束》），或是山地人拐带小孩，遍身割出“鱼鳞小孔”，滴下鲜血，染红白布（《泥像们的祭典》），莫不可怖。白先勇提到施的作品中“五毒”横衍，人鬼不分，“受人伦及习俗拘约的社会不是属于她的”，当是知心观察。因此产生一种“奇异、疯狂、丑怪的美”，更只有诗鬼李贺的意象才能相比：“南山何其悲，鬼雨洒空草。”[7]

施叔青近年一系列以香港为背景的故事，在取材及文字上似皆较以往趋近现实，不少评者（如戴天、梅子、施淑）亦指出她前此少见的社会反思。但笔者仍要强调，“香港‘人’的故事”未尝不是“香港‘鬼’的故事”。施对另一个世界的迷恋，何曾稍歇。东方之珠的光彩再缤纷耀眼，也总有份烟花将尽的怆然。张爱玲《倾城之恋》中的香港，“没有灯、没有人声、只有那莽莽的寒风……无穷无尽地叫唤着……通入黑暗，通入虚空的虚空……失去记忆的文明人在黄昏中跌跌跄跄摸来摸去，像是找点儿什么，其实什么都完了”，恰可视作施叔青运笔的起点。《愫细怨》岂不是一个更堕落、疲惫的《第一炉香》式故事？《窑变》《驱魔》悠悠地转述《倾城之恋》那对浪子佳人的再世孽缘。只是佳人已老，浪子添霜，施叔青的香港人在“着魔”与“驱魔”的边缘打转，个个铤而走险，寻找替身。此外，《冤》写非理性的社会压力逐步侵扰妇女吴雪的生命，终至驱其精神分裂；《寻》写女性对生育的种种憧憬与焦虑，以及恋父恨母的错综情欲，在在透露缺乏救赎，虽生犹死的感喟。尤有过之的《情探》，说穿了就是两个女吸血鬼斗法的好戏。摩登斯文的香港佳丽到了夜里，赫然变作无主的游魂。从一张床飘到另一张床，寻寻觅觅，绝难超生。如果对应《情探》背后，川戏《王魁负桂英》人鬼纠缠的警世故事，更可见施叔青对小市民的爱欲煎熬，旷男怨女的轮回情孽，有着大戒惧大悲悯。

李昂的作品不让乃姐专美于前。她一鸣惊人的《花季》即以少女逃学的经历，牵引出一段奇诡的旅程。故事以残余的白马王子和白雪公主的童话起，逐渐透露青春期少女百无寄托的生活，反抗的冲动，以及对性的好奇与畏缩。接着神秘花匠出现，带来生命的转机也是危机。“一切一切进行得十分古怪而滑稽，仿佛所有的秩序都给专爱恶作剧的精灵给扰乱了。”少女与花匠的旅程终点是座花园，转过身去，赫然邻近一大片墓地，“阳光下，墓碑闪着奇特的白光刺痛着我的眼睛”。性与死亡的连锁暗示，于此达于高潮。但《花季》的结尾，却带来仿若“什么也没有发生”的反高潮。“但我是否真正渴望发生一些什么，我自己也不清楚。”少女的自诘，一语道破女性恐怖故事的模棱心态。日后薛荔的《夜树》，讲少女离家夜游的迷幻冒险，恰有异曲同工之妙。

李昂的《婚礼》一向受到重视。故事中的主角携带一篮像“魔鬼”一样重的素食，为神秘的“菜姑”女儿做婚礼的祝福。他进入了一座幽暗的古宅，穿过一重又一重的厅堂、甬道、天井、危楼，终于抵达那腐朽的、贞静的“闺房”。李昂纯熟地写出一个中国式古堡恐怖小说，且兼有爱伦·坡和卡夫卡的影子。尤其主角与菜姑待嫁的女儿会面那场戏，恐怖而不失谐趣，确是难得。《婚礼》的新娘“手瘦而多骨节”，身体像“刨平了的木板”，“两只细瘦的乳房在衣服下必然是下垂的，也许还带青紫色。”新娘哧哧地笑着，任由母亲用“公元前几千年的”白粉化妆，像是巫婆新扎的木偶。莫非这是场冥府的婚礼，亡灵的喜事？李昂欲借此铺述女性对婚姻的不安期待，反成次要的话题。

《婚礼》中的那些怪诞人物场景，一定使李昂念念不忘。于是“婚礼”了十五年后，是该她“杀夫”的时候了。一般的读者多注意《杀夫》对女性社会地位的探讨，自有其道理。但如果我们换个角度来看，亦可发现李昂放纵、夸耀一己性幻想的意图，并不在表面剖析社会现实的目的之下。《杀夫》是一个顶着女性主义招牌的恐怖鬼话：“为女性鸣不平” 既是李昂的前提，也可能是她的伪托。在此一矛盾下，书中大量的性与暴力场面因而充满虐待与被虐待的双重刺激，偷窥与暴露癖的双重挑逗。《婚礼》中那个僵尸似的新娘，借尸还魂，成了苍白饥饿的林市。这位“本钱”差劲的女士当然在书中受尽折磨。但奇怪的是，她愈受压抑，反愈有一种歇斯底里的欲望，蠢蠢欲动。如果孔老夫子“食色性也”的那句话果然当真，林市老是挨饿的问题，想来可真有点儿那个。林女士最后引刀逞一快，固是女性的复仇，也是为李昂的性幻想，找到了合理的出路。笼罩在此一女性主题之上的，则是中元普度的鬼月气氛，血肉淋淋的杀戮场景，还有果报轮回的冤孽传说。合人鬼交争，男女对立的题材为一炉，李昂的《杀夫》算是把女性/欲望/原罪三者连锁的意义冲突，赋予了独特的诠释。

除了施叔青外，另两位居住香港的女作家西西、钟晓阳也能构思精彩鬼话，值得注意。西西《像我这样的一个女子》强烈透露恋尸症(necrophilia)的倾向，令人触目惊心，不在话下。《垩墙》自小女孩的眼睛看虐杀女婴的问题，虽有明白政治批判讯息，却能把握女性对自身性别甚或性征的犹疑焦虑，写出一动人故事。当小女孩半信半疑地从墙上看到一个长相相同的阴影时，其气氛正遥拟亨利·詹姆斯的梅西故事。但西西兴趣广泛，写鬼故事也只是浅尝辄止。相形之下，钟晓阳的近作《爱妻》中的四个中短篇则是有备而来，架势十足。钟与张爱玲有私淑之谊，同好于古典小说戏曲中找寻灵感。恰似张爱玲一般，钟也“求助于古老记忆”，“对周围的现实发生一种奇异的感觉，疑心这是个荒唐的、古代的世界，阴暗而明亮的。”

以《爱妻》一作来说吧，这基本上是篇追悼亡灵的故事，写了要焚祭地下的。钟的人物行动本身即古意盎然。写男女两情相悦的情景，酷似《浮生六记》(又一墓碣文式的爱情文字),写露水姻缘,则不乏话本俚俗趣味。于是,香港的芸娘是制饼师傅,现代的沈三白是旅行经纪,外加一段外遇插曲,使全作既模仿才子淑女的传奇佳话,又不忘匹夫匹妇的警世姻缘,感伤浪漫,兼而有之。最后现代芸娘含悲而逝,倩女离魂,一切“照章行事”,好戏这才终场。死者已矣,生者何堪?据此另一作《柔情》讲鬼妻的神秘感情牵引,竟可让两个男人为之蹉跎一生!

钟的《卢家少妇》是个集“张腔”之大成的作品。奄奄一息的活死人,巨大阴森的宅第,阴鸷沉郁的老妇,脆弱多情的红颜,再加上贸然造访的书生,真是应有尽有。谈论现代鬼话的标准本,舍此夫复何求?钟晓阳的结局安排少妇远行,书生另娶,似为凄恻的故事注入活力。然而一切都只是梦魇一场么?回忆如幽灵一般,势将盘踞我们书生的心头,久久不散。

《良宵》又是一以婚礼为背景的短篇,洞房花烛夜之后,举行复古婚礼的佳偶逐渐在高烧的红烛下,隔开阴阳乾坤两界的红绸头巾间,体会到亘古以来人世凄迷的聚散关系。悲切的“帝女花”大戏唱腔,夹杂窗外火警铃声,蓦地使婚礼成为男女对峙的洪荒时刻,夫妇关系的危机考验。新郎害怕起来了,“他想起童年时代听过有关鬼新娘的故事。洞房之夜,新郎发现与他拜天地的竟是一心复仇的鬼新娘,红绸背后出现一个骷髅头。”新娘呢,“没有比静室中更孤独地被谋杀更悲惨了。她竭力回忆房门的方位,准备一有异动便夺门逃命。”钟晓阳搬弄鬼话的才情,以此最是可观。

本文的讨论,将以苏伟贞的作品作结。苏这几年创作不断,写得较好的一些文字则充分证明她是张家鬼话的得力传人之一。她写世间女子的爱恨嗔痴,表面清冷萧索,内里却每有玉石俱焚的巨大欲力冲动。正因苏的女子们都是多情种子,在礼教为先的社会里,她们迫得以小小的身躯做最后的赌注,探索或承受生命的极端冲突。苏的第一篇作品《陪他一段》,写一个女子如何拼下命去,好与心爱的男人过段露水姻缘,正是阳世走他一遭,阴间百死而不悔的正宗女鬼精神。对苏伟贞而言,世道如此艰难苍茫,能有陪他一段的经验,小女子的心愿好像已了。“昙花开过总算份美丽”(《昙花》),太多苏伟贞的故事围绕着这个信条打转。另一方面,做苏小说中的男性主角,其实也非易事。妾身若鬼,郎君若欲消受,代价必然不小。《大梦》中的父亲在母亲三十六岁那年干脆就“失踪”了,留下母亲逐渐变成精神分裂的疯子。《离家出走》更上层楼,“无缘无故”地,仲双文在那天早晨就消去了。“反正活着的有些像死了”。这回是丈夫兀坐黑暗中等待妻子的下落,无尽的猜疑臆测,成为他生存的重担。但《离家出走》之类的作品并不具易卜生娜拉式的意涵。恰恰相反,该作重申了苏伟贞对传统男女关系极端患得患失的心态。“做鬼”去也,只能看作是求全不得,退而求其次的解嘲手段罢了。明乎此,《旧爱》《世间女子》的典青和程瑜之死,也就可以思过半矣。

张爱玲在《第二炉香》中写道,“黑暗,从小屋里暗起,一直暗到宇宙尽头,太古的洪荒——人的幻想,神的影子也没有留过踪迹的地方,浩浩荡荡的和平和寂灭,屋里屋外成了一片。”苏伟贞的《阴影之后》则见到“那阴影一味扩张,终于完全笼罩。任何东西愈驮会愈重,尽管只是毫无体积的阴影。”在阴影之后,苏的人物梦游症似的相聚分离,“无边的荒凉,无边的恐怖”。据此,《大梦》之中的男主角对神秘女郎的爱恋依偎,无非是物以类聚的动机使然吧?上一代的未了情债要下一代来偿赎,《大梦》恍若一个恐怖的恶作剧。最后男主角驱车迎向宿命的冤家,“山间气流真似阴魂,绕车不去”。小楼一角,灯火通明。等着郎君的是佳人?是艳鬼?二者已难区分。苏的小女人们其实个个都有“要命”的能耐。

苏伟贞写鬼话的最终目的,大概可用她自己的话形容:“那些纸头全飞了出去,从窗口望出去,像梁山伯坟上的蝴蝶,是梁祝的化身。落到地尘,谁也不懂所写背景,不知道作者是谁”(《矮墙》)。鬼话的作者,莫非也沾染太多阴气,见不得“人”?然而“鬼”到底是什么呢?是被镇魔住的回忆或欲望?

是被摒弃于"理性"门墙之外的禁忌、疯狂与黑暗的总称？是男性为中心礼教社会的女性象征？是女作家对一己地位的自嘲？是邪恶与死亡的代表？从张爱玲到苏伟贞，我们几位现代女作家张开了幽幽之口，倾诉了她们的声音，或凄厉或婉转，皆足让我们心中发毛。这些声音既不感时忧国，也不健康写实。但正如法国小说评论家巴他以(Bataille)所谓，它们形成了"好"的言谈叙述之外的"恶"声，搔弄、侵扰、逾越了寻常规矩[8]。也因此，它们肯定了文学奇幻想象无远弗届的潜力[9]，以及与政教机关互动的关系。强调"女"作家写"鬼"故事，不过是因应女性主义观点，透视问题的一种方法。

或有道德君子认为是类写作已不足为训，更何况鬼话连篇的诠释阅读。对这样的质诘，也许苏伟贞可以用《我们一起走走看》中的一句话，代表其他的"女""鬼"作家做个回答："你就是善体人意的相反！黎明时分谁会闹事？"

注　释

[1] 唐文标：《张爱玲研究》，台北：联经，1976年，第56页。

[2] 同上。

[3] T. A. Hsia, "Aspects of the Power of Darkness in Lu Hsün," *The Gate of Darkness*(Seattle: U. of Washington P., 1968), pp.146—162.

[4] 香港岭南学院陈清侨教授对宋话本中的女鬼造型及行动的社会意义，曾有深刻

分析。引言摘自陈作,Stephen Chan,“The Return of the Ghostwoman:A Critical Reading of Three Sung Huapen Stories,”*Asian Culture Quarterly*,15,3(1987),pp.47—71.

[5] 见 Ellen Moers, *Literary Women*(N. Y.:Oxford U.P.,1985),pp.122—140。另西方古堡恐怖小说的历史背景及发展, 可见 G. R. Thompson (ed.),*The Gothic Imagination:Essays in Dark Romanticism* (Pullman:Washington State U.P.,1974)。

[6] 蔡美丽:《难得庸俗:读张爱玲杂想》,收于陈幸蕙编:《七十六年文学批评选》,台北:尔雅,1987 年,第 293—312 页。

[7] 白先勇:《〈约伯的后裔〉序》,见施叔青:《约伯的后裔》,台北:仙人掌,1969 年,第 4 页。

[8] Georges Bataille, *Literature and Evil*, trans. Alastair Hamilton(N. Y.: Marion Boyars,1973).

[9] 托多洛夫(Todorov)论文学的“奇幻”(fantastic)文类的观点,可资参考。Tzvetan Todorov,*The Fantastic*, trans. Richard Howard(Ithaca:Cornell U.P.,1975)。

原乡神话的追逐者

沈从文、宋泽莱、莫言、李永平

在中国现代小说的传统里,“原乡”主题的创作可谓历久而弥新。从鲁迅的《故乡》(1921)起,“五四”及三四十年代的作家如废名、沈从文、萧红、艾芜等均屡有佳作。一九四九年以还,台湾以军中作家为主的怀乡文学(司马中原、朱西宁、段彩华),还有日后由本地作家所鼓吹的乡土文学(黄春明、王祯和),也曾各领风骚。大陆作家过去秉承毛的在延安文艺座谈会上的讲话指示,对“土地”或“农民”其实从未或忘,但直到二十世纪八十年代中的寻根文学,才算一放异彩。而晚近随着政治局势转换,蓦然兴起于台湾及海外的“探亲八股”,啼笑喧嚷,亦不妨视为原乡文学的一支奇兵。

尽管描摹原乡题材的作者背景、年岁有异,怀抱亦自不同,但他们的作品却共享不少叙事抒情的模式:或缅怀故里风物的淳朴固陋,或感叹现代文明的功利世俗,或追忆童年往事的灿烂多姿,或凸显村俚人事的奇情异趣。绵亘于其下的,则是时移事往的感伤、有家难归或惧归的尴尬,甚或一种盛年不再的隐忧——所谓的“乡愁”,亦于焉而起。“故乡”因此不仅只是一地理上的位置,它更代表了作家(及未必与作家“谊属同乡”的读者)所向往的生活意义源头,以及作品叙事力量的启动媒介。的确,情牵万里、梦断关山,历经数十年的家国动乱,原乡小说之盛行于现代中国文坛,自有其历史因由。但同时“故乡”的召唤也极可视为一有效的政治文化神话,不断激荡左右着我们的文学想象。

以“神话”一词来描述原乡题材作品,并不就此否认其所投射之历史经验的重要性。但有鉴于迩来阅读或抒写是类作品的滥情甚或仪式化倾向,我们可以质问有关“故乡”的言谈述作是如何辗转构造而成的?在百无寄托的“乡愁”情怀下,是否另有心理及意识形态动机有待发掘?探本溯源的原乡冲动是否也遥指又一场自我征逐意义的循环游戏?

在本文有限的篇幅内,我们当然不能细腻讨论这些问题。但下列数点初步的观察,或可作为未来研究的起点。第一,原乡小说基本沿袭了传统写实主义的模拟信条,但也同时夸张或戏剧化其内蕴的矛盾。卑微的人物,朴拙的风俗,传奇的往事往往是作家的拿手好戏,而大量原乡作品集中刻画农村经验乃至其无奈的变迁,又岂仅是偶然?反讽的是,故乡之成为“故乡”,亦必须透露出似近实远、既亲且疏的浪漫想象魅力。当作家津津乐道家乡可歌可泣的人事时,其所贯注的不只是念兹在兹的写实心愿,也更是一种偷天换日式的“异乡”情调(exoticism)。

第二,原乡作品的叙述过程以及“乡愁”的形成,都隐含时间介入的要素。今昔的对比,传统与现代的冲突,往事“不堪”回首的凄怆,在在体现了时间消磨的力量。但也正由于突出了时光的主宰地位,原乡式作品才得大肆展现“回忆”功夫的重要,以及“欲望”失落及再现的种种悲喜剧。究其极,原乡主题其实不只述说时间流逝的故事而已,由过去找寻现在,就回忆敷衍现实,“时序错置”(anachronism)才是作家们有意无意从事的工作。

第三,相对于“时序错置”的现象,我们亦兼可考察“空间位移”(displacement)的问题。此不仅指明原乡作者的经验状况——“故乡”意义的产生肇因于故乡的失落或改变,也尤其暗示了原乡叙述行为的症结——叙述的本身即是一连串“乡”之神话的移转、置换及再生。比附晚近神话及心理学对神话传布与置换的看法,我们不妨质问原乡作者如何在遥记和追忆的叙述活动中,不自觉地显露神话本身的虚拟性与权宜性。

第四,“故乡”的人事风华,不论悲欢美丑,毕竟透露着作者寻找乌托邦式的寄托,也难逃政治、文化乃至经济的意识形态兴味。与其说原乡作品是要重现另一地理环境下的种种风貌,不如说它展现了“时空交错”(chronotopical)的复杂人文关系[1]。意即“故乡”乃是折射某一历史情境中人事杂错的又一焦点符号。神话何曾外于历史?以“神话”来看原乡作品,其实正是又一门径,观察现代中国作家反省、诠释历史流变的成果。

对照这四种观察,下文将以沈从文、宋泽莱、莫言、李永平的作品,抽样加以引申讨论。沈是二十世纪三十年代原乡文学的佼佼者,但他的作品中亦显示不少自我琢磨、质疑“故乡”叙述的脉络,值得注意。宋泽莱是台湾乡土文学运动末期的健将,莫言则是大陆寻根文学的主催者之一。两者的代表意义,不在话下。而李永平以海外华人身份,选择居住台湾,并且“无中生有”,于“纸上”创作出乡土传奇,当是对中国原乡传统的最大敬礼与嘲讽。必须强调的是,我的讨论将不刻意在四者表面影响传承上做文章。(又一种寻“根”式企图?)我所关心的毋宁是他们在以上所述的原乡特征下,所显示的自我及相互对话关系。

一

无论以创作的数量或探触题材的广度而言,沈从文(1902—1988)均可称之为现代中国原乡文学的巨擘,他的生命历程也恰似印证许多后继者的共同体验。沈出身自汉苗杂处、障蔽无文的湘西地区,早年的经验曲折处处却又充满不羁野趣。二十岁那年他离开了追随六年的军旅及家乡,一路跋涉来到北京,“开始进到一个使我永远无从毕业的学校,来学那课永远学不尽的人生”[2]。但城市的经验从未使沈满足。在以后的年月里,他虽然辗转京华,却写就了一篇篇乡土故事。形体及知识经验上的"背井离乡",俨然成就了沈述写"故乡"的志业。在他的笔下,辰河、沅水流域的人物风情,一一来到我们眼前。谁能不为湘西的草木虫鱼所吸引?谁能不为那里的贩夫走卒、舟子妓女的行径所感动?谁能不随萧萧、翠翠、夭夭这些小女子的悲欢命运而浩叹?湘西不再只是沈个人的故乡,它也将渐渐幻化为万千读者心向往之的文学"故乡"。

然而湘西岂真是水甜人美、清奇秀丽的地方?沈从文在《湘西》的引子里写出了外人对湘西的印象:湘西是苗夷之区,"同时又是个匪区",妇人会放蛊,男人喜杀人;湘西地形崎岖、民风凶险;湘西出辰州符、出"赶尸"奇观,但也是古传桃花源的所在;湘西文化落后,"人民蛮悍而又十分愚蠢"[3]。要在这样一块穷山恶水间建立一"世外桃源"般的"故乡",沈从文的野心不可谓不大。化穷乡为神奇景致,甲边城于中原之上,沈浪漫激进的写作姿态往往为他平淡谨约的文字所掩盖。而我以为这正是他对现代原乡叙述最重要也最应引起争议的贡献。于此沈其实不乏自知之明。他一再点出地理上的湘西正是文学里的桃花源。一方面强调两者间的关联,一方面却也嘲弄历来文人墨客的兴寄;虚实并叙、褒贬兼陈,"桃源"神话流传千载,至此可说又翻出一新高潮。沈的原乡企图犹不止此,他更要在湘西不毛之地上,编织出历史的网络。两千年前屈原孤愤悲歌的路线,东汉马援南征的遗址、沅水中游的伏波宫来由、厢子岩的崖葬木棺之谜、白河岸边的立约铜柱、凤凰县山间的古堡等,无不诉说着湘西与外界接触来往的血泪点滴。沈是一流的"说故事者",也是一位准方志家;他的乡土作品是传记,也是传奇。依违于神话与历史间,湘西所焕发的幽邃视景,在现代中国小说中,得未曾有。

在描写演述故乡风习及人物遭遇时,沈从文浪漫之余,实不离传统写实风格的训练。乡土的"感觉"或"气氛"看似纯任天然,却兀自有其述写方法。沈对风景的印象式白描(如《辰河的船》)、小人物的塑造(如《丈夫》《柏子》),内里均包含他经营排比的匠心。沈也从不讳言得自西方大师的影响。屠格涅夫(Turgenev)在《猎人笔记》中所运用的疏离的、静观的《外乡人》视角,在沈的作品中时时可见,而莫泊桑(Maupassant)的说故事方式及戏剧性的逆转煞尾,沈亦优以为之(如《夜》《贵生》)[4]。尤其在所谓"地方色彩"(local color)的敷陈上,我们更得见如沈的原乡作者如何在方言土话乃至奇风异俗间多所取舍,使读者既感受异乡地的新鲜情趣,又不失对己身行为、价值及语言认知的立场。也由这些地方沈泄露了"故乡"的形象,实是一文字及文化价值相互指涉冲击下的产物——尽管沈终身自许为"小苗子""乡下人",他仍得站在外场或过来人的立场来重新诠释故土。更进一步说,无论就写作的行动或描述的对象及方式而言,沈从文都征显了一位传统写实作者的两难:他要再现故乡本来的面貌,重组往日生活的情境,却总无奈地带出想象与原欲,文字与世界,回忆与"往事"间的罅隙。"乡愁"的出现因此不只是主体意识何去何从的问题,也是写实文学叙事形式内蕴紧张的表现。

由是观之,沈从文的乡土文学以一特殊地理空间起始,却终须虑及时间流变的痛苦,或非偶然。乌托邦的意义只有在与时俱移,不断延挪后退的条件下,才得持续。由沈从文辈代表的原乡冲动来看,现实的堕落、文明的伧俗、人心的浇薄,固有外在环境的佐证,也暗指作家与一特定写实规范相生相克的立场。桃花源果真坐落湘西,也必早已分崩离析。只有在不断地遥拟追忆那"已失"并"难再复得"的故土时,原乡的叙述方得以绵绵无尽地展开。沈从文在中期以后的作品中,似已逐渐体认是类写作情境的吊诡性。而其最戏剧性的告白,则非《边城》与《长河》两作所形成之对话形态莫属。

《边城》(1934)与《长河》(1938)分别是沈从文二十世纪三十年代两次返乡后的作品。少小离家老大回,沈的感慨可以想见。尤其历经军阀匪寇的盘旋割据,都市文明的侵扰,故乡的情景早已有了剧变。沈乃希望借着文字的形式,将他对故乡的憧憬及忧惧细细记录下来。乍看之下,两作恰似形成锐利对比:《边城》充满牧歌情趣,沈抒情诗式的笔触写尽了二十世纪初湘西小社会的自足环境,以及人事关系的自然纯真。翠翠的爱情故事更是凄美幽丽,羡煞天下多少痴男怨女。《长河》则将《边城》所投射的田园诗境界拉到现实的洪流中。沈对湘西在抗战前夕恶劣的政经军教形势,有极其细腻的观察。他对家乡在劫难逃的未来,更有份不能已于言者的悲怆。由《边城》到《长河》,沈俨然示范了两种原乡文学的模式,而前者屹立的空间意象转换为后者流动的时间意象,倒也说明其间的辩证关系。从不同的角度来看,我们更可说沈从文把同样的故事说了两遍:翠翠与夭夭,老水手与老船夫,傩送与三黑子这些人物不都相互照映?爱情的波折、生活的变数亦总萦绕两作不去。只是沈的用心何其不同。《边城》出入桃花源畔,成就暂时的神话想象,《长河》融汇杂沓的入世纠葛,直逼扰攘的历史梦魇。

这样的比对或许言之成理,但笔者以为仍不免小看了沈从文原乡叙述的复杂性。我想强调的是,《边城》或《长河》各皆包含了自我质诘增替的层次,为沈所冥思的"故乡"平添了多音歧义的可能,也更耐人寻味。先以《边城》为例,沈尝自谓写作《边城》的目的,"不在领导读者去桃源旅行,却想借重桃源上行七百里路酉水流域一个小城中几个愚夫俗子,被一件普通人事牵连在一处时,各人应有的一份哀乐,为人类'爱'字做一度恰如其分的说明"[5]。陶然在此"爱"字诀下,难怪不少读者要觉得《边城》是"一部证明人性皆善的杰作"、是"一首诗"[6]。然而仔细读来,《边城》内有暗潮汹涌,怎是一个"爱"字了得?书中各个角色想履行一场"恰如其分"的哀乐,更谈何容易。相对于翠翠与傩送这段凄美的爱情,我们也得见翠母当年与屯戍军人的自杀,杨马兵的悲剧,以及边城上下那些妓女舟子间无偿的露水恩情。沈从文要写人与人、人与土地间恰当的关系,却徒然证明其可望而不可求的难堪。整个《边城》的情节其实是在祖孙父子、兄弟情侣间的误会迁延下,迤逦展开。在欣赏翠翠贞静含蓄的爱情表现同时,我们也必须了解沈从文对其下欲力冲动的惊诧与悲悯。湘西儿女的放蛊"落洞"(《凤凰》)、私奔情杀(《巧秀与冬生》)甚至疯癫尸恋(《阿黑小史》《三个男子与一个女人》),不妨看为翠翠故事所"未"实现的各种可能[7]。习于赞美《边城》意义丰足圆融、人物善良美丽的读者,都就着故事建筑了自己的桃花源;然则我还是要说,理想的悬宕、质变而非完成,才是主导沈作叙事意义的力量。

另一方面,对于《边城》所包含的历史社会意义,近年已有学者做周延的分析。凌宇就指出《边城》中的宗法礼俗背景,早已点滴渗入一看似纯真素朴的原始社会,湘西经济活动的指标(碾坊相对于渡船),也不断影响人际交往的关系[8]。不仅此也,陈清侨也曾自劳动与欲望报偿的观点,评析翠翠与祖父的摆渡营生,如何反映了社会经济行为与感情生活互相为用[9]。凡此皆在说明《边城》的世界毕竟坐落于各个历史因素交会的网络里,也为前述的人情误会迁延,提供了外在文化压力的理由。沈从文的原乡情结原可以《边城》所召唤的桃源梦境为极致,但这寄托块垒的边城到底还是个落入时间陷阱的失乐园。尽管书中一再暗示生死去来的神话式循环节奏,时间流转、不知何所终的恐惧依然笼罩在主要角色的心头。翠翠对成长的惶惑、老祖父对晚辈的操心,能不使人喟叹同情?小说将尽,我们但见翠翠独操一桨,痴心等待情郎。"这人也许永远不回来了,也许'明天'回来!"[10]翠翠的等待,是面向时间无穷吞噬力的悲剧性挑战;但也正因常怀水畔伊人、倚桨翘盼的憧憬,原乡作品的读者与作者才能掩卷长兴胡不归去的浩叹。《边城》的结局完而未完,适足以作为原乡作者(与读者)与"故乡"诱惑间,相互召唤而又不断闪烁牵延的寓言。

《长河》记录的是沈从文于抗战前夕二度返乡的见闻。较诸《边城》的写作动机,《长河》更直接地表达了沈对湘西现状的沉痛。诚如金介甫教授(J.Kinkley)所指出,沈感时忧国的历史情怀,早已充塞字里行间[11]。掩映于《长河》叙述间的历史因素至少包括了中央政府对地方的干预(新生活运动),湖南省主席何键、"湘西王"陈渠珍间的相互倾轧,地方蠢蠢欲动的苗族武装力量,以及山雨欲来的日军侵华行动。在这样一个紊乱的时空交点上,沈从文更看到了现代文明如何剥蚀荼毒他故乡的父老。在《长河》题记中他写道:"表面上看来,事事物物自然都有了极大进步,试仔细注意,便见出在变化中的堕落趋势……‘现代’二字已到了湘西，可是具体的东西，不过是点缀都市文明的奢侈品大量输入。”[12]前此沈从文已写出了极具自然主义格调的《小寨》，缕述湘西贫苦沦落的实况。《长河》持续此一主题，但沈显有意更借此一抒他对历史“常”与“变”的喟叹。而从原乡文学的角度来看，沈的喟叹本身亦具有文学史意义。前引沈《长河》题记中的自述，三四十年后岂不又改头换面，出现在乡土、寻根文学的口号中？

在此我无意否认沈对湘西的观察之深、责备之切。事实上，他的《长河》以及散文集《湘行散记》及《湘西》等均不失为今日研究民国史的第一手资料。但面对这些历史变动，一位原乡作者要如何传达他的感情呢？新与旧、城与乡、战争与耕作、文明与野蛮等常见的对比，于此再被渲染，而交错其间所产生的“时代错置”的主题，正是沈落力之处。《长河》前半部叙述吕家坪乡对“新生活”的反应，或视为天兵神将，或视为洪水猛兽，滑稽突梯，令人绝倒，却适足以说明传统社会的成员努力了解新事物、新观念的窘态。“新生活”的内容无从捉摸、行止诡秘飘忽，它总结了湘西对未来的恐惧与好奇，但也因为有了“新生活”的魅影，故乡的一切突然显得古拙可观了。

“时代错置”的感觉凸出了湘西好景不再，每下愈况的危机感。历史经验的流转恰似前浪后浪，相与汹涌而去。沈的感伤，诚是良有以也。但在《长河》这样的叙述里，我们也发现另一层吊诡：沈既能指出湘西新旧杂陈、青黄不接的现状，显已预设一风调雨顺的理想年月；然则他在承认时间递变、势不可遏之道理的同时，又何能找出一时代“不曾”错置的黄金岁月呢？故乡的意念成为一永远后退的镜中折影，一再叙述着“幻”得“幻”失的时间征逐游戏。“时代错置”竟暗暗成为原乡作者本身(而未必是他关心的乡人)的执念，不能须臾稍离。在这个角度下读《长河》，我们乃能在急促嘈杂的历史表象下，质疑沈从文是否仍在经营“故乡”的神话。《长河》与《边城》两作所形成的循环对话关系，因此不能局限在简单的历史/神话的二元辩证模式下来看，两作各自其实已衍生了不请自来的对话声音了。

二

笔者前面用了较长篇幅描述沈从文的原乡题材及叙述方式,主要是鉴于他所完成的言谈风格(discursive style),可以作为我们评估后之来者(不仅限于模仿者)的指标。随着一九四九年的政治分裂,原乡文学的形式与内容也有改变。台湾五六十年代以军中作家如司马中原、朱西宁等为主的怀乡小说,曾经广受注目。人在天涯、心怀中土,他们的作品不论是写田园哀乐或乡野传奇,都能牵引我们神游故国之思。但二十世纪六十年代末期兴起的乡土文学运动却是异军突起,其所照映的美学及意识形态转换问题,尤足耐人寻味。

台湾乡土文学于二十世纪七十年代的兴衰起落,关心当代文学走向者应已熟知,无须赘述。值得注意的是,历来我们强调此运动在政治文化上带动了"本土"化风潮,反往往忽略其对原乡文学传统本身的冲击。在"故乡"与失去的中原已逐渐合为一义的年月里,黄春明、王祯和等人的崭露头角,以及杨逵、钟理和等人的重被发掘,实在暗示了"故乡"的所在不必仅定于一。"台湾"的乡土之得"出现",也再次说明原乡神话何曾只是有关地形地物的追认而已。它更是个充斥意识形态动机的人为布置,代表不同价值、意识系统的角逐场地。乡土文学与原有的怀乡文学拉锯于文坛之上,其实已悄悄揭发了"乡"的专属权问题。

历来讨论台湾乡土文学的重心,多集中于前述黄春明、王祯和等人。他们笔下的小人物,狼狈卑下,却时能焕发出一种憨直诚厚的性格。他们与自然以及城市威胁搏斗,虽每每居于下风,却不乏"压力下的风度",令人无奈之余又勃生敬意。白梅(《看海的日子》)、青番公(《青番公的故事》)、万发(《嫁妆一牛车》)、阿缎(《香格里拉》)这些名字势将成为刻画一代台湾人辛酸欢笑的最佳见证。于此同时,乡土小说也记录了台湾因经济成长、政治挫折所带来的新的社会结构剧变。除前述者外，王拓（《金水婶》）、宋泽莱（《打牛湳村》）等人的作品，可为佳例。原乡的主题不只代表作家们寻根的欲望，也成为一批判、检讨台湾政经措施的文学符号。乡土运动之演变为激烈的泛政治化风潮，可谓其来有自。

在芸芸台湾乡土作家中，本文仅拟讨论宋泽莱（1952— ）的例子，因为他的作品一方面总结了乡土文学的特色，一方面也有意无意地摇动了前此作家所奉行的信条。宋泽莱“其生也晚”，他广受注目的《打牛湳村》发表时，已是一九七八年春。尽管乡土论战的“内乱外患”仍是方兴未艾，整个运动已呈夕阳无限好的局面。平心而论，《打牛湳村》写农村经济萧条，乡民勉力自持而终不免一败涂地的情形，是有诚挚感人的力量。即便如是，宋也不过承袭了近半世纪前茅盾《春蚕》的口吻，诉说着又一个无偿的努力的农村故事。其后的长篇《牛眺湾的变迁》则是个二流《长河》型的原乡作品，只能赞之为用心颇佳。宋泽莱此际的问题不是缺乏关怀故土的热诚，而是难以在人云亦云的模式下，提出一己的视野。

宋泽莱最大的成就，应属后以《蓬莱志异》为名结集发表的三十三个短篇小说。宋自述《蓬》书的创作，基于两项预设目的：一、记录一九七九年以前（台湾）平民经济社会状况；二、并在那种环境中去探讨他们的反应。而他所描绘的时空背景及材料，“大部分来自乡村和小镇”，“偶尔也有港口和都市”[13]。按照宋的说法，这些故事以自然主义的手法写就，企图用冷冽的、社会科学式的眼光，看待乡土上种种可悲可怪的事件与人物。西方自然主义本身立论与习作间的矛盾，一向是文学评论者的热闹话题，在此不能尽详。宋“版”的自然主义一面标榜作家“客观”的“科学”态度，一面铺张几近神秘主义的宿命观，已是破绽毕现。但我以为，正是由于这些漏洞，宋写出了一系列凄清奇诡的“志异”故事，为六七十年代的台湾乡土文学，幽幽地画下一个句点。

《蓬莱志异》三十三篇作品所概括的时间约从日据时代到台湾与美断

交前后，其内容则自日军征夫、地主沦落、小镇奸情、乡情特写、工厂剥削、选举恩怨至杏坛丑闻等无所不包，俨然构成台湾五十年变迁的浮世绘，其规模之大，堪称独步。与黄春明等人及宋稍早作品相较，《蓬》书诸作不再突出特定人物。宋泽莱所长者，是观察他的角色如何在动乱的岁月及错综的社会经济关系中，成为身不由主的命运牺牲品。西方自然主义所号召的“遗传”“环境”等机械决定论因素，似乎重现于此。但是仔细读来，我们则可见宋对生命中不可测的力量以及阴错阳差的因缘际会，总有一份迷恋。而宋极度素朴简约的叙事方法，尤其给予他的作品一种新的力量。

宋泽莱对故乡往事的探讨，的确是怀着解谜的心情。他最动人的小说多是以说故事的方式进行：叙述者来到或回到某一城乡所在，遇到一个难以廓清的现象或浮光掠影的经验，却往往引出第二叙述者，揭开事件的谜底。这类“故事中的故事”结构不只在形式上造成戏剧性的悬疑效果，也直指说故事者及听众间的权宜性关系。比如《蕉红村之宿》中，叙述者与朋友载着农药沿乡兜售，在蕉红村偶遇一戴着帽子的年轻人。两下谈起，年轻人述说了一则当地曾发生的故事，无非是少妻老夫、红杏出墙的悲剧。但故事演至少妻婚外怀孕难产，生下一头部畸形婴儿后，突急转直下。原来二十载光阴已过，一切恩怨似皆不存，唯戴帽的说故事人揭下帽子，我们才赫然明白他就是那畸形婴儿，他的“故事”，就是他生命经验的回顾。小说告终，年轻人誓言继续找寻生父，也抛下一句话：“一切的依恋中，没有比对父母和土地的依恋更令人感动的。”[14]

宋泽莱所运用的说故事形式，果然留有他所崇拜的莫泊桑之叙事风格。但在追怀往事，重溯乡情的大纛下，说故事的手段也很可以看作是填充时间的空隙，连锁现在与过去的“一种”努力。当年不可说的禁忌，被压抑的行为，受挫阻的情欲，经由后人的追忆与敷衍，重又拾回其意义；或嘲讽现实社会，或慨叹时光流转，或惊诧人生无常，这些故事的批判动机，亦不言可喻。像《舞鹤村的赛会》写大户人家的沦落、《在港镇》写村妇为女力断孽缘、《许愿》写奸商发达史等，皆为佳例。对读者而言，宋写作“故事中的故事”犹有另一层扩散意义的效果。他的叙述者往往成为另一故事的听众，而该说故事者竟至于揭露其本身与故事的密切关系。除前述《蕉红村之宿》外，《创痕》以太平洋战争台胞充军的历史为背景，也最后带来说故事者“现身说法”的撼人高潮。至此我们方了解每一个故事下均暗藏神秘悲怆的背景，每一说或听故事的情境，均足触发始料未及的往事奇情。当宋的叙述者自其所引述的故事喟然而退时，我们这些读者又要如何面对“宋泽莱”的故事呢？说与听故事成了一场环环相套的意义传播试验。

沈从文在《三个男子与一个女人》结尾写道：“我老不安定，因为我常常要记起那些过去的事情……有些过去的事情永远咬着我的心，我说出来时，你们却以为是个故事，没有人能够了解一个人生活里被这种上百个故事压住时，他用的是一种如何心情过日子。”[15]宋泽莱或可为这样的自白而觉深获我心。但若进一步比较，我们可见宋泽莱的传奇故事亟于说明、解释事件的来龙去脉，使每一返乡或思乡的叙述成为告别过去的自觉姿态。他的故事如此系于“解”谜的任务，竟有瓦解他原构思的原乡执念之虞。像《苏苞》中的苏苞，在前妻死后居然摆脱厄运力争上游；像《婚嫁》中的贵妇，借女儿的婚礼终偿自己当年的屈辱。故事原所设计的张力，每因真相大白而使我们如释重负。“故事”说完了，“故乡”的魅力似乎也将随之消散。同样是运用了传统的原乡主题对比及人物造型，宋泽莱却不再假设“圈内人”的眼光看待乡土的点滴往事。不似沈从文的故事那样余音袅袅，宋的故事或出诸还愿似的企图，或煞似安魂祭的仪式。当此一叙述“仪式”告终，不论是故事中的角色或听/说故事者似乎共同体认到，乡梦已远，诸般往事不论悲欢绝续与否，均须做无奈的了结。恰如《病》的结局，子女怀念为父舍身的母亲，也只能在她的坟头追念过往。宋泽莱的原乡小说凄凄冷冷，“记”起了乡土的一切，却也解脱了乡土的情结。台湾乡土文学以宋的出现而告一段落，或许不无轨迹可循。

三

大陆的寻根文学自一九八四、一九八五年出现后，一时风起云涌，足足热闹了两三年。踩着伤痕作家留下的脚印，寻根的作者们或是回顾插队下放边区的见闻，或是重探故园老家的风貌，或是糅合“想象”的乡愁与传说，写出了一篇篇叫座的小说。寻根文学堪称是一九七九年以来，大陆作品在艺术及意涵上的第一次高峰。顾名思义，寻根是要找“寻”失落的根。但在一泛政治倾向浓厚的社会里，寻根自有其喻意：相对“文革”强烈反传统的风潮，二十世纪八十年代的作家们企图点点滴滴地拼凑出那“落后”的、“守旧”的社会、历史、文化层面，其本身已具十足抗辩姿态。另一方面，寻根也极具个人化、主体化的反思色彩。恰如评论家李庆西《寻根：回到事物的本身》一文所示，寻根文学何止是玩弄乡土色彩、摆弄神话传奇的小技？它更隐含了作家追溯人间伦理关系，重估历史轨道，自我发掘以及重建生存意义的抱负[16]。

虽然沈从文于一九四九年以后即退隐文坛以外，寻根文学的兴起仍不免使我们有兴追逐“寻根”作者文学之根。与沈有师徒之谊的汪曾祺早自一九八一年以来，即写作了系列以“乡味儿”见长的小品，风格直追乃师。一九八二年贾平凹的《商州初录》以散文随笔形式记载故乡风物，不啻是沈《湘行散记》《湘西》之类作品的当代回声。阿城曾自承对沈印象深刻，而韩少功、古华、何立伟、叶蔚林等作家根本是以三湘山水作为他们原乡想象的起源。特别值得一提的是，这些作家的风格多具实验性，抒情写实、浪漫魔幻，各有千秋。显然寻根的号召非但未局限他们的创作活力，反成刺激他们另辟蹊径的起点。较之沈从文当年看似保守、实为激越的写作姿态及风格试炼，寻根作家的努力自然不宜小觑。

这里我要介绍的作家是莫言（1955— ）。莫言以《透明的红萝卜》等作崛起，但真正使他走红的则是《红高粱家族》系列作品。在其中莫言以他的故乡山东高密东北乡里为背景。那里的高粱地广袤狂野，成为他魂牵梦萦的创作视景；生活在高粱地周围的农民，贫苦激愤，每是引生出各种奇闻异事的主要人物。不仅如此，莫言更打算自寻根的写作里，重建家族的谱系，并据其归纳出一(抗日)历史的渊源。原乡与探史这两种欲望在莫言的小说中相互并列冲击。自特定的空间中追寻历史的痕迹，从时间的洪流里淘洗“故乡”的精华，莫言的胆识用心，首先引人注目。他的故乡也因之成为反映中国现代史的新辐辏点，提供我们特殊的角度，省思一些熟悉的历史问题。

莫言作品于叙述形式上的创新处，已屡有方家论及。他的文字意象丰富，象征瑰丽多姿，常令读者迷眩不已。像《大风》里那场惊天动地的狂风，《狗道》中五彩斑斓、争食人尸的野狗，《秋水》中行踪诡秘的黑衣人与紫衣女等，写来介于乡野奇谈与高度个人想象间，确是与众不同。此外，莫言对叙述时间的掌握，亦有独到之处。他的故事发展，常糅合不同的时间观念及行进层次，造成今古同步、虚实难分的现象。据此常有评者指出他师承国外大师如福克纳、加西亚·马尔克斯之处，亦或言之成理[17]。

但我以为莫言的文字魔术如落实在原乡文学的述作传统里，才更有可观。《红高粱家族》系列作品对故乡爱恨交织的复杂感觉，苟非得力于新颖的表达形式，不免有重蹈前人窠臼之虞。沈从文以次的原乡作者，常视时间为回返过去，一偿乡愁的最大阻碍。莫言则似反其道而行。在名作如《红高粱》《红蝗》里，叙述者虽然意识到历史的不可逆转性，却能施施然运用幻想补充其缺憾。于是他回到了五十年甚至百年前家族长辈的思维行动情境里，“重新”替他们再活过那些艰难困苦，却又充满传奇色彩的日子。“我爷爷”“我奶奶”等这些辈分上的老古董居然因此下得凡尘，又成了饱有七情六欲的血肉之躯。是“创造性”的回忆，暂时满足了莫言的愁乡情怀，但也因此，他的作品揭露了更多是类叙述的漏洞。当《红高粱》里的“我奶奶”在高粱地的遐思，或“我父亲”在游击战中的惊号被如此细腻渲染后，叙述者已有意无意地暴露“过度”写实下的失真性，使《红》作染上了自我嘲讽的色彩。与台湾作家宋泽莱刻意与题材拉远距离的做法虽恰恰相反，莫言的超近特写叙事格调同样使读者不知所措。这些因回忆造成的“时”“空”错置的问题，其实也存在于“正统”原乡作家如沈从文的作品里，只是莫言更为自觉地在运用或戏剧化其间的矛盾而已。

由是推之，我们要说莫言的原乡作品一面以田野调查式的勤恳态度，又为中国现代小说开发了一处“故乡”，一面又以喧哗自嘲的笔法，暗暗摇动他所据之写作的传统。在《红高粱》里，抗日战争的历史与家族的恩怨情仇相互纠缠，甚而成为作者个人脑力激荡下的演义故事。幻想与史实、现在与过去全都成为飘动意象，供作者编抄排比。这一现象到了《红蝗》里尤见尖锐。身处都市的叙述者在经过一段莫名其妙的艳遇后，返乡观察五十年仅见的蝗灾。由是他牵引出了家族上两代的蝗害经验，以及长辈夹缠不清的感情孽债。按照情节安排的理路，莫言似乎要以现代人生的虚浮无根来照映当年父老的激情爱憎、快意恩仇，以寻根的行动治疗游子的创伤。然而当故事逐渐进行时，莫言这叙述者的目的逐步混淆了。人世间的关系从来紊乱，前人的志节行止未必胜过今人。只有相传每五十年一次的蝗灾来到，才一再显出了人们的卑琐无能，不因时稍变，褪去乡愁的外衣，莫言猛然发现“追忆吃草家族的历史，总是使人不愉快，描绘祖先疯傻的形状，总是让人难为情。”他强烈的犬儒主义正如作品中的红蝗一般，一旦蔓延开来，将噬尽所有的价值，破坏所有的意义。过去与未来终成一混沌的循环，原乡的高贵呼声，终削弱成众音交错中的微小鼻息。

相对于《红高粱》及《红蝗》这类夹杂史实与传奇的寻根故事，莫言的另一组小说如《白狗秋千架》《爆炸》或《枯河》等，却好像执意折回现实的泥沼，展现乡愁不足为外人道的一面。这两种类型的原乡小说已自展开了互相辩证的冲突力量。《白狗秋千架》尤其具有强烈嘲讽意图。叙述者又是个受过良好教育，抽暇返乡的城市青年。故乡贫瘠伧俗依旧，并不能带给他任何美好印象。唯有在高粱地边巧遇儿时玩伴时，方才勾起他一些青梅竹马式的回忆。只是当年的娉婷少女后自秋千架上跌下，瞎了一只眼，委屈嫁了个哑丈夫，又生了三个不会说话的孩子。她的障蔽飘零，自是对沈从文以降，翠翠原型人物的谑仿。面对叙述者的似水乡愁，她的回答是："有甚好想的，这破地方。想这破桥？高粱地里像他妈×的蒸笼一样，快把人蒸熟了。"[18]乡愁是乡下人消费不起的奢侈品，但仍是隐藏在心头一角的模糊欲望。小说继续发展，我们乃知女子曾与一解放军军官有段美梦成空的邂逅；只是《红蝗》《红高粱》所弥漫的昂扬激情，不论结局悲喜，已不复得见。据此比较前后两类作品有关历史政治(抗日/解放)的"插话"，莫言的批判意图，已若隐若现。

《白狗秋千架》原可仿照鲁迅、沈从文等人返乡小说的前例，来上个凄凉无奈的告别故乡结局。然而当我们的叙述者草草再奔上离乡之路时，瞎了一眼的当年女伴赫然杀出。她向叙述者要求野地苟合，一为生个"会说话的孩子"，一为稍偿少年眉目传情之谊。当代文学里，再没有比这场狭路相逢的好戏更露骨地亵渎传统原乡情怀，或更不留情地暴露原乡作品中时空错乱的症结。莫言笔下的"独眼"(！)女子要以肉体片刻的欢愉，跨越时间的障碍，实践她心目中的乡愁欲望，而这一深具嘉年华意义的举动，实亦质疑原乡作者种种颦眉蹙首的"回忆""述写"姿态。《白狗秋千架》未必是莫言最绚丽炫目的作品，却能切中迩来寻根、乡土情结的要害。此类作品与《红高粱》等作并列，才更能体现莫言关怀面的深广。

四

本文的讨论将以李永平(1947—)的乡土小说作结。在前面的例子里，我们已得见作家在不同的时代及社会背景下，如何来往折冲于原乡的主题间。他们的风格与角度容或有异，基本上却都能掌握一地理位置，使其成为叙事意义铺展的根源。沈从文的湘西、宋泽莱的南台湾、莫言的山东高密，个个皆成为作家注释历史、评价社会的终极根据地。李永平的例子却为我们带来又一新的尴尬。李原是婆罗洲的华侨，及长赴台完成大学学业。尔后又在美取得比较文学博士学位，并回台任教、创作。这样高学历的作者并不多见，而他以独特的成长背景来写作“乡土”小说，更是引人注目。李的《吉陵春秋》自 1986 年在台出版以后，一直广受好评，赞美其精致文字象征者有之，品评其深邃寓意主题者有之，但对李所塑造的乡土小镇视景，犹未有适切观察。简单地说，李原为土生土长的华侨，他的“根”到底要如何寻起？他的“故乡”到底坐落何方？失却了中国地缘的联系关系，历经了辗转浮游的成长经验，李永平还能明正言顺地插足于原乡的行列中么？

李永平的答案自然是肯定的。而他显然利用了此一矛盾，用心地“写”出了一个乌有乡即景，而其细腻动人处，尤胜那些“有”家可归的原乡作者三分。准此，我以为他把现代中国小说的原乡主题更加发扬光大，同时也径行暴露其神话底细，使得整个传统游离起来。莫言的作品多少已显出这样的倾向，但他毕竟没有李永平那样激进的决心。高密东北乡的重重高粱卷起了莫言回归故里的寻根情怀，而李永平却要在前人书写故乡的“千言万语”间找到他的归宿。他的吉陵镇，似脱胎于司马中原那样的苏北荒僻小镇，却又兼具了南洋热带风情，既有台湾小调的人物情趣，又遥拟古典话本中的市井喧声。虚虚实实，直让评者如刘绍铭教授等大叹“山在虚无缥缈间”[19]。李永平当然可能意识到福克纳等人予他的影响，但他摆脱现实的羁绊，封阻了自传或历史的牵连，实有更甚于前人之处。

《吉陵春秋》的故事主线其实很简单。吉陵镇刨制棺材的刘老实有美妻长笙为无赖孙四房所垂涎。某年观音诞辰的游行当儿，孙得妓女春红及一帮泼皮怂恿，乘乱强暴长笙，后者受辱后自戕。刘老实得知后，杀孙妻及春红而获罪。多年后吉陵镇角有神秘人物出现，状似刘老实，引得全镇人心惶惶。果真刘又返乡报仇？或仅系镇民罪恶感的投射？真耶幻耶，全作至此戛然而止。然则这一故事在《吉陵春秋》漫漶开来，使主线人物影影绰绰，边配角色却各有独当一面的机会。全书共以十二个短篇构成,各篇分可独立,合则共同衬托主线故事。可是此一堆积木式的结构底下大有文章。细心的读者会发现各篇时序的发展,人物性格的描写,以及故事情节的交代竟颇有龃龉。任何想要将其合而为“一”的努力,终不免徒劳无功之憾。李永平的小说因成就一万花筒式的视景,不断幻化出似曾相识却又迥有不同的样式。

一般评者最关切的,莫如《吉陵春秋》的要义何在。李永平于此最为拿手。举凡我们习见的文学题材公式,如罪与罚、神与魔、灵与肉、今与昔、真与幻等等,无一不包。他的象征场景,如妓女巷中的观音诞辰,日正当中的正邪对立,棺材店里的生死行当,也正是文学课程中大作文章的好材料。正所谓动静皆得、左右逢源,其极致处,称之为“十二瓣的观音莲”亦不为过[20]。笔者自不愿唐突这样的诠释方法,但却觉得《吉陵春秋》的重要性实不在于为“一个中国小镇塑像”,亦不在于视其为二十世纪的中国“荒原”象征[21]。它是原乡传统流传数十年后,一项最吊诡的“特技表演”,在在凸出李永平个人风格化的色彩。形式本身的玩耍试验,才是该书最大的成就。它显示有心人可以娴熟地摆弄原乡作品中的各个修辞符号,而不必汲汲追寻乡土的“本质”或“根源”问题,它更显示时间的错置乃至停摆,已不再值得追悔或嗔怪。原乡的渴求,或是天长地久,或是稍纵即逝,何必斤斤计较?前此我们习见的那个上下寻找“乡”之意义的主体意识,在《吉陵春秋》中似乎销声匿迹,但换个角度看,李永平何尝再需要一个寻根的代言人?整个吉陵小镇就是作者的心中丘壑,无处不弥漫着他制造摩挲乡情的身影。也就是从这些方面,我们瞥见李永平与现代主义挂钩的线索,以及他对原乡文学又一崭新的诠释。

由是观之,李永平吉陵镇内一些风风雨雨,不妨皆视为一自觉性的矫情安排。其中最显著的莫如此镇谑仿乌托邦的特质。与多数乡土、寻根作品所夸饰的淳朴落后的乡野不同,吉陵镇是个诸神见弃的市侩小镇,其中人心之险恶,风俗之败坏,十足引人侧目。诱拐奸杀、诈骗横死的事件层出不穷,距离《边城》呈现的天地远矣。但一切经过李永平的细细点染,竟也引人入胜。恰似与传统反其道而行,李的纸上故乡不做兴“俱往矣”的浩叹,只提出一种吊诡的论式:如果沈从文可以将湘西美化成人间桃源,视故乡如罪恶渊薮是否是“理想”的另一极端表现呢?对像刘老实这样的角色,故乡所留下的不是乡愁,而是乡“仇”。李永平作品尚少,到底不能像福克纳的约克那帕陶伐郡那般投射复杂多义的象征,但我们仍不应忽视他极具原创精神的视野。鲁迅当年营造的那个堕落的、衰颓的鲁镇或绍兴,只能充作道德批判的布景;吉陵镇却在失去了礼教的凭依后,衍生出一颓废却自足的风貌,生生世世,成为原乡者的梦魇,这不能不视为李对原乡传统的重大“贡献”。

本文的篇幅有限,只能就现代小说中的四位作家做点到为止的描述。我对他们个人作品细微处,并未做深入讨论,仅希望对“原乡”这一观念的传承递变,提供初步的观察。回顾二十世纪三十年代以还的各类原乡作品,我们的研究其实大有可为。而以下的结论,或可权充未来是类努力的起点:第一,原乡的观念或关系个人追本溯源的欲望,或牵扯宗族法统的感召,或表现地域山川的特质,可谓众说纷纭,各有道理。但本文的目的不在于分殊这些道理,只希望跨出一般地理上或空间上的定义范畴,探讨其所暗藏的历史动机及社会意义。如前所述,只有我们将故乡视为一种时空向度的指标,文化、意识形态力量的聚散点,方不至落于(简化)卢梭式的浪漫公式中。

第二,在不否定历史、情感经验确真性的前提下,我们亦须注意各种原乡文学所兀自构成的叙事规范及符号象征传统。作家对故乡的向往或系诚中形外的表现,但在“写作”乡情的同时,他们仍必须不断地“推陈出新”,以肯定自己故乡的独特性。这其中牵扯的意义、修辞相互指涉的问题,自是一大挑战。由沈从文的湘西山水到李永平的纸上吉陵,作家们纵使怀抱寄托不同,终须在字里行间见真章。而原乡文学所衍生的言谈论述力量,如何左右作者读者想象,亦是相生而起的问题。

第三，综上所述，以"神话"一词来审视原乡文学的传统，非但毫无贬意，反而强调其于我们的文学及社会体系中，运作不息的力量。这些作品已经发生了单纯乡愁以外的影响，为我们的社会总体叙述行进，注入对话声音。宋泽莱代表的台湾乡土及莫言所属的大陆寻根运动，都是现成的实例。但对于关心"原乡"情怀何所之的读者们，也只有在了解神话意义本身不可免的诠释循环，以及神话运作不能稍离的历史环境后，才可避免"原乡"的阅读行动，坠入一厢（乡）情愿的追逐中。

注 释

[1] Chronotope 一词借自巴赫金(Bakhtin)，意为小说时空交会所构成的场景不只是一单纯背景，而每每代表一文化符号的集结，投射作品潜藏的社会及历史动机。其使用见 "Forms of Time & of the Chronotope in the Novel," in *Dialogical Imagination*, trans. Caryl Emerson & Michael Holquist(Austin:U. of Texas P., 1983), pp.84—258；又相关延伸讨论见 Katherine Clark, "Political History and Literary Chronotope:Some Soviet Case

Studies," in Gary Saul Morson (ed.), *Literature and History: Theoretical Studies and Russion Case Studies* (Stanford: Stanford U.P., 1986), pp.230—246。又可参考 James Turner, *The Politics of Landscape*(Cambridge: Harvard U.P., 1979)。

[2] 沈从文:《从文自传》,《沈从文文集》卷九,香港:三联,1984 年,第 218 页。

[3] 沈从文:《湘西》引子,《沈从文文集》卷九,第 336—337 页。

[4] 沈从文曾与凌宇教授谈及所受屠格涅夫及莫泊桑等西方作家的影响。见《中国现代文学丛刊》1980 年第 4 期,第 315—320 页。

[5] 沈从文:《边城题记》,《沈从文文集》卷十一,第 69 页。

[6] 引自凌宇:《由边城走向世界》,台北:谷风,1987 年,第 237 页。

[7] 更进一步的讨论,见拙作《初论沈从文:〈边城〉的爱情传奇与叙事特征》,《众声喧哗》,台北:远流,1988 年,第 111—116 页。

[8] 凌宇:《从边城走向世界》,第 244 页。

[9] 陈清侨(Stephen Chan), *The Problematics of Modern Chinese Realism: Mao Dun and His Contemporaries*, diss., (U. of Califonia-San Diego, 1986), pp.282—296.

[10]《边城》,第 163 页。

[11] 金介甫 (Jeffery Kinkley):《沈从文与中国现代文学的地域色彩》,《联合文学》1987 年第 27 期,第 126 页。

[12] 沈从文:《长河》题记,上海:开明,1948 年,第 1 页。

[13] 宋泽莱:《蓬莱志异》,台北:前卫,1988 年,第 2 页。

[14] 同上,第 67 页。

[15] 沈从文:《三个男子与一个女人》,《沈从文文集》卷六,第 49 页。

[16] 李庆西:《寻根:回到事物的本身》,《文学评论》卷四,1988 年,第 14—23 页。

[17] 溪清、吕方:《当代文学中"魔幻现实主义"小说的勃起》,《当代文学研究:资料与信息》卷四,1988 年,第 4—6 页。

[18] 莫言:《白狗秋千架》,《透明的红萝卜》,台北:新地,1988 年,第 24 页。

[19] 刘绍铭:《山在虚无缥缈间》,《联合报》1984 年 1 月 11 日,副刊。

[20] 余光中:《十二瓣的观音莲》,李永平:《吉陵春秋》,台北:洪范,1985 年,第 1—7 页。

[21] 龙应台:《一个中国小镇的塑像》,《当代》1986 年第 2 期,第 166 页。

落地的麦子不死

张爱玲的文学影响力与“张派”作家的超越之路

严格来说，二十世纪五十年代中期张爱玲已写完她最好的作品。以后的四十年，与其说张爱玲仍在创作，倒不如说她不断地“被”创作：被学院里的评家学者、学院外的作家读者，一再重塑金身。张爱玲“神话”的发扬光大，你我其实皆与有荣焉，一九九五年才女遽逝，我们怅然若失，也就不难理解了。

一九六一年夏志清教授的《现代中国小说史》以专章讨论张爱玲：上海的通俗女作家首度与鲁迅、茅盾等大师平起平坐。夏承续了当年迅雨(傅雷)、胡兰成的眼光，肯定张不世出的才情，也为日后“张学”研究，奠下基石。但张爱玲的成就如果是评者及读者的福气，却要成为创作者的负担。二十世纪六十年代以来一辈辈的台港作家，怕有不少人是在与张爱玲的“搏斗”中，一步一步写出自己的路来。时至二十世纪九十年代，连大陆颇具名气的苏童也曾叹道，他“怕”张爱玲——怕到不敢多读她的东西(1994 年苏童在哥伦比亚大学的谈话)。

张爱玲到底有什么可怕？是她清贞决绝的写作及生活姿态，还是她凌厉细腻的笔下功夫？是她对照参差、“不彻底”的美学观照，还是她苍凉却华丽的末世视野？在这些“惘惘的威胁”下，年轻的作家在纸上与张爱玲遥相对话（或喊话）。他（她）们的作品，成为见证张爱玲影响的重要文献，但谈“影响”是件吊诡的事。有的作者一心追随大师，却落得东施效颦；有的刻意回避大师，反而越发逼近其人的风格。更有作者懵懂开笔，写来写去，才赫然发觉竟与“祖师奶奶”灵犀一点相通。不管是先见或后见之明，“影响的焦虑”还是“影响的欢喜”，张爱玲的魅力，可见一斑。

二十世纪六十年代私淑张爱玲而最有成就者，当推白先勇与施叔青。王祯和当年虽有幸陪同张爱玲访游花莲，在创作脾胃上毕竟另有所好。白先勇与施叔青都以雕琢文字、模拟世情著称。张是写实主义的高手，生活中的点滴细节，手到擒来，无不能化腐朽为神奇。但这种对物质世界的依偎爱恋，其实建筑在相当虚无的生命反思上。她追逐人情世路的琐碎细节，因为她知道除此之外，我们别无所恃。“时代在破坏中，还有更大的破坏要来。”处在历史的夹缝中，能抓住点儿什么，管它庸俗零碎，总就对付过了下去。

白先勇的《台北人》写大陆人流亡台湾的众生相，极能照映张爱玲的苍凉史观。无论是写繁华散尽的官场，或一晌贪欢的欢场，白先勇都贯注了无限感喟。重又聚集台北的大陆人，不论如何张致做作，踵事增华，掩饰不了他们的空虚。白笔下的女性是强者。尹雪艳、一把青、金大班这些人鬼魅似的飘荡台北街头，就像张爱玲写的那蹦蹦戏的花旦，在世纪末的断瓦残垣里，依然，也夷然地唱着前朝小曲。但风急天高，谁付与闻？

然而白先勇比张爱玲慈悲得多。看他现身说法的《孽子》，就可感觉出他难以割舍的情怀。写同性恋者的冤孽及情孽，白先勇不无自渡渡人的心愿，放在张爱玲的格局里，这就未免显得黏滞；当白先勇切切要为他的孽子们找救赎，张可顾不了她的人物，而这是她气势艳异凌厉的原因。

倒是施叔青中期以来的作品，抓住了这点特质。施与白无独有偶，都深深浸润于传统文化脉络间，她从不避讳是张爱玲的忠实信徒，实则却另有所长。施早期作品如《约伯的后裔》等，已经延伸一手炮制的“女性鬼话”

(Female Gothic)。二十世纪三十年代的白薇以《打出幽灵塔》首度将“女性鬼话”和盘托出:被幽闭的女性、家族的诅咒、阴湿古老的厅堂、诡魅的幻影……这些母题,一再烘托女性的恐惧与欲望,诱惑与陷阱。张爱玲从《金锁记》以来即乐此不疲,而且精益求精。《半生缘》里顾曼桢被幽闭、强暴、发狂的好戏,应是高峰。施叔青承续此一传统,赋予超写实兴味,则又产生不同效果。

及至二十世纪八十年代,施凭借旅居香港经验,重新盘整她的张爱玲情结,其结果是一系列“香港的故事”。这些小说写尽岛上纸醉金迷的缤纷嘈杂,以及劫毁将近的末世忧思。与前述白先勇不同,施对她的角色下手绝不留情,反因此摇摆张爱玲那种大裂变、大悲悯的笔意。而她创造一系列的艳鬼型女性角色,尤得张派真传。试看《愫细怨》的结局,不是与《沈香屑·第一炉香》有异曲同工之妙?

更重要的是,施打造了一个世纪末的香港,算是对张当年香港经验的敬礼。二十世纪九十年代以来她以《维多利亚俱乐部》《她名叫蝴蝶》等作,为香港百年盛衰作传记——或是“传奇”,其贯穿全局的正是一个女性,且是一个庸俗的妓女。随着她“香港三部曲”的完成,施是否能让张爱玲那蹦蹦戏花旦移驾到香港的情天恨海里演出好戏,是否能重写九七版的《倾城之恋》,自然要付之公论。

二十世纪七十年代里,香港少女钟晓阳以一部《停车暂借问》震动读者。钟年纪虽小,却写出本老练沧桑的世情小说。烽火离乱,姻缘聚散;这不啻是当年张爱玲二十出头,就写出《金锁记》的翻版。钟以后的作品,皆能维持水准,却似乎难有突破。二十世纪八十年代中期的《爱妻》,一九九〇年初的《燃烧之后》(皆为选集),都有类似问题。《燃》书中的中篇《腐朽与期待》是篇力作,但非杰作。这里张的阴魂不散,从《金锁记》到《半生缘》,从《鸿鸾喜》到《创世纪》,都有案可考。全作讲的是个时移事往,两代情缘未了的故事,那种春梦了无痕的遗憾,以及遗憾以后的清明,是钟全力要铺陈的。平心而论,《腐朽与期待》并不比《停车暂借问》差,只是钟已经过十余载的“修炼”,我们的“期待”自然要高于彼时。

二十世纪七十年代后期,台湾也有一辈年轻作家蓄势待发,而其接受张爱玲的影响,更别有门径。这群作者包括了朱天文、朱天心、丁亚民、蒋晓云等写将,后来又有林耀德、林俊颖,以及(日后要努力划清界限的)杨照等相互唱和。在“三三”的名头下,他们日月山川,诗书礼乐起来。这里的关键人物是与张爱玲有段情缘的胡兰成。一九七四年,一向遁居日本的胡兰成来台任教,并于一九七四、一九七六两年重新出版《山河岁月》《今生今世》两作。胡后以“抗战通敌”故,不见容于政府,但因缘际会,他成了“三三”的精神导师。胡兰成是极具争议性的人物,唯其人的才学识见,毕竟有所不同。《今生今世》中《民国女子》一章,把张胡之恋写得迷离浪漫,即是一例,而《山河岁月》以抒情诗技法,重读历史,赞弹不论,真要令人眼界一开。

胡派学说讲的是天人革命,诗礼中国;儒释兼备,却又透露妩媚娇娆之气。有趣的是,尽管胡兰成写得天花乱坠,总有个呼之欲出的张爱玲权充他的缪思。“三三”诸子中,兼修张、胡两家而出类拔萃者,当然是朱天文。且看她读国父《伦敦蒙难记》的感想,“我也像看完了(张爱玲的)《赤地之恋》,要为刘荃、黄绢,为张爱玲,大大立下志气,把世上一切不平扫荡。单为了张爱玲喜欢上海天光里的电车叮铃铃地开过去,我也要继承国父未完成的革命志愿,打出中国新的江山来。因为她(张爱玲)就是倾国倾城佳人难再得。”(《仙缘如花》《淡江记》)

用今天的眼光来看,这真是后现代的绝妙好辞。但彼时的朱天文还太“正经”,要再等十年,她才终于把“张腔”与“胡说”熔为一炉,从而炼出自己的风格。经历了《最想念的季节》到《炎夏之都》,朱天文在二十世纪九十年代以《世纪末的华丽》大放异彩。有关这本小说选的评论已不少见,无须重复。可以一提的是讲模特儿生活的《世纪末的华丽》,朱把张爱玲的“女人如衣服论”及“情妇论”挪到世纪末的台北,发挥得淋漓尽致,而张对物质世界的咏叹好奇,名正言顺地成为后现代的都市征候。但《柴师傅》才是全书的高潮。这篇讲腐朽老人盼望青春女体的故事，极其肉感也极其伤感。胡兰成大书特书的江山日月、王道正气，终于九九还原，尽行流落到张爱玲式的、猥琐荒凉的市井欲望中。

朱得到大奖的《荒人手记》早就引起注目。纯从张爱玲、胡兰成的传统来看，我们还是可有不少心得。这本小说讲男同性恋患得患失的禁色之爱，劫毁边缘的无端邂逅，其实是张爱玲哲学的正宗法乳。但笔下流出的，却有胡兰成风情。大劫之下，荒人苟得片段真情，唯盼“岁月静好，现世安稳”。把惊险化成惊艳，前有胡的《民国女子》，而《荒人手记》正不妨视为同志版的“民国男子”。

“三三”小集在二十世纪八十年代初风流云散。蒋晓云仅止昙花一现，未成气候。朱天心则越写越泼辣洒脱，逐渐自成一格。但张爱玲的光影仍不时返照她的作品中。她写《我记得》或《佛灭》时，把张只能侧写的情爱凶险，欲望堕落，悍然全盘托出。而她写《预知死亡纪事》时，就算打着加西亚·马尔克斯的同名招牌，骨子里呼应的应仍是张尝引用的乐府，“来日大难，口燥唇干；今日相乐，皆当欢喜”吧？莞尔的是，大难未至，朱天心居然以“口燥唇干”的论文体，为她的小说另辟新境，反使读者有意外的惊喜。

曾以《千江有水千江月》《桂花巷》知名的萧丽红，其实也是学张能手。《桂花巷》活脱是个台湾乡土版的《怨女》，而《千江》又有着胡兰成的爱情观。君不见，书中男女主角，大信及贞观的名字，都是脱胎于《山河岁月》中的文字呢。写《盐田儿女》的蔡素芬当年的《七夕琴》则似遥拟《金锁记》等的集锦之作。倒是有两位较少与张爱玲引起联想的女作家，苏伟贞与袁琼琼，更值得一提。苏伟贞自《陪她一段》以来，一直有一型女性角色，不断出现，她们欲力强大，却兀自有着冷凝寡欢的外表。她们一次又一次地为爱铤而走险，玉石俱焚，在所不惜；但她们又都是“清贞决绝”的剔透人物，寻常悲喜，近不得身。以无情的方式写有情，苏因此深得张爱玲的三昧。至于这些角色“女鬼”似的造型，前已有专文论及（《女作家的现代“鬼”话：从张爱玲到苏伟贞》),则犹其余事。

袁琼琼也未必意识到她有张腔，但我以为她对张爱玲最难学的一面——庸俗人的喜剧——重做了诠释。张的散文及短篇时有自嘲嘲人的幽默,而陷身都会阵仗中的男女,最是她要嘲弄的目标。最好的例子是《封锁》及《走到楼上去》。袁琼琼早在《自己的天空》期间就有这样的幽默感,她的长篇倒不见精彩。最近几年袁重新执笔写出的一系列短篇,则越发能掌握妙要。人生尴尬的无奈的片段,信手拈来,皆成文章。而在冷笑讪笑之余表现的世故讽刺,较张有过之而无不及。

年轻男作者中,林裕翼以《我爱张爱玲》解构张爱玲神话,曾被看好。他之后的作品《今生已惘然》显然别有用心，摆明是向《半生缘》《惘然记》(《半》原书名)致敬之作。郭强生也有一段时期,仿张腔颇有些意思。负笈美国后,所思所见,逐渐开朗,应可跳出前此的圈圈。至于目前最有力的接棒者,应是林俊颖。他的两部小说集,《大暑》及《是谁在唱歌》出手皆不凡,后者尤有数篇佳作。林俊颖对文字的摩娑感悟,颇可称道。

二十世纪八十年代以来,张爱玲的作品在大陆重新登台,得到热烈回响。相距当年她在上海一炮而红,四十年已倏忽过去。作家之中,景仰张的风格者颇不乏人。写《棋王·树王·孩子王》的阿城,不止一次推崇张派艺术。但阿城除了推敲文字的态度可与张相提外，本身作品并不属后者的路数。反倒是他《闲话闲说》,看张作品中的强烈世俗取向,算是极有见地的观察。

张的创作中,多以都市(上海、香港、南京)为场景。铺张旷男怨女,夙夕悲欢,演义堕落与繁华,荒凉与颓废,毕竟得有城市做衬景,才能写得有声有色。反观几十年来的工农兵文艺,把城市都写“没”了,还谈什么城市里的声色。无怪不少作家看着张的作品,只能发思古之幽情了。到二十世纪八十年代末期,小说中最能传达“张味儿”的,是苏童及叶兆言两位男作家,两位作者都出身城市(南京及苏州),也不约而同地擅写三四十年代风情,并不让人意外。苏童其实从未刻意学张,只是在他最好的作品里,他所流露的怀旧情态，对世路人情的细腻拿捏，还有他耽美颓废的视景，无法不让我们联想到张爱玲。像《妻妾成群》《罂粟之家》这类作品，白描没落家族里的奸情与凶险，大白天也要闹鬼的阴湿环境，真个是缛丽幽深，再现《金锁记》《创世纪》的风采。

叶兆言创作的题材并不独沽一味，但他最耀眼的作品，首推《夜泊秦淮》系列。这四个中篇从清末讲到二十世纪四十年代，南京城内小户人家里的传奇喜剧，仕绅门第后的情色冲突。叶以模拟鸳鸯蝴蝶派的笔法，写来丝丝入扣。张爱玲即是自鸳蝴派汲取了大量养分。叶著不乏世故警醒的禀赋，因此在涕泪之外，别有所见。但叶兆言多角经营，像《夜泊秦淮》一类作品，已搁下好一阵子。直到最近，他才在《花影》中重行调理金粉世家的悲喜剧。叶的作品在海外多已印行，但比起苏童的走红，好像寂寞了些。

时至二十世纪九十年代，张爱玲的影响并未稍歇，而且作家创作的场域，终于挪回了上海——张当年爱之写之的第二故乡。年轻的女作者须兰以《仿佛》《闲情》《石头记》等突然冒出文坛。她的两样写作宝典，看来一是《红楼梦》，一是张爱玲小说。以《闲情》来说吧，一男两女的故事有《红玫瑰与白玫瑰》的影子，而此情可待成追忆的故事，不由人想起《半生缘》来。

以上所论的三位作家，虚拟民国氛围，复制鸳蝴幻象，在把题材“由新翻旧”上，各擅胜场。但读多了他们的东西，就像看仿制古董，总觉得形极似而神(尚)未似。是否有作家能突破限制，另谱张派新腔呢？我以为女作家王安忆是首选。熟悉文坛的读者，对王安忆不会陌生。她写作极勤，花样也时常翻新。一九九二年的《纪实与虚构》纵写母系家族历史，上下三千年，堪称巨作。但是一九九五年的新长篇《长恨歌》才应算是好看动人的小说。

简单地说，《长恨歌》是一个上海女人与男人纠缠一辈子，最后不得善终的恐怖“喜剧”。背景是上海：三四十年代十里洋场的上海，二十世纪五十年代“人民”的上海，六十年代“文革”的上海，八十年代改革开放的上海。故事的结构略似张的《连环套》，野心则大得多。王安忆的笔锋澎湃流畅，并不

"像"张爱玲,但这无碍她钻研张爱玲时代的上海,以及张爱玲走后的上海。这使她为张的人世风景,真正赋予当代意义。葛薇龙、王娇蕊、白流苏这些女人,假如新中国成立后都留在上海,四十年后会是个什么样子?王安忆深爱这座城市,她对它(或是她?)了若指掌。可是万千细节——历史的、空间的细节——最后都归结到一个平凡女人一生的起落上,这又回到《倾城之恋》的模式上。当虚荣逝去,繁华不再,我们看到百孔千疮的城市里,这个女人仍在情欲堆中打滚。故事的结尾惊心动魄,暂且卖个关子。但诚如王安忆来信所谓,张爱玲"也许是生怕伤身,总是到好就收,不到大悲大恸之绝境"。王也许尚未参透张爱玲就是"不要彻底"的名言,但她的诠释另有其力道。《长恨歌》写感情写到那样触目惊心。荒凉而没有救赎,岂真就是张爱玲那句名言"因为懂得,所以慈悲"的辩证?

本文论张爱玲过去数十年对台港大陆作家的影响, 原无意 "对号入座",强作解人。影响研究其实是极虚构化的论证方式。从依样画葫芦到脱胎换骨,无不可谓影响。所要强调的是,在张爱玲这样强大的影子下,一辈辈作家如何各取所需,各显所长,她(他)们在大师走后,更有信心地说声:谁怕张爱玲!

潘金莲、赛金花、尹雪艳

中国小说世界中“祸水”造型的演变

《红楼梦》里的贾宝玉有一句名言：“女人是水做的，男人是泥做的。”宝玉的话固然“清奇”有余，但他对水“质”的研究未免失之过疏。我们对古典小说的女性只要稍加回顾，便可发现有许多女子，美则美矣，但却不幸蹚了浑水，成了祸水。往往我们津津乐道璩秀秀(《崔待诏生死冤家》)或是霍小玉的贞厉，红拂女、扈三娘的侠勇，林黛玉的文弱或是红娘的慧黠。但提起了潘金莲、王熙凤之流的人物，我们不免阖书三叹，认为她们的出现，玷辱了中国妇女纯良慧美的典型。

事实上，纯就小说人物的刻画而论，中国古典小说里的“坏女人”无论在造型、动作及心态上都比那些正派角色来得生色耀眼。她们的淫逸无德固为读者所不齿，但无可否认的，她们在促进小说的戏剧性，乃至于揭露传统妇女心灵的幽暗面，都有值得我们深思的地方。近年来夏志清先生对晚明短篇小说的讨论，以及孙述宇先生论《金瓶梅》的专书，都为这一方面的研究开下先河。本文不揣攀附骥尾之讥，企图借着几位声名狼藉的女性人物，《水浒传》及《金瓶梅》的潘金莲，《红楼梦》的王熙凤，和《孽海花》及《续孽海花》中的赛金花，略论中国小说中所谓“坏女人”造型的发展，继而观察此一传统对中国现代小说的影响。当然，传统并不意味着一个陈陈相因的窠臼；事实上我们从这些妇女的性格及行动上，可以看出许多有趣的变迁，而这些变迁也带给我们重新衡量作品、作者以及时代背景相互作用的一些信息。

一

中国小说世界里的坏女人虽说是群雌并起，但潘金莲的地位仍然是首屈一指的。在她以前，中国小说史籍中对妇女败德无行的记载不能算少，但以刻画生动与深入论，没有一人能与潘金莲差堪匹敌的。潘氏一出，似乎往后千千百百的坏女人就有了典范可寻。

潘金莲在《水浒传》里初露头角，就已荣列惊心动魄的“三杀”首席（另两段是杀阎惜姣，杀潘巧云）。她与武松、西门庆三人间电光石火般的孽缘，在当时的读者（或说话人及其听众）心目中必已留下深刻的印象，于是乃有《金瓶梅》敷衍成书，而潘金莲也因此得以在小说史上大放异彩。万历本《金瓶梅词话》开宗明义就说：“本书是个风流故事，讲一个好色的妇女，因与了破落户相通，日日追欢，朝朝迷恋，后不免尸横刀下，命丧黄泉……贪她的，断送了堂堂六尺之躯，爱她的，丢了泼天哄产业。”这的确一语道尽了潘氏及其他“祸水”们的症结与下场。金莲的美艳自不待言，但她行事的泼辣放肆却是前无古人的。且看在《金瓶梅》里，她不仅色诱小叔、谋杀亲夫，而且私通奴仆，争风吃醋，搬弄是非。她在床笫之间的表现，更是令人咋舌。为了笼络西门庆，她不仅曲意承欢，甚至愿做“娼妓不为”之事。她与西门庆死前交欢的狠劲儿，真要使男性读者倒抽一口冷气。

潘金莲的所作所为自然会使我们联想到西方文学传统中那些“要命的女人”(femme fatale)，像《圣经》中剪了参孙头发的大利拉(Delilah)，荷马史诗《奥德赛》里把男人变成猪的喀耳刻(Circe)，以迄于爱伦·波小说里阴阳怪气的丽琪亚(Ligeia)。从文学的原型理论来看,这样的比较似乎是言之成理。因为所有这些女子们,不分国籍时代,都是擅以美色为饵,使得男人们不仅目眩神迷,还往往倾家丧命,做了花下之鬼。但是我们小说传统里的坏女人毕竟处处透着"中国味儿",有别于那些西洋例子。最显著的不同是,中国小说中败德妇人的造型多半落实在一个明确的道德架构或文化背景中,其所产生的趣味与西方那些莫测高深、神秘兮兮的"要命的女人"大相径庭。以潘金莲来说吧,她的行为动机及变态性欲,无不是在中国传统(中下层)妇女地位与家庭制度的照映下才显得合情入理。以西方"要命的女人"的模式套入中国祸水的身上,自有不尽周全之弊。

我们甚至可以进一步说,中国"坏女人"如潘金莲者的出现,是传统小说里女性写实主义的突破。在小说作者(及说话人)渲染这些女性"为何变坏"及"如何使坏"的过程中,我们惊觉到一批有血有肉、敢爱敢恨的妇女们,曾经在传统礼教的藩篱下, 扬弃三从四德的成规, 演出一幕幕惊世骇俗的悲剧。从一般"警世"的观点来看,我们固然可说这些女子的遭遇和下场是咎由自取,然而她们所汇集成的激情与喧嚣,却为中国小说女性人物注入了新的生命。潘金莲的恣肆泼辣在《水浒》中就已引人侧目,在《金瓶梅》里她亢扬的情欲以及乖张的心态更演化成一种历久而弥坚的"嗔恶"之心[1]。在潘金莲的造型里,夸张是免不了的,但夸张的成果不仅在于突出她的个人形象,而且使她成为一种典型(stereotype)的开端。不唯此也,潘金莲所汲汲营营的争宠专权之事,也为传统小说题材,另辟蹊径。关于这一点孙述宇先生已经明白地指出:"从文学史的观点来看,潘金莲的家庭斗争是个里程碑,这差不多是中国文学上头一回拿妇女的精力做写作的题材……潘金莲一出来,中国文学的想象力便开拓了一个新范围,以后妇女的精力与她们自身的活动可以写了。"[2]

但有一件值得我们注意的事是,潘金莲的出现不是一个单一的文学现象。《金瓶梅》成书于明万历年间,而在同一时代,著名的短篇小说集如"三言”(《醒世恒言》《喻世明言》《警世通言》)及“二拍”(初、二刻《拍案惊奇》)也相继出版。在这些精彩纷呈的短篇小说里,我们不难发现许多有关“坏女人”的故事。像《蒋淑真刎颈鸳鸯会》(《警世通言》),《新桥市韩五卖春情》(《警世通言》,脱胎宋人话本),或是《夺风情村妇捐躯》(《二刻拍案惊奇》),在在提醒我们,貌美而性淫的妇人已逐渐成为通俗小说中不可或缺的角色了。她们的行径,无一不以潘金莲这位前辈马首是瞻,而她们对情欲的饥渴与下场的可怖,也无一不反映着“金瓶”的光影。晚明小说之热衷描写妇女淫逸的行为固然是由于当时社会风气及读者兴趣使然,但这也间接显示了作家对人事及人性的复杂性,有较前更深刻的体认。作家们巧妙地借用僵化的遭德教条为架构,恣意描摹他们对情欲世界的好奇心。由于篇幅与作者才具的限制,这些故事中的坏女人在形象上较潘金莲远有不逭。但即使如此,细心的读者仍可察觉有些败德失节的女性在心貌上已有变动,使我们对其作为很难遽下论断——即便淫逸如潘金莲者,其处境仍有堪怜之处,又何况那些泛泛怨女弃妇呢?夏志清教授多年前讨论传统小说中社会与自我的冲突时就曾提过:晚明小说对妇女失节的动机与心态,显有较前深刻的诠释。作者在取舍“个人欲望的伸张”和“道德规范的遵循”这两难间,往往采取了一个暧昧的立场,以致使他们的作品在意识形态上更为圆熟世故[3]。比方说,《初刻拍案惊奇》中卷十七《西山观设箓度亡魂,开封府备棺追活命》。以及《警世通言》里的《况太守断死孩儿》一卷,都处理了原本矢志守节的寡妇,禁不起肉欲的诱惑,而致万劫不复的故事。从表面看,两者的结局都是“恶”有恶报,符合了小说警世戒俗的前提,但事实上两篇小说对其女主角掩饰在一片冰心下的熊熊欲火,都做了无穷的嘲弄与慨叹(后者甚且因奸成孕,引出杀婴灭尸的惨案)。另外一方面,晚明小说里也不乏喜剧收场的例子。像著名的《蒋兴哥重会珍珠衫》(《喻世明言》)中,男女主角各因误会而另结新欢,但辗转重逢后,居然能互相原宥而重缔连理。在《初刻拍案惊奇》卷二《姚滴珠避羞惹羞,郑月娥将错就错》里,我们看到一位少妇因不见容于翁姑而离家,半途遇他人相诱,也就在半推半就的情况下另结情缘,多年后重遇本夫,终又演出珠还台浦的情节。在这样的故事里,生硬的社会礼教在作者承认人生之无奈与无常的心态下软化了。我们只要与《水浒》及《金瓶梅》中那些女性的下场相比,便可发觉"三言""二拍"处理"坏女人"的遭遇已经不全是那么极端了。

潘金莲所代表的传统到了《红楼梦》的王熙凤可说是又往前跨了一步。乍看之下,潘、王间的造型不尽相同。潘金莲出身卑微,在入西门府之前已饱尝人世的辛酸,但王熙凤系出名门,是金陵王家的大小姐,也是贾府明媒正娶的少奶奶。潘金莲除了美貌,在那个群雌粥粥的家庭里一无凭借,所以她必得施出浑身解数,以博西门庆的宠爱。而王熙凤"除了"贾琏的专情外,可谓集贾府的财势荣宠于一身。然而熙凤虽贵为正册的金钗之一,却与生活在大观园内的女子们有截然不同的专注与嗜好。正如孙述宇先生指出:王熙凤毫无文采,但却口舌便给,乖精泼辣,成为"红楼"中其他娉婷文弱美女的强烈对比[4]。只要剥除她贵族世胄的外衣,便可见这位世家少奶奶实际充满了"金瓶"女性的精力,她的为人行事处处流露了潘金莲式的风韵。

但作为小说史里坏女人的一绝,王熙凤又代表了什么样的意义呢?我们只要稍加思考熙凤、金莲的不同处,就可了解坏女人在"红楼"的地位提高了,也精致化了。乖恣淫巧不必再是侧室娈妾的专长,豪门仕女也一样的行有余力呢。比起潘金莲来,熙凤在操纵家庭政治上更擅胜场。这固然要归功于她生长的复杂背景的磨炼,但更重要的也显露她纵横权术的天分。周旋在贾家老小上下间,她(至少在表面上)是颇得人缘的,而她的阴狠(捉弄贾瑞,逼死尤二姐)也要令潘金莲自叹弗如。金莲剀切钻营是为了要在西门府争一席之地,而熙凤弄权却一再显示了她试探自己能力范围的贪恣之心。对两人而言,性事都不过是满足个人野心之一端。金莲放肆,把性当为力争上游的手段;熙凤内敛,幽会私情成为消遣长日的点缀。然而,也多亏了这位饶有“金瓶”气息的女性穿梭于大观园的门里门外,给气数将尽的贾家,带来阵阵笑语,串演幕幕好戏。事实上,王熙凤对《红楼梦》的主要贡献之一,就在于带动了那份强颜欢笑的“做戏”的气氛,而她自己也身膺编导演重担于一身,给“红楼”人生如戏的主题,做了现身说法的诠释。

二

比起潘金莲或王熙凤的风光来,赛金花在中国小说史的地位可要略逊一筹。我们今天对赛金花的印象,可能多半来自逸闻野史的记载,而忽略了她曾是晚清最畅销小说之一《孽海花》的主角。但我们若要勾画中国小说中的“祸水”传统,赛金花则扮演了一个承先启后的角色。她的重要性也因此值得我们重新衡量。

《孽海花》的作者曾朴先生是清末力倡维新图强的文士之一。他写作该书的目的,厥在重新呈现清末政治动乱,可泣可笑的史实,进而展望革命的到来。在清末芸芸新小说家中,他可能是唯一精通外文(法文)及西洋文、史学的人。由于深受十九世纪西欧文学的影响,曾朴自始即立意写出一本不落前人窠臼,而又雅俗共赏的小说来。从他与师友的信件及自序来看,我们可以推测他是企图借由法国小说如雨果(Hugo,曾朴曾翻译了其戏剧全集)的《悲惨世界》(*Les Misérable*)及巴尔扎克(Balzac)的《人间喜剧》(*La Comedie humaine*)等为模式,创造出一部以史实为经,以特定人物遭遇为纬的“历史小说”来。在这样的小说中,被选定的主角成为我们的着眼点,追随他或她们一生的浮沉经历,我们可以窥探时代背景的变迁,进而感受历史力量的作用。可想而知的,曾朴选用了清末状元洪钧(1840—1893)与名妓赛金花(1874—1936)的一段恋史,作为《孽海花》故事之主线。曾朴显然颇以他的小说结构为傲。在《孽海花》“修改后要说的几句话”里,他强调:

"我的确把数十年来所见所闻的零星掌故，集中了拉扯着穿在女主人翁的一条线上……虽然同是连缀多数短篇成长篇的方式，然组织法……是盘曲回旋着穿着，时收时放，东交西错，不离中心，是一朵珠花。"他又用植物学里的花序做比喻，称《孽海花》是"伞形花序"，从中心干部一层一层地推展出各种形色来，互相联系，开成一朵球一般的大花[5]。

很遗憾的，曾朴所描绘的"伞形花序"并不能真正开脱《孽海花》结构上的松散枝蔓（松散枝蔓是晚清小说的一大特色，但并非为绝对的缺点，有机会当以专文论之）。倒是他在处理赛金花的态度上，为中国小说里"坏女人"的造型，写下了新的一页。赛金花（小说中更名为傅彩云，洪钧则唤金雯青）出身极低，原不过是青楼女子，但却有幸结识洪钧而生情愫，日后夤缘附会，居然成了清末社交界的名媛。（此外，在小说的卷三及卷二十三，曾朴又倒述了赛金花的前世，烟台名妓梁新燕与洪钧的一段孽缘。原来洪钧未取中状元前，曾颇得梁女之助，且许以婚盟，但高中后洪却弃之不顾，梁乃含恨自尽。）曾朴在创造这个人物时，虽说多少受到了西方十八九世纪戏曲小说的影响，但基本上，潘金莲以降的"坏女人"传统在赛金花身上是呼之欲出的。赛金花在情场上的"成就"较其前辈真是不遑多让。她美貌慧黠，善于逢迎，口牙伶俐，咄咄逼人。像金莲、熙凤一般，她也是精力无穷，恣肆浪荡，虽然身为洪钧宠妾，但私通奴仆，眷养伶人，颇不甘于寂寞。我们且看她对洪钧识破其奸情的反应，就可知其为人泼辣放肆之一斑："你们看着姨娘，本来不过是个玩意儿，好的时候抱在怀里，放在膝上，宝呀贝呀的捧。一不好，赶出的，发配的，送人的，道儿多着呢。就讲我，算你待得好点儿，我的性情，你该知道了，我的出身，你该明白了，当初讨我时候，就没有指望我什么三从四德三贞九烈，这会儿做出点儿不如你意的事情，也没什么稀罕。"（卷二十二）许多清末民初的读者，显然对像赛金花这样的女子作为小说主角，深感不安。蔡元培先生就曾抱怨："我对于此书，有不解的一点。就是这部书借傅彩云（赛金花）做线索，而所描写的傅彩云，除了美貌与色情狂以外，一点儿没有别的。”[6]

蔡元培对赛金花这个人物的批评,并不公允。因曾朴除了描写其美貌与色情狂外,确实传播了一点儿“别的”信息。把赛金花与王熙凤、潘金莲等人放在一块儿,可以发现两点最显著的不同处:第一,赛金花的生活经验扩大了,她不再只是局限于闺门中的荡妇。相反的,曾朴似乎在刻意安排她游走于不同社会地位间。她虽出身娼家,但有幸成为宦门侍妾,之后,又代表大妇随洪钧驻驿欧洲各国。在欧洲赛金花成了炙手可热的社交名流,不但赢得德国女皇维多利亚的青睐,甚至与俄国虚无党的革命志士也有一夕长谈。她的感情生活更是多彩多姿,府中的僮仆,英俊的德国军官,勇猛的平剧武生一一成了她入幕之宾。自然,最为脍炙人口的那段情史,就是她与八国联军司令瓦德西的关系了(此点早经有识之士推翻)。在《续孽海花》(张鸿著)中,赛金花的地位更上层楼。由于她与瓦德西的私情,她竟能于北京城破之日,力劝联军统帅勿烧杀掳掠,成了救生灵于涂炭的女英雄。“赛二爷”这高潮迭起的一生,可真要令金莲、熙凤之辈艳羡不已了。

然而第二点不同处却更让我们感觉兴趣盎然。那就是赛金花虽在孽海情涛中多所历练,但居然能全身而退。她多行“不义”,却似乎毫不受天理报应的惩处。比起潘金莲的可怖下场,与王熙凤的凄凉以终,真有所谓的幸与不幸了。曾朴对这位奇女子显然颇有好感,不忍让她追随她的“祸水”前辈们于地下。我们不禁要问,是什么原因使得赛金花的遭遇出落得与众不同呢?

最表面的原因可以从《孽海花》的情节安排中得到。我们从洪钧初遇赛金花,惊识其颈部的勒痕得知,赛金花可能是前述洪钧背弃的烟台妓女的转世。这段“烟台孽报”的情节,成了开脱赛金花的最明显借口。她的淫行成了报复洪钧负心的利器。所有她加诸洪钧的羞辱都可解释为洪的罪有应得。洪钧死于第二十三回,死前他所见的厉鬼索命的幻象,都足以说明笼罩在这部小说后的传统道德架构,仍然是根深蒂固的。作为报仇的工具而言,赛金花本人操守的邪正,自然成了次要问题。

然而,这样的解释并不能满足我们对赛金花造型上的困惑。众所周知,曾朴是一位讲维新、倡革命的开明人物,他似乎不应只斤斤计较小说中宿命孽报这一套陈腐的主题。所以我们如果换一个角度,从探讨曾朴个人的文学训练以及盛行于清末的新思潮入手,则赛金花的形象就更耐人寻味了。曾朴在处理洪钧与赛金花这对白发红颜的感情关系上,很可能沿用了他所熟悉的十七、十八世纪法国风情喜剧的模式(comedy of manners)。在这种喜剧模式中,风情万种的女主角总是千方百计地暗度陈仓,让那老迈无能的丈夫频频绿帽加身。这类偷情捉奸的闺房剧成了《孽海花》里的重要插曲,分别出现于十四、十五、十七、二十三、二十六、三十等章节中,而在欣赏这类的喜剧情节中,我们的着眼点不是在道德的质疑,而是男女间性关系的龃龉。我们有理由推测,掩盖在"烟台孽报"传统主题下的,是曾朴对巧妇拙夫这样喜剧素材的尝试。其次,曾朴似乎也借用了十九世纪巴尔扎克小说中那些周旋于上流人物间的交际名花的遭遇(例如 *Splendeurs et Miseres des Courtisanes* 一书所示),作为诠释赛金花生涯的蓝本。从这个观点,我们再度印证了金钱权势而非道德是赛金花所置身之现实世界中的价值标准。

但最重要的,我以为是赛金花那充沛活力下所影射的新意识形态。在清末时期,达尔文主义及社会达尔文主义早已风行于开明有识者的圈子里。以曾朴的学养背景,是不可能不受其影响的。形之于外的,是他在《孽海花》一书中直言无讳的进化论式革命维新主张,但激荡于书中人物造型间者,则是俨然壁垒分明的新旧两派人物。然而赛金花以其高明的社交手腕,来往穿梭于各派人物之间,其鸢飞鱼跃的活泼精神,不得不使我们暗叹,她才真正代表了达尔文主义"物竞天择,适者生存"的真谛。曾朴所苦心孤诣经营的革命人物,都不能像赛金花那样传神地表达,一个在道德及价值观念上与以往判然不同的时代精神,已悄然渗入了中国社会。所以赛金花的无穷精力固然是得自于潘金莲式人物的真传,但在《孽海花》一书中,这样活跃亢奋的激情,却巧妙地被曾朴做了新的阐释。与洪钧的昏庸老迈相较,赛金花在男女之间、社交场中无餍的欲望,益显其人生机之蓬勃。她在洪钧死后扶柩归里的途上,挣脱了洪府的枷锁,与新识的伶人共效于飞的行动,更给《孽海花》的终篇,添上了神龙见首不见尾的余韵。曾朴在此卷终的诗曰:“但愿有情成眷属,却看出岫便行云。”显然没有任何道学上的批判意义,相反的,似乎对赛金花的行动,给予一种认可。安排这样一个结局,自然是对传统小说“坏女人”的下场,大做翻案文章。

以上所论有关赛金花造型的变化,也使我们在研究小说史的立场上得悉,所谓西方“写实主义”的影响,早在清末的小说中,已可窥见蛛丝马迹了。无论我们称赛金花是“荡妇淫娃”或是“新女性”,十九世纪西方写实主义的一些主要观念,如作者的客观冷静态度,超越社会道德(amoral)的观察角度等,都应验在赛金花这位女性的角色创作上。职是之故,她也不必被注定“尸横刀下,命丧黄泉”的厄运了。不仅此也,我们仍可进一步地探讨赛金花在《孽》书中所代表的反讽意义。曾朴以她的浮沉作为小说的脉络,已在有意无意间嘲弄了围绕着她发展的政坛人事。赛金花以一介青楼歌妓的身份,阅尽所有宦海沧桑,国事兴衰,她本人固可无动于衷,读者(尤其是清末的读者)的感慨却不可能不深。借着她的经历,我们发觉所谓的荣华禄位,都不过是过眼云烟,其间可笑可泣的过程,也就尽在不言中了。尤有甚者,照曾朴的计划,赛金花日后与德帅瓦德西必有一段“紫禁城”之恋(张鸿续《孽海花》确以此为高潮),而且身肩清室存亡的重担。这样的描写,无疑是把赛金花的身价抬高,成了神话式的女英雄,救赎了中国的灾难;而她所恃的本钱,正是万恶之首的“淫”字。赛金花身份的不断变易,反映了整个时代扰攘惶惑的气氛,因此产生的荒谬可笑、价值颠倒的无可奈何之感,也正代表了晚清小说的一大特色。

三

尽管曾朴赋予赛金花这个人物不少新意,他对传统道德的压力仍不能无所顾忌。这也可能是为什么他加入了烟台孽报的这段插曲,好为赛金花的行径开脱。曾朴的做法今天看来固不足训,但他的目的必是在迎合当时不同阶级背景的读者。是以我们或可接受蔡元培的看法,认为《孽海花》是写给喜欢纳妾者的"警世文章",或可另寻门径,探讨赛金花与其时代思潮的关系。不论如何,赛金花在中国白话小说的"祸水"传统里,扮演了一个继往开来的角色。从她以后,中国现代小说家在描写刁钻淫逸的女性时,更可采用比较落实的写法,一方面探讨她们内心世界的波折,一方面研析她们与整个社会文化背景间的关联。我们纵观"五四"以后新文学中的坏女人,值得一提的有张爱玲《金锁记》中,那个阴狠的女主人翁七巧(或长篇《怨女》中的银娣)。七巧其实是个似曾相识的人物。她的命运略似潘金莲(早年遇人不淑)及王熙凤(善于权术,争强斗狠)的综合。在处理这样一个婚姻感情两不圆满的女人的一生时,张爱玲巧妙地扭转了潘金莲性饥渴似的模式。七巧一生除了半残废的丈夫外,没有接触过别的男子。甚至她与小叔的一段感情,也是半途而废。但七巧越是压抑她充沛的情欲,她的日常行为越是乖张恣肆。当年纪日长的七巧恣意操纵子女的婚事时,我们对她的变态心理真要感到不寒而栗,也深切体会到注定七巧一生悲剧的症结之一,正是情欲的不得满足。另外应该注意的一位坏女人则是姜贵小说《重阳》里的白茶花。白茶花本是一个无足轻重的浪荡女子,但几经沧桑后竟然一跃而为宁汉分裂期间,鼓动武汉暴动的祸首之一。事败之后,她又侥幸得以兔脱,继续其政治叛乱的生涯。白茶花"翻身"的过程,直可比拟一个被丑化了的赛金花,而她的淫荡与狠毒(为细故谋杀旧主人一家!)不啻是潘金莲的衣钵传人。然而令人莞尔的是,姜贵并不强调白茶花的美貌,但她的质朴粗陋,外加一对有点儿八字的大脚片,却对逐臭之夫产生了充满肉欲的诱惑。

姜贵写出了这样的一个坏女人,可说是有独到之处。

但中国现代小说中最出色的坏女人，则非白先勇《永远的尹雪艳》莫属。尹雪艳所出现的时代背景与环境,自有其特殊的政治意义;而白先勇选择了一个"总也不老"的尹雪艳,作为其"台北人"的第一个登场人物,也有他嘲弄讽世的意图。尹雪艳可谓是中国祸水传统里的又一高潮。事实上,在小说里她的"历史"渊源是其来有自的:"那个尹雪艳呀,你以为她是什么好东西?她没有两下,就能拢得住这些人?……这种事情历史上是有的:褒姒、妲己、飞燕、太真——这些祸水!你以为都是真人吗?妖孽!凡是到了乱世,这些妖孽都纷纷下凡,扰乱人间。"然则讲到实际的人物塑造,尹雪艳可是潘金莲、王熙凤等人的嫡系。最引人注目的,自然是尹雪艳得自王熙凤的那套逢场作戏、粉饰太平的能耐。在她所创造的温柔乡里,人人都有"乐不思蜀"的亲切之感。大家谈的是"老话","都有一腔怀古的幽情",尹雪艳成了"上海百乐门时代永恒的象征,京沪繁华的佐证"。但是隐藏在那一片纸醉金迷之后的却是一股"隔江犹唱后庭花"的凄清空洞之感。正如尹雪艳的夫子自道:"人无千日好,花无百日红,谁又能保持住一辈子享荣华、受富贵呢?"沧海桑田,世事变幻,"永远"的尹雪艳又岂能真的永远屹立不倒呢!作者在小说中所暗示的那种莫可奈何的反讽,自是不言可喻。尹雪艳之为祸水的另一佐证,是她身犯重煞,使亲近她的人,无不落得家破人亡。这些火山孝子们前有为她丧生的王贵生,妻离子散的洪处长,后有死于非命的徐壮图。虽然白先勇轻描淡写尹雪艳的冶荡,但端看她的罗曼史,也可见她非泛泛之辈。在强调招惹女人的可怖下场上,白先勇显然地落入了《金瓶梅》批判潘金莲的窠臼:"贪她的,断送了堂堂六尺之躯,爱她的,丢了泼天哄产业。"

但最值得我们注意的是,白先勇的尹雪艳和曾朴的赛金花颇有相似之处。两人都是出身欢场,同样善于周旋,因而得以跻身于上流社交场合。而两人也都在乱世之中,琢磨出自处之道。赛金花悠然转换于不同的社会地位之间,未尝因外在的变动而稍改其人的本性,而尹雪艳“有她自己的旋律。尹雪艳有她自己的拍子。绝不因外界的迁异,影响到她的均衡”。也因此原因,两人的角色中都带有一丝不可捉摸的神秘气息。我们提过曾朴在塑造赛金花时,还不完全肯定他的角色所具有的时代意义,故把赛氏的经历附会到一段冤冤相报的情节上。六十年后白先勇在描写尹雪艳时,可就痛快淋漓多了。尹雪艳不必背负太多道德劝惩的功能,她是一朵真正与历史潮流相濡以沫的孽海奇花,也是中国写实小说人物的又一突破。有趣的是,正因为白先勇能活学活用传统小说的道德架构,他反能超越了肤浅的警世劝俗的层次,赋予尹雪艳一个道德上更深刻的象征意义。欧阳子女士说尹雪艳代表了死亡之神,为一个行将逝去的时代文化,装点门面,确是一针见血之论[7]。从尹雪艳回顾自潘金莲以次的坏女人,我们得见一个文学传统是如何的绵延不辍,而又因时代风貌的不同,各抒新机。观乎尹雪艳的“杰出表现”,我们不禁要说,中国古典小说里的祸水们,真要庆幸后继有人了。

注　释

[1] 孙述宇:《金瓶梅的艺术》,台北:时报,1977年,第78—88页。

[2] 同上,第84页。

[3] C. T. Hsia, *The Classic Chinese Novel* (N. Y.: Columbia U.P., 1968), pp.299—321.

[4] 孙述宇,第84—85页。

[5] 曾朴:《孽海花》,台北:世界,出版期缺,第 3 页。

[6] 蔡元培:《追悼曾孟朴先生》,《孽海花》,第 1 页。

[7] 欧阳子:《王谢堂前的燕子》,台北:尔雅,1976 年,第 38 页。

华丽的世纪末

台湾·女作家·边缘诗学

在中国小说的现代化过程中，女作家的贡献有目共睹。然而除了陈若曦外，极少台湾女作家受到海外评论者的严肃关注[1]。当女性主义评论者处理当代中国女作家这一论题时，他们多半只把眼光放在中国大陆[2]。他们的“边缘诗学”(Poetics of Marginality) 往往开始于政治地理中心论(Geopolitics of Center)。这使我想到，如果李昂[3]、平路和朱天文这样的作家不是在台湾而是在大陆从事写作或发表的话，她们将会在世界受到何等的重视？

我的一个学生有次愤愤不平地向我抱怨，当代大陆女作家没有得到出版商及评论家应有的注意。这确是事实。与杰出男性作家如莫言、韩少功和余华等一长串名单相比，女作家似乎远远落在后面。我于是帮助这位学生从次要杂志和其他地方性来源中搜集大陆女作家的作品，同时也建议她或许能从台湾文学中发现更多资料。长期以来台湾女作家占据了显著地位，而且其受欢迎的程度远胜过男作家。我的学生迟疑片刻后，对我说台湾女作家或许不足以代表“中国”妇女的经验。这种说法也言之成理。但我仍不禁暗自要问，哪一个大陆女作家最能代表中国六亿妇女的真正声音？是王安忆？是张洁？还是残雪？

我与这个学生的对话也许可作为我们重新思考边缘政治与边缘诗学的起点。我支持这位学生抗议大陆女作家被边缘化的事实，但在她对台湾——中国在地理政治方面的边缘地区——女作家所表现出的迟疑中，我听到了排她主义的暧昧回音。她力图推翻现代中国文学中的男性中心神话，但对“大陆”中心的政治话语却似乎无动于衷。这位学生当然可以辩白说，没有人能够一下子研究整个领域。既然女性作家在台湾已经享有相当知名度及社会经济地位，当务之急是发掘出“真正”被边缘化的大陆女作家。这样的论点显示了两种理论吊诡：(一)台湾女作家已经获得一定社会及经济地位，“看起来”不像大陆女作家那样被排挤或边缘化，因此我们不必立即给她们深切关注；(二)由于台湾女作家来自中国边缘的地区，因此她们不足以“代表”中国妇女的边缘地位。台湾女作家的存在扰乱了任何一种企图概括中国女性文学的论述，而这种论述往往不自知地承续了男性中心主义的遗毒。对男性至上的评论家和热衷于获得权力中心认可的女性主义评论家而言，当代台湾女作家在中国文学中的地位不是太过边缘化就是不够边缘化，结果落得两面都不讨好。最后，这位学生在拒绝处理台湾女性文学的丰富资源的同时，也表现了不愿放弃其“特权”边缘地位的倾向。她的边缘地位(“这么少的大陆女作家被重视！”)成为她的新资本，使她乐得以局外人、被压制、被忽略者的姿态，不断传播她的正义呼声。

我这样指出这位学生的女性主义中的盲点，并非夸耀我的“洞见”有多么高明。(事实上，作为一个在女性主义边缘瞎摸乱撞的男性读者/作者，我怎能没有盲点？)我责难某些学者和学生重大陆轻台湾的研究态度，即便在事实上站得住脚，也容易使我像我那位女性主义学生一样，一边为自己的边缘地位咬牙切齿，一边也因此成为边缘理论的新贵。我或许还让人认为我将大陆与台湾简化为两个泾渭分明的政治和文学实体，从而印证了权威与弱势、男性与女性、中心与边缘等简单的二元对立关系[4]。晚近的文学评论一再告诫我们任何夸张边缘、将边缘“中心化”的企图，都面临滑入全面否定边缘的危险。我并不反对我的学生只研究大陆女性文学的选择,我只想强调所谓的边缘(现象及地位)既非绝对也非唯一。在凸显一种边缘、使其中心化而牺牲其他的做法中,隐藏着自我矛盾。在此我想到了史庇华克(Gayatri Spivak)的论点:

> 我要打消目下当红的边缘概念,这一概念其实暗中肯定了中心论。就批评家而言,边缘立场基本上应是一种自我反思批判的立场……我宁愿将其简单命名为危机性立场,而不愿称其为边缘立场……我心目中思考边缘的方式是,不视边缘为中心的简单对立,而是视边缘为中心的影子帮手。[5]

为了进一步引申我的观点,我将在下面讨论三位当代台湾女作家的小说:朱天文的中篇小说《世纪末的华丽》(1990),平路的中篇小说《台湾奇迹》(1990)和李昂的长篇小说《迷园》(1991)。这三位作家都涉及二十世纪九十年代初期台湾在性别、文化或政治上的边缘性问题,她们同时用不同方式将世纪末意象注入其中,从而形成了一种极富对话性的叙事方式。而"世纪末"一词本身也正是出于对历史及时间边缘的想象。

一

《世纪末的华丽》是朱天文最近发表的一部短篇小说集。这部短篇小说集收有作品七篇,触及了台北社会各阶层的人物,借着这些人物的社会及个人经历,台北展现了她进入本世纪最后十年的面貌。这本小说集大概首先会让读者联想到白先勇的《台北人》。《台北人》铭刻五六十年代渡海来台的大陆人,如何摸索、改变他们的生活方式和精神面貌,曾风靡了一代读者。然而我们却不应该过分强调这两部作品之间的相似性。朱天文笔下的台北几乎已经忘却自己曾是国民党“反攻复国”的基地，和大陆移民的临时落脚点。二十世纪末的台北沉浸在政治解严、文化解构的风潮里，躁郁悸动，辗转难安。在这个城市里，对过去的乡愁与对未来的憧憬互相碰撞，喜新和恋旧构成了她奇诡的后现代特征。

新一代的“台北人”被描写成一种新人类。他们一方面玩世不恭肆无忌惮，另一方面又“如此不知觉简直天真无邪近乎耻”[6]。这些人发迹于都会的喧闹之中，为台北装点出既鲜活又庸俗、既天真又堕落的风格。但在他们的心灵深处，这些新台北人有着他们的忧惧。他们害怕眼前的快乐时光不久就会中止，他们甚至觉得他们过去自以为享受过的欢乐喧嚣实际上并不存在，而将来这种“幸福生活”也不会真正实现。欢乐在正式开场之前其实就已经结束；任何期望都只是一种变调的怀旧甚或对怀旧的奢望。深不可测的绝望和无法满足的欲望竟是一体之两面。台北在末世忧郁和及时行乐思想的刺激下，染上了世纪末综合征。但何其不堪的是，这种世纪末的自我放纵终也不过是一种陈腐的模仿，一种抄袭自西方十九世纪末的姿态。

与本书同名的《世纪末的华丽》是解释朱天文世纪末哲学的最好范例。这个短篇写于一九九〇年，背景却是一九九二年秋季。故事讲的是职业模特儿米亚的风流韵事。米亚在二十岁之前就已出尽风头。就其职业而言，目下二十五岁的米亚已经有点儿过时了，她因此做好了走下坡路的准备。米亚和一位年龄可以做她爸爸的已婚建筑师老段有暧昧关系。尽管她渴望独立生活，她却无意改变自己作为老段情妇的身份。他们的关系一如既往地持续到故事结尾。这样的故事听来有点像俗不可耐的连续剧。然而小说本身并非如此。朱天文非常自觉地处理这样一个俗套的简单题材，她使《世纪末的华丽》成为辩证衣服与身体、外貌与实质、女人与男人间关系的文字狂想曲，在在引人入胜。

《世纪末的华丽》给读者印象最深刻之处，应在于它无穷无尽地罗列了各种衣饰、香水和香料的商标、质地、颜色和气味。朱天文尽情地将我们带入一个名牌货的世界,炫耀她对维瑟斯、香奈尔、亚曼尼、山本耀司、加利亚诺、三宅一生……的知识。她耐心地描绘了针织布、水洗丝、人造皮毛和嫘萦雪纺的质感和视觉印象。她以科学家般的郑重态度解析着有关流行服装的神话:川久保玲新的不规则的剪裁象征着女性意识的回升;罗密欧吉格利的新款式标志着回归灿烂的文艺复兴精神;莫斯奇诺的染色人造皮革服装反映了当代保护动物运动的暧昧影响。《世纪末的华丽》竟焕发出一种奇特的教育意义。它传授的一种幽秘的"知识",使我们了解服装其实一点儿也不琐碎无聊,恰恰相反,里面的学问大着呢。

《世纪末的华丽》骨子里正是一个关于琐碎无聊的"艺术"的小说。朱天文在模特儿的生活中找到了最好的范例。模特儿的最终目的是突出衣服而不是突出裹在衣服里的身体,是突出商标而不是突出商标的使用者。"出没"于自己身上所展示的衣服,模特儿扮演着矛盾角色。她(或者他)如同一种灵媒。透过她(他),时装获得生命,其活力及信息得以传达。《世纪末的华丽》描绘了一种空洞的模特儿生涯,它情节上的空虚来源于题材本身的空虚。

布迪亚(Baudrillard)认为,商标"不是普通的名字,而是一种有宗教意味的圣名"[7]。商标散发出一种诱惑消费者的魔力。在《世纪末的华丽》中读者还会注意到故事中涉及的商标均为舶来品。这些商标古怪绮丽的中文译名,像圣罗兰、金子功、拉克华,疏离了读者与中文惯用语言间的关系,从而在我们熟悉的句法和语义环境中造成了异国情调。商标在香水香料的炫目色彩及强烈气味中不断壮大繁殖,变成一种宗教,米亚则为这一宗教的女祭司——用朱天文自己的话来说,"巫女"[8]。在米亚的世界中,任何东西,包括她的风流韵事在内,都可以被转换成一种精美的姿态、一个迷人的商标或者品牌,米亚不愧是一个超级模特儿。

在小说创作的层次上,朱天文不断引起读者对"世纪末"这一字眼的注意,透露她自己是这一目前流行的文学商标的崇拜者和消费者。她的创造性吊诡来自于她的模仿能力。她试图重新捕捉并移植一个世纪以前欧洲的一种文化现象,而“再现”与“模仿”恰恰是朱天文故事里的主人翁所长。她的小说把我们熟悉的“世纪末”氛围发扬光大,而小说到底说了什么已不重要。在这层意义上她的功能与米亚这个人物相去不远。

作为一个时间概念,“世纪末” 颓废绝望的情调来自于一种盛年不再、事事将休的末世观点。但在另一方面,“世纪末”这一概念又承认时间的周期性,并急切地盼望新纪元的到来。这两个观点都与基督教对时间的解释有密切关联[9]。

朱天文给“世纪末”这一时间概念加上了另一层含义。她使自己的故事充满了“世纪末”注册商标式的姿态与情绪,因此重复并延长了在十九世纪末就该结束的一切。换句话说,她将十九世纪末的“终点”符号变成了二十世纪末模仿的开端。她将一个历史时代(十九世纪九十年代的欧洲)的“边缘”岁月与姿态变成另一历史时代(二十世纪九十年代的台湾)的幻想“中心”。这种做法使她不将世纪末视为西历纪年的武断的结尾,或是一个虚幻的新时代的开端,而是将其看成飘荡于二者之上的海市蜃楼。朱天文正是以这种方式表达了台北(以及台湾)在二十世纪末所扮演的历史角色及无所依凭的地位。

朱天文的世纪末观点究竟与她的服装/性别辩证学有何联系?作为张爱玲的忠实信徒,朱在创作《世纪末的华丽》时或许牢记了张爱玲的一段话:“衣裳似乎是微不足道的东西。刘备说:‘兄弟如手足,妻子如衣服。’可是如果能做到‘丈夫如衣服’的地步,就很不容易。”[10]朱似乎想借着《世纪末的华丽》来证实张爱玲的观点。手足是身体的有机部分,而衣服只是附属品。对身体而言,衣服是可替换的并且经常以复数形式存在。米亚与老段的关系即类似于衣服与身体的关系。老段热爱米亚,但他并不打算与老婆离婚。老段在事业及家庭两方面都显得春风得意,对他而言,米亚并非不可或缺的身体要件。米亚不过是一件额外的漂亮衣服,是老段生活中一项浪漫的点缀。

米亚倒似乎并不因为自己与老段的露水关系而烦恼。她在意的其实是自己的服装。她用老段的钱并且乐于与老段做伴。由于老段比自己年长许多,米亚料想他势必比自己先死,因此为自己在老段死后如何度日先做了准备。她是个自成一格的情妇。尽管她了解老段感情上的隐私,她却从不介入他的婚姻;尽管她生财有道,但她却从不拒绝老段的资助。我们因此很难认定米亚这样的人究竟是特立独行的女权主义者,还是莫名其妙的寄生虫。

张爱玲上面的那番话能够帮助我们理解朱天文(或者米亚)的女权主义立场。"兄弟如手足,妻子如衣服","可是"女人很少将丈夫看得比衣服还重。张爱玲的"可是"二字所起的作用,不在于它引导了一个意义与前文相反的句子,而在于它扭转话锋,对隐喻的"衣服"做字面解释,从而贬低了前面那句话。男人或许将女人看成衣服,但在被他们轻视的女人眼中,男人的地位甚至不如衣服。《世纪末的华丽》充分表明了张爱玲关于女人与服装的观点中暗含的反讽意味。作为模特儿,米亚"以"服装为主;作为情妇,她又"像"衣服般生存;但更重要的是,米亚同时又"为了"服装而生存。男人在米亚的职业和生活中并不是"中心",米亚崇拜的是服装,被她视为"手足"的是服装而不是男人或其他女人。米亚一直记得她的周围曾经有许多追求者,由于她没有时间也不想和这些人中的任何人恋爱,他们"至今好多成为同性恋,都与她形成姐妹淘的感情往来"[11]。米亚对服装的崇拜也许并没有沉落为拜物教或自恋的标志,相反地,它表现了一种最令人侧目的当代中国女性主义叙述策略。

《世纪末的华丽》还可以当作一则政治寓言来看。表面上这篇小说并不涉及政治问题,构成米亚整个世界的似乎只是时尚、衣料、香水与色彩。但在此,张爱玲的观点能再度给我们启迪。在《更衣记》中张爱玲写道:

时装的日新月异并不一定表现活泼的精神与新颖的思想。恰巧相反,它可以代表呆滞。由于其他活动范围的失败,所有的创造力都流入衣服的区域里去。在政治混乱期间,人们没有能力改良他们的生活情形。他们只能够创造他们贴身的环境——那就是衣服。我们个人住在个人的衣服里。[12]

在政治混乱的岁月中,时尚对张爱玲和朱天文来说变成了人们借以保存想象力及欲望的堡垒,抵御外在世界的冥顽或凶险。但另一方面我们必须承认,服装同时也可以成为一种禁锢,局限了人们的想象力及欲念。

朱天文明白时装风尚的起落绝非小事;所谓的流行或过时与热门的社会及政治问题往往有着微妙的联系。时装将社会政治编织成一种衣饰的寓言。对艾滋病的恐惧扭转了二十世纪八十年代中期兴盛一时的雌雄同体式的款式;法国大革命两百周年纪念启迪了仿军装的潮流;二十世纪九十年代初期的款式则突出了环保意识。服装潮流不仅仅反映或讽刺时代,它更是时代的先导。设计师和模特儿们永远走在时代的前端,筹划甚至预示了下个季节中将要时兴的式样。世纪末的情绪在影响到公众政治意识之前,早已经感染了米亚。在世纪末真正到来之前她已经预先经历了世纪末势必会带来的欢乐与悲哀。她的职业使她比谁都更加倍感受到世纪末的危机意识。

商标、服装和模特儿的形象汇成了一种服装政治。这不是普通意义上的政治,而属于萧儿(Naomi Schor)和周蕾(Rey Chow)所称的"琐碎政治"的范畴:"时尚用感性、琐细、多余的方式表现了它与改革和革命等大'视景'间的暧昧纠葛。这些大'视景'企图控制这些琐碎的存在,但它们出人意料的反复出现却反而改变了这些'视景'。"[13]我们于是看到MTV中米亚与一群装扮成玛丹娜的模特儿与科拉蓉·阿基诺和平竞选的黄丝带海洋互相辉映,而同时一个台湾政治犯妻子"代夫出征"的竞选行列又来到眼前——

一个绮丽的服装政治蒙太奇[14]。当米亚佩戴着情人那块俄国产的红星手表，乘坐一辆载有“谜中谜”夜总会霓虹灯广告的卡车，在总统府大道上呼啸并穿过中正纪念堂时，这种服装潮流的政治体现了自己。

朱天文借此为台湾的命运注入了一种“琐碎”的历史感。台湾一度的繁荣是借来的时代，当世纪进入尾声时，这个美丽岛上的中国社会正以一种令人炫目的方式走向永久堕落。正如一位批评家所说，在朱的视景中台北好像“一座遍洒香水装点鲜花的所多玛”[15]。朱天文将传统叙事方式剪成碎片，然后缝成了带有她自己特色的台湾世纪末女性写作方式。她笔下的台北或台湾究竟能否有救赎的可能？朱天文对时间的循环并不乐观，但小说的结尾也许透出一线不无自嘲的希望。我们最后看到米亚在学校做香水纸并准备以此技术谋生。小说的最后一段如下：

> 年老色衰，米亚有好手艺足以养活。湖泊幽邃无底洞之蓝告诉她，有一天男人用理论与制度建立起的世界会倒塌，她将以嗅觉和颜色的记忆存活，从这里并予之重建[16]。

二

平路于一九八四年以短篇小说《玉米田之死》获奖，首次赢得读者注意。这篇小说描写了一个台湾男子在美国的一块玉米地里离奇的自杀，以及一位海外记者为追寻死因所做的徒劳无功的努力。

平路在此作中刻画了一群中国移民，他们既不能(同时也不愿意)适应新社会，也不能返回祖国。尽管这篇小说写得很好，它读起来仍然不脱海外游子小说的老套，而这种异乡异客的主题可以一直追溯到鲁迅与郁达夫。平路对自己的局限并非毫无意识，在《玉米田之死》中，她试图加上女性主义的层面，从而创造了一种新的性别化的观点。她笔下的男主角对个人及家国意义的追求夹杂着深切的性焦虑。政治的挫折与性的郁结交相冲突，爆发成中国(男性的)意识危机。

《台湾奇迹》则较《玉米田之死》跨前了一大步。平路不再沉溺于异化及流亡等熟悉的海外小说主题。相反的，她为中国(男性)意识危机的探索添加了国际色彩。如果说“感时忧国”的中国情结依然潜伏在《台湾奇迹》中的话，我们必须从大历史的角度来了解它：在分裂几十年后，大陆越来越关注台湾的发展，而目睹中国苦难的二十世纪已兀自接近尾声。《台湾奇迹》以二十世纪九十年代中期为时间背景，用喜剧幻想的形式描绘台湾如何在世纪末时分，竟然走出了现代中国历史政治的阴影。她不但引起大陆关注，而且征服美国，更占据了世界舞台的中心。对朱天文而言，世纪末意味着台湾堕落过程中最后却也最璀璨的阶段；而对平路来说，世纪末意味着一个所有的不可能都变成可能的时代，一个嘉年华会式的大解放的时代。

小说始于一位台湾驻海外记者(可能即《玉米田之死》中的那位记者)对美国社会的一些变化的观察。这些变化很奇怪地呼应台湾近年来的情况。参议员与众议员每天在国会山庄上打群架，大众不去从事日常工作而去玩弄股票及大家乐、六合彩。白宫为了“改运”而雇用最当红的风水专家为总统的装潢顾问；教会开始就股票市场上最值得下的注提供“明牌”。房地产价格突飞猛涨，道琼斯股票指数在两三个月内从两千猛升至一万点。在乏味的中产阶级住宅区里，家庭式的妓院雨后春笋般地冒出，而且以泰国妹和大陆妹做号召。更不可思议的是帝国大厦的顶端竟新增了违章建筑——台湾最大的色情按摩院“文化城”的纽约分部。

这只是《台湾奇迹》的开始。要不了多久，“奇迹”更变本加厉，像传染病般地四散。它表现为一种选票与拳头混为一体的新的民主体制；一种崇拜贪婪与机会主义的宗教；一种新饥渴症病毒——其症状首先可见于病人对中国食物及投机活动贪得无厌的追求；一种导致美国气候及农业剧烈变化的生态变异。“台湾化”一词成为被经济学家、心理分析学家、历史学家、政客、物理学家及未来学家经常使用的术语。这一术语究竟意味着什么呢?根据平路的最新版韦氏词典,“台湾化”意味着:(a)由于不断盲目膨胀而失去界限的一个地区、一个社会或一种语言;(b)任何导致模糊暧昧及自相矛盾的感情的事物;(c)世界的将来。

平路的叙事方式可以说是文学中常见的由疏离来认知(defamiliarization)的方式。她将一些我们习以为常的事情放入某种极端环境中,从而引起我们的注意。在上面的例子中,平路借用美国这最令人不可思议的背景,暴露台湾所有社会及经济问题。但平路并不是第一个借助幻境凸显现实缺陷的中国现代作家。半世纪前老舍的《猫城记》和沈从文的《阿丽思中国游记》都使用了相似模式,来表达他们对中国堕落的忧虑。

但平路毕竟有不同于前人之处。她所创造的奇诡幻境不仅仅是凸出台湾隐患的异国景观而已,这一权充背景的异国景观与正文所涉的台湾其实一样值得注意。小说中互不相干的场景被放在一起,产生了一种令人意外的呼应效果。例如寇派崔克(Jean Kirkpatrick)代表美国企业协会愉快地预言台湾不久将会以三民主义统一腐败自由的美国。

这种现象使我们再思边缘政治的问题。尽管平路严厉批评台湾现状,她的批评方式也可能在迂回的情形下,肯定了台湾征服美国及世界的妄想。在其政治合法性长期被否认后,台湾卷土重来,用最不可能的方式赢回了国家的面子。台湾通过一种嘉年华会的逆转模式先使自己堕落瓦解,然后使世界堕落瓦解,从而控制了世界。无论我们视“台湾化”现象为腐化还是狡猾,它的确改变世界,使全球互动;它甚至可说是唯一将各国纳入同一体系的有效手段。《台湾奇迹》的情节体现梦幻成真的好戏,但这“梦”是噩梦还是好梦就难说了。

平路特殊的世纪末想象,使她得以改写台湾在国际政治上被矮化及边缘化的事实。更为有趣的是,台湾这种魔术般的时来运转瓦解了传统现实主义的叙事方式。《台湾奇迹》在体例上熔科幻小说、三流爱情故事、影射小说、政治小说与暴露小说于一炉。宣传说教、金融行话、道德教条及感伤呢喃层出不穷,奇特地构成了一种庸俗的修辞杂耍。这种体例上的混乱所造成的喧哗不仅嘲讽了台湾社会的混乱性质,也同时对"现实主义"的常规提出了挑战——而(狭义的)"现实主义"往往是官方及卫道之士认为作家在表现感时忧国主题时最应该采取的姿态。

然而,《台湾奇迹》中如果有什么胜利,这一胜利是用"形式"表现出来的"幻想"胜利。如果台湾人的自豪来自于把自己贬得一文不值后,再奇迹般地败部复活的话,那么《台湾奇迹》使我们联想到阿Q的"精神胜利法"的逻辑,尤其是阿Q那种以自己是头号无赖而自豪的逻辑。当羞辱与胜利、自贬与自夸混为一体时,我们见到的是《台湾奇迹》对台湾边缘政治地位极其矛盾的态度。

台湾时来运转的奇迹故事还有一个令人争议的层面。如前所述,《台湾奇迹》不仅涉及台湾,故事中的美国提供了所有的必要角度,暴露台湾"奇迹"中的缺陷。为什么选择美国?平路将台湾与美国放在一起,显然想造成一种鲜明的对比效果。美国是世界的强国、军事超级大国、(部分)第三世界国家的道德及经济支持者,也是一些发展中国家人民的梦境。而台湾却似乎代表了美国的反面,甚至台湾的经济力量也应被看成是种胜之不武的成就。面对这种明显对照,《台湾奇迹》的读者理应对台湾征服美国的无稽之谈感到好笑。美国是如此民主,爱德华·肯尼迪(Edward Kennedy)和史蒂芬·索拉兹(Stephen Solarz)哪会在参议院或众议院的讲台上打架;美国是如此理智,美国老百姓既不炒股票也不玩彩票。美国是一面照妖镜,反射出台湾所有问题。

然而,细读《台湾奇迹》会使人领悟到这篇小说不只处理台湾与美国的不同之处,也处理它们之间的相同之处。如前所述,"台湾化"是一个强有力的运动,它不仅在表面上影响了美国人的道德和举止,而且进而控制并改造了整个美国的经济、文化、政治及生态环境。按照小说的逻辑,如果台湾目前已经垄断美国国旗及避孕套的生产,那么预言有一天美国大多数产品将受海外厂家控制,或许并不太离谱。亚洲的大小国家在二十世纪七十年代及二十世纪八十年代中受到现代化(美国化?)的巨大影响,眼见自己的精神与物质文化越变越“美”。风水轮流转,谁也说不准有一天所有美国人会吃大米而不吃面包,爱荷华州的农夫会租灰狗巴士上芝加哥玩股票,新英格兰地区各州会申请并入台湾呢。正如台湾往昔无条件地被美国化,美国有朝一日也无法抗拒“台湾化”病毒的入侵。没有世界美国化的模式在先,世界台湾化短期就能完成还真不可想象。

英国学者洪米·巴巴(Homi Bhabha)曾用“默仿”(Mimicry)概念来解释其殖民地论述的观点[17]。殖民地臣民像扮演模拟哑剧一样,抄袭殖民者的每一特征,到头来却发现自己的模仿只是东施效颦,以局部扭曲的方式再现殖民者的嘴脸。“默仿”的效果总是似是而非。这种模仿在瓦解被模仿者的特征的同时也暴露了自己的不足[18]。据此我要说《台湾奇迹》之类的故事将美国与台湾、中心与边缘之间复杂的权力取予关系戏剧化。平路开始时也许从美国的角度严厉批评台湾,但终不免有意无意地从台湾的立场批评美国。台湾“奇迹”的灾难性后果必须被理解为全球美国化故事里的一个续集。

《台湾奇迹》在隐喻和直接层次上都不是一种自别于美国范围之外的特异例子,而是这一范围内所滋生的一种现象。由于台湾奇迹是美国奇迹的不完善的翻版和模仿,它提醒人们注意那种打破原型与再现之间对等关系的历史性因素,它并且威胁美国在二十世纪世界代表绝对真理与权力的位置。这一位置,如同以前任何代表权势与荣耀的位置一样,已经不再是一成不变的中心位置。换言之,《台湾奇迹》对中心与边缘,或者第一世界与第三世界之间的对立,提出了疑问。它在处理这种简单对立时,从差异中发现同一,并揭示了对抗关系中的共谋嫌疑。当我们意识到自己的边缘地位时,我们已不可避免地肯定了中心的存在;边缘与中心是一体之两面。在这层意义上,《台湾奇迹》可以被看成二十世纪九十年代初期,台湾政治经验上一种最令人深思的告白。

三

李昂是过去二十年来台湾最受争议的作家之一。几乎她所有作品都触及在男性中心世界里,女性社会及性意识的幽暗面。李昂一九八四年发表的《杀夫》标志着她写作生涯中的重大突破。这部小说借一桩谋杀亲夫的血案,大胆暴露了中国传统婚姻制度的残酷无情;它对性及性暴力的露骨描绘,也可被视为现代中国文学的一个里程碑。《迷园》是李昂最新也是野心最大的一本小说。除了女性主义以外,这部小说还包括了从保护历史文物到台湾独立运动等一系列主题。李昂显然不仅仅以处理妇女问题为满足;她力图从女性主义的立场重新思考台湾的历史及政治动荡。

《迷园》的情节集中在一个女人和一个花园间复杂的感情联系。女主角朱影红生于台湾最古老城市之一——鹿港,她也是鹿港最后一家地主绅士的末代女继承人。朱影红幼时随父母居住在菡园("菡"与"汉"同音),在那里她度过了她的童年和少年。菡园曾是台湾最精致的中式庭园之一,在朱影红父亲生前最后的岁月中曾被短期修复。然而这个花园现已完全破落,面临被拆毁改建的命运。朱影红向来希望修葺花园以纪念父祖之辈,但这一愿望一直没有可能实现,直到她遇见并爱上林西庚——一个有两次离婚记录、无所不为的土地开发商。

朱影红寻找自我及女性性意识的痛苦过程构成了小说的中心,但这一女性寻求自我的心路历程只有在朱完成了台湾文化启蒙后, 方能克竟全功。朱的地位很可以视为中心与边缘对立、男性与女性角逐的象征。作为台湾反对党运动的同情者,李昂竭力描绘了台湾在现代中国历史中所代表的"女性"喻意。小说的第一部分开始于朱影红在一篇题为《我》的小学作文中,“无意识”写下的句子:“我生长在甲午战争的末年。”[19]一个二十世纪五十年代的学龄儿童宣称自己出生于一八九五年听来也许荒唐,但它却透露了朱影红(及她的台湾同胞)久受压抑的政治潜意识。这句像偈语般的话后来成为小说的主题。朱影红骨子里属于过去,她也深深怀念过去,她希望通过对女性自我的解放来了解过去的真正含义。

但我认为这部小说如果具有可读性,并非出于李昂肯定了朱影红的女性自觉与自决,而是出于她借小说说明这一自决过程中,所表现的迂回踌躇的姿态。小说企图套用女性主义的论式表达一系列被边缘化的社会政治主张(如古迹维护、反土地垄断),但它结果却暗示女性主义——至少李昂所理解的女性主义——并不能涵摄这些社会政治主张。女性主义与这些主张也许有战略上的共同之处,但这并不能保证它们能结合成一种边缘者的“统一战线”,也不能说明它们的斗争对象有“相同的”中心。事实上它们不仅不能相提并论,而且互相矛盾。随着小说的发展,社会政治问题似乎把女性问题排挤到边缘,兀自形成新的中心,而从另一角度来看,女性主义又似乎(至少是象征的)凌驾于其他社会政治问题,将其边缘化,以使自己成为无所不在的议题。李昂(或者说她的女主角)渴望重建自己的花园,但正如小说的标题反讽地暗示的,这个花园是个迷宫般的迷园。

在菡园失而复得之前,我们的台湾夏娃朱影红必须经历一次全面堕落。而正是在这一点上,李昂的世纪末想象和她的女性主义观点汇成一体,造就了小说中最令人费解同时又最吸引人的章节。尽管林西庚是台北出名的花花公子,朱影红仍与他一见钟情。李昂一再提醒我们朱林之间的缘分是命定的。林西庚把朱影红当猎物一般对待,挑逗兼羞辱双管齐下;有一次他甚至使她跪下拜倒在他勃起的阴茎跟前。由于无法完全赢得林西庚的爱情,朱影红在狂躁之中转向他人寻求慰藉。她开始每星期与商人泰迪幽会,后者以他的性欲及做爱技巧在圈中出名。朱借与泰迪作乐,以解除生理苦闷。当朱影红最后赢得林西庚后,她发现他经常在床上的无能,因此与泰迪的幽会变得更有必要。

有洁癖的女性主义者也许会对朱影红寻求爱情及自我意识的方式,不能苟同。李昂的确在此表现了一种十分含糊的女性主义策略。我们还记得在《杀夫》中,女主角林市被塑造成一个平庸无知的女子,完全受制于其屠夫丈夫的淫威。李昂借此将妇女的悲惨处境戏剧化。林市日夜受丈夫辱骂、强暴及断食处分,终被逼得走投无路,在疯狂之中杀死了丈夫。李昂对中国男性对女性的"吃人主义"强而有力的控诉令人触目惊心,但在暴露这种男性吃人主义罪恶的同时,她却面临将林市描绘成受苦受难的女烈士的危险。林市所受的磨难及她采取的报复措施是如此夸张,我们在同情之余只能觉得男人与女人之间没有任何沟通的可能。

与造型扁平的林市相比,朱影红就复杂多了。她不仅是男性中心社会的牺牲品,更是这一社会的同谋犯。李昂显然想塑造一个具有女性意识的台湾查泰莱夫人。随着朱影红逐步从女性主义立场认识自我及社会,她同时有了新的问题:她不能也不愿放弃委身于男性控制时所获得的自虐快感。在此最有意义的是,早在一次聚会上初见林西庚时,朱影红就预见了自己的命运。那次聚会有台湾欢场常见的妓女陪酒陪唱节目。当台前的应召女郎唱着悲哀的流行歌曲时,朱影红突然领悟到:

> 我们,那风尘女子,歌曲,以及我,我们作为一个女子,对爱情的渴求,为着或不同的缘由,被命定始终无法被了解、懂得与珍惜,无从得到真心的回报。必然的只有被辜负。
>
> 既知晓命定要被抛弃,我们,那风尘女郎,那歌曲,以及我,便只有自己先行弃绝情爱,如此,历经了含带悔恨的无奈与愁怨,在自我弃绝的心冷意绝中,便有了那无止境的堕落与放纵,那颓废中凄楚至极的怨怼与纵情[20]。

怨怼与纵情是台湾女性追求爱情的宿命下场。此后朱影红继续与林西庚周旋，并随他玩遍台北荒淫颓废的声色场合。他们在院子里，在温泉边，在豪华轿车里做爱，而在此同时她也不断回到泰迪身边，甘愿被泰迪当成妓女般地羞辱。

李昂用这种怨怼与纵情的风格刻画了世纪末台湾惨淡的爱情视景。爱情、欲望和权力相纠结；男人和女人在情欲的战场上你来我往，互相追逐同时又互相消耗。这使我们必须重新思考小说中最耸人听闻的性爱场面。林西庚带着朱影红去台北附近一个温泉参加狂欢聚会，两人都被聚会中的淫戏挑逗得春情荡漾。当他们两人独处一室时，林西庚为了"休息"雇了一个盲眼的女按摩师傅。林、朱及按摩师然后开始玩起一种奇怪的游戏。按摩师当着朱影红的面按摩林西庚赤裸的身体，林西庚的性欲尽管受到异乎寻常的刺激，但却躺着无用武之地。朱影红利用按摩师的失明和林西庚的被动，在林西庚的身体上大施淫威，这在正常情况下她是做不出来的。按摩师尽管失明，对眼下的情事却洞若观火，并从中获得如临其境的快感。"三个人同在一起嬉戏，尚不是真正的欢爱，更由于互相牵制，抑遏下越发不可收拾，便另有着一番春情激引，欢妙刺激。"[21]

按摩师借按摩之名行刺激性欲之实；朱影红一边将身体暴露在按摩师之前一边与林西庚间接作乐，她的欲望获得前所未有的刺激。林西庚任由按摩师及朱影红上下其手不加还击，为自己的性功能衰退找到借口，而这种被动姿态戏剧性地使朱影红暂时能控制他。这个场合春色无边，但真正的性行为并未发生，到处都充满了伪装、戏弄和造作。他们假戏真做的爱抚使他们想象逾越性规范的种种不堪，终把他们送上前所未有的高潮。按摩师力尽而退，林西庚和朱影红继续两人的好戏，畅美难言。

这一性交场面恰如其分地显示了男人与女人无论强弱，都无法摆脱欲望的锁链，他（她）们在一种封闭的性意识循环中活动，绝难找到出口。对李昂来说，这种欲望和权力的活动仅仅是虚有其表的形式上的活动，因而必须被视为一种颓废的游戏。在此发生的纯粹是世纪末社会所搬演的权力交换及其瓦解过程。就此我们才能真正理解朱影红与林西庚及泰迪的关系。面对林西庚的挑逗,她既抵御同时又迎向诱惑。她时而在林的引诱下与林试验异乎寻常的做爱方式,时而又从泰迪身上寻求补偿。欲望和绝望交替地占据朱影红的思想,而这两个男人无意中交替地投射了她的欲望与绝望。由于朱影红摇摆于(性)解放与(性)堕落的两极之间,到小说的中间部分我们已不易分清她究竟是引男人上钩的荡妇,还是受男人欺凌的怨女。李昂暗示在二十世纪九十年代台湾这样的环境里,朱影红对女性自我的追求似乎已经进入绝境。要改变这种绝境,她只有另谋出路。

对朱影红而言,菡园象征着这种解脱。荒芜的菡园包含着朱影红儿时的记忆以及朱家的秘密,是女性受挫的欲望和台湾被边缘化的历史意识的汇合点。为了超越台湾(中上阶级)妇女所受的限制,李昂设想出一个在历史、政治及经济等所有方面都能给女性展示新前景的象征性结构——菡园。然而反讽的是,她并没有使女性冲破世纪末的限制,迈入一个新的女性化的时代;她的女主角其实倒退入十九世纪残留下来的父权主义制度中。

李昂努力地——或许过分努力地——使菡园成为各种问题的象征焦点。这座花园两百年前由朱家富有神秘色彩的女主人兴起,是朱家家史起落的舞台。它的存在提醒我们当年台湾地主阶级的财富和权势,大陆精致文化对台湾的影响,被日本占领的辛酸,以及一个毒咒——任何朱家子孙若想改写家谱都会导致家族的灭亡。另一方面菡园也是朱家所蒙受的屈辱及家道中落的见证。朱影红的父亲曾经在菡园中遭到逮捕,罪名是支持反国民党的地下活动。获释后他以搜集照相机及立体音响了却残生。更为重要的是朱影红成长于菡园并必须不断回到菡园寻根,只有当她回菡园后,她和林西庚的感情关系才达到新高潮。

为了摆脱在处理男女性问题上所陷入的复杂两难,李昂在解释菡园的象征意义时,重拾《杀夫》中压迫者与被压迫者二元对立的逻辑。比起她描写台北情欲世界所显现的耐心和自省，这一转向毋宁有简化问题之嫌。在李昂看来，台湾位于中国历史地理的边缘，历来只有土著、海盗、流徙犯人、穷人等被大陆遗弃者聚居。政治上台湾不断遭受各种殖民主义霸权的欺凌，经济上台湾过去听命于大地主而现在则听命于资本家。可怜的台湾像一个荏弱的女子，从最初的入侵者手里不断被转手，终为国民党接收。台湾的每一个新主人都在征服旧主人的过程中，攫取越来越大的利益。这样的逻辑听来动人，却使我们无法理解台湾的堕落是否因她失去了最初的纯真，还是因为台湾从开始就是男女性权力竞争的战场，而每次政治经济霸权的易手，只是更凸显了这性别之争的永恒性。

我不是说李昂不应该从女性主义角度来纵览这些历史政治问题，她的女性主义立场的确给我们新的启示。我感到不安的是，李昂有意无意地试图借象征符号的替换，为台湾的问题铺陈出一条简单的叙述。我们可以用女性主义的观点设想台湾被边缘化(女性化)的历史及政治地位，但我们不能不承认，台湾“不是”女人。将台湾所有问题“命名”为男人和女人之间的斗争并不能解决所有问题。李昂小说所发展的情节与她的初衷常有背道而驰的倾向，我们无法确定她的迷园是个世纪末的女性伊甸园还是个迷魂阵。小说中最大的工程是李昂试图从政治、经济、历史和文化方面将台湾的存在加以女性象征化，但在建构这一女性政治历史时，李昂似乎也迷失于自己的蓝图中。

小说另一令人深思之处是，朱影红如不倚仗林西庚的经济支持，则无法买回菡园。林是一个贪婪的地产商，一个新式地主，在小说中象征着绝对的男权中心权力。林追求朱影红部分出于他迷恋朱末代地主家庭女继承人的身份，部分出于他企图证明自己的男子气概。尽管他满脑子的资本主义精打细算，为了朱影红他竟买回菡园，并同意她将其捐献给台湾“人民”而不是政府。

朱影红还想在家谱中为朱家的第一代祖先——一位海盗——恢复地

位。她留恋自己末代地主之女的身份，她为海盗祖先归宗的举动与其说是慎终追远，更不如说是浪漫欲望使然。朱影红改写家谱之举使她面临朱家第一位女祖先——那位遭海盗遗弃的妻子——所遗留下来的诅咒：任何改写家谱的人都会使朱家家破人亡。果不其然，小说结尾处当林企图与朱影红在菡园中做爱时，他似乎丧失了性能力：朱影红担心的诅咒应验了。但持女性主义立场的读者不禁要问：男性沙文主义者的阳萎难道不也暗示着女性主义的胜利么？难道小说宣传了半天的女权竟要在朱影红忧心丈夫的不举中落幕吗？朱非得靠着林西庚生孩子才能完成自我吗？"人民"一词在近半世纪早被用滥了，菡园可能奉"人民"之命继续其岌岌可危的存在吗？为什么我们不能用一种新方式建造一座新花园？为什么我们要重返一座轻视女性也受到女性诅咒的花园？

《迷园》借情境、人物的塑造提出了一连串互相关联的问题，表明李昂是有心作家，也有能力扩展其女性主义视野。然而这并不是说她急于回答的问题都能在小说中得到解决。事实恰恰相反，《迷园》的迷阵使读者（及李昂？）身陷其中，难以自拔。这使我再次想起前述朱影红、林西庚与那位双目失明的按摩师做爱的场面。也许阅读这本小说的经验差近于既放纵又警醒、既清明又盲目的狂欢。这种狂欢吸引了所有参与者，也只有在人人精疲力竭之后方告结束。作为读者，我们受到小说中谜样循环逻辑的影响，越陷越深，无从幸免。我们难以决定究竟要将这部小说视为世纪末台湾的颓废见证，还是近代台湾史破茧而出的象征。

我在前文中讨论了三位台湾女作家如何用世纪末想象，突出被边缘化的台湾女性意识及政治地位。朱天文侧重于女性在爱情及职业方面的空虚。对她而言，世纪末大大地踵事增华了女性的边缘地位，反而滋生了一种前所未见的力量。平路关心的是台湾在国际上阴阳不调的政治经济地位。她的世纪末想象引发出一种怪诞的谑仿，一个黑白颠倒的嘉年华会幻影。

李昂是三人中野心最大的作家,她的女性主义摇摆于纯情的政治和颓废的美学之间,却造成逻辑上男与女、中心与边缘的互相循环,结果是一种无偿的虚耗。总结这三位女作家对台湾世纪末的预言,我们不妨再“拥抱”张爱玲这位早熟的世纪末的女作家一次吧:

> 时代是仓促的,已经在破坏中,还有更大的破坏要来。有一天我们的文明,不论是升华还是浮华,都要成为过去。如果我最常用的字是“荒凉”,那是因为思想背景里有这惘惘的威胁[22]。

的确,朱天文、平路、李昂这三位女作家是在“惘惘的威胁”中进行创作,她们对世纪末所做出的反应,在在引人注目。她们的作品可以被看成未来有关台湾世纪末的华丽叙述里,一个动人的序曲。

注　释

[1] 陈若曦于二十世纪七十年代末期受到广大注目,主要因为她以台湾留美学生的身份,于“文革”初期回归大陆,以及她后来离开大陆所写下一连串关于“文革”经验的小说。见如 George Kao(ed.), *Two Writers and the Cultural Revolution*(Hong Kong,1980); Kai-yu Hsu, “A Sense of History:Reading Ch'en Jo-hsi's Stories,” in Jeannette Faurot (ed.), *Chinese Fiction from Taiwan:Critical Perspectives* (Bloomington: Indiana U.P.,

1980), pp.206—233; Michael Duke, "Personae, Individual and Society in Three Novels by Chen Ruoxi," in Michael Duke (ed.), *Modern Chinese Women Writers: Critical Appraisals* (New York: M. E. Sharpe, 1989), pp.53—77。

[2] 尽管许多海外女性主义学者信誓旦旦地要解除"男性中心"文学史的神话,到目前为止,她们最常处理的三四十年代女性作家,仍不脱丁玲、萧红等人,而这两者的成就原就为男性批评者肯定。张爱玲至今尚未见有系统的专论,更不提像庐隐、凌叔华、冰心、陈衡哲、冯沅君、谢冰莹、石评梅、白薇、白朗、罗淑等人,是如何被女性主义学者所冷落。即使在研究当代女性文学时,女性主义批评者一窝蜂地专注于王安忆、张洁等人的现象,也难脱偶像崇拜的"中心"主义之嫌。除了我所论的台湾女作家,香港作家如西西、施叔青、钟晓阳,也值得重视。至于大陆女作家残雪的成就,亦犹待论断。

[3] 由于美籍学者葛浩文(Howard Goldblatt)对《杀夫》一作的译介及宣传,李昂可能是唯一在国际上引起注意的台湾女作家;但比起大陆王安忆、张欣欣、张洁前几年在国外的风光,李昂倒还是相形见绌。奚密曾讨论过李昂的另一本小说《暗夜》,见 Duke, pp.78—95。第一本对台湾女作家做全面译介的英文选集于 1990 年出版:Ann Carver and Sung-sheng Yvonne Chang (eds.), *Bamboo Shoots after the Rain: Contemporary Stories by Women from Taiwan*(New York, 1990)。

[4] 这立即使我们自省:如果世纪末台湾女作家值得重视,那么香港的女作家在九七回归及世纪末的双重影响下是否更应引起讨论呢?

[5] Gayatri Chakravorty Spivak, "The New Historicism: Political Commitment and the Postmodern Critic," in H. Aram Veeser (ed.), *The New Historicism* (New York, 1989), p.281.

[6] 朱天文:《红玫瑰呼叫你》,《世纪末的华丽》,台北:1990 年,第 161 页。

[7] Jean Baudrillard, *For a Critique of The Political Economy of Signs*, trans. Charles Levin(St. Louis, 1981), p.69.

[8] 朱天文:《世纪末的华丽》,第 186 页。

[9] 台湾学者如张汉良及南方朔都曾自觉地指出世纪末观念与西方基督教末世观的渊源。见张汉良:《世纪末、颓废、海峡两岸》,《当代》1986 年第 6 期,第 28—29 页;南方朔:《解构世纪末》,《中时晚报》副刊,1987 年 6 月 27 日。

[10] 张爱玲:《更衣记》,《流言》,台北:1986 年,第 71 页。张文原以英文写成,题名为"Chinese Life and Fashions",刊于 *The XXth Century*,中文稿为张手译,但较英文略有增

饰,本引句出自中文稿。

[11] 朱天文:《世纪末的华丽》,第 160 页。

[12] 张爱玲:《更衣记》,《流言》,第 72 页。

[13] Rey Chow, *Woman and Chinese Modernity: The Politics of Reading between East and West*(Minneapolis, 1991), p.85.

[14] 朱天文:《世纪末的华丽》,第 181 页。

[15] 詹宏志:《一种老去的声音——〈世纪末的华丽〉序》,朱天文:《世纪末的华丽》,第 11 页。

[16] 朱天文:《世纪末的华丽》,第 192 页。

[17] Homi Bhabha, "Of Mimicry and Man: The Ambivalence of Colonial Discourse," *October* 28(1984), p.127.

[18] Robert Young, *White Mythologies: Writing History and the West*(New York, 1990), p.147.

[19] 李昂:《迷园》,台北:1991 年,第 15 页。

[20] 同上,第 44—45 页。

[21] 同上,第 246 页。

[22] 张爱玲:《自己的文章》,《流言》,第 21—22 页。

辑　四

历史·小说·虚构

在《堂吉诃德》(*Don Quixote*)第二部第三章中，堂吉诃德自学者卡拉斯哥(Carrasco)处获知自己冒险的往事已被写成一部书。由于担心自己的生平是否获得忠实的记载，便和学者谈及这点。学者因此将小说和历史做了区分，认为诗人可以"不按往事实况，而按往事理当如何发生，来叙述或吟唱"，而历史学家却"必须描绘往事一如其所发生，而不是应当如何发生[1]。"听说自己事迹如历史陈述一般被精确记载，堂吉诃德极感满意，因发表高论："历史是近乎神圣的，因为它必然是真实的，真理所现之处也就是上帝存在之处。"[2]这段有关历史与小说之歧异的谈话深具亚里士多德色彩，但我们也发现某种微妙的反讽暗伏其中：堂吉诃德对己书是否具有"历史真实性"的关切毕竟将只是一场空，原因是他自己的身份和行动自始便纯属虚构，遑论其和学者亦仅局限于小说世界中交谈的这个事实。他所汲汲营建的小说与历史之间的分野仅是表面成立而已。实际上两种文类已因其案例而融合为一，他的"史迹"也变成一种历史虚构或虚构的历史了(historical fiction/fictional history)。

堂吉诃德的疑惑至今仍然困惑着我们(或事实上令我们着迷不已)。这可由历史小说历经各代读者而吸引力却历久不衰得到证明。长久以来,历史小说便一直是中西小说中的重要副文类之一,而它之所以广受欢迎有可能是出于本身兼具历史与小说双重的"弹性"导向。不过有关"历史小说"一词所潜存的理论纠结却一向少有人注意。一般对于此一名词的运用多泛指将真实或虚构(或二者皆有)之人、事,与某一引人深思注目之历史时空交织形成的作品而言。这类小说为传达历史感,不仅借用事实证据的引涉(如人名、日期、某时期社交的行为礼节),也力图引发读者对史事经纬的兴趣及有关历史变动的意义探究。

然则上述定义只能作为初步的说明,本文将据此再加以延伸。因所学有限,本文对历史小说的研讨将以小说叙事性言谈的模式为主,而不旁及于有关哲学方面的课题。笔者只拟提出一些问题如:何种叙述类型常为人们视为形成历史小说的要素?历史小说既有小说之名,对于历史实况的讯息能传达多远?就其对叙述策略的运用而言,历史小说与史学写作,二者有何区别?读者于阅读过程中如何因应调适对历史"真相"、历史记载及历史小说的了解?此外,有鉴于中国古典小说不论取材之虚实与否,均惯以一历史言谈模式叙述之,本文拟以部分篇幅尝试描绘促成此一历史叙述之动机为何。笔者于此并无意完满回答这些问题,只想廓清其中所牵扯到的一些课题,以便于在未来的研究中找出答案。笔者的论证过程已先假设读者熟悉当代的社会及文学理论,故不打算再争辩有关意义与语言本质的话题,因为这些已可视为本文立论的起点。

一

在传统历史小说研究方法中,最重要的走向之一是将"历史"与"小说"相对立,认为前者处理信而有征的事实,因而得与"真相"或"真理"连成一气;而后者源出于想象的题材或扭曲的事实,因而倾向于"遐思"或"迷思"[3]。

不可否认,(书写及口传的) 历史代表人类企图就目下可知的行动与情操来重建并了解过去所发生的一切;对比之下,小说则取材自范围更广阔的人生经验,这其中特别包含了幻想的经验。但这种对立划分只能触及一个层次,而且是历史与小说多重关系中颇为肤浅的一个层次。我们若视历史为人类以往活动的记录或理念的一种类型,必然会牵涉到将个别事件、思维组织排比,以形成叙述串连的过程[4]。换句话说,历史可视为一种拥有本身话语类型的叙事陈述[5]。更甚于此者,一旦"语言"(无可避免地)介入其中,历史话语亦必然受制于文化、意识形态及文学等他种话语类型的限定。历史和叙事小说互为关联紧密的话语形式,原因不仅在于二者在叙事模式上互相映照,也在于对人类经验的探究上彼此大量重叠——不论所谓人类经验是幻想与实证性的,或是虚构与理念性的。正因为历史小说横跨这两种类型,才得以焕发出独特的魅力与力量。

晚近研究历史"叙述活动"的诸多尝试中,海顿·怀特(White)的理论堪为一佳例。他于《元史学》(*Metahistory*)一书中阐明历史写作乃是"一种以叙事散文形式呈现的文字话语结构,意图为过去种种事件及过程提供一个模式或意象。经由这些结构我们得以重现过往事物,以达到解释它们的意义之目的。[6]"怀特运用傅瑞也(Frye)原型观念分析十九世纪历史作品形貌,曾引起激烈回响[7]。但他的研究仍带来两种启示:第一,它让我们了解到历史写作实际及认知上的力量,可能不是出于过去实事存在,而是出于其叙述的形式所引发的"功能";第二,历史写作不单是一种将经验组织成型的方法,同时也是一种"赋予形式"的过程,而这种过程必定具有达成意识形态甚至原型政治的功用。

相对于怀特对历史写作中"喻义"类型的形式主义式探讨,罗兰·巴特(Barthes)举出典型的结构主义训令,筛检历史叙述的语言特色。他的目的在于尝试归结出一套语意单元组织,显示人类如何了解过去。巴特所揭橥的这种关联实归功于雅克布森(Jakobson)式的观念,这点尤可由其对历史话语的两极区分显现出来:在索引类型(units of index type)单元主导之时,历史写作落入隐喻形式,倾向抒情诗及象征性质;但当功能单元(functional units)盛行时,历史写作则采取转喻形式,倾向于史诗的境地[8]。然则巴特令人更感兴趣的观察在于重申尼采对于历史事实的理念。尼采认为历史事实不会自行存在,事实之存在首先端赖人们为之引入意义。巴特据此提醒我们注意历史话语循环重复的特质,以及语言本身所附带的意识形态力量。因此"如果我们能接受'发言'之产生系透过想象的语言作用,因而将发言所牵涉的畛域从纯粹语言学的范畴转到了心理学或意识形态的领域,那么历史陈述就其本质而言,可说是一种意识形态的产物,甚或毋宁是想象力的产物。"[9]

巴特论点的未竟之处——亦即有关历史陈述自主神话的结构问题——由福柯(Foucault)续起承接。福柯猛烈挞伐传统历史学者,认为他们擅自为历史"编造情节"(emplot),使历史仿佛成为一平顺、有因有果的人类经验记述。福柯认为代替传统史学著作"整体性"(totality)、"真理"及"关联性"(coherence)等被奉为圭臬的目标的,应当是对历史"不连续性""断裂现象"及"事物四散分崩"(dispersions)的寻求,如此方能重新组成对过去"知识考古式的"(archaeology)甚或"探源研究式的"(genealogy)了解。虽然福柯的论证深具尼采式的意识形态及"权力"观念的色彩,他的立论所造成的破坏力似仍仅止于表面。一旦他开始以"话语结构"(discursive formation)及"话语认知领域"(epistēmē)的观点来讨论历史,他似乎又回复到一开始自称已扬弃的结构主义及诠释学的老路子了[10]。

在诠释学的阵营中,伽达默尔(Gadamer)对人类理解的历史性省思,正揭露出传统诠释学自诩追求客观性的限制。他提醒我们一切知识均产生于历史情境中,而其中传统的影响力是无所不在的。如其"多重境界融合"(fusion of horizons)之观点所显示,"了解"是在我们与作品间相互观照,不断修正对方的立场中达成。换句话说,阅读作品可说是一种过程,这个过程重点不在于恢复作者原意,而在于运用我们的语言"回应"(respond)作品向我们述说的一切。这种将重点放在"了解"的语言特质及作品自主的做法,使得诠释行为转为一种"对话"事件——这种沟通只有在"语言"对过去及现在达成和解的形式之下,或透过作品与诠释者形成境界的融合,才能发生。伽达默尔的理论可代表诠释学的一个重要新导向,将诠释学自一味寻求稳固、客观标准的局限中释放出来。而同时其诠释学也指出历史了解与写作所牵涉到的语言问题[11]。

对保守的历史学者而言,上述批评家对历史及其话语论述所做的观察或许显得过于偏离正统。但即使其方法学与哲学背景各有不同,他们的理论却提醒我们注意到大多数学者所忽略的历史"写作"层面。这些理论所共同触及的一点是:只有在我们认清历史具有"文本特质"(textuality)及叙述活动性质之时,我们才能开始讨论历史话语陈述;而历史陈述"可信度"的达成主要并非仅根据众说纷纭的"事实",而是来自人类对事物"可理解性"(intelligibility)所做的努力。这种立论或许有其风险,因其可能使历史书写的层次降低至预铸式叙述模式的地位,也可能过于低估传统史家所重的考证训诂的重要性。但他们指出:历史对过去"意义存在"(meaningfulness)的肯定,可能源于历史所享有的陈述或对话。这项事实使我们得以更进一步考察历史与他类作品互相参照关联或内部彼此关联的种种现象。

二

参考上述有关历史的论述之后(但并非必须完全同意他们对历史的看法),我们可转向中国文学有关历史话语与叙事小说二者关系的探讨。事实上,不少汉学家追溯中国小说叙述本源时,早已注意到中国叙事文类中缺乏史诗传统的现象;取而代之的乃是史学陈述。而且就小说叙事模式的观点而言,史学陈述亦产生与史诗相类似的功用(但史诗亦可由如 *Gilgamesh*

等作所证明的具有“历史的性质”)[12]。我们研究中国小说史时,必得强调史学写作为其中心要角。这不仅因为不论就其主要人物或取材资料而言,整个明清小说有一大部分作品均可称为历史小说,而且亦正如浦安迪(Andrew Plaks)所说,“它不断撷取‘官方’史学著作的各种形式及结构技巧(例如传记形式、多重叙述焦点、传统叙述话题及主题等),以及其对人类事件所具有的宽广视界及意义的整体感。”[13]

从中国早期史学著作中,我们很容易找到有关史家和小说叙述者间角色互补甚或雷同的例子。公元前九十一年的皇皇巨著《史记》,长久以来便被视为对后世中国小说最富影响力的史学作品。近年学者伊根(Ronald Egan)和王靖宇更试图运用史勾斯(Scholes)及凯洛格(Kellogg)处理意义、角色、情节及观点的手法来勾绘出《左传》(公元前722至前463年)的叙事结构[14]。

在另一方面,有些批评家如普实克(Průšek)、加德纳(Gardner)及浦安迪则致力于中国古典史学写作所蕴藏的美学与意识形态方面的观念,认为中国史学者不论就实质与理念而言,皆为历史“编上情节”。如档案处理一般,古典中国历史陈述对人物及事件的处理采取“间隙式”(interstitial)分类以反映中国社会阶层式的秩序,与西方史学“构筑式”(architectonic)的系列处理大相径庭。它们的重点不在过程而在事件;历史主要是用来记载社会各阶层行为的良窳与后果,史家的责任则是编纂案例以赋予先验、原型式的情况与人物[15]。此外,中国传统历史著作中的另一种吊诡的现象则是,时间的流逝通常并不是最显要的因素。最令史家关心的反而是“空间化”的作用——将道德或政治卓著的事件或人物空间化以引为纪念。这种情况就如李文生(Levenson)所观察的:“过去的过去性(pastness)(感觉它已非现在)与过去的形成性(becomingness)(感觉它不断地正融入现在)之不同,并未受到特别的重视。”[16]

了解上述有关中国史学叙述的特色后,我们可以进而描述中国古典小说所涵藏的历史话语要素。于此"历史话语"一词不仅意指中国古典小说惯于指涉或撷取官方或半官方史学著作中的技巧、主题甚或角色与背景，同时也涵盖一似真写实模式——这种写作模式不论其素材为真为假、史学上信而有征或仅系虚构，均要求作者与读者将之视为一"有意义的"历史记载。换言之，正因为历史享有保存并"预绘"出中国经验的特殊地位，因此借用历史话语方式来叙述即使纯属幻想的故事，仿佛有助于作家证明其作品具有相似的可靠性与权威性。因之我们可以说，中国古典作家之所以运用历史叙事类型与典故，其主要目的并不在于达成如十九世纪欧洲历史小说模拟的幻象效果，而在于形成作品的似真感[17]：即在中国古典小说的世界里，只要能与历史情境扯上关联，则任一事物皆"有其意义"。至于小说叙述中对语言、服饰、礼节举止及道德规范等记录，即使有时代错置的现象发生，却鲜为作者/说话人及读者所重视。因为大家认为历史叙述最主要的功能是作为借镜，提醒读者其中道德运作的意义，而此一意义实是超乎时空限制的。这也正聚照出中国传统史学的基本前提之一[18]。

从现代理论的观点来看，我们也可以从历史话语本身享有语言表达认知上的特权来解说，何以中国古典小说可依赖历史陈述以达成写实逼真的效果：因为历史陈述是被公认用来记述"已"发生过的事物，而不是记述未曾发生或可能或不可能发生过的事情。如巴特所说："历史话语是绝然肯定的，除此之外绝非它物。"[19]当然这不是说任何史学著作或理念所涵盖的一切都必然是"真实"或"真的"；它毋宁是提供我们研究历史时一个优先考虑的理念，也就是我们期望从过去学到某些"有意义的"东西。据此我们可以说，即使小说叙述仅引用过去某个微不足道的日期或事件，它也已臣属于历史陈述最基本的法则，以达成自身具有"可理解性"的假象。

将历史话语运用为道德指导原则，或作为解释不可能存在事物的立论基础，自然并非只由中国古典小说独享。但除中国文学传统之外，我们几乎找不到相类传统如此恒久地采用历史写作的叙述模式及理念，以迄晚清。对于自己作品中所具有的历史话语性质，中国古典小说家显然并非毫不知情，这点可由他们在自己作品上冠上如传、志、记等史学文类的名称即可看出。其结果是，我们几乎可以这么说，整个中国古典小说就可组成一部“历史”，这部“历史”的格式及类型学均归功于官方以及半官方史学写作，而同时其本身又立下了一个新的传统。这部“历史”涵盖了正统史学，但又不为其所限制。例如有些小说中的人物及事件由于非常吸引人，以至于一再地被处理与模仿，因而最后终于融入某一时期的社会文化，而成为其中的一部分。

三

然则，定义“历史小说”的主要标准是否仅在于某作品经常引用历史日期、有实证的事件、风俗习惯，或史学式类型学与主题呢？这一点仍然有待商榷。虽然我们在前述的讨论中提出筛检中国古典小说中可能存有的历史话语特色，但毕竟我们不会将任一中国古典小说如《红楼梦》《西游记》等都冠上历史小说之名。历史小说富含各种特质，欲将其涵盖范围勾勒出来，首先有两种原始类型是值得加以留意的。从最粗浅的层次来看，历史小说可以指涉所有将时空范围放置于过去某一时代，并描写与该时代相应和之举止仪节与道德规范的叙事性小说。这一类型小说主要的目标在于建立一种过往的气氛，透过模拟，重建、描绘出作者与/或其读者心中认为从前可能发生，但不一定真正发生过的实际细节。福楼拜的浪漫小说《萨朗波》(*SaLammbô*)以古老的迦太基为背景，便是一个极好的例子。对于福楼拜于书中所展现的数量惊人的历史细节，读者鲜少会不感到惊讶的(福氏为了造成书中历史“真实”感，曾花费极大的心力去研究考古学)；但仔细阅读之下，我们却不难发觉书中人物的思维及行动仍然属于十九世纪中产阶级的心态。另一例子则见于同一作者的作品《圣安东尼的诱惑》(*The Temptation of St.Anthony*)。在这本小说中,这个罗马时代之前的圣徒竟然对于实证主义的思想及达尔文理论表现了深度的兴趣!

由于福楼拜为反讽写实小说的宗师,我们有理由揣测他以极细腻笔调来写"历史小说",未尝不在点出,想充分重演往事的企图毕竟是不可能的。但基本上他所写的历史小说形态近于所谓的"服装剧"(costume drama)。这种戏剧只是利用历史作为一连串冒险或浪漫故事的衬景,在许许多多的中国侠义传奇中亦不乏佳例。然则从另一方面来看,历史还可用来做另一重层次的指涉,例如提供某种强制性道德或意识形态下的社会文化氛围,好使小说角色或行动的动机显得自然归属于那个时代。例如霍桑的《红字》(*The Scarlet letter*),书中运用十七世纪新英格兰的背景,加上冷冽的清教徒宗教气氛,形成解说该书角色行为的一个伏笔。历史背景于此被用来作为引发小说似真感的最有效的方法,而这种倾向于大多数的中国古典叙事小说中也常被发现。若就这层意义来看,我们亦可视《西游记》这一类的幻想传奇具有"历史"小说的某些特质,因为书中模拟的假象有部分是根据唐代发生的一桩特定史事陈述而来的。

与上述类型相反的历史小说则强调处理在史学上均是信而有征的人、事、活动等。就这种情形而言,小说家仍可能有心为其主体事物的发生建造出可信的历史背景,但写作的焦点则放在读者可能熟悉及/或感到兴趣的人物与事件上。传统上学者亦将上述理念作为中国各类型"正统"历史小说定义或描述的起点,而所谓的历史小说则包括演义(如《三国演义》)、家族英雄事迹(如《杨家将》)、战争传奇(如《英烈传》)等等[20]。但是就小说的形式而言,这条路线所规划的中国历史小说定义仍嫌狭窄,因其似乎认为中国历史小说自清朝以来已不再产生任何变化,或甚至已宣告终结。因此他们也无法解释现代中国历史小说如茅盾的《虹》、姜贵的《重阳》之特殊多面性。

另一种由真人真事改写而成的影射小说(roman à clef),有时也被归为这一类历史小说的变形,理由是这一类小说的阅读乐趣多出于读者对小说人、事与历史人事真相的联想。晚清谴责小说如《官场现形记》《孽海花》或赫胥黎的《对位》(*Point Counter Point*)均为这方面极好的例子。人们通常认为以过往真人真事为题材的历史小说会较为接近历史"真实",虽则深思之后并不尽然如此。

十九世纪欧洲历史小说借司各特(Sir Walter Scott)推出的一系列威佛利小说(Waverley Novels),及许许多多的序言及介绍文字,分别奠定了历史小说在实际创作及理论上的定义,因而使得欧洲历史小说呈现了一种新的似真写实面貌。这种类型的小说讲求细腻记述小说人物的内、外在经验,重新表达曾历经该历史事件的人物所感受到的冲击,以达成对过往时代个人身历其境的刻画效果。由于这一类型的历史小说很显然地可以与前述两种原始分类重叠却不为其所局限,因而已成为往后历史小说最基本的公式典范。举例来说,雨果的《悲惨世界》(*Les Misérables*)、巴尔扎克《幻灭》(*Lost Illusions*)、曼佐尼(Manzoni)《约婚夫妇》(*The Bethrothed*)、萨克雷《名利场》(*Vanity Fair*)、福楼拜《情感教育》(*A Sentimental Education*)、托尔斯泰《战争与和平》(*War and Peace*)、加尔多斯(Pérez Galdós)《福尔图娜塔和哈辛塔》(*Fortunata and Jacinta*)、左拉《萌芽》(*Germinal*)、托马斯·曼《魔山》(*Magic Mountain*)、茅盾的《子夜》与帕斯捷尔纳克《日瓦戈医生》(*Doctor Zhivago*)等多少都各自展现出这一类历史小说的准则。这些小说中所呈现的历史并不是一连串由英雄、政治人物或帝王所轰轰烈烈演出的事件,反而是印证如托尔斯泰所说的,历史是"人类不自觉、如蜂巢般的整体生活",于其中"人类的每一个行动,就历史意义而言,都不算出于自愿的,而是与整个历史的途径息息相关,且自亘古以来便被命定的"[21]。据此作家舍弃历史文献中信而有征的显赫人物,转而征召普通人物,并塑造其命运以为历史更迭变动的见证。

二十世纪诠释司各特式历史小说传统最富影响力的学者之一乃是卢卡契（Lukács）。在有关十九世纪自司各特之《密得洛西恩监狱》(*The Heart of Midlothian*)至左拉《娜娜》(*Nana*)的欧洲历史小说评论中，他曾一再地提出历史小说的重心“不在于重述伟大的史事，而在于将史事中出现的人物以诗的方式使之复苏”[22]。对卢卡契而言，一部“好的”历史小说应当有助于我们“重新经历”于真实历史情境中，促使社会与人类思考、感受并行动的相关动机[23]。他更进一步地论辩，历史小说中理想的角色应当能够同时自由地重现小说世界具体的时刻，以及较广阔、历史性地不断进行的阶级斗争，如此才能调和特殊性与普遍性二种相颉颃的要求。

如果说卢卡契的理论迄今仍具吸引力，这可能不是因为他对十九世纪历史小说所时时展露的高见仍为我们所服膺，而是因为其论辩中所不自觉流露出来的偏见及自我矛盾。他对历史小说的定义，一方面主张意识的辩证是如何地在历史景象中形成，并在变动中占有举足轻重的分量，但另一方面他却因耽迷于黑格尔与马克思历史命定论，而削弱了自己的论点。更讽刺的是，卢卡契本想提出其心目中理想的历史小说模式，并选定了几个十九世纪欧洲小说为样本(如司各特、巴尔扎克、托尔斯泰等)，却反而泄露出他对过去某一时代文学的怀念——而根据马克思理论的时间表，那个时代是早就应该被视为过时无用的。不过我们不能仅将卢卡契的错误归因于意识形态的谬误。从较广阔的意义来看，他的研究可以说也指出了其他许多非马克思主义的历史小说学者所同样感到困扰的问题。他们一方面承认历史本身即具有流动性与变动力，一方面却又欲拒还迎地勾勒出历史小说“应当”如何读、写的形式法则，以建立一套静态、与时间无关的叙述模子。此外，卢卡契亦宣称历史小说应有助于人们“再次经历”以往所确切发生的一切——而这显示他与其他非马克思信徒的同辈一样，迷信历史著作神秘的模拟力量，其天真怀旧的姿态，因而暴露无遗。

二十世纪有些小说家亦曾尝试探讨新的历史小说写作的可能性。他们的作品即使未能为传统历史小说的定义增添新义，最起码也对其涵盖性提出一些质疑。举例来说，帕索斯(John Dos Passos)于其小说《美国》(*U.S.A.*)三部曲中便运用某些特殊技巧如"新闻影片""摄影机镜头"与许多短篇传记及真正的叙述本身一起结合，呈现美国二十世纪二十及三十年代生活的浮世绘。他所展现的历史并不是一连串连贯、因果分明的事件和行动，而是如一件拼凑补缀的作品；事物互相堆积并形成如万花筒般的图案。格拉斯(Günter Grass)于《铁皮鼓》(*The Tin Drum*)一书中则扬弃了十九世纪历史小说家惯用的写实叙述格式，转而以描写盛大闹剧的方式，来处理德国于两次世界大战时所历经的动乱岁月。他这种处理手法使得当年社会政治混乱与暴力深深蒙上了一层诡异喜庆的特殊色彩。更激进的例子则可见诸福克纳的《押沙龙！押沙龙！》(*Absalom! Absalom!*)及马尔克斯《百年孤独》(*One Hundred years of Solitude*)。这两位小说家不但对十九世纪欧洲历史小说叙述的形式感到怀疑，对于其所隐含的时间观念也不无疑义。他们的小说均强调时间与记忆的神话特质，对于历史则将之展现为一沉重的混合体，其中包括了各式各样的编年记事模式以及自实证以至无意识等不同层次的人类经验。

尽管现代小说家所做的历史写作实验时有新意，大部分的读者却仍惯于将"历史小说"的标签黏附到司各特与托尔斯泰式的作品上。他们认为好的历史小说就应当详细描述出历史时刻感知上的气氛，以及当时人"应"有的意识转变，至于叙述模式则应当遵循十九世纪欧洲写实小说的样式。现代中国历史小说家如茅盾、姜贵、王蓝(《蓝与黑》)、李乔(《寒夜三部曲》)等人的作品亦可列入司各特与托尔斯泰式传统里。由此却产生了两个问题：第一，究竟作者或其读者是如何描述或分辨一长段时间内意识上的转变？第二，纵使我们能找到使意识转换具象化的方法，我们又如何证明它在历史上的可靠性？

关于第一个问题,历史小说家可能运用历史上已知人物或事件的兴衰起伏作为书中的索引,以映照某一时期社会政治力量过渡与大众意识产生变化的现象。但更令人信服的可能是作者对小说角色行为与经验、姿态(gestures)的操纵,使它们在时间的流逝中反映出内在经历的变化与不一致的现象。这些技巧当然亦见用于其他类型的小说,只是历史小说家更能将之用于加强表达在某一历史时代中,某一特定生活或思考的模式所能塑造形成的生活或意识的一些层面。然而不论如何,作者和读者仍有必要使作品参照某套文学传统与主题,如此才能澄清其所表达的意义。

从另一方面来看, 如果一本小说所处理的人事对读者仍然记忆鲜明,甚至其个人亦曾受其冲击影响,那么或许读者仅需比较一下他个人所经历的与书中所谈论的,就能产生一种历史的变动感。举例来说,马罗(André Malraux)的小说《人类的命运》(*Man's Fate*)系以中国共产党于一九二七年上海起义失败后的低潮为结局;但"之后"历史上真正发生的事实却又提供了活"过"此书时限的读者另一种新的角度,来阅读该书行动与结局的意义。反过来说,我们也可能失去对过往人事含义的掌握。这些人事对作者和其当代的观众具有意义,但由于时间的流逝却逐渐从我们心中消逝。因此我们可说,我们总比历史小说所涵盖的知道得"多",但同时也较"少"。事实上这种现象正提醒我们,所有的阅读经验都是受限于历史的。我们阅读历史小说的行为正可作为一个明例,促使我们注意到,由于读者对历史的知识、对小说陈述某段历史的诠释,以及其本身的历史立足点三者之间的冲突,使得读者必然要采取一不断"对话"的立场阅读作品。

关于第二个问题,我们大概只能做一个更为试探性的回答,也因而较卢卡契等的论点更不乐观。卢卡契及其从者认为只要赋予正确的观察角度与方法,历史小说家便能总结出过去时代的意义与意识。但正如前面篇幅所讨论的,历史本身与历史小说二者的底层均共有语言方面的问题。只要人们认为语言无法将事实做透明澄澈的客观呈现,而仅是本身在向我们说话,那么作者和读者虽致力于恢复历史事件或意识的“原”貌,也都只是一种“阅读”而已。即使是最扎实的史实也必须视其与作者/读者的历史层面的“关系”来解释。历史小说的可信性易招致再三的考虑,其原因不在于其以“虚构”的形式写成,而在于它意图将自己附加到“历史”上,而这个历史却是已“写成”或被诠释过,它的“真实性”在先天上就已值得怀疑了。

本文的目的并不在于历史小说“应当”如何定义,也不在于历史小说模式“应当”如何发展。本文只是描述我们目前对历史小说与历史写作二者关系的了解及其中所引生的问题。然而我们仍有必要勾勒出能涵盖各类型历史小说的范围,以为未来研究的基础。方法之一或许是重新检视亚里士多德对于小说(诗)与历史的区分:

> 诗人的作用是描述,但并非描述已发生过的事,而是有可能发生的,亦即因为有可能性或必要性故可能发生的……因此诗较历史更具哲学性与重要性,因为它陈述的本质是属于普遍性的,而历史的陈述却是特例的[24]。

就历史小说之小说模式而言,这种区分法需要加以修正。因为历史小说是介于小说与历史的边界之间。只要历史小说仍属于小说叙述的“一种”,我们就必须赋予它较史学更大的自由,能更自由地重组、归结甚至戏剧化地增扩主题内容。但我们也可回过来强调历史小说并不同于其他类型的小说。历史小说的逼真写实感主要肇因历史的不可逆性,其先决条件就是把重点放在“独特的”与“可能的”人物与/或事件上。换言之,亚里士多德式的“诗的或然性”与“历史的必然性”在历史小说中形成了一种纠结复杂的辩证过程,而这种辩证过程是读者可以不断加以调整的。其实与我们目前其他文化/文学的话语一样,历史与叙事小说的疆域只是“表面上”无法跨越而已。历史小说的存在正透露了这两大范畴中多层而互动中的一层。

注　释

[1] Cervantes, *Don Quixote*, trans. Samuel Putnam (N. Y.: Penguin, 1976), p.400.

[2] Ibid., p.403.

[3] 中西学者讨论历史小说的文字很多，参见如:C. T. Hsia, “The Military Romance: A Genre of Chinese Fiction,” in C. Birch (ed.), *Studies in Chinese Literary Genres* (Berkeley: U. of Califonia P., 1974), pp.339—390; Y. W. Ma, “The Chinese Historical

Novel:An Outline of Themes and Context," *Journal of Asian Studies*,34,2(1975),pp. 277—294;Chou Ying-hsiung,"Between the Substantive and the Empty:The Chinese Historical Novel as Mediation,"(unpublished conference paper);Alastair M. Taylor,"The Historical Novel as a Source in History," *Sewanee Review*,46(1938),pp.475—477;Peter Green,"Aspects of the Historical Novel,"*Essays by Diverse Hands*,31(1962),pp.37—39; John Tebbel,*Fact and Fiction:Problems of the Historical Novelist* (Lansing:Michigan, 1962)。但对"历史小说"的定义有详明讨论者并不多见,遑论对历史本身书写问题的重视。近年对此类问题的重视日益升高,见 Raymond Williams, *Keywords*(N. Y.:Oxford, 1976), pp.116—121; Bernard Bergonzi,"Fictions of History,"*The contemporary English Novel*(London: Edward Arnold, 1979), pp.43—66。

[4] 编年、纪事也许缺乏明确情节,但仍具有叙事顺序排比的问题。

[5] 话语(discourse),或译为言谈、陈述,意指知识有系统的具体传达过程而言。话语观念的启源来自语言学,但于此须做广义诠释。它不只意味着由对话或文字作品所表达的意念,也兼指陈一种知识、机构、意识形态在一历史时空中形成的法则或样式。这样定义下的话语可与巴特的"神话"、热奈特(Genette)的"意识形态",特别是福柯的"话语"理念相指涉。见 Gérard Genette,*Narrative Discourse*, trans. Jane E. Lewin(Ithaca:Cornell U.P.,1980);Roland Barthes,*Mythologies*, trans. Annette Lavers (N. Y.: Hill and Wang, 1972),pp.109—121 and 131—142;Gérard Genette,"Vraisemblance et motivation," *Communications*, 11(1968),p.6;Michel Foucault,"The Discourse on Language," trans. Rupert Swyer,included as appendix to American edition of *The Archaeology of Knowledge*,trans. Alan Sheridan(N. Y.:Tavistock,1972)。

[6] Hayden White,*Metahistory* (Baltimore:The Johns Hopkins U.P.,1973),p.2.

[7] 见如 Fredric Jameson, "Figural Relativism,or the Poeties of Historiography," rev. of *Metahistory*,*Diacritics*,8(1976),p.3.

[8] Roland Barthes, "Le discourse de I'histoire," *Social Science Information*,6,4 (1967),pp.65—75.

[9] Ibid.,p.71.

[10] 有关福柯的"话语结构"及"话语认知领域"的观念,参见 *The Order of Things*, trans. Alan Sheridan(N. Y.:Pantheon,1970);and *The Archaeology of Knowledge*。他与结

构主义的异同，见如 Hubert L. Dreyfus and Paul Rabinow, *Michel Foucault: Beyond Structuralism and Hermeneutics*(Chicago: U. of Chicago P., 1982), pp.xv-xvi, 52—58。

[11] Hans-Georg Gadamer, *Philosophical Hermeneutics*, trans. & ed. David Linge (Berkeley: U. of California P., 1977). 另见 David Couzens Hoy, *The Critical Circle* (Berkeley: U. of California P., 1982), pp.41—95; and Josef Bleicher, *Contemporary Hermeneutics*(London: Rougledge & Kegan Paul, 1980), pp.108—114。

[12] Jaroslav Průšek, "History and Epic in China and the West," *The Classic Chinese Novel* (N. Y.: Columbia U.P., 1968), pp.14—15; and Andrew Plaks, "Towards a Critical Theory of Chinese Narrative," in Andrew Plaks (ed.), *Chinese Narrative* (Princeton: Princeton U.P., 1977), p.327.

[13] Plaks, p.314.

[14] John C. Y. Wang, "Early Chinese Narrative; The *Tso-chuan* as Example," *Chinese Narrative*, pp.3—20; Ronald Egan, "Narrative in the *Tso-chuan*," *Harvard Journal of Asiatic Studies*, 37(1977), pp.323—353.

[15] 普实克认为中国历史写作传统与西方史学论述所强调的"一统"(homogeneity)与"连续"(continuity)的倾向恰恰相反。他认为西方历史着重事件起承转合的流程(unbroken flow)，而中国历史则着重有间隙的过程 (segmented progress)。加德纳(Charles Gardner)也持类似观念，认为中国历史家将过去视为一连串具体明白事件的组合，并将历史视为对这些事件正确无我的记录。另一方面"西方历史则要求史家分析排比他的资料，以形成一逻辑的顺序；此一顺序不只显示其在时间中的先后秩序，也显示因果关系的严丝合缝"。普实克与加德纳两人的观念都曾可能影响浦安迪，使后者提出多数中国史学叙述模式中"内在间隙"的结构，以有别于西方的连续性结构。见"History and Epic in China and the West,"p.22; Charles Gardner, *Chinese Traditional Historiography* (Cambridge: Harvard U.P., 1961), p.69; and Plaks, "The Problem of Structure in Chinese Narrative," *Tamkang Review*, 6.2 & 7.1(1976), p.434.

[16] Joseph R. Levenson, "The Inception and Displacement of Confucianism," *Diogenes*, 42(1963), p.68.

[17] "似真"(verisimilitude)意指作品中的"真实"效果不仅来自对客观事物毫无疑义的"拟仿"(mimesis；亦指传统 19 世纪的"天真"写实主义观)，也来自作品深处的意识

形态及文化动机。"拟仿"观强调重现事物一清澈透明的幻象,而"似真"观却总引领我们接触使我们"信以为真"的复杂成规、模式、传统等相互指涉的问题。换句话说,"拟仿"意在忠实复制世界表象,而"似真"却进一步提醒我们文化历史环境塑造"真实"感的动机。两者其实皆不能自外于语言及话语的网络。

[18] 即使"正宗"历史小说像《三国演义》者也有这样的倾向。在该著中,角色行为常与政治与道德的基型相连接,而缺乏真正浸润在一特定历史时空中的逼真感,或是与情节相依恃的有机感。该作的情节实际由事件与"非"事件相互交错组成,避免了直线式进展,也因而冲淡了时间流动的气息。所以该书的最大成就不在于作者呈现了政治动荡或历史巨变的递嬗景象,而在于将"过去"的兴衰印证儒家"治乱"循环的史观,并且以伟人将相动心忍性,与邪恶势力周期性的对抗过程为焦点。

[19] Barthes, "Le discourse de l'histoire," p.72.

[20] 对中国古典历史小说更深入的讨论, 见 Y. W. Ma, "The Chinese Historical Novel: An Outline of Themes and Contents"; C. T. Hsia, "The Military Romance: A Genre of Chinese Fiction"。

[21] Leo Tolstoy, *War and Peace*, trans. Aylmer Maude (London: Oxford U.P., 1933), p.258.

[22] Georg Lukács, *The Historical Novel*, trans. Hannah and Stanley Mitchell (London: Merlin, 1962), p.42.

[23] Ibid.

[24] Aristotle, *Poetics*, trans. Kenneth Telford (South Bend: Gateway, 1961), p.17.

现代文学史理论的文、史之争

以近代中国政治小说的研究为例

在我们研究文学史写作与阅读的过程里,常会遇到的难题之一是文学史的归属问题:即“文学”“史”究竟是文学作品一种集结展现的方式,亦或是史学论述的一项分枝?当面临文学与历史的实际分野时,我们往往倾向于视“历史”为求证或评析过往实人实事的总合记录,而相对的“文学”则于史实之外平添或空幻或玄奇的虚构层面。此一区分虽然简明利落,其实却有许多漏洞;若用于对文学史的定义上,则尤其显示出其左支右绌的两难。我们可以质问,如果文学作品以虚实掩映为其特色,因而不足以尽信,那么以文学创作流变及评阅为经纬的文学史是否亦兼有此一“征信”危机呢?此外抛开文学虚构的问题暂且不论,一般历史题材的取舍,史学叙述的铺陈又何尝不牵涉到复杂的理念、文化动机问题,更遑论其间呼之欲出的文学因素。历史的编纂论述毕竟也是一项“创作”行为,有其难以规避的想象层面。以往学者喜欢用“文史不分”一语来综述二者取材或修辞的雷同之处,却未能对个中暧昧矛盾的关系再做厘清。由是观之,则文学史非唯不是化解,反而更凸显这一矛盾。

十八世纪以来的西方文学史写作方式,大抵是将文学创作活动及作品的产生当作信而有征的“事件”(event)来处理,而由文学史家穿针引线,勾勒出文学发展起承转合的脉络来。这样的做法固然有面面俱到的长处,但诚如韦勒克及沃伦(Wellek & Warren)所述,“大多数的文学史如果不是社会史便是用文学做说明的思想史, 再不然便是顺着时代排列的某些特定作品的印象和批评”[1]。二十世纪随着俄国形式主义和新批评方法的次第兴起,我们对文学史内文学本质的探讨突飞猛进。然而此二学派以及继之而来的结构主义,对历史观念的递嬗及史学写作的内涵均缺乏明确立场,也因此不能对“文学史”的整体定义做更上层楼的诠释。有鉴于此,本文拟参照晚近文学理论的新猷,以及史学界有心人士的自省,以期对文学史论述的文、史之争再做检讨。由于篇幅以及笔者个人学识的限制,本文仅能举证而未必回答若干问题,对史学本质及历史哲学的层次尤不敢深加论断,俾免贻笑大方。在下文的第一部分里,笔者将就前述问题再加引申讨论;第二部分则将以近代中国政治小说史观的形成为例,一窥我们所面对课题之复杂性。兹为行文简明起见,一些目前广为流传的观念或术语,将尽量避免重复解释。

一

由于现代文学理论的蓬勃发展,相衍而生的文学史观也显得精彩纷呈。在回顾近数十年西方文学史理论发展之余, 我们基本上可以归纳出两种趋势:其一强调文学作品与活动在实际历史时空的指涉关系;其二则着重文学本身形式内容的变革兴替。此二趋势虽然貌似泾渭分明,却终不免有交错互动之处。第一种趋势将文学史的研究看作是史学工作的一个部门,其精神则可溯自黑格尔以降,十九世纪史学论述的主流。文学史家们将作品以及其相关因素(如作者、题材来源、可能的影响等)视为实际发生的现象或事件,经过仔细搜证评析后,将各项资料予以贯串重组,以求体现其在时间流程中的原貌。然而在历史叙述(history as account)与历史事件(history as events)间

“总”存有难以圆满契合的遗憾,更何况著史者与读史者本身的活动仍持续受到时空推移的左右。如何借历史研究和论述来“再现”(represent)事件真相,因而成为史家不断辩难琢磨的主题之一[2]。文学史的地位在此则显得更为复杂。因为文学成品的出现不仅本身可构成一史实式的存在,其内容又进而反映或指涉另一层次的历史现象。文学史家除了调和这两个层次外,还必须注意文学陈述虚拟架空的性质以及读者立场的变异。基于这些因素,借文学史研究来组合、“重现”文学活动及作品意义的努力就势必要重加考验。

然而十九世纪以来的文学史家对文学虚构暧昧的特色显然未予应有的重视,也因此间接使文学史成为社会或思想史的附庸。最著名的例子当首推泰纳(Taine)的《英国文学史》。泰纳根据达尔文及斯宾塞(Spencer)等人的生物/社会进化观点,建立一以种族、环境及时代为基准点的史观。准此文学作品皆成社会文献,而作家个别的风格及想象力亦沦为一机械决定论的牺牲[3]。与泰纳恰相对的则有如圣-波甫(Sainte-Beuve)等以史家个人好恶来定取舍之标准,并以作家真实生命背景为研究对象的史观[4]。另一方面,阿诺德(Arnold)式的文学史观俨然要以文学杰作的编纂介绍取代宗教文化规章的传统地位[5]。与此相互辉映的则有托尔斯泰(Tolstoy)于《什么是文学?》中宗教狂热加进化论式的观念:文学是传道述德的重要媒介,“好”的、平民化的文学必将取代“坏”的、贵族化的文学;而受到大众欢迎的文学亦必定在艺术品质上优于曲高和寡者[6]。虽然托翁的文学史信念源于其俄式基督教的信仰,却很奇怪地成为二十世纪一些社会主义文学史理论的源头之一。

以上所列的文学史论点也许看来各有千秋,但实际上皆视文学为信而有征的现象,并以文学以外的因素来驾驭史观的形式。至于各家之论的据点是否受制于个人偏见乃至意识形态的影响,我们倒鲜见自省式的批判。此一趋势要到十九世纪末期才见转圜的倾向。柏格森(Bergson)强调作家以其特有的想象力及视野,可以在艺术中创造一比真实更真实的世界;而他所营造的历史更融合了直觉与记忆等重重复杂层面,因此打破了以往直线进行式的单向观点[7]。克罗齐(Croce)除了更确立文艺独特的地位外,也凭其直觉审美的准则推翻了文学史分门别类的系统化传统及进化论式叙述[8]。而最激烈的论调则非尼采(Nietzsche)莫属。早于《悲剧的诞生》一书中,尼采即直言十九世纪实证主义挂帅下的艺术品位与创作,实有每下愈况之趋向。艺术不仅臣属于理性的知识之下,且更成为对人生之皮相模仿。在他看来,一部西方文学(艺术)史其实恰记载了自希腊悲剧以来即一泻千里的颓势。因此尼采欲重倡"阿波罗/戴奥尼西安"(Appollonian/Dionysian)的辩证美学模式,以期待文艺的新生。此一轮回式文学暨文化史观固然不无漏洞,却未尝不是对进化式史观的一项挑战。而尼采要以无所不在的美学憧憬来推翻近代西方知识论传统,亦明显影响了现代文学创作及文学史的信念[9]。

在二十世纪以作品美学观点为基准的史论中, 旗帜最为鲜明的当推"俄国形式主义"与"新批评"。俄国形式主义力倡作品内在艺术组织所构成的"文学性"(literariness)为促成文学独特地位的主因,因此在探讨文学史的发展时,作品本身元素的变易重组成为重心所在。早期形式主义家们以几近科学般的实证主义精神对作品进行抽丝剥茧式的解析,并归结出"破旧立新""标奇立异"(defamiliarization; making strange)等观念作为勘察文学风格演变的准绳。细心的评者在此也许会看出形式主义史观与传统黑格尔辩证式理论的轇轕,但此处所谓的"新"与"变"均落实在作品技巧元素及文类的转换上,而鲜少对作者个人才具乃至文化思潮兴替再加深究。诚如什卡洛夫斯基(Sklovskij)所言,"艺术不是由个人意志或天才所创造。创作者不过是身外各种运作力量交会的几何中心"[10]。(至于"身外的运作力量"究竟是何所指,日后倒成为言人人殊的话题。)如此一来,莎士比亚或李白、杜甫的有无并不显得重要,因为只要有人能躬逢际会之盛,巧妙地排比运用各种技巧,就自可出人头地了。

这种功能论(functionalism)的论调不仅表现在形式主义家们对作者及

相关文化层面的讨论里，也尤其显示于他们对作品元素间互动关系的排比上。就像雅克布森(Jakobson)论作品“主要元素”(dominant)时所述，在美学的世界里，各元素永远不会消失，而只会交互运动，并构成不同的阶级排列次序。只要达到推陈出新的效果，旧瓶新酒或新瓶旧酒皆不是考虑的核心；而在每一项文学创新的表现上，总有一主要元素脱颖而出，暂领风骚[11]。由是观之，各元素间的关系尽管变异极端急促激烈，但总是位于一“同时化”(synchronized)的空间中运动，历史时间的问题因而被轻轻带过。在形式主义发展的末期，有心人士如雅克布森及亭雅诺夫(Tynyanov)等人曾就此稍做修正，认为文学史并不真能脱离时代的束缚而成就一种真空式的美学范畴，而同时文学的发展也未必与政治社会的演变亦步亦趋[12]。这样的观点显为即将偃旗息鼓的形式主义风潮，添加了一些引人寻思的余韵。

乍看之下，新批评在强调文学作品的完满自足以及文学史的空间意象等观点上，似乎与俄国形式主义相互唱和。然而如果我们说形式主义继承康德哲学以次的实证精神，则新批评延续了其理想美学方面的神髓[13]。不仅此也，新批评与英国利维斯式(F. R. Leavis)的实用批评更反映十九世纪中叶阿诺德式(Arnold)的文化道德观，以及二十世纪初重又兴起的古典主义特征。而这些因素都直接影响到新批评史观的基本矛盾：新批评阵营中的学者们一方面向往树立文学艺术无上的独立自主性，却同时又恐怕过分揄扬作品的内在特质将会陷入形式主义的陷阱。在美学层次以外，他们其实从未忘情作品认知、伦理及起动情操(emotive)的功能。归根结底，他们希望借着文学艺术构筑精美、浑然有机的小世界，来作为他们与外在世界接触的蓝本。准此，文学史不唯如阿诺德、利维斯所示，可以取代以往宗教或道德机构的功能，且更应当升华历史的经验，成为现代人心智或经验活动的依归。无论是利维斯式的“大传统”或艾略特(T. S. Eliot)的“传统”都在强调文学史如是的潜能[14]。

艾略特的文学传统观影响之深远，至今仍历历可见。他对文学史最著名的看法是所谓“同存结构”(Simultaneous order)的建议。他认为对具有“历史感”的作家而言,自荷马以降的全部欧洲文学,“一齐呈现于不分先后的同时存在,形成一并存并立的结构”[15]。一个作家必须具备这样的传统意识,才能了解他自己在历史潮流中的位置以及个人作品的现代性。值得注意的是,虽然艾略特对作家的“历史感”念兹在兹,他以空间并列为出发点的“同存结构观”却似乎是超于时间流变以上的一种史观。尽管每一部新作问世都必须改变以往传统的对应关系,但也同时为此一传统所定位与容纳,明眼的读者可能会指出,艾略特等新批评学者忽略了下列问题:第一,在强调各作品间一以贯之的理想秩序时,我们是否已淡化作品个别的、难以融合的特色,因而犯了削足适履的毛病?其次,艾略特虽然声言新作品纳入“传统”后,将会赋予原有经典新意,但我们要问,有幸被选入“传统”的新作品,是否原已暗合一先验的、不假外求的条件?所谓的“新意”是否“已经”存在于“传统”甄选的标准中?第三,被摒斥于强烈“选民”式传统之外的作品,是否有遗珠之憾?亦或我们的文学史观只能准许“一”个传统独放异彩吗?毕竟艾略特的文学史传统中“只有”欧洲的杰作。

尽管接续俄国形式主义以及新批评而起的结构主义力图涵盖一较广的研究层面,其对文学史的观点却未能摆脱前二者的窠臼。结构主义家私淑俄国形式主义理论之处,已是人尽皆知的事实,在此无须赘述。而新批评所倡的同存结构或艺术品有机自足的体现,也似乎在结构派理念中找到共鸣。我们若暂时略过这些学派在晚近师承上的差异,便不难发觉传统理想主义贯穿其间的痕迹。而它们对现代实证科学风潮欲拒还羞的反应更令人莞尔不已。无论结构派学者采取语言学、神话学还是社会人类学的角度来看文学发展,基本上皆企图将作品的传承绝续限定在一先验封闭的结构内,以观察其超越时间之上的共同特征。对结构派学者而言,品评文学的方法应为分析式而非评价式。借由细密客观的剖析排列,批评者理应找到深藏在各色作品下亘古长存的结构网络。此一学派对历史实相变迁消长之视而不见，因此不问可知。至于所谓“分析”或“结构”所依据的法则是否亦涉及到文化、意识暗潮的左右，则更非结构派人士所欲追究的问题。

在结构思潮中，隶属英美传统的傅瑞也(Frye)的例子稍显特别。他的方法学固来自神话、心理学以及新批评，但他所构筑的循环式文学观较新批评更为理想化与系统化，俨然要将文学的认知功能完全浓缩为文字符号所形成的象征系列。也因此美学与科学的关系更形紧密，个人因素的介入似乎毫无可能。虽则如此，傅氏的人文关怀仍旧依稀可见。他之希望借文学史的介绍代替逝去的宗教传统，实在只是对阿诺德的观点再加唱和[16]。

自我矛盾的现象在欧洲结构派学者的著述中亦可察觉。格雷玛(Greimas)的叙事程式，托多诺夫(Todorov)及热奈特(Genette)对小说文类的研究，或雅克布森的读诗法则，乃至早期巴特(Barthes)的文化/文学解读，都是一方面打破了传统文学“浑然天成”的神话，却又同时建立一套新的迷思体系[17]；一方面否定了主观因素的牵扯，却又忘记自家结构组合中唯我独尊的偏见。但除此之外，结构主义派反对作品结构内各元素实质意义的立场，揭橥元素间相互连接补足的“关系”才是意义暂时落脚处的论调，还有对语言符号传递、指涉意义可能性的不断探讨，日后却均将成为促动史学界(尤其是思想史)对史学写作(historiography)反省的起点。

以上本文以极短的篇幅来综述近数十年西方文学史观的转变，挂一漏万自是难免。但基本上我们仍可借此一窥晚近学派对文学史的“文学”本色之强调。耐人寻味的是，尽管俄国形式主义以迄结构风潮的健将们对作品的研究有突破性主张，其所展现的文学史观倒未必真与十九世纪的前驱一刀两断。虽然各家于文学史的时间与空间，印象与科学，处延与内烁，主观与客观等方面的对话层出不穷，却暗中予人血脉相通的感觉。原则上各家对“历史”的看待均不脱近代知识论(epistemology)的色彩，意即认同历史研究应为一有意义的话语论述，并可从不同方法或立场中探触或征验研究素材的合理性与连贯性。不仅如此,各学派的文学史理论或承袭目的论(teleological)的风格(如黑格尔或达尔文式的进化观运用),或向往本体论(ontological)先验式的法则(如各种结构网络的树立)。而更明显的是,各种史论对"一"以贯之的总合式传统的追寻从未稍懈。所谓的"文""史"之争因而仍只是在同一典范内的龃龉。纵使结构主义以其对语言符号的热衷,以及后期对作品关系指涉(intertextual)课题的发掘,已隐然批判其另一方面的功能论及决定论立场,但反映于文学史理论上的洞见,似仍极为有限。相形之下,我们对文学史陈述本身文学性及叙述特质的注意,反倒仍然源自思想史领域有心学者的推动。六十年代初期卡尔(Carr)的《历史是什么》(*What is History*? 1962)重燃史学界怀疑主义及相对观的风潮,而七十年代以来怀特(White)更以《元史学》(*Metahistory*,1973)一书震动了文、史学界,堪称近年对文学及历史纠缠关系研究中最惹人争议的著作之一。其后明克(Mink)对史学"叙述"特征的论点,以及最近拉卡普拉(Lacapra)以修辞对话观念为起点的议论,都间接让我们对文学史的看法有柳暗花明之感[18]。当然欧陆学者如德里达(Derrida)、福柯(Foucault)对文类及知识领域的全盘检讨,更为文学史论述的转变,增添有力的理论注脚。

作为一思想史学者,怀特的立论虽然备受质疑,但对有心重审文学史写作者而言,他的方法却颇值借镜。怀特最重要的贡献厥在他重新提醒我们,不论史实素材真实性多寡,历史叙述(history as account)毕竟是"书写"出来的"作品",也必然具有叙事特征以及修辞技巧。历史与文学陈述间的关连因而不言自明。以往我们多视历史为实际经验与文献所淘炼出的记录,相对的文学则于事实之外多涉幻想。殊不知历史学者一样须具备文学式想象力及驾驭语言的能耐,方才能呈现"史实"。准此,怀特由傅瑞也原型神话论及柏克(Burke)的语法修辞学中琢磨出十九世纪历史著作的修辞基型(隐喻、反讽、转喻、换喻)以及文类归属(传奇、喜剧、悲剧、讽刺)。比方说就历史叙述而言,蓝克(Ranke)基本采取了"喜剧"视景,而米显雷(Michelet)却强烈地将素材“传奇”化；另一方面，马克思的历史哲学根植于转喻(Metonymy)法则，而尼采则以隐喻方式要将历史美学化。这种结构主义决定论式的观点之易受到强烈攻击，几乎是想当然耳的事[19]。但怀特之举却可使文学史从业者了解如下问题。第一，历史写作在实证、求知、“再现”的前提下，亦显现其叙事形态左右“情节”穿插、“事件”取舍的力量；第二，历史研究不仅贯穿、解释其素材，本身亦非一透明无我的中介过程，而必须挟带文化理念的动机；第三，如果一般根据史“实”而述的历史已有叙事情节化的文学特质，则以文学虚构为本的文学史岂不使我们的问题加倍复杂化？

即使在他本人的论述里，怀特也坦白承认德里达、福柯的影响。德里达及相随而起的后结构(post-structuralist)风潮所探讨的“书写”观念，“显现”及“重现”(presence & representation)的神话，以及“延异”(différence)、“播散”(dissamination)等论点至今已为学界耳熟能详的词汇。而另一方面福柯对欧洲文化史所做的新界说(如对疯狂/理性的研究，对狱政刑罚设施的追溯等)，以及“知识考古学”(archaeology)及“探源研究学”(genealogy)等方法论的提出，也在西方激起热烈的讨论。综合两家的看法，我们约略可勾画出下列的史观面貌：第一，强烈多元化的倾向。虽然比较文学界的前辈在探讨文学史内的时期、运动、时代、风格等问题时，已经注意到以往是类做法的武断与褊狭，且要就此一再提醒我们牵涉其中的复杂重叠关系，但我们不难察觉这些学者急欲将问题合理化、融通化的决心[20]。从德、福辈所发展的批评眼光来看，我们则非但要接纳各种文学发展或分期的并立、矛盾、断层或巧合，且要更进一步将此“多元化”现象当作治史的新立足点。如此传统文学史强调起承转合，且一以贯之的写法势必面临极大质疑。第二，中心偏离的视景。传统文学史以大家、巨作所贯穿而成的“主流”发展，或以某种学说执念为根底的金科玉律都必须重新接受批判。表面天经地义的定义定理因此显露出矛盾百出、与时俱移的漏洞；公认将传诸百代的名家经典也将绽露其意义之过渡性和暧昧性。而作品之间以及作品与世界(其实也是另一层次的“作品”)所交相投射组合而成的指涉关系(intertextual relations)更是研究的重点。第三,颠倒逆转的策略。根据以上两点,新的史观不再追求大一统体系的全貌,反转而正视其中种种裂缝。更进一步,如福柯般的史家还要挖掘出以往各种边际疏离化的现象,以作为一探历史各种动因相互倾轧争斗的起点,并借此举发现机构、教条式权威左右历史书写的武断性。“翻案”文章成为是类研究法的大宗,实非偶然。由此类推文学史内各类或作品排列的秩序,或欣赏准则的建立,乃至创作者心态或活动的本末,皆有了与以往迥然不同的说法[21]。

像福柯、德里达等人的做法以往并不是没有人尝试过。随后结构潮流而又重受重视的尼采就是一个最好的例子。但我们却不妨说,自黑格尔以降对历史写作(historiographical writing)所做的种种讨论,从未像近十年这般有如此深切的反省。无论是德里达的书写、轨迹(trace)的观点,或是福柯的话语论述(discourse)及知识范畴(epistēmē)的论证,都不约而同地打破传统视历史为叙述/事件两执对立的看法,提醒我们历史观的孕育“总是已经”沾染了书写言诠的痕迹,也“仍然”随着充塞满溢的“作品”互相牵涉的洪流变动不已。当是类“书写”“作品”论扩及成生命文化活动各层面的隐喻时,我们有理由推测,福、德辈的学者对文学史的评价也将迅速膨胀:过去文学史只被视为正统历史的一小部分,但更新后的“文学史”一词则理应涵盖文学及所有其他历史叙述写作的总合。以往借历史“再现”实相的种种理论为“似真”(verisimilitude)的说法所取代,而“似真”过程中的诠释、符号中介、情节叙事安排等问题成为无可规避的挑战。“‘文学’‘史’”的文史之争,于焉方堪称高下易位[22]。

面对福、德等人所揭起的解构式学说,或许会让不少人士感到不安。此无他,文学及文学史的解构阅读往往会使人误以为是虚无主义和极端相对主义观死灰复燃,再不就是理想主义改头换面后的新招数。此类问题当然不是区区本文所能轻易澄清的。然而有鉴于德里达对文类规则的细审,对作品传衍播散时“延异”关系的确认，还有福柯晚年对“话语”“权力”“真理”三者间互动情形的研究，我们可以了解解构式的史观并不仅以扬弃传统、推翻权威为能事，而是希望借此表露问题复杂性之一隅。是故其细密论证及严谨治学的态度绝不容轻忽。与其说解构学派忽略了历史传承问题的严肃性，不如说他们“迫”使我们认清历史背后各种前此隐而不宣，却又千头万绪的现象。另一方面，对解构方法抱持保留态度的学者，也许较能认同自诠释学（hermeneutics）及读者反应美学出发的文学史观。伽达默尔（Gadamer）及尧斯（Jauss）对文学传统所采取的“视界”说（horizon）强调读者历史文化立场与作品交相辩证、融会淘汰意义的必然性，仅是其中的一个例子[23]。当然近来广受重视的巴赫金（Bakhtin）所倡导的“对话式想象力”（dialogical imagination）更可谓含意深远。巴氏认为文化活动中众声喧哗（heteroglossia）的力量是促进历史演进的动力，同时亦不排除意识形态归纳、左右历史走向的事实。此与德里达、福柯等人之部分观念，实有不谋而合之妙。而巴氏企图建立西方中古以降的嘉年华（Carnival）文学史观，正身体力行其与“正统”文学研究主流声音“对话”的旨趣[24]。除此之外，巴氏独倡小说为拒绝“文类化”的文类，亦颇令人油生抗辩之意。而巴氏本人的作品在经俄国查禁淹没的半世纪以后，居然一跃而成欧美学界的新宠，其间高下晦明的种种遭遇，岂非是印证文学史研究之迂回繁杂的最佳实例？

如果我们将近数十年来的文学史写作看作是一种话语论述的话，则本文极其粗陋的综述不妨视为是此一论述中新引进的“一”个声音。有心的读者就本文后半段的论述大可提出下列的质询：第一，尽管本文在讨论晚近十年文学史的文、史之争时，强调怀特至巴赫金鼓噪百家争鸣之声浪的贡献，但本文归纳数十年的文学史观与“文”/“史”二元的做法，是否已自陷所谓的先验性执念？本文企图自十九世纪描述一文学史观的转换过程，是否已强作解人，编排出“一”个起承转合的过程？本文在选择各文学史观代表人时，是否仍迷信“大家”“名作”的权威？第二，本文的叙述自然是不够完整，但抛开笔者才疏学浅的个人限制外,是否还有其他所谓"非"文学因素的牵制?最明显的是,本文遗漏了西方文学史观自马克思起,经卢卡契(Lukács),法兰克福学派(Frankfurft School),萨特(Sartre),以迄阿尔都塞(Althusser),哈贝玛斯(Harbermas),詹明信(Jameson)一线的发展,敢问这其中是否有对学术政治的考虑?第三,在将文学史论"问题"化的同时,本文固然提出了新的问题,也可能误导了前人的立场,更有可能的是从未真正跳出原欲批判的问题之外。如何综理、分辨这层层的是非,成了我们必须再思考文学史的起点。

二

对应以上文学史理论所呈现的各项问题,我们在这一部分将讨论落实于一实际例证之上,即近代中国政治小说的写作与批评传统。我们以中国近代政治小说为例,主要是因其显现了许多文学史写作所必须面临的课题,如文学运动(或现象)与外围政治社会因素的关联,作品分期的着眼点,文类的确定,文体风格的归纳,大家及经典的认定,影响与接受的层次,以及文学史本身立论基础的反省等。所必须再次声明的是,笔者无意在此纵论中国晚近政治小说的全貌,亦不拟特别标榜所承嗣的学派,唯愿就几个比较引人注目的问题提供一己的看法,以期激起更深入的讨论或辩难。

政治小说之写作与阅读的复杂性是众所周知的事实,但任何治近代中国文学的学者却难以规避此一问题。自文学史的角度来看,仅仅"政治小说"一词即暗示至少两个课题。第一,如果文学创作的题材与政治理念或现状有密不可分的关系,则阅读、编纂是类作品时,我们如何才能适切划分文学以及所谓的非文学的外围因素?比方说,阅读茅盾早期的作品时,如果我们对民国十五、六年的清党事件及上海工人暴动一无所知,是否还能参透茅盾小说中许多讳莫如深的玄机?但另一方面我们亦应如何提高警觉,避免视文学作品"仅"为作家意识形态或社会批判的直接反映?第二,一旦政治立场及意识形态成为我们的话题,则治文学史所必须秉持的种种价值标准势应纳入考虑——所谓科学的、客观中立的治史态度毕竟是一比较而非绝对性的观念,研究、书写文学史者本身所有的历史、政治意识,“总”无可避免地要怂恿其对过往的作品重加批判[25]。近四十年来大陆一再改写官方的文学史论就是最明显的例子;而台湾对三四十年代作品研究的断层,又何尝不提醒我们文学史的研究岂真仅是就文学论文学?至于各种资料、背景的搜集考证之不易,反成次要难题了。

传统对政治小说的欣赏,讲究其不唯能申明作者的意识形态,亦且能谨守艺术创作的尺度,此二者间所维持的巧妙平衡或辩证模式,洵为政治小说最引人入胜之处[26]。对这样的标准,我们毋宁觉得过于天真。所谓的艺术尺度难道真能完全超越政治偏见,而形成一传诸百代的铁则么?当陈独秀霸气十足地提倡“国民文学”“写实文学”“社会文学”时,其强烈的政治动机于今看来可谓昭然若揭。但“五四”前后的文学创作走向却视之为艺术良知的再出发,并据此全盘否定传统小说的成就。这其间的龃龉,显非艺术/政治二分法所能解释清楚的。另一方面,作家所信誓旦旦的政治立场一旦发为文章虚构,是否真能反映其初衷呢?茅盾早期的小说本为刻画一九二七年前后青年共产党员的理想与困境而作,但书成后却受到“左派”文人的猛烈攻击,谓其扭曲了事实“真相”,而此一是非辩证至今依然难有定论。以今日眼光观之,在如《蚀》《虹》等作品里,茅盾固然细腻地剖析早年共产党的活动,却更生动地暴露其对小资产阶级生活暧昧流连的心态。恰与大陆官方文学史中茅盾的形象相反,我们以为他作为政治小说家最大的成就,可能不在其所鼓吹的革命立场,反在其暗地认同之中产阶级意识形态。不仅此也,当政治小说牵涉到读者阅读情况时,问题更趋复杂:处于一特殊政治时空或立场的读者,是否真能“平心静气”地欣赏一立场对立或事过境迁的作品?果真如此,政治小说岂不又失去其特有之挑衅问难的魅力?像巴金轰动一时的“激流三部曲”(《家》《春》《秋》)在四十年后的今天是否仍能引起青年读者的共鸣,就是个颇为耐人寻味的例子。另外作者原无意标榜特定企图的著作,是否亦可能拜际会之盛,成为另一代读者附会明白的政治讯息?像沈从文这位"田园"作家的"抒情"小说如《边城》《长河》,或像萧红的"乡土"创作《生死场》《呼兰河传》等果真能自处于政治小说的范畴之外吗?凡此问题固然皆由政治小说之写或读的立场所衍生,但若置诸我们对一般创作的探讨上,实也有其道理。

其次,中国近代政治小说的分期也是一有趣的问题。以往多数读者倾向以政治社会体制的变革为准,企图自文学史流转中,找出一相辅相成的平行线来。准此,民国肇造至"五四运动"当为"酝酿期",而鲁迅拟西式白话作品的出现亦堪称近代小说意识及形式的转捩点[27]。文学与政治的发展,因得相互呼应之妙。的确,近代中国小说的兴起与政治社会的变动确是密不可分,鲁迅的先导地位亦是有目共睹的事实。但有心的学者亦早指出,与其说现代中国政治小说是随民国、"五四"而兴,倒不如说梁启超、刘鹗等人才是真正的始作俑者[28]。早在十九世纪末严复、夏曾佑的"本馆附印说部缘起"(1898)中,即有小说功能改造人心的议论。而梁启超的《译印政治小说序》(1898)及《论小说与群治之关系》(1902)等文更宣称"小说有不可思议之力支配人道",所以"欲新一国之民,不可不先新一国之小说"[29]。言辞剀切,仿佛国家存亡端赖小说(暨戏曲)是否能大行于世。在实际创作方面,夏志清以《老残游记》为针砭时事、议论人物的政治小说先声,而该书所铺陈的知识分子与实质政治两不相容的冲突,还有其强烈的自省叙述声音,均将在十余年后鲁迅辈的作家中更上层楼。

我们强调梁、刘等人对近代中国政治小说总体论述上的贡献,无非是想重新调整陈独秀、鲁迅等人的地位,进而质疑文学史和政治发展亦步亦趋的写作方式。近数十年来,由于种种因素的作用,鲁迅的地位已被提升到一"前无古人"的境界。此类"大师"地位的确立,固然有助我们认清文学风向的指标,但也同时过分简化了文学发展本身的驳杂性。职是,相对于以往孤立某一二位大师或经典作品的文学史观,我们不妨考虑鲁迅与稍早及同辈文人相互唱和来往,甚或辩论对立所构成的关系集合,似乎更具研究价值[30]。此外,一反以往视鲁迅为新文学的开端的看法,我们若将其视为清末文学活动的高潮或结局,显然也能开拓另一块天地。

另外对此一时期政治小说的写作,我们仍有两项要点值得思考:第一,论晚清小说成就者历来多将注意力集中于其内容形式的改变,认为较诸以往古典作品已大有不同。但甚少有识者正视“小说”(包含俚俗戏曲)在文类秩序中被推崇至一空前顶峰的现象,本身已代表晚清士人反传统的姿态(虽然客观环境的成熟及印刷报纸业的普及亦应考虑)。如果我们将近年颇受瞩目的巴赫金式小说理论与严、梁诸人的议论相并立,则更可大胆假设小说借其俚俗多变的取材及叙事模式,于此时已俨然凌驾其他文类,成为最能激发对话,且有政治挑衅力的文化媒介。日后文学革命的起源之一应溯及至此,当不为过。第二,尽管严复、梁启超等人力倡“新小说”或“政治小说”,我们却必须注意他们理想中的小说形式并未蔚为风潮,倒是“五四”文人极力诋毁的“谴责”及“黑幕”小说,反而展现其“不可思议”的支配人心之力量。梁氏本人所作之《新中国未来记》竟难卒终章,而所谓意图严肃的小说在晚清浩瀚的出版风潮中数量毕竟有限。征诸“五四”以后的小说创作风格,像《官场现形记》《二十年目睹之怪现状》这类讽笑戏谑的作品似乎才真正触动了新作家们的政治批判灵机。小说理论、作者意图与作品实际表现间的差异,由此可见一斑。

在近代中国政治小说的叙述模式方面,我们大抵可以“模拟”式的写实主义风格来涵盖。刘鹗的《老残游记》在展现地方风貌、描写人物感情方面的突出成就,早有方家论及。及至西方写实主义小说的叙事方法,如观点的运用、场景的营造、人物的刻画等技巧逐渐输入后,“五四”以降的作品风格乃丕然一变。诚如“文学研究会”的宗旨“为人生而艺术”所示,小说家于此际的任务是要将客观的社会现状做最细腻的报道,以期唤起民意,进而达到改变现实的目的。在政治小说的范畴内,我们尤其得见作家如何搜集资料,精心刻画社会混乱及民生疾苦的状况,其人道主义式的批判态度因此不言可喻。更有甚者,则对党派间的钩心斗角,政权的递嬗,战乱的起落等做翔实叙述(如茅盾、姜贵等的小说)。要之皆以标明各种政治理念或意识形态冲突下,自个人以迄群体间复杂关系的变动为主。

面对写实主义与近代中国政治小说的密切关联,治文学史者至少可提出如下三方面的反省。第一,所谓的"写实"其实是十九世纪欧洲艺文流变中所兴起的创作观"之一"。但是拜此一字汇的表面意义之赐,倒辗转加添了穷透真理真相或操演科学实验的色彩。在写实与现实主义风潮兴起之前,西方文学实已不乏描摹人生的先例;而二十世纪琳琅满目的现代文艺实验,谓其写实,谁曰不宜?蕴藏在此一词汇下的文化、理念动机,才更值得我们注目。中国作家对西方写实小说论述的向往,早自夏曾佑等人的论文中(如《小说原理》,1903)已可见端倪。但要等到鲁迅等人的实际示范,才真正使读者眼界一开。写实/现实主义在形式上的各种特色,已是老生常谈的话题。所遗憾者,以往文学史家均就此字眼做人云亦云的附会,忽略了当这一西方文学观念传衍至中国后,已产生许多曲折的语意变化。

基本上,我国早期的文学理论家在文学进化的前提下,多视写实主义为最先进的文学表达方式。相对之下,所有传统作品皆被斥为"不写实"也因此"落伍封建"的文学。这其中所隐含之道德(暨政治)批判的口气已是不言自明。以周作人所倡之"人的文学"观念为例,传统文学因诲淫诲盗,为少数人所用,因被视为"非人"的作品。而新文学既以人道主义挂帅,又符合西方晚近艺术主流,自应进化而成"人的"文学。达尔文/斯宾塞的进化论自此更凭添一强烈道德暗示[31]。至于陈独秀、茅盾等人对写实的看法,虽有小异,大体皆可作如是观。有趣的是,一旦文学演变迈入了"写实"与"现实"阶段,似乎就已达到了进化的终点,无须再做改变。此一现象不只得见于二十世纪三四十年代的文坛口号,即使时至今日海峡两岸的文学创作及立论的主流,不仍以"写实"或"现实"二字是尚?

较诸西方写实主义的发展,中国作家的脚步虽慢了半个世纪,却显现了一特有的政治排他性。从"五四"前后文人在"现代写实"与"古典不写实"作品间大做文章上,我们已可见写实的范畴早沾染了意识形态对立的特色。尔后的文艺论战以迄最近的"乡土文学""伤痕文学"之争,无一不是就写实为名而大肆张扬一己的政治理念立场。"写实"一字不再是一中空透明的文学表达媒介,而须顺应不同的历史理念、变数,呈现种种定义。但从文学技巧运用的角度来看,尽管近半世纪的写实/现实小说创作观每因作家的立场问题而显得壁垒分明,写实叙述方法的本质却似乎未因此而有太大的不同。十九世纪以来以模拟为主,讲求将现实人生"重现"于小说描述的那套方法不仅得见于鲁迅、张爱玲,也得见于陈映真、刘宾雁的多数作品中。而这是否意味着我们作家对写实乃至对政治批判的视野,仍停留在同一典范之内呢?

第二,政治小说表达的途径,是否仅有写实一途?无须讳言的,近代中国知识分子对政局的变动,民生的疾苦,每有切肤之痛。当他们把此一忧国忧民的情怀发为文章时,自然希冀找寻一最直接生动的模式,以求引生立即的共鸣。自《老残游记》到张爱玲的《秧歌》,中国人民的苦难可谓跃然纸上,亦堪称是近代中国小说主要成就之一。但过分强调"(写实)文学反映人生"的结果,却往往使我们忽略了文学在作为历史、社会文献的同时,自有其形式成规的限制,不容忽视。换句话说,即使最栩栩如生的作品,仍是"写"出来的虚构,有待细心读者的解析。由于国事蜩螗,作家欲借说部来忠实反映一己的关怀,原是足可理解的事,但就文学的角度来看,我们除了证验作品内容与史实可能有的关联外,也尤应反省文学形式的本身运用是否有其特长或局限。最明显的就是除写实作品外,近代中国政治小说少见其他风格的实验。除了鲁迅小部分的寓言故事,以及老舍的科幻小说《猫城记》,沈从文的《阿丽思中国游记》外,我们实在很难找出大胆活泼的例子,举证作家在复写人生之外的想象力。相形之下,晚清小说中那些令人哭笑不得、目不暇接的怪现状,反倒更为泼辣多变,也更值得严肃研究。

另外一种常见的迷思是,许多史学家以为民生的困苦、政治的紊乱都是"现成"的题材,有政治批判动机的作家仅需将其稍加剪裁,即能付诸文字,感动读者。事实上对人间苦难的写作仍是自有其"章法"的。晚清李宝嘉写《活地狱》那种奇观式的介绍,惨则惨矣,却很难不为以人道主义自命的现代读者所侧目。相对的鲁迅《祝福》中的祥林嫂厄运连连,就使我们无不动容。这不仅牵涉到主角本人的造型问题,鲁迅以一冷冽口吻所做的叙述,尤其功不可没,而场景方面的刻意对比则犹其余事。至于老舍有名的《骆驼祥子》多少年来均是大陆文艺统战的经典,但几曾有人注意过书中一波未平、一波又起的灾难其实不脱情节剧的公式(melodrama),而与法国自然主义小说的写作方针相互唱和?

第三,与上项论式相关的问题是,究竟何类的题材方可纳入政治小说之列。茅盾的《子夜》、姜贵的《重阳》以揭发党派斗争、政权起伏为主,自然得列为政治小说的正宗。但如巴金的《寒夜》以战乱为背景,侧写人际关系的纠结以及角色内心意识形态变化,是否也算是政治小说的旁枝呢?笔者在此无意独出心裁,为约定俗成的题材范围加上新的出路。但值得强调的是,读者于阅读政治小说时所持的立场,往往有举足轻重的地位。比方说顺应目前新女性主义汹涌的潮流,丁玲的《莎菲女士的日记》、茅盾的《虹》即多添了一层新的政治含意。如果政治小说的主要特色之一是辨别立场、激起对话的话,硬要以僵化的定义来圈定作家的创作范围或读者阅读想象,岂非有削足适履之嫌?

以上本文以近代中国政治小说为基点,罗列了一些写作文学史可能遭遇的困难。由于牵涉广阔,我们仅能就问题的特性,做点到为止的叙述。至于笔者对近代中国政治小说研究的现况,倒有两项期望聊记于此。

第一,在众多对小说/政治事件交互指涉的研究中,我们似乎应加强对小说形式本身所蕴含之意义的探讨。这自然是项吃力不讨好的工作,也容易坠入望文生义的陷阱——毕竟文学作品的形式未必总是随内容或外在因素而改变。有鉴于此,我们却仍可谨慎地提出一些观察来增益我们对“政治小说”的看法。以刘鹗的《老残游记》来说吧,我们对该书明白的社会政治批判已是耳熟能详。但有心的人仍可了解,刘鹗的不妥协立场亦尝借写作模式的反动来表达。《老残游记》的主题之一是申明妄尊自大、刚愎颟顸的“清官”尤较“赃官”可恶。这自然是有所本而发。但自文学史观点来看,该书一出,则晚清以前广受欢迎的“公案”小说即面临一大挑战。不论施公、彭公乃至较早的包公,皆以公正廉明、断案如神为标榜。曾几何时,刘鹗的“反公案”写法却大做翻案文章。刘氏卓然特立的政治见解因而从文学传统的变化中亦可得见。另外晚清谴责小说向因“辞气浮露、笔无藏锋”(鲁迅语,见《中国小说史略》)而为人所诟病。但如果我们将传统话本作品与之并立,则可发现晚清小说如《二十年目睹之怪现状》中说话人的声音由一化多,叙述的层次由简趋繁的现象,实颇耐人寻味。其结果则是一众声鼓噪、嘈杂混乱的叙述体,与以往声音(价值?)体系趋向单面化的话本世界大相径庭。至于“谴责小说”是否真以针砭时事见长,还是胜在嬉笑怒骂、插科打诨,也是很有意义的研究题材。此外像《官场维新记》(佚名)以一寡廉鲜耻的小人作为贯串全书的主角,实为中国传统说部少见的安排;更不提《孽海花》中赛金花亦正亦邪的暧昧形象。这些例子在在提醒我们在晚清一片忧国忧民的小说陈述中,作家却有意无意地透露了许多“题外”的信息,有待我们探讨。政治小说的精彩处,未必是作者正经八百的论述,反可能是其词义矛盾或意在言外的部分。

从这一论式来看,我们可以强调“五四”新小说最引人注目处之一,实不在于作家的政治立场是否推陈出新,而在西方写实小说叙述的采行。诚如张汉良先生所指出,当鲁迅在《狂人日记》中以文言、白话文体交互穿插,以点出狂人意识上今昔的差别时,显现于读者眼前的白纸黑字实已暗示了内容的冲突——文字形式本身岂仅只是传达另一层意义的中性符号[32]？此外像《阿Q正传》的说话人式风格，《祝福》的内敛观点使用等，都应使我们意会到鲁迅除了要"反映"人生外，其所使用的各种新叙事方法也打破了读者阅读小说时预期的成规，并间接调整其与小说和客体世界的关系。更进一步说，鲁迅及其他"五四"前后文人对文字文体的重视何尝不在响应梁启超以来的看法，认为(写实)小说传达的文字话语有一"神奇"的力量，可以重燃读者道德政治的良知，进而改造社会民心？文字及文学形式本身的变异转换，因而背负了明白政治理念。"五四"文人"为何"及"如何"琢磨找寻最佳的文学模式，乃成为我们作文学史时不可忽略的主题。

准此，我们在鲁迅以后的作家中得见茅盾吸收了自然主义小说家左拉的机械宿命式世界观，却又将其附着于托尔斯泰《复活》式的情节布局上，并以此构成其小说中中产阶级共产党信徒言行戏剧性的冲突。另外老舍则改变了传统说话人世故乡愿的叙事声音，使其与一价值混乱的现实世界相互投射，从而让读者了解传统说话人所挟之价值观念，实已构成社会知识体系演进的一大障碍。再有老舍喜以侠义小说中极其夸大的是非恩怨关系，来对照当前社会夹缠暧昧的人际往来，亦足以让读者有所思考。而巴金的《家》若与《红楼梦》对照阅读，其间相似或相异之处，足以使我们对变迁中的文学(文化)符号再加探讨。而这也揭露了"五四"后强烈反传统文风下，古典文学挥之不去的影响力。五十年代作家姜贵作品中对男女关系的描述以及不断显现的爱欲隐喻，自有其特殊意义。但以往在评者分辨国共斗争及党派挞伐的明显前提下，均被草草带过。前有评者认为姜贵承袭三十年代小说传统，兼又笃守儒家古训，固然不无道理[33]。但我们若正视其人对人性爱欲、野心之深沉诡秘的写法，自应更可见识其作为政治小说家的复杂性。

第二，传统对近代政治小说的研究，在主题风格上均以夏志清教授"感时忧国"的观点为依归。近年来刘绍铭教授更以"涕泪飘零"一语来综述现代小说的成就[34]，仿佛中国这五十年来的文学现象，显得一片愁云惨雾。对这样的史观，笔者并不反对：近半世纪以来国家如此多难，小说家感时忧国之余乃至涕泗交零，原是合情合理的现象。笔者所想强调的是，文学史的写作原多"后"见之明；是故如果对照当前的文学理论及政治小说发展，我们是否能在同一主题下，再挖掘出不同的风格来？在叹息眼泪之余，我们是否能找出小说家喧嚷讪笑的时刻[35]？

如果我们要以喜剧或闹剧的视景来重组近代中国政治小说的传统，则可能的起点应非刘鹗，而是吴趼人、李宝嘉诸人。谓其嬉闹喧嚣，并不意味这些作家不关心国事，而是说他们以不同的写作策略展现出另一层次的批判意图。以往评谴责小说者无不视是类作者浅薄肉麻，枝蔓芜杂，固是事实。但我们却不妨考虑在传统小说写作里，从没有一个时期表现出如此大胆的喧嚷讽谑、嬉笑怒骂的风格；也从没有一个时期的作者共同投注如此庞大的精力与好奇心，以图揭发社会各阶层的丑态。"谴责小说"最具突破性的贡献，可能并不在对社会的口诛笔伐——在此之前严肃的讽世作品实已有深远传统；而可能在随强烈讽刺意图衍生的闹剧模式。晚清小说中处处可见是非颠倒、价值混淆的怪现状。面对此一情景，我们固然会惊诧社会堕落竟一至于斯，但在大叹人心不古之余，是否也会为书中高潮迭起的荒唐情景逗得忍俊不禁呢？毕竟作者在书前书后所发的正义之声，已属老生常谈，最能吸引我们阅读兴趣的，反倒是那些光怪陆离、层出不穷的怪现状。这其间读者阅读重心移转的暧昧，当非卫道之士所能苟同的。但晚清的作者显然深谙个中奥妙，于是在"谴责"前提下，居然滋生前所罕见的兴趣，大肆搜罗、夸张甚而捏造各色耸人听闻的故事，以满足读者的兴趣。

这类小说在政治上的吊诡处，端在小说家所采取的游离惫懒的叙述姿态，严重削弱了其原应有的载道使命。小说终了，坏人不见得遭报惩，社会秩序也未必除旧布新。我们读者的可能反应则尤其尴尬。我们固可自居理性超然的地位，不屑书中人物所为，但另一方面我们又未尝不知是类作品最引人入胜处，即在其百科大全式地罗列种种可笑可恨的事物。任何人若板着面孔来念《官场现形记》或《怪现状》等书，势难一窥其中最精彩的部分，但若我们兴致勃勃地盼望书中人物接二连三地铤而走险，却又有“助纣为虐”之嫌。就在书中叙述所激起的阵阵哄笑间，我们不得不承认所谓“谴责”的道德声音，不过是其中嘈杂叫嚣声之一端而已。小说家自嘲嘲人的游戏姿态较之痛心疾首的批评精神，尤显其政治上的激进反动性。

如果我们能深体此一闹剧式冲突对“五四”以后小说家的影响，则可了解其所铺陈的政治意涵实较想象者为深沉诡谲。在作小说史时，我们的重点因而可能将自写《故乡》《祝福》的鲁迅，移转到写《肥皂》《阿Q正传》的鲁迅；或强调写《老张的哲学》《牛天赐传》时期的老舍，而非写《骆驼祥子》《四世同堂》的老舍。同理，张天翼的地位更应抬高；而钱锺书之将抗战转进写成了荒唐的大旅行也可自圆其说了。要之，我们并不否认这些作家强烈的讽刺意图，但是却以为他们为达到讽刺目的前所投注的心血动机，实难以“涕泪飘零”来简化。作家如何达到“苦中作乐”的效果，如何使读者由讥笑冷笑，进而苦笑讪笑，乃至于暂时抛下道德负担而开怀大笑，或可成为我们对小说政治层次研究的新途径。

假使我们从近代中国政治小说引起的笑谑层次来立论，所谓“大师”的认定势必将从鲁迅移转至老舍，在写作《骆驼祥子》前，老舍早以“幽默”小说享誉。但“幽默”一词实不足以概论其作品中犬儒佻脱的戏谑倾向。自《老张的哲学》起，经《赵子曰》《离婚》《牛天赐传》止，老舍为中国读者提供一系列可恨却又可笑的反派人物，并为当时小说的天地中添加一幕幕匪夷所思的荒唐场景。老舍所激起的哄笑何尝没有苦涩的弦外之音？但其以笑代泪的策略尤其惹人议论处是：在老舍保守温和的政治形象下，他对时事的看法果真是逆来顺受吗？《赵子曰》及《离婚》均以突如其来的暴力情节作结；而日后《骆驼祥子》结尾送殡行列所衬托之深沉的“庆典”格调（mute festivity），实要令读者不寒而栗。此外，有鉴于这位作家在“文革”期间惨遭迫害自沉而死之举，我们于此时此地讨论政治小说，怎能不对他多附志一笔？

在林林总总的文学史课题中,政治小说仅能算是一个小的子题。但也正因其分量虽小却又牵涉繁复,我们才更得以借其一窥文学史研究的驳杂性。就本文以上所指陈的各项问题,我们或可以如下的几项观察(或自省)暂时作结。第一,文学史(历史)的写作原需理论的支撑。不论过去的循环说、进化论或近来的解构说等,只要能言之成理,其实皆有为我们参考或反诘的价值。是故除了以往学者斤斤计较史论真伪的做法,我们亦不妨注意各种史论间相互对立唱和时,所共同形成的关系集结,并进而专注其所暴露的漏洞或取向,以为另辟蹊径的起点。第二,以往形式/内容、外缘/本质对立式的研究方法似已面临再检讨的必要。以政治小说为例,我们已得见创作、阅读的过程实远较传统想法为复杂。据此而论,则其他文学史的重点如分期、运动、风格、经典等的"复杂化"或"多面化",亦成当务之急。第三,对文学史"全貌""整体"的估量,虽有助我们厘清素材的特征,但在一以贯之的前提下,难免有画地自限之虞。为以往文学史研究所排除轻视的边缘或次要人物作品乃至主题及时期,未尝不可作为我们重估史学现象的重要参考。而本文对晚近政治小说史喜(闹)剧景观的建议,除了一方面强调文学史"写作"的文学特质,一方面也正是盼望"招惹"更多的声音,以凸现文学批评本身强调"对话"的政治意义。

注　释

[1] René Wellek(韦勒克)、Austin Warren(沃伦)著,王梦鸥、许国衡译:*Theory of Literature*(《文学理论》),台北:新潮,1976 年,第 425 页。

[2] Walter Reed, *Commentary on the special issue about literary history*, *New Literary History*, 16, Spring(1985), p.672,该期所刊各文皆可与本文对照参考。

[3] Hippolyte A. Taine, *Race, Surroundings, and Epoch*, extracts from *History of*

English Literature, trans. H. Van Laun (Edinburgh, 1873), in Gay Wilson & Harry Hayden Clark (eds.), *Literary Criticism: Pope to Croce* (Detroit: Wayne State U.P., 1962), pp.479—493.

[4] Charles Augustin Sainte-Beuve, "A Literary Tradition," trans. A. J. Butler, in *Literary Criticism: Pope to Croce*, pp.468—478.

[5] Matthew Arnold, *The Function of Criticism at the Present Time*, in Literary *Criticism: Pope to Croce*, pp.495—510.

[6] Leo Tolstoy, *What is Art?* trans. Aylmer Maude (London: Harper & Row, 1931), 对托翁文学史观所受进化论之影响，参见 René Wellek, *A History of Modern Criticism: 1750—1950: The Late Nineteenth Century* (New Haven: Yale U.P., 1965), p.283, 另参见其 *The Concept of Evolution in Literary History*, in *Concepts of Criticism* (New haven: Yale U.P., 1963), pp.37—53.

[7] Henri Bergson, *Creative Evolution*, trans. Arthur Mitchell (London, 1911), 柏氏美学观亦可参见 *The Object of Art*, trans. Cloudesley Breton & Fred Rothwell, in *Literary Criticism: Pope to Croce*, pp.613—623.

[8] Benedetto Croce, *Poetry*, trans. Allen H. Gilbert, in *Literary Criticism: Pope to Croce*, pp.628—645, especially pp.637—638.

[9] Friedrich Nietzsche, *The Birth of Tragedy from the Spirit of Music*, trans. William A. Hausmann (Edinburgh, 1909)。亦参见 Hayden White, *Metahistory* (Baltimore: The Johns Hopkins U.P., 1973), pp.331—374。

[10] 参见 Victor Erlich, *Russian Formalism*, 3rd ed. (New Haven: Yale U.P., 1981), pp. 253—254.

[11] Roman Jakobson, *The Dominant*, in L. Matejka & K. Pormoska (eds.), *Readings in Russian Poetics* (Cambridge: MIT P., 1971), p.85.

[12] Erlich, pp.252—260.

[13] Ewa M. Thompson, *Russian Formalism and Anglo-American New Criticism: A Comparative Study* (The Hague: Mouton, 1971), pp.54—57.

[14] 有关新批评史观及艾略特"同存结构"的批评，参见如《文学论》，第 429 页；Terry Eagleton, *Literary Theory: An Introduction* (Minneapolis: U. of Minnesoda P., 1983), pp.17—53; *The Function of Criticism: From Spectator to Post-Structuralism* (Lon-

don:Thetford,1984), pp.49—95; Willam Cain,*The Crisis of Criticism* (Baltimore:The Johns Hopkins U.P.,1984),pp.85—124.

[15] T. S. Eliot,*Tradition and Individual Talent*, in David Lodge (ed.), *20th Century Literary Criticism* (London:Longman,1972),pp.71—76.

[16] Northrop Frye,*Anatomy of Criticism*(Princeton:Princeton U.P.,1957),pp.341—354,另见 pp.3—29。

[17] 参见如 A. J. Greimas, *Semantique Structurale* (Paris: Larousse, 1971); Tzvetan Todorov,*The Fantastic*, trans. Richard Howard (Ithaca:Cornell U.P.,1975);Gérard Genette,*Narrative Discourse*, trans. Jane E. Lewin (Ithaca: Cornell U.P.,1980);Roland Barthes,*S/Z*,trans. Richard Miller(N. Y.:Hill & Wang,1975)。

[18] 参见 Dominick Lacapra, *History and Criticism*(Ithaca: Cornell U.P.,1985);亦见 Dominick Lacapra & Steven L. Kaplan(eds.), *Modern European Intellectual History* (Ithaca:Cornell U.P.,1983)。

[19] 除 *Metahistory* 外，亦可见怀氏之 *Tropics of Discourse* (Baltimore: The Johns Hopkins U.P.,1982),对怀氏之理论的批评,可见如 Fredric Jameson,*Figural Relativism: Or the Poetics of Historiography*, *Diacritic*, Spring(1976),pp.3—9。

[20] 见 Francois Jost, *Introduction to Comparative Literature*(N. Y.:Bobbs-Merrillo, 1974),pp.33—127;Ulrich Weisstein,*Comparative Literature and Literary Theory*(Bloomington:Indiana U.P.,1968),pp.66—98。

[21] 对目前解构学派的诠释极多,参见 *Foucault, Derrida, and Intellectual History*,in Lacapra, *Modern Intellectual History*,pp.153—169;Jonathan Culler, On Deconstruction (Ithaca: Cornell U.P.,1982), pp.85—226 及其书目，另外耶鲁派的主要论点，见如 Harold Bloom,*The Anxiety of Influence* (N. Y.:Oxford U.P.,1973), 及 Geoffery Hartman,*Toward Literary History*, in *Beyond Formalism* (New Haven: Yale U.P.,1970),pp. 356—386。对此二家的批评可见 Howard Felperin, *Beyond Deconstructionism*(Oxford: Clarendon 1985),pp.104—124。另外对当前文学史论的反省可参见 Hans Ulrich Gumbrecht, *History of Literature:Fragment of a Vanished Totality?* in *New Literary History*,16, Spring (1985),pp.467—479, 以及同期 Claus Uhlig,*Literature as Textual Palingenesis:On Some Principles of Literary History*,pp.481—511.

[22] 参见 David Hoy, *Jacques Derrida*, and Mark Philip,*Michel Foucault*,in Quentin

Skinner *(ed.)*, *The Return of Grand Theory in The Human Sciences* (Cambridge: Cambridge U.P., 1985), pp.41—64,65—82。另 Richard Rorty, *Nineteenth-Century Idealism and Twentieth Century Textualism*, in *Consequences of Pragmatism* (Minneapolis: U. of Minnesota P.,1983), pp.139—160。

[23] Hans Robert Jauss, *Literary History as a Challenge to Literary Theory*, in Ralph Cohen (ed.), *New Directions in Literary Theory* (London, 1974); Hans-Georg Gadamar, *Philosophical Hermeneutics*, trans. David Linge(Berkeley: U. of California P., 1977).

[24] M. M. Bakhtin, *Rabelais and His World*, trans.Helene Iswolsky(Cambridge: MIT P.,1968);, Michael Holquist, *The Dialogic Imagination*(Austin: U. of Texas P., 1982);亦见 Tzvetan Todorov, *Mikhail Bakhtin; The Dialogical Principle*, trans. Wlad Godzich (Minneapolis: U. of Minnesota P., 1984), pp.75—93。

[25] André Reszler & Thomas G Sauer(eds.), *Politics and Literature* (Bloomington: U. of Indiana, Comp Lit Dept, 1973), pp.5—19, 51—57; Matei Calinescu, *Literature and Politics*, in Barricelli & Gibaldi(eds.), *Interrelations of Literarure* (N. Y.: MLA, 1982), pp.123—149; W. J. T. Mitchell (ed.), *The Politics of Interpretation* (Chicago: U. of Chicago P., 1983).

[26] Irving Howe, *Politics and the Novel*(N. Y. : Avon, 1967).

[27] 见夏志清著,刘绍铭编译:《中国现代小说史》,台北:传记文学,1979 年;另见侯健:《从文学革命到革命文学》,台北:《中外文学》,1974 年;近年其他有关中国现代文学史之书目及总评可参见夏志清:《现代中国文学史四种合评》,《新文学的传统》,台北:时报,1979 年,第 3—29 页。

[28] 夏志清著,丁福祥译:《现代中国文学感时忧国的精神》,夏志清著,刘绍铭编译:《中国现代小说史》,第 533—552 页;另见 C. T. Hsia, *Yen Fu and Liang Ch'i-Ch'ao as Advocates of New Fiction*, *Chinese Approaches to Literature from Confucius to Liang Ch'i-Ch'ao*, ed. Adele Austin Rickett (Princeton: Princeton U.P., 1978), pp.222—223; Milena Doleželová Velingerová (ed.), *The Chinese Novel at the Turn of the Century* (Toronto: U. of Toronto P., 1981), pp.1—15。

[29] 梁启超:《饮冰室文集类编》上册,台北:华正,1974 年,第 382 页。

[30] 参见 V. I. Semanov, *Lu Hsun and His Predecessors*, trans. Charles J. Alber (N. Y.: Sharp, 1980);对文学史(历史)多元化及复杂化看法的肯定,可见 Michel Fou-

cult, *The Archaeology of Knowledge*, trans. A. M. Sheridan Smith (N. Y.: Harper & Row, 1972), pp.135—195; 另比较 Claudio Guillén, *Literary as System: Essays toward the Theory of Literary History*(Princeton: Princeton U.P., 1972), pp.420—469。

[31] 周作人:《人的文学》,《周作人论文集》,香港:汇文阁书局,1972 年,第 11—30 页;另参见沈雁冰:《自然主义与中国现代小说》,《中国新文学大系》第二集,香港:1972 年,第 804—817 页;亦可参考 Benjamin Schwartz, *In Search of Wealth and Power: Yen-Fu and the West* (Cambridge: Harvard U.P., 1964), pp.237—247; 及 Yü-Shéng Lin, *The Crisis of Chinese Consciousness: Radical Anti-traditionalism in the May-Fourth Era*(Madison: U. of Wisconsin P., 1979), pp.104—151。

[32] 张汉良:《白话文:一个过去的传奇》,《中国时报》副刊,1983 年 5 月 4 日;亦参考 Lin, pp.116—121。

[33] 见夏志清:《姜贵的两部小说》,收于《中国现代小说史》附录二,第 553—573 页。

[34] 刘绍铭:《涕泪飘零的现代中国文学》,见《涕泪飘零的现代中国文学》,台北:远景,1980 年,第 1—8 页。

[35] 夏志清先生曾肯定现代中国小说中"荒谬喜剧"的传统,但并未多做发挥。见《中国现代小说史》,第 559—560 页。本文内所谓喜剧及闹剧的观点,亦尝采撷巴赫金的理论,见注[24];及拙作《谴责以外的喧嚣》。

现代中国小说研究在西方

本文所要介绍的是西方对现代中国小说研究的方向与研究方法的转变。现代中国文学研究在西方主要始自二十世纪五十年代末期。在此之前，固然已有学者对现代中国文学做了零星的研究与翻译，但并未成为风气。直到二十世纪六十年代初耶鲁大学出版夏志清教授的《现代中国小说史》，捷克学者普实克(Průšek)率弟子著书立说，才算打下理论的基础，在文学史方面的考察也才有新的脉络出现。

《现代中国小说史》一书所探讨的范围，系一九一七年至一九四九年间，自鲁迅以迄张爱玲的小说发展。此一年限亦大致符合我们对现代文学断代的观念。夏志清在书中广泛应用了西方新批评(New Criticism)及利维斯(Leavis)理论的角度，强调文本阅读及文学与人生的对应关系。该书有时也不免采用比较文学的方法来重新评估现代文学的发展。其中最值得注意的，包括对鲁迅的重新评估。自一九三〇年以来，鲁迅经过神话性的塑造，俨然成为现代中国文学最重要的理论家与实践家；在意识形态上，鲁迅所代表的“左派”思想也被奉为正宗。夏书独排众议，不再独尊鲁迅，而视其为彼时新文学运动众多声音之一。从政治观点而言，此书立论固然保守，但夏对鲁迅的不同看法,却促使我们再思文学史的脉络,不必人云亦云。除此,一些在二十世纪六十年代早为批评者所淡忘或置诸二、三流的作家,如沈从文、钱锺书等,在夏书中均得以重新评价。而夏特辟专章讨论张爱玲的成就,从而肇始至今方兴未艾的张爱玲热,尤须记上一功。我们今天谈沈从文、张爱玲、钱锺书等,都应回溯到夏撰作此书独具慧眼之处。

夏书的第二个特点在于"感时忧国"(Obsession with China)观念的发挥。夏指出现代中国的作家,尤其是二十世纪三十年代的作家,对中国的关怀与描述,可说已臻于一种执迷的情境。作家自膺生命不可承受的重担,务求借文学暴露黑暗,鞭挞不义,改造民心。这样的写作观点,的确凸显了现代中国文学一种强烈的道德执着。然而对中国如此的过程关怀,也无形中限制了作家的想象力,造成其对探讨人生不同层面的一大障碍。等而下之者,更使文学沦为道德宣言的附庸,或意识形态的宣传品。这种现象一直到二十世纪七十年代末方才有所转变。

《现代中国小说史》第三方面的贡献在于方法学的运用。夏毕业于耶鲁大学英语系,在转入中国文学研究领域前,对于英美文学的造诣,其实远过于对中国文学的认识之上。然而纯从方法学观点来看,此一训练无疑提供了许多新的借镜。例如二十世纪五十年代西方盛行一时的新批评方法,强调文本阅读,及对作品结构、人物、情节的细腻研究,在《现代中国小说史》中皆可看得出来。另一欧美文学批评重镇利维斯所提出的"大传统"的观念,亦是经由夏书引进到中国文学研究中来的。利维斯从二十世纪三十年代始即为英国文学的巨擘之一。他所强调的文学与人生的直接关联,以及文学作品为人生各种现象的具体表征等观念,对夏的文学史观有深远影响。在《现代中国小说史》的结论中,夏特别以专章论述文学是不可能脱离人生的,"好的" 文学就是人生各种情境最精致与具体的表现。对夏而言,"五四"作家唯有沈从文、张天翼、张爱玲、钱锺书能以独特的文学风格,展现他(她)们对中国的看法。或笑谑,或讽刺,或抒情,这些作家强烈的风格与强烈的道德视野紧密相连。

我们今天从后现代、后设或结构主义的观点来看,如此强调文学与人生关联的文学批评理论,可能觉得更可以细加探究。所谓人生究竟指人生的哪一方面?所谓描写人生应如何描写?或从何种角度去描写?其中又牵涉了什么样的历史或政治问题等等。这类的疑问都在过去几十年内逐渐兴起。这一派的文学研究方式,日后得到不少美国学者的呼应,其中最著名者为刘绍铭教授。他们强调文学与人生之间紧密的关联性,而文学本身作为一个在社会中象征性的活动,其所牵涉到思想与意识形态上的问题,以及语言本身作为文化或文学传播的媒介性的问题,都暂时存而不论。

在二十世纪六十年代尚有一位非常重要的欧洲汉学家——普实克(Průšek)——其贡献值得与夏相提并论。普实克属捷克籍,其门下学生包括后来十分活跃的高立克(Gálik),及在加拿大任教的杜洛契洛娃·华玲格若娃(Doleželova Valingerová)等。这一捷克学派一方面受到了马克思美学的熏陶,一方面受到二十世纪三十年代俄国与捷克形式主义的影响,与前述新批评美学,自有不同之处。他们在分析小说时特重小说形式的消长转换与社会现象的推陈出新。此一研究方式以一九八〇年初由 Doleželova-Valingerová 所编《从传统到现代——世纪转折时期的中国小说》(*The Chinese Novel at the turn of the Century*)一书达到了高峰。而普实克本人对于中国小说研究的贡献,至少有两点值得注意:

第一,从"五四"以来,学者一般认为现代中国文学是相对于传统文学的一个全新语言或文化流变的陈述。普实克以为这一说法固然有其根据,但是中国古典文学的一些影响,仍十分值得重视。对他而言,中国古典文学对于现代文学的影响主要是抒情情境的发挥。此一抒情情境,特别是诗的情境的发挥,并不是很简单地表达在中国现代诗的创作上,而是表现在小说的发展上。普氏有几篇相当有名而值得争议的文章,强调中国现代小说主体性,并不见得完全来自西方的影响,而可能是中国古典诗中主体性的表达,重在中国现代文学中找到了新的发展媒介。

第二,普实克强调文学主体性的倾向,亦即抒情的倾向,须与史诗式(Epic)的倾向,做一新的结合。这一点,我们可以看出普实克受到东欧马克思理论的影响。对普氏而言,史诗性的研究是非常重要的;作家必须要有一种史诗性的关怀,才能真正和历史、社会中各种变化相结合,而获致一个新的起点。所谓的史诗性即是文学的历史及社会情境的发皇。尽管"五四"作家重为主体找到新的定位,抒情的情境终必与史诗的情境产生辩证的关系,才得以产生伟大的文学。换句话说,"小我"必与"大我"相与相融,才是作家自我奋进的不二法门,掩藏在其下的社会革命意识,不言可喻。二十世纪六十年代末普实克于哈佛大学任教时,有一位中国学生——李欧梵,后为普实克编了一部书《抒情与史诗》(*The Lyrical and the Epic*),即非常恰当地点出以上问题的所在。

普实克的贡献,在于把马克思主义的观点用一种比较灵活的方式应用在现代中国文学的讨论上。然而就此,普氏与夏志清两人在二十世纪六十年代末期曾有一场非常重要的论战。双方互指对方没有科学的精神,强不知以为知,对现代文学做了相当程度的扭曲;双方皆标榜各自研究的客观科学性。这一场文学公案,代表了东欧与英美学界在中国文学研究方面相互间的对阵,也各自暴露了双方在方法学上的洞见与不见。

继夏志清、普实克后,二十世纪六十年代末及七十年代的现代中国文学研究进入了一个新的阶段。有三本书可作为这一阶段研究与讨论的借镜。

第一本是夏济安的《黑暗的闸门》(*The Gate of the Darkness*),是夏任职加州柏克莱大学东亚中心的成果。这本书写的是"左派"作家在二十世纪二十年代至五十年代的一些重要文艺及政治活动。夏有相当强烈的意识形态立场,觉得这些作家的"成就"多半乏善可陈。但难能可贵的是,他居然能以巧妙的立论,把极不有趣的资料组织成一篇篇有趣的论文。他的《黑暗的闸门》写鲁迅作品及思想的阴暗面,熔心理学及神话研究的方法于一炉,是将鲁迅“非神”化的开山之作,至今仍极具参考价值。他讨论二十世纪三十年代“左派”作家所谓“五烈士”之谜,毫不留情地暴露了文学的政治与政治的文学间,波谲云诡的关系。甚至他谈二十世纪五十年代大陆小说千篇一律的英雄体,都能在其中找出有趣而微妙的变化(或套句文明词儿,“自我解构”的伏线)。我认为这本书在研究大陆文学史上具有相当程度的典范意义。

另一本书是李欧梵撰写的《中国现代作家的浪漫一代》(*Romantic Generation of Modern Chinese Writers*)。在此一标题下,李欧梵以断代问题为主,指出现代中国文学的一个新的方向。夏志清与普实克的研究基本上强调的是写实主义的方向。然而对李欧梵而言,现代中国文学的发展,不论写实、象征或其他任何主义,基本上呈现的是一种浪漫的倾向。故在这里,“Romatic”不只是指一种创作风格,更是指作家的一种创作姿态的总称。李在书中介绍了一系列作家,从林纾开始,一直到后来的郁达夫、徐志摩、萧红、萧军等人,同时也凸显所谓摩登“文人”的形象。这些作家在文学上的成就也许人言人殊,但他们游走于上海或北京的文坛,或特立独行,或从事出版编辑,或参与革命,对现代文学及文化的发展及定位,影响深远。他们的各种活动表面上或许极不同,但内里却有共同的思维及创作特征,飞扬沉郁、且涕且笑,十分值得注意。

第三本书是《“五四” 时代的中国文学》(*Chinese Literature in the May Fourth Era*)。此书源于一九七四年在哈佛大学召开的一场以“五四”文学为议题的会议。此一会议网罗重要学者,如白芝(Cyril Birch)、夏志清、李欧梵等,可谓一时之选。会议文章选萃在一九七七年结集出版,为现今从事现代文学研究之学者所必读的著作。这本书所涵盖的范围并不广,主要讨论了鲁迅、茅盾、丁玲、郁达夫等人,不过它在方法学上却颇有示范意义。从俄国形式主义到新批评,从传记研究到政治文献解读,从影响研究到心理学剖析,都有代表性的文章。新一代的学者隐然气势将成,是故此书可以作为六七十年代美国在中国文学研究发展上的指针。

二十世纪八十年代前后,因为政治情势的转变,一时间现代中国文学的研究变成相当热门的学科。首先,对作家本身的专门研究,对象包括丁玲、萧红、沈从文、茅盾、钱锺书、巴金、老舍等,都有专书出版。丁玲研究始于梅贻慈(YI-Tsi Mei Feuerwerker)。她论丁玲传奇的生命及写作的波折,每有可观之处。缺点是篇幅稍短,无法尽详。丁玲在文学史上的贡献,一直是众说纷纭。也许她在体现"革命家"或"女作家"这两个"标签"上的意义,比她的文学成就本身来得更重要。丁玲在二十世纪八十年代以后经过女性文学批评家的不断造势,可以说大为走红。然而可惜的是,二三十年代以来其他极为重要的女作家如凌叔华、庐隐,二十世纪四十年代的张爱玲等,目前为止都还没有专论问世,更不论冯沅君、陈衡哲、石评梅、罗淑等人。女性主义学者如果只是汲汲于要弄一些时髦的批评观念,而疏于发掘、重估这些作家所形成的传统,未免予人买椟还珠之憾。

另外值得一提的一书是金介甫 (Jeffrey Kinkley) 的《沈从文传》(*The Odyssey of Shen Congwen*)。因为种种政治原因,沈从文从一九四九年以后就封笔不再创作,在"文革"时也受到相当大的迫害。但沈老毕竟有过人之处。三十载的沉潜,居然将自己造就成了中国古代服装史专家。六七十年代,大陆对沈从文的研究可以说闻所未闻。一直到"文革"后,沈从文的成就才又重受重视。金介甫这本以自传、文化史观点来看沈氏的专著,极为扎实。书中对沈从文的背景及他在二三十年代的文艺活动有相当详细的介绍。而最值得称道的是书末的书目,堪称巨细靡遗。本书是对沈从文在二十世纪八十年代西方的现代文学研究里面重新被定位的一个极重要的表征。

关于鲁迅研究,也有柳暗花明的转变。

二十世纪八十年代初期斯坦福的莱尔(Lyell)有一本《鲁迅的现实观念》(*The Vision of Reality*)写得只是乏善可陈。中期以后,李欧梵编出《鲁迅的遗泽》(*The Legacy of Lu Xun*),把鲁迅在政治、思想活动、传统及现代文学研究各方面,做了非常精微也极具争议性的论述。参与这本书的学者,除了李欧梵之外,还包括林毓生讨论鲁迅在思想史方面的贡献,以及谷梅(Merle Goldman)重估鲁迅的政治影响力等。之后李欧梵又推出一本专书,名为《铁屋中的呐喊》(*Voices from the Iron House*),完全以评传式处理,写得十分细致精彩。在对鲁迅背景、作品的分析方面,可以说是截至目前西方研究鲁迅最周详的一本书(此书已有中文译本)。

在二十世纪八十年代还有一些专题性的研究,如林培瑞(Perry Link)对鸳鸯蝴蝶派的研究,从社会学的角度看鸳鸯蝴蝶派小说在二三十年代对现代中国文学文化的影响,首开通俗文学研究之门。另外,还有从事比较文学影响研究的,如吴茂生的《中国文学中的俄国式英雄》(*Russian Hero in Chinese Literature*),介绍现代中国作家如何受俄国作家,从果戈理、屠格涅夫到托尔斯泰的影响。该书探讨俄国的知识分子、畸零人或是革命英雄等角色,被转嫁到中国文学以后所产生的各种各样的变化,颇具启发性。断代研究方面则有康奈尔大学教授狄德华(Edward Gunn)的《不受欢迎的缪斯》(*The Unwelcome Muse*),主要写的是上海沦陷时的文学现象,他也提到了张爱玲、钱锺书等人,唯浅尝辄止。本书在考证上可以说相当翔实,但比较缺乏批评的观点。

跨入二十世纪九十年代,现代中国小说的研究愈见细腻多样。一九九〇年耶鲁的安敏成(Marston Anderson)推出《写实主义的限制》(*The Limits of Realism*),以文化及意识形态批评为出发点介绍中国文学。他强调现代中国文学主流是写实主义,而写实主义的主流又是批判的写实主义。准此他探讨了四位作家:鲁迅、叶绍钧、茅盾、张天翼。这些作家期望以写实主义为后盾,反映并改进现实人生。但在写作过程中,他们却难以应付写实主义内蕴的吊诡。他们的作品越是“真切”地暴露社会的黑暗,改造的无望,越是违反了借文学重建社会的创作初衷。这些作家陷入了道德的两难:如果“好”的写实作品只能传达现实的不可救药,那么作家又何必再写下去呢?

毛泽东的延安讲话兴起,因此必须看作是写实主义的宿命。但这本书也有它自身的限制。安敏成的讨论只集中于批判写实主义,并由此发展出"写实主义的限制"一说。这无形中限制了中国写实主义在二十世纪三十年代各种各样的发展,如笑谑的、抒情的、都市的写实主义等。而且批判写实主义的消失,与其说是内在逻辑的崩解,不如说是外在历史、政治高压力量的使然。

笔者的《写实主义小说的虚构:茅盾,老舍,沈从文》(*Fictional Realism in 20th-Century China: Mao Dun, Lao She, Shen Congwen*)则力图强调文学的写实主义不能,也不应,化约为一种声音或模式。鲁迅本身的写实作品,已富有多声复义的潜质。鲁迅之后,茅盾的历史政治小说,老舍笑中带泪的闹剧及悲情小说,还有沈从文的乡土及抒情小说,更在在见证了写实这一文类众声喧哗的现象。笔者并推荐以"似真"的观念,取代传统的"模拟"观念。后者汲汲于文学、文字"重现"表象世界的可能,而前者则暴露此一"重现""模拟"观的美学、意识形态及历史情境的局限,并进一步剖析写实与虚构、历史与神话恒常互动消长的面貌。

周蕾的《妇女与中国现代性》(*Woman and Chinese Modernity*),是目前为止在国外以女性主义为批评方法的著作中,写得最具可读性的,而且也是火气最大的几本书之一。对于现代中国文学研究长久以来以男性中心挂帅的理论传统,都有严苛的批评。周蕾本人对新马克思主义、女性主义、新弗洛伊德等理论和方法都有相当程度的研究,运用起来也时有神来之笔。但她不能摆脱西学中用者常见的爱恨交加的情结。这使全书最后陷入一种自怨怨人(自虐虐人?)的理论僵局。无巧不巧的,周书最后一章谈的正是"五四"作家的自虐虐人(Sado masochism)的症候。她与她批判的对象似乎至此合而为一。全书共分四章,从批判电影媒体工业、东方主义、男性沙文主义到现代中国文学的文类偏见(如鸳鸯蝴蝶派),有很多极精彩的分析。

蓝温蒂(Wendy Larson)的《权威与自传》(*Authority and Autobiography*)讨论"五四"作家如鲁迅、沈从文、胡适、郭沫若等人的自传或自传式写作,并从中找出现代中国小说的历史命题与局限。蓝认为一九〇五年科举的废除,不仅断了一代知识分子的功名之念,也危及文人、文学与政治间的逻辑连锁关系。“五四”文人充满感时忧国的焦虑,但发为文章,却只能凸显其救国无门的郁愤与忧疑。写作成为一里外皆不讨好的工作,一项无力也无偿的政治姿态。蓝的论点,颇有与安敏成相唱和之处,但采证及议论,则不如安远矣。

关于当代大陆文学的研究,在美国可以说是一窝蜂。原因无他,大陆开放以后,学者们有了新的接触,而且二十世纪八十年代的文学的确又有许多值得借镜的地方。除一般选集外,可资一提的是《鸣放》(*Blooming and Contending*),作者是杜迈可(Michael Duke)。杜主要是讨论从一九七九年以后的伤痕文学一直到一九八三、一九八四年反思时期的重要作家,包括戴厚英、刘宾雁在内。全书虽有参考的价值,但因为史料考证方面存有不少漏洞,曾引起很多的批评,故只能说是研究大陆文学的一个起点。晚近未结集成书的大陆史学论述尚多,所运用的方法五花八门,从新马、弗洛伊德到其他各种媒介如电影、文化的批评,还有结构、解构主义等,这把现代中国小说的研究带向另一个高峰。对现当代台湾小说做有系统研究者不多,张颂圣可能是以专书形式讨论的第一人。她的《现代主义与本土抗争》(*Modernism and Nativist Resistance*)仔细记述、评论台湾二十世纪六十年代现代主义兴起的历史、美学背景,以及其政治文化意义。全书介绍陈映真、白先勇、王祯和、王文兴等重要作家,兼及对西方现代主义理论的反思。现代主义崛起于二十世纪三十年代,到了二十世纪八十年代又再成为热门话题。在大陆文学受限于“文革”的时期,台湾现代文学的蓬勃发展,填补了文学史上的一大断层。

对二十世纪八十年代文化热的功过,学者也开始反思。吕彤邻的《仇恨女性、文化虚无主义、反对政治》(*Misogyny, Cultural Nihilism, Oppositional Politics*)指出新文学的成就固然繁花似锦,但对女性议题的省思,却显得苍白。作家们以文字实验发泄或暴烈或虚无的块垒,也许形成一种抗议的政治姿态,可惜女性却仍被(利)用为文字暴力的施虐对象。莫言、余华、扎西达娃的作品皆可为例。甚至女作家残雪的作品更成为一种女性自我纠结、迫仄的奇观。另外,王瑾的《高温文化热》(*High Cultural Fever*)及张旭东的《改革时代的中国现代主义》(*Chinese Modernism in the Era of Reforms*)都是综论二十世纪八十年代文化、文学盛况的专著。两作所涵盖时期、材料大致相似,但方法学极有不同。王瑾抽丝剥茧,讨论文学与政治权力间细密的运作、勾结、反挫;张旭东则将此一时期置于中国百年现代性的演变下,批判其历史意义。张书将讨论延伸至电影(如《孩子王》《盗马贼》《黄土地》);而王书亦有专章解析王朔现象及《河殇》风波。两作皆企图由此延伸二十世纪八十年代文学版图至不同媒体、文类范畴。

近年对中国文艺现代性的驳杂层面探讨,也有更多成果。张英进的《中国现代文学与电影中的城市》(*The City in Modern Chinese Literature and Film*)以文学电影中的城市为坐标,刻画所谓的"现代",如何在时空、话语、人物等塑造上,找到表征。上海在二十世纪三十年代所代表的意义,尤为重要。王斑的《历史的雄浑符号》(*The Sublime Figure of History*)则自美学角度,说明王国维到毛泽东数代中国政教人物对美学的体会及实践,以及其文艺、政治的后果。此书的架构俨然,除哲学、美学论证外,旁及音乐、电影、小说,为是类研究的首部。刘禾的《跨语际实践:文学,民族文化与被译介的现代性》(*Translingual Practice:Literature,National Culture,and Translated Modernity*)另辟蹊径,从翻译理论入手,叙述、质疑中国文学、文化人物如何引进、"翻译"东洋西洋的思潮话语、文学符号,如何在解读与误读的过程中,反思、定义本土的现代性。此书时间定位为一九〇〇至一九三七年,无疑对唯"五四"是尚的典范,做了修正。

将晚清文学成就纳入现代性讨论,是目前方兴未艾的现象。笔者的《华丽的世纪末:晚清小说被压抑的现代性》(*Fin-de-Siècle Splendor*)讨论太平天国到辛亥革命六十年间小说的剧烈变化。彼时西学已经东渐,传统却依然后势强劲,而一代作家兀自摸索创新之路。他们的作品也许望之不够新潮,但已对文学传统做了极大颠覆,而且大胆偏激之处较"五四"一辈有过之而无不及。从《荡寇志》到《老残游记》,从《品花宝鉴》到《孽海花》,上千部的作品发出喧哗的众声,对现代叙述中的欲望、正义、价值、真理等意义、意象,有深远影响。

由二十世纪八十年代到九十年代初期有五次非常重要的文学讨论会,值得介绍。

第一个会议于一九八六年在德国哥德堡召开,由威斯康辛大学教授刘绍铭和博宏大学教授马汉茂(Hulmut Martin)合办,网罗了欧美、大陆、台湾地区各方学者齐聚一堂。这次会议有一动人的题目:"现代文学的大同世界"(The Commonwealth of Modern Chiness Literature)。反讽的是,会议之后,反让与会者了解"大同世界"这样文学乌托邦的来临,可能为时尚早。此会论文选集的题目为《分崩的现代中国文学》(*Worlds Apart*),也许要让读者会心一笑。这个会的意义在于第一次由有心人把海内外的学者作家(如台湾的李昂,大陆的张辛欣、杨炼)聚在一块儿,以比较客观的态度来讨论现代中国文学的走向。虽在纯粹学术的立场上,结论有限,但会议本身仪式性的意义值得正视。一九八八年在捷克普实克的学生高立克又举办了一次大型的会议讨论现代中国文学。唯主要参与者多半都是方法学上比较保守的学者,讨论内容倾向于普实克、高立克稍带点儿意识形态及早期形式主义批评的问题,讨论的对象上也都局限于过去已经认定的重要作家,因此不算具有太大开创性。它主要的意义在于代表了东欧的现代中国文学研究,仍然生机蓬勃。

一九九〇年春,哈佛大学举办了一次大会,由笔者与威斯廉(Wes-lyean)大学的魏艾莲(Ellen Widmer)教授主办。这个会议的宗旨是企图把二十世纪八十年代的中国文学和"五四"传统做一连锁性的研究。传承与开创，正是此一会议的重点。会议规模甚大，共有四十多位学者与会，地域不同，讨论方法更是琳琅满目。遗憾的是，海外学者目前虽有许多方式可以得到第一手资料，也接触不少大陆、台湾作家，但谈到研究时，就如同刘绍铭教授所述，仍脱不了“观光主义”的心态。例如前几年大陆的王安忆当红，一下子在美国的学者一谈到女性主义作家，除了王安忆以外，好像就没有其他人可以讨论一样，这是相当可惜的一个现象。此外很多的研究者忽视台湾及香港、海外文学，实有画地自限之虞。比如大陆的六七十年代文学是一片空白，台湾彼时却是风起云涌，佳作频出。如果学者视而不见此一现象，难免暴露其文学史观的窄化、浅化倾向。另外，我们对于“五四”批判性的反省可能还嫌不足。许多学者可能要比“五四”作家在写作时所秉持的态度还要保守得多。批判写实主义的传统依然主导一切，鲁迅仍然是许多人心向往之的对象。可喜的是，像沈从文的成就重被认定，跨媒介的研究，如文学与电影、文学与都市、乡村景观，也已展开。为未来更多元性的研究，提供一可能。

一九九〇年秋，在杜克大学(Duke University)也有一场盛会，讨论现代文学中的政治与意识形态。会议由大陆旅美的比较文学学者主办，在方法学及讨论的内容上均颇有新意，与哈佛的会议正是相异而成趣。所谓“老干”对“新枝”，各有所长。以个人所见，此会生机蓬勃，其实更胜前者。但会议论文所显出对文学典范的焦虑、对时髦的新马克思及后现代理论的崇拜，以及对大陆以外文学发展的忽视，已隐隐形成年轻一辈旅美大陆学者的局限。尤其比起哈佛会议中念兹在兹的历史传承问题，杜克会议中的历史、政治意念毋宁过分集中在当代现象。

一九九一年尾，由郑树森、刘绍铭、葛浩文等人在科罗拉多大学发起另一场台湾当代文学讨论会。这次会议特意针对台湾文学过去六十年的发展和贡献予以重新评价。相对于二十世纪七十年代末期在德州奥斯汀的那次台湾文学会议，匆匆十余年已过，而台湾文学环境面貌也有了惊人的改变。彼时的陈映真、黄春明、王祯和等不再横领风骚,新秀如张大春、朱天文等人,成了台面上的人物。台湾客观的文学生态也有改变,使得女性主义小说、历史小说、政治小说等文类受到重视。这次会议并有作家如张系国、白先勇等出席,为讨论平添不少热闹。

在研究上,下面几个方向有待努力:首先是大陆、港台、海外中文文学互动的问题。到目前为止,欧美学者所做的研究都偏重于大陆,且多半属于点的研究,不够全面,缺乏文学史观,而这正是我们应该弥补的。尤其华裔学者借语言的便宜,可以博览公认的好作品,同时也有工夫检视不够好的作品,从文学史的角度重新过滤。海峡两岸经四十年文学的流变,有许多相近而又不太相似的作品,特别值得探讨。除了前述的乡土小说外,例如五十年代的政治小说,海峡两岸都出了很多,看来也许是教条八股,其实未必尽然。它们之间在形式及意识形态上有很多有趣而又相呼应的地方,也有一些相异之处,都特别值得在今天这个政治狂飙的年代里去重新思索。

第二点是现代与古典文学的传承问题。此由普实克首开其端,但还嫌做得不够。常有学者认为现代与古典文学是两个不同传统,似乎没有可以衔接的可能。这一观念亟需修正。所谓文学的影响不见得是一种口传心授、耳提面命式的影响。当年"五四"作家那么强烈地反传统,不也正说明对传统的一种"负面"的呼应?很多这种负面、割裂的传承关系,很可以引发更细腻的解析。更不用提一些表面已可注意的问题,像讽刺小说的消长,或普实克所提的抒情诗如何转化为现代中国小说主体性的表现等。

第三,是对"五四"以来的文学传统重新定位的问题,以及对文学作家或作品重新定位的问题。这方面的批评一直很保守。除了我们所认定的三四十年代已经认定的大家外,很多次要作家仍有待进一步去研究。有很多作品不见得在艺术情境上非常完美,但它们所揭示的许多问题到今天反而更值得注意。通俗文学、海外文学的重新评价也是此其时也。唯有秉持开阔的、不断自我质诘的文学史观,才有助于我们认识现代中国文学众声喧哗的面貌。

英文参考文献：

Anderson, Marston. *The Limits of Realism: Chinese Fiction in the Revolutionary Period.* Berkeley: U. of California P., 1990.

Chen, Yu-shin. *Realism and Allegory in the Early Fiction of Mao Dun.* Bloomington: Indiana U.P., 1986.

Chow, Rey. *Woman and Chinese Modernity: The Politics of Reading between East and West.* Minneapolis: Minnesota U.P., 1991.

Dolezelová-Velingerová, Milena ed. *The Chinese Novel at the Turn of the Century.* Toronto: U. of Toronto P., 1980.

Duke, Michael. *Blooming and Contending: Chinese Literature in the Post-Mao Era.* Bloomington: Indiana U.P., 1985.

————·*Modern Chinese Women Writers: Critical Approaches.* New York: M. E. Sharpe, 1989.

Feuerwerker, Yi-Tsi Mei. *Ding Ling's Fiction.* Cambridge: Harvard East Asian Series, 1982.

Galik, Marian. *Mao Dun and Modern Chinese Literary Criticism.* Wiesbaden: Franz Steiner Verlag, 1969.

————·*Milestones in Sino-Western Confrontation (1898—1979).* Wiesbaden: Otto Harrassowitz, 1986.

Goldman, Merle, ed. *Chinese Literature in the May Fourth Era.* Cambridge: Harvard U.P., 1977.

Goldblatt, Howard. *Worlds Apart : Recent Chinese Literature and Its Audiences.* New York: M. E. Sharpe, 1990.

Gunn, Edward. *The Unwelcome Muse: Chinese Literature in Shanghai and*

Peking, 1937—1945. New York: Columbia U.P., 1980.

Huters, Theodore. *Qian Zhongshu*. Boston, Twayne, 1982.

————·ed. *Reading The Modern Chinese Story*. New York: M. E. Sharpe, 1990.

Hsia, C. T. *A History of Modern Chinese Fiction*. New Haven: Yale U.P., 1961.

Hsia, T. A. *The Gate of Darkness*. Seattle: U. of Washington P., 1968.

Kinkley, Jeffrey. *After Mao: Chinese Literature and Society, 1978—1981*. Cambridge: Harvard U.P., 1985 .

————·*The Odyssey of Shen Congwen*. Stanford: Stanford U.P., 1987.

Lang, Olga. *Pa Chin and His Writings: Chinese Youth Between Two Revolutions*. Cambridge: Harvard East Asian Series, 1967.

Larson, Wendy. *Authority and the Modern Chinese Writer: Ambivalence and Autobiography*. Durham: Duke U.P., 1992.

Link, Perry. *Mandarin Ducks and Butterflies: Popular Fiction in Twentieth-Century Chinese Cites*. Berkeley: U. of California P., 1981 .

Liu, Lydia. *Translingual Practice: Literature, National Culture, and Translated modernity*. Stanford: Stanford U.P., 1996.

Lyell, William. *Lu Xun's Vision of Reality*. Berkeley: U. of California P., 1976.

Lee, Leo Ou-fan. *The Romantic Generation of Modern Chinese Writers*. Cambridge: Harvard East Asian Series, 1973.

————·ed. *Lu Xun and His Legacy*. Berkeley: U. of California P., 1985 .

————·*Voices from the Iron House: A Study of Lu Xun*. Bloomington: Indiana U.P., 1987.

Lu, Tongling. *Misogyny, Cultural Nihilism, & Oppositional Politics*. Stanford: Stanford U.P., 1995.

Wu, Mau-sang. *The Russian Hero in Modern Chinese Fiction*. Hong Kong: The Chinese U.P.; New York: State U. of New York P., 1988.

Průšek, Jaroslav. *The Lyrical and the Epic: Studies of Modern Chinese Literature*. Leo Ou-fan Lee, ed. Bloomington: Indiana U.P., 1980.

Wang, David Der-wei. *Fictional Realism in 20th-Century China: Mao Dun, Lao She, Shen Congwen*. New York: Columbia U.P., 1992.

————·*Fin-de-Siècle Splendor: Repressed modernities of late Qing Fiction, 1849—1911*. Stanford: Stanford U.P., 1997.

Wang, Jing. *High Cultural Fever*. Berkeley: U. of Califonia P., 1996.

Widmer, Ellen and *Wang, D. David*. eds. *From May Fourth to June Fourth: Fiction and Film in Twentieth-Century China*. Cambridge: Harvard U.P., 1993 .

Vohra, Ranbir. *Lao She and the Chinese Revolution*. Cambridge: Harvard East Asian Series, 1974.

Zhang, Xudong. *Chinese Modernism in the Era of Reforms*. Duraham: Duke U.P., 1997.

想象中国的方法

海外学者看现、当代中国小说与电影

二十世纪中国文学与电影的研究，近年在海外有异军突起之势。以往的现代中国研究多半集中在社会科学方面。但史料的累积、数据的堆砌乃至政治的观测，虽提供诸多信而有征的资讯，解释中国的常与变，却鲜能触及实证范畴以外的广大领域。这一现象在晚近有了改变。不少学者开始重新思考中国及中国人的主体性的问题，并提出建构“文化中国”的可能[1]。走出实证方法学的牢笼，中国人如何“想象”中国的过去与未来，以及他们所思所存的现在，遂成为一亟待挖掘的课题。

基于这样的信念，海外学界对现代中国文学与电影的探讨，也较从前展现了不同的风貌。作为社会性象征活动，文学与电影不仅“反映”所谓的现实，其实更参与、驱动了种种现实变貌；作为大众文化媒介，文学与电影不仅铭刻中国人在某一历史环境中的美学趣味，也遥指掩映其下的政治潜意识。文学暨电影工作者还有他们的观众，运用想象、文字、映象所凸显的中国，其幽微复杂处，远超过传统标榜纯知性研究者的视野极限。

哈佛大学一九九四年出版的《从“五四”到六四：二十世纪中国小说与电影》(*From May Fourth to June Fourth: Fiction and Film in 20th-Century*

China),即是最新的一个例子。这本书辑有十二篇专论,探讨当代中国小说与电影如何以不同的角度、不同的意象,投射中国的面貌,而这些面貌与"五四"文学、电影传统所呈现的中国,又有什么样的对话传承关系。合而观之,我们看到三个主要方向:乡村与城市的辩证关系;主体性与性别的定位问题;文字与映象组合及拆解国家"神话"的过程。

这三个方向相互关联。在城与乡形成的象征空间里,中国及中国人的问题得以落实演出;文学与映象所展现的多元意义网络,定义却也分化我们对主体与性别的认知;而国家"神话"的消长,必与文化事业(或工业)营造的幻象符号,互为因应。值得注意的是,海外这些学者谈的既是文化艺术媒介问题,他(她)们也意识到自身的中介地位。一反传统中国通言之凿凿、强不知以为知的权威姿态,文学及影剧学者认知所有叙述的虚拟性与权宜性。隔海看中国,他(她)们讨论从一九一九年"五四"到八十年代末的小说与电影,也无非是"想象"中国人"想象"中国的方法试炼吧。

一

由于二十世纪八十年代大陆寻根文学的崛起,乡土与都市文学的对垒,再度成为热门话题。寻根文学着重乡俚风俗人物的素描,往时往事的追忆,乍看之下,只是对彼时日益滥情的伤痕文学的一种美学回应。但当社会潮流引导大家"向前看"的时期,寻根作家偏偏反其道而行,不仅向"回"看、向"下"看,而且更要往每个人的内心里看,其所隐示的颉颃姿态,不言自明。寻根派的大将如韩少功、莫言等,也同时可视为前卫的先锋派人物,理由即在于此。

对海外的二十世纪中国文学电影学者而言,"寻根"也恰点明他们现阶段的研究方向。寻根是一项深具历史意义的工作,但这并不是传统史学所谓的探本溯源之举。从八十年代末看"五四",这些学者毋宁更关切以下的问题:是什么样的历史及政治动机,主宰我们记忆过去、想象中国的形式与内容?当代的文学及电影发展,揭露哪些"五四"传统隐而未宣的层面?而"五四"传统又如何启发了八十年代末众声喧哗的局面?

若探寻狭义的寻根文学之根,鲁迅在二十年代对乡土文学的定义与期许,足堪我们再思。乡土是绝大多数中国人安身立命的所在。在乡土的舞台上,作家铺陈传统与革新、农村与都会、农民与知识分子等对立主题,在在攸关中国现代化的命脉。于此同时,乡土作家也必须面临自己的局限。乡土文学到底是写给谁看的?是农民,还是知识分子?乡土文学作者如何界定自己的创作立场?是怀乡、忧国,还是自溺?远离乡土的作者如何召唤出原乡的"想象"?乡土文学曾引发多次文艺理论论争,从二十世纪四十年代毛泽东为"人民而写作"的号召,到二十世纪七十年代台湾乡土文学论战,再到大陆寻根文学的热潮,不是偶然。

准此,威斯康辛大学的刘绍铭及加拿大英属哥伦比亚大学的杜迈可(Michael Duke)教授,分别对韩少功及莫言所做的研究,即颇有可观。湖南作家韩少功是倡导寻根文学的大将。他的小说如《爸爸爸》《女女女》师承福克纳及加西亚·马尔克斯之处,早已有人论及。刘指出韩少功与"五四"传统间爱恨交织的关系,才更值得细思。韩所经营的"文革"劫难中的中国,坐落于疯狂与理性的边缘,充斥无数身心俱残的灵魂;此与鲁迅《狂人日记》中所见那个挟礼教吃人的社会,不啻相互辉映。韩的世界是个阴森古怪的渊薮,而这一想象的资源,与其说是来自西方文学,更不如说是遥指志怪及楚神话传统。韩最好的作品多以"文革"为题材,但他超越了伤痕文学的狭窄历史视野,为劫后的中国注入一末世景观。他从中国的现在看到了过去,又从中国的过去看到了现在。

莫言是二十世纪八十年代中期以来,最受瞩目的大陆作家之一。他的小说如《红高粱家族》等极受读者评家青睐。在这些作品中他将荒僻不毛的家乡幻化成神奇灿烂的土地,并另行塑造一套江湖儿女的价值系统,最是可观。但杜迈可别具慧眼，指出莫言另一部作品《天堂蒜薹之歌》在乡土文学的传统上，更具引人思辨的潜力。表面上《天》书回到社会主义现实主义风格，煞似农民抗暴的老套故事。但细细读来，我们方知莫言此作实有深义存焉。他的小说在人物、情节及叙事法则上似乎回响四五十年代赵树理等人的农民小说，也因此间接呼应了毛泽东的延安文艺讲话精神。其实不然。《天堂蒜薹之歌》依样画葫芦之余，暴露当年农民文学“天真可爱”之处，在反衬后续历史发展最残酷的一面。小说一方面对当年“新中国”的乌托邦叙述做乡愁式的敬礼，一方面却也完全颠覆了这一叙述。

海内外学界这几年重写文学史的成就之一，是对沈从文其人其作的肯定。直到二十世纪七十年代末期，沈从文之名仍遭大陆文学史家的刻意曲解与湮没。随着寻根文学的兴起，年轻作家学者整理他的传承谱系，才赫然重识沈从文的意义。沈从文笔下的乡土中国，沉谨敦厚，但绝不流于童骇性的乐观或悲观。只在沈从文作品中看到桃花源意境的读者，未免低估了他对文化及人性幽秘面的探索。研究沈从文有年的圣若望大学教授金介甫(Jefferey Kinkley)认为，沈对现代中国文学及文化想象最重要的贡献，即在于他首先思考“楚文化”再生的可能。相对于北方中原文化所代表的正统政教意识，南方的楚文化历来偏居于非主流的地位。当中原(或中央)的霸权不足以诠释或解决中国的问题时，代表边陲的楚文化也许提供了另外一种出路。楚文化重神话、尚感情、富地域色彩，在理性疆界之外，另辟一幻想及潜意识驰骋的天地。当代作家如古华、韩少功、何立伟等与沈一样，出身于三湘楚地。他们把握此一认识，因此能独创一不同的叙事风格。他们的写作不只是文学上的创新，尤其可视为一种迂回的、与主流对话的政治行动。而就着这许多当代楚文化作家所形成的声音，我们得以重窥半世纪前，沈从文作品中所潜藏的“边缘”政治策略。

同样是讨论沈从文的贡献，笔者则从另一角度，描绘沈从文原乡想象的特征及影响。沈从文的故乡不仅是地图上的定点，也是想象中的梦土。所谓的乡愁未必是旧时情怀的复苏，也可能是我们为逃避或了解现在所“创造”的回忆。作为一极自觉的作家，沈在自己的乡愁中看出种种原乡象征符号的循环播散。如他的《湘行散记》所示，他的故乡贫瘠落后，却正是传说中桃花源的所在，中国乌托邦神话的起始点之一。徘徊于地理与文字、历史与神话间，沈的乡愁毕竟是中国原乡传统的一环，是一种真情，也是一种想象。当代作家如台湾的宋泽莱、李永平，大陆的莫言都能体会原乡想象的吊诡，各以不同的方式，渲染或解构乡愁的写作方法。他们为原乡文学另辟蹊径，也间接说明了“写实”作家沈从文极富现代意识的一面。

没有城市，何来乡土？乡土意象的浮现离不开都会的对应存在。两者相生相克的关系，是许多现代政治、经济研究的起点。但历来文学史的研究对城市空间所代表的文化意义与城市文学的研究，显然不够积极。乡土文学固然是新文学的大宗，但是创作及消费文学者多半是城市居民。另一方面市井小民所感兴趣的俚巷戏曲、言情说部往往并不能得到“纯”文学工作者的重视。而大陆文学批评传统中，“城市—小资产—资本主义—颓废—堕落”的奇怪逻辑，也影响我们对早年都市文学资料的搜集及分析。

德籍学者傅郝夫(Heinrich Fruehauf)对上海文学文化的精心研究，因此堪称此其时也。他以丰富的史料告诉我们，上海这个城市如何发展它“摩登”的氛围，如何区分它的社会阶级秩序，如何因此助长了特殊的城市文化与文学。上海文学虽是中国文学的一部分，却兀自散发着本土的异乡情调。而饱受西潮影响的作家名流，以西方的尺度衡量本国事物，又造就一种二毛子式的双重“东方主义”论述。都会紊乱快速的气息，同时影响了都市文学的叙事节奏及观点掌握；凡此皆足以说明地缘与文化文学想象的关系。精致而世故的都市文化曾因革命而消失近三十年。二十世纪八十年代都市文学文化随都市的复兴而重生，但能否恢复旧时风景，尚有待观察。

二

二十世纪中国文学借城市与乡村两种视景,投射了公众领域内不同层次的问题。在私人领域方面,主体(对性别及意识)的自我追寻则成就一幕幕动人好戏。李欧梵教授多年以前就以“浪漫的一代”含括“五四”各等维新人物。他们以大胆的言行,激进的姿态,表达与传统决裂的决心,而以自我的建立作为奋斗的目标。但何其反讽的,他们自认最离经叛道的作为往往泄露了传统的影响,何尝须臾稍离。而在感时忧国的大纛下,多数“五四”“浪漫的一代”竟以牺牲自我、回归群体集权(大我?),作为最终的政治依归,宁不令人心惊。当自我的追寻成为一荒谬的目标,自我的意义只能以可望而永不可及的方式,做负面的界说。这也使我们深思过去七十年代自我的意涵与形式,历经了什么样的转折?为何在号称主体解构的后现代世界里,中国与中国人仍苦苦地追问“我是谁?”

“五四”一辈文艺家对主体性自我的辩难,促进了女性意识的萌芽。“我”不论是个体小我或是国家社会的大我,原来竟是有性别之分的,不能以一中性(男性)的修辞叙述,一语带过。早在二十年代女性运动即受到许多有心知识分子的关注。但不久这一为女性争地位、谋幸福的运动即陷入复杂的政治旋涡中。尤其当女性意识与阶级意识、妇女解放与无产阶级解放的政见被有心者混为一谈后,女性运动失去了原本主体诉求的立场,成为国家“革命”节目表里的点缀。二十世纪八十年代大陆的女性运动者重整旗鼓,延续半世纪前丁玲、萧红的女性意识呼声,另一方面也与西方方兴未艾的女性运动唱和。而海外关心这一现象的学者,她(他)们的问题是:八十年代与三十年代的中国女性意识在表达方式与诉求上有何异同?中国女性主义者要如何借鉴西方的策略而不流于人云亦云?

密西根大学的梅贻慈(Yi-Tsi Mei Feuerwerker)教授针对“五四”以来中国作家描写定义自我的方法,有独到见解。她不把自我当作是自足内烁的观念,而将其视为文义文本不断相互指涉、传抄的一种想象。尽管“五四”诸君子对自我的口号喊得震天响，他们只能以旁敲侧击或否定现状的方式,来推论自我存在的可能。职是,鲁迅的《狂人日记》竟是借“质疑、误解、沟通的失败、意识的混淆”等负面表达行为,暗示对自我的渴望而非完成。同样的手法可见诸郁达夫的作品。他的《沉沦》用嘲仿的笔调,写主人公向往西方浪漫英雄的行径,以及其画虎不成反类犬的下场。梅注意到《狂人日记》之后六十年,当代中国作家仍然问着五四时代的老问题。这样时光倒流的现象，何以致之？“五四”的作家即使反传统，毕竟仍有一传统可供其“反”,他们想象中的自我虽不能一蹴而就,至少有轨迹可寻。而当代作家才真正处于一文化、信仰、传统的真空状态。以老牌作家王蒙为例,他所陷入的语言及意识形态的“铁屋”,其实比当年鲁迅所想象者更难突破。梅的结论语重心长:如果主体的建立不是无中生有,而是有赖传统资源的激荡,那么在一个历经种种狂暴革命,又只顾“往前看”的社会里,企求理想主体自我,何异缘木求鱼?

柏克莱加州大学的刘禾依循当代西方正宗的女性主义论述,解读丁玲及两位二十世纪八十年代女作家王安忆与张洁的作品。她强调女性意识的兴起与中国国“体”的现代化息息相关。中国的历史政治情势既鼓励又压制女性主义运动及文艺表现,这其中的矛盾,最是耐人寻味。曾使丁玲一鸣惊人的《莎菲女士的日记》,对当代女作家仍应有启示作用。这篇小说对女性自我的困境,对父权文化的攻击,以及对女性“书写”风格的摸索,置于今日,依然颇有可观。

我们若将梅贻慈与刘禾的研究并列,可以发现一有趣的对话。刘禾指出中国女性从来只是父权文化象征系统中的空洞符号,而梅却看到中国男性也好不了多少。他(她)们同样在历史洪流里,捞取材料,填充空虚的自我。也许所谓的父权体系不如许多女性主义者所见,为一森森然的霸权实体。它可能根本是一架空的权威机制,而其中的男性成员一样也是流动的符号,不断寻求意义的依归。

明尼苏达大学的戴克(Margaret Decker)则采用另一种女性主义的策略:她直捣男性文学阵营,自内部颠覆、瓦解其父权意识的工事。她以"五四"鲁迅的《伤逝》、二十世纪五十年代方纪《来访者》以及八十年代高晓声《村子里的风情》为例,研究女性的社会与感情地位是否在不同时代的男作家笔下,有所转变。这三个故事都以一个男性"负心的人"追忆往日情怀为主线,也都处理了女性在性与婚姻上所受的差别待遇。戴克强调,故事中男性叙述者忏悔的口气、回顾的姿态听来或看来也许动人,却可能是种廉价的救赎手段,以解脱他们的不义;而不论封建或是共产或是民主社会的"公"道"公"理,其实也多是为男性撑腰。八十年代男作家处理两性问题时如仍一味地沿袭旧例,那么所谓回归"五四"传统将成为一种反讽,点出男人不肯长进的事实。

三

以上对公众及个人领域的研究导向第三个课题,即电影映象及叙述声音如何运作,以传达现代中国的历史文化经验。小说及电影是"五四"以来影响力极大的文化媒介。它们提供了虚构的空间,以演练种种社会政治议题,而其本身的变化也见证了中国现代化的曲折过程。在"叙述"及"演映"中国的前提下,小说及电影如何扩展它们的声音及视野,又如何相互影响?摆荡在写实与虚构的艺术两极间,小说及电影如何重现历史、改写神话?这些都是值得细思的问题。

当代学者对小说与电影的研究起自其形式的观察,却能不为(天真的)形式、结构主义的方法所囿。所谓内容/形式二分的论点,早已嫌僵化过时。形式作为一种象征"活动"或活动"象征",必与社会文化、意识形态的运作紧密结合,而其历史动机的复杂多姿,永远耐人寻味。职是,我们要问在特定的时空里，某一叙述及演映形式为何及如何主导观众的想象力？是什么样的权威力量影响形式的“传达”，或“隐藏”所谓的真实真理？现代中国小说、电影的“中国味儿”何处追寻，是否有必要追寻？形式的消长起落如何与国家政教机器形成对话？

耶鲁大学的安敏成(Marston Anderson)自鲁迅的《故事新编》得到灵感，观察叙述、主体性与国家神话间微妙的互动关系。鲁迅的《故事新编》，顾名思义，是将古老的神话故事重加撰写诠释，赋予新意。但鲁迅重述这些故事的时机和方法，颇有深意存焉。在一个政治紊乱、理性不存的年代里，鲁迅以轻佻的口吻，戏弄的笔触，改写、重述一则又一则古老神话或哲学故事。与他沉重阴鸷的小说集《呐喊》《彷徨》相比，《故事新编》尤显虚浮不实。古今时序的错乱、寓言意义的涣散，在在令人侧目。鲁迅的叙述形式其实是一种“转”述。经此他同时肯定也否定了“创作”的真谛，凸出也嘲弄了作者“自我”的重要；更要紧的是，他谑仿了那“吃人”的过去，也点出现在的不可承受之轻。当代大陆作家如刘恒、张欣欣、韩少功等也都曾在改写古神话上下功夫，也因此回应了鲁迅《故事新编》的反省与批判精神。面对“文革”后的紊乱，也许这种故事新编的方法可让艺术家一方面重溯传统之源，一方面也避免耽溺于“感时忧国”的老调或文化乡愁的圈套。嘲仿是一种文学形式，也是一种批判姿态。

尔湾加州大学的胡志德(Theodore Huters)教授同样自鲁迅着手，却得到另一番结论。他观察现代中国小说叙述声音的流变，归纳其谱系，并思考其形上基础。胡认为中国小说自“五四”到二十世纪八十年代末基本有一单音独鸣的权威声音，贯串其间。这一现象的发生与传统知识体系的崩溃有密切关系。传统知识、文艺的论述是主体意识与客观成规相互激荡下的成果。所谓的客观成规，指的是数千年来中国政教哲学思想所累积的一套论世观物、知人治学的方法。当这套成规因“五四”前后反传统风潮而失去约束作用时，实促进了主体意识的勃发。形诸于文学表现的，正是舍“我”其谁的权威声音。现代小说不论浪漫或写实、男性或女性,都充斥这一声音。即使八十年代像张欣欣所编的《北京人》,号称为上百北京人心声的集结,其叙述也不脱单音独鸣的痕迹。胡志德的结论,与前述梅贻慈等的研究,形成强烈对比。他为我们定义国家叙述(national discourse)的条件与可能时,添加一极具争议性的层面。

我们最后的重心转向电影,圣地亚哥加州大学的毕克伟(Paul Pickowicz)及尔湾加州大学的周蕾各以不同的采样,不同的理论策略,综论当代中国电影。毕所着重的是资深导演在"文革"后恢复三四十年代悲喜情节剧(melodrama)上的贡献。而周蕾则探讨八十年代"第五代"导演的前卫手法及意识形态动机。毕克伟认为描写悲欢离合、啼笑因缘的悲喜情节剧是中国电影工业的骨干。虽然影评界及学界一般并不重视此一剧种,悲喜情节剧却是小百姓的最爱,而其内蕴的美学及价值系统,亦不应等闲视之。在悲喜情节剧中,我们看到高潮迭起、悬宕处处的故事,极尽夸张之能事的泪水与笑声,正邪对立的人物及对善恶道德意识的热烈追求。这一传统可以上溯三十年代的卜万苍、四十年代的孙瑜;而自六十年代崛起,至今宝刀未老的谢晋,则堪称当前的代表人物。悲喜情节剧永远"有话要说",它夸张的表演方式及叙事手段在相当程度上发泄了我们深自压抑的欲望与恐惧。它简化的感情道德体系,也为混沌不明的现实,提供一乌托邦式出路。悲喜情节剧电影在三四十年代及八十年代大行其道,因此有其历史背景。

毕克伟以谢晋根据古华原著改编的电影《芙蓉镇》为例,说明上述观点。这部电影把"文革"血泪融为善与恶相争的骨子好戏。经过重重波折,好人得偿,坏人得惩,政治社会复原,"真理"得以越辨越明。但毕并不就此打住。他问道,真理果真站在善的一方面么?当国家的历史被(不断地改)写成简单的情节悲喜剧,我们又如何对过去及未来做更细腻深远的思辨想象?《芙蓉镇》这类的电影好看,但其实不容易看。比诸第五代导演的艺术电影,它所涉及的大众文化及历史想象问题,其实更要复杂呢。

周蕾则将电影与文化工业、教育宣传体制、国家主体性及女性主义论述等合为一谈。她所选用的例子是导演陈凯歌根据阿城中篇小说《孩子王》所改编的同名电影。她思考电影叙述如何呈现国家及个人的主体性,但她最终的关怀则是女性在文化媒介中被控制甚或被抹消的地位。她的论述一方面指向个人与社会的问题,强调主体意义的焕发有赖其与群体的对话而非臣服,另一方面则质疑女性与国家间的对话可能,及相关叙述规则的矛盾。

陈凯歌的《孩子王》呼应鲁迅《狂人日记》中的呐喊:“救救孩子!”像二十年代的作家一样,我们的青年导演在孩子中看到中国的弱势实体的象征,并呼吁“救救孩子”为强化未来国民性的开端。但周蕾尖锐地批判这一“看”中国的角度。就在“孩子们”被温情化、理想化的同时,中国人另一弱势实体——女性——依然被忽略了。鲁迅式“救救孩子”的声音再动听,陈凯歌的映象技术再翻新,并不能掩饰男性霸权主控国家教育及象征符号体系的事实。不去重视女性的地位及实力,只会使改变中国的形象与意识之举,徒托空谈。如前述戴克的研究,周蕾认为现当代的文学及电影仍深深陷溺在男性文化自恋的循环中,如何走出这一循环,认知个体与群体“性别”之差异。才是追求中国主体现代化的当务之急。

以上所论海外学者研究现当代中国小说与电影的三个方向——城乡空间的辩证关系;主体与性别差异的定位;叙述声音与电影映象的媒介功能——使我们了解想象中国、再说中国的过程,何其繁复多元。过分强调实证研究的学者在掌握浮面证据后,往往即对中国的今昔,遽下断论;甚至他们的预言推论也多带有高瞻远瞩的权威气息。研究小说电影这些“小道”,也许可使我们对千丝万缕的中国问题,有更具包容性的看法。在理性与实证之外的想象疆界里,无稽之谈也能透露不少玄机呢。

这样的看法对传统以“真实”或“真理”为中心的知识论,堪称一大挑战。哈佛大学的李欧梵教授这几年一再提醒创作及研究中国文学者,走出写实(或现实)主义的藩篱,不只意味着美学形式的改换,也更意味知识论上的重整及历史观念的更新。只有我们能想象现实以外的种种可能,回过头来我们才能认清“真实”与“真理”的局限与偏执,也才能对从不曾完美的现实,徐图改进。革命“文体”及“视景”在中国当代文学电影中逐渐消失,代表了真理至上、革命第一的岁月真已难再。在八十年代末看中国,除了搬演历史政治、经济社会等众所熟悉的因由外,我们如何正视中国人的想象力,以及我们如何想象中国,实为一饶有意义的新路。海外学者论现当代中国小说电影,虽难逃越俎代庖之嫌,仍不失为一好的开始。

注 释

[1] 杜维明(Wei-ming Tu),“Cultural China: The Periphery as the Center”,及李欧梵(Leo Ou-fan Lee),“On the Margins of the Chinese Discourse”,二作皆收于 *Daedalus* (1991)。

世纪末的中文小说

预言四则

一九〇二年梁启超在日本创办《新小说》杂志，开宗明义，以“新”字挂帅，俨然为中国小说的现代化做了正名工作。九十年来，“新”小说的发展屡经递嬗，而依然堪称是二十世纪中国文学最重要的文类。时序进入了二十世纪末的最后十年，当代中国小说是否还承续了以往创新的活力？如何参与并反思现阶段中国现代化的经验？在世纪末的喧哗中，小说又如何投射新世纪的憧憬？

二十世纪九十年代的前夕，中国小说的生态环境有着重大改变。在大陆，八十年代末文艺活动一度陷入低潮。但曾几何时，老少作家又重以不同面貌，卷土重来。在台湾，前所罕见的政经局势导致书市秩序大整合，而市场趣味的转换，竟每如电脑游戏般的快速莫测。

当代中国小说的变貌也与后现代文化、科技发展息息相关。借着电脑以及全球电讯网络的日新月异，作者与出版者得以瞬息互通有无，仿佛天涯真是近在咫尺。一处不畅销或不能销的作品，在市场灵活的调度下，往往也可在他处另起炉灶。近年大陆菁华作家如莫言、余华、苏童等人的作品，往往是由港台出版者代理结集，抢先在海外上市。香港女作家西西文思高妙，惜未在本地引起重视，倒是颇受台湾书市的青睐。（西西的台湾关系如此深厚，甚至香港政府编写一九九一年年鉴时，将她误认为台湾作家。）至于琼瑶、三毛等通俗作家在大陆红极一时，则犹其余事了。“新马”或“老马”批评家动辄喜谈文化工业或现代、后现代科技如何侵扰中国经验的真确性，我却以为在消解“中国”的神话、质疑意识形态真理方面，强调播散、拟真的后现代资讯文化观，倒颇可记一功呢。

二十世纪九十年代初也是个中国作家竞相出游或出走海外的时代。由于国际交通的日益便捷，也由于政治情势的千变万化，作家穿梭海峡两岸乃至云游异乡，成为世纪末的文坛一景。去国与怀乡曾是现代中国小说的重要主题之一，当代作家频繁的迁徙经验，势必要为这一主题平添新的向度。写台湾经验极传神的平路及杨照，其实人都常驻美国，但他们有幸经常往返两地，所见所思反更丰富他们作品的意涵。八十年代末，一批中国大陆作家出走海外。寻根派的大将阿城落籍美国，青年诗人杨炼远走新西兰，剧作及小说家高行健暂留法国，只是几个例子。长期在外终将剥夺这些作家与土地的密切关联，但背井离乡的经验也迫使他们以不同的角度，审思并铭记中国的种种。当年的鲁迅、老舍、郁达夫等人，不都曾因羁旅异邦，反得锤炼他们感时忧国的文章？明乎此，当代中国小说的重镇之一应在海外，也就不足为奇了。

上述的一些当代文坛现象——如政治文化的颠仆，科技及文化工业的进展以及作家的迁徙或流亡——都促使我们重思传统文学史所建构的“中原/边缘”地图。以大陆文学为例，我们要问，目前的重量级作家在写些什么？为哪些或哪里的读者而写？或甚至他们在哪里写作？如果一项作品由大陆作家创作，得到香港文艺界的资助，在台湾出版，却最先受到旅美中国读者的注意，这项作品到底归属如何？现代中国文学史的大陆中心论亟应改写。有的作家人在“中原”，所思所著却是在中原意识形态的圈外游走；作家一本国籍护照无从保证作品的向“心”力。而另一方面，出自台港海外边陲的作品也绝不仅止于点缀而已,其所载的经验往往正是大陆文艺、文化现代化的核心目标。我之强调重思“中原/边缘”论,并不着眼二者间的辩证关系,也不奢望中国文学的“大同世界”。我只着眼于中文文学的复数实体存在,并希望不同的声音能在对话过程中,为中国文学的何去何从,勾勒出种种而非一种可能。

准此,以往我们常念的“文学反映人生”的口号,可以稍做推衍。“反映”一词不足以说明文学内蕴的权力取予关系。某一时代有“代表性”的作品,不只意味其模拟“现实”的精确性,也更暗指其传达“真实”的合法性。写实/现实主义在过去几十年独领风骚,除了反映“人生”之外,也在不同的政治、历史情境中,反映了一套套我们信以为“真”的意识形态。二十世纪八十年代海峡两岸政治稍见松动,“写实”大纛顿成众矢之的,岂仅偶然?而二十世纪九十年代的作家更要质询,“反映”(represent)民意的作品与“代表”(represent)国家的作品分野何在?流亡作家可以反映/代表她已背离的国家吗?如果写实一词可以包含多声复义,那么随之而起的现代、后现代等字眼,又何必定于西方定义之一尊呢?

展望世纪末的中国小说,以下的四个方向或者值得有心人的追踪:(一)怪诞的美学;(二)以诗入史的叙事策略;(三)消遣并消解中国的姿态;(四)新狎邪体小说的形成。这四个方向分对以往现代中国文学的主要标签提出反响。写实的风格、史诗的抱负、感时忧国的主题等渐行渐远,一场场展现世纪末风情的好戏,正要上演。

一、怪世奇谈(Familiarization of the uncanny)

二十世纪八十年代中期以来的中国小说,在风格上最引人注目——或是侧目?——的一点,大约就是个怪字。尤其大陆年轻一辈的作家,如莫言、苏童、余华等,作品真是一本比一本怪。他们的风格诡谲多变,题材突兀惑人，常使读者如坠五里雾中，却又森森然仿佛看出了什么。相对于以往所谓的高大全文学，当前大陆小说的怪诞倾向，自可视为一种政治姿态。作家以不可思议的笔触，力求写出不该说、不可说，也说不清的历史经验。

在题名为《畸人行》的一篇文字里，我曾以丑怪(grotesque)一词来形容二十世纪八十年代大陆文学的这种特色[1]。我提到这种文学上的“作怪”，除了指涉作家的抗议策略外，也点明了当代小说美学范畴的转向。“五四”时代作家所面临可嗔可怪的题材并不少，但我们并不见太多刻意凸显丑怪的作品。以人道主义挂帅的现实(或写实)主义，将彼时作家的关怀，导向一不同的叙事层面。我也提到这一丑怪的风格可以印证俄国形式主义“经疏离再认知”(defamiliarization)的观点。我们对某一社会的生活经验，或好或坏，往往日久生习，也因此逐渐失去洞烛细微的审美或认知能力。好的作家能以别出心裁的方法，重新装点我们习以为常的事物，以期使读者由“闻新”而“知故”。大陆小说的频出怪招，无非刺激我们迟钝的感官，便我们面对原不该等闲视之的社会现实。

但面对二十世纪九十年代的作品，我以为以上的观察不足以说明八十年代末之后的文学气候。尤其“经疏离再认知”的美学信条过分偏重表象形式的更迭，而有轻忽形式内蕴的权力及认知结构运作之嫌。常说的换汤不换药，此之谓也。这使我惊觉“经疏离再认知”美学何曾是新时期作家的专利，它可以是中国大陆机制中最常见的东西。推陈出新可以变成一种意识形态的障眼法，以文字及形式的变幻，重新肯定某一种现实的永久合法性。

过去四十年的许多“怪”现状，只怕比载诸文字者更要令人可惊可诧。西方的学者读者大约很难想象中国的现实比想象的要更荒谬，比传说的更诡异。如果形式主义谈论出奇制胜，我要说现实的奇远胜于说部的奇。对这样怪诞荒谬的现实，如果说中国的人民一向视为当然并见怪不怪，实在是极犬儒的态度。

这样的辩论使我要强调“对怪诞的认知”(familiarization of the uncanny)才是当代作家推陈出新的策略。中国现实本身不缺恐怖奇诡的素材,作家的任务不在于如何把这些素材写得更匪夷所思,而在于把它们写得可亲可信些。比诸前述的经疏离再认知,中国作家的任务毋宁充满吊诡:他们要读者认知那些已被疏离的怪诞事物。我之所以使用怪诞(uncanny)一词,有其深意存焉。对弗洛伊德来说,怪诞的感觉起自于面对某种陌生事物的恐惧,但真正的问题是,我们恐惧是因为那陌生的事物其实似曾相识,其实反射了潜藏我们心底的欲望或忧惧[2]。弗氏的怪诞观与当代作家的视景是有可资比附之处。但如前所述,在中国的情境内,我们必须正视怪诞的现象如此层出不穷以致早成为现实或真实的一部分。弗洛伊德所描述的一种个人意识及潜意识的压抑行为,成为一种公开的、大规模的限制运动。当代作家的责任因在于把这已存在及"正常化"的怪诞现象,重新再表露出来。这是一项双重的任务,既要使读者疏离现实,也要使读者逼近现实;既探讨个人政治潜意识,也要追溯这潜意识如何早被政教机器刻意曝光、利用及群体规范化。

我将以当代作家的四种风格来说明这一怪诞的文学现象:丑怪的叙述(grotesquerie)、狂想曲(fantasy)、鬼故事(ghost stories)及动物寓言(allegory)。以余华的作品为例,在像《世事如烟》《一九八六年》《在细雨中呼喊》这些平凡的题目下,我们看到一幕幕疯狂与荒谬的人生即景。余华扭曲传统所谓清楚明确的语言,改写屡经传颂的情节情境。他笔下所呈现的世界似幻似真、难以捉摸,却在在使人坐立难安。故事中肢体的变形、斫伤及崩毁与文字形式本身的四分五裂,"演出"一则又一则的暴力寓言。而恰如余华的一篇作品名所示,这不过是《现实一种》。究竟是余华走得太偏太远,或是他与历史现实正做艰苦的竞争?如果有人说余华的虚构世界太荒凉残酷,那么比起"文化大革命"的浩劫,他所写的真不过是些纸上的黑色幽默吧。

莫言的《十三步》以及最近的《酒国》也以怪谈大会串的形式,搬演血腥好戏。前者借尸变衍生出生活与生命的绝望情境,后者则脱胎自鲁迅"礼教吃人”“救救孩子”等呼声，而予以最荒唐的诠释。人吃人的行径古已有之，于今为烈，而最好吃的莫过于“孩子们”的肉。另外苏童的小说，从《仪式的完成》到《狂奔》《吹手向西》，也一再敷衍堕落、死亡及疯狂的生命即景。这些怪谈与其说反映了乱世的“恶声”，不如说是教育我们认识乱世本身所以如是的样本。

写作丑怪的世界以大陆作家见长，在台湾则有林耀德、陈裕盛等的风格差堪比拟。弥漫两者作品中大量的暴力与性变态的描写，不应仅视为他们嗜痂有癖的例证，而直指他们对台湾恶质化的人文环境，一种以文字之暴指控现实之暴的表征。台湾作家对怪诞的处理更多见于狂想曲式的文字。平路的《台湾奇迹》幻想世界台湾化的盛况，从股市狂飙到政坛马戏，从狂嫖乱赌到妄自尊大，一时全球风行景从，真是漪欤盛哉。然则我们细细看来，还能发觉另外一层含义。狂想曲作为一种想象现实的方法，已是一种病征。狂想是一种对现实的逾越，一种自欺欺人的征候。平路的小说因此不只是揶揄台湾的自我膨胀症，她运用的叙述模式本身已带有自嘲嘲人的意图。

又如杨照的《我们的童年》，描写两个情场失意的女子，如何寄情股票投机，却反在股市起落中共享回忆童年往事的乐趣。在这里乡愁成了消费对象，而股票指数的确可成为两人的精神食粮。在狂想的天地里，真实就是幻影，不可能的都成为可能。这一则简单的故事已自成台湾末世奇观的抽样。

现代鬼话的尝试可得见于钟玲、杨炼、苏童等人的作品中。钟玲的一系列鬼魅作品，像《生死冤家》《过山》《望安》等借转世投胎、冤冤相报、阴阳生克等古老主题，架构出一情欲纠缠、人鬼不分的世界。“太平之世，人鬼相分；今日之世，人鬼相杂。”(话本《杨思温燕山逢故人语》)今世何世，使得人鬼争道？鬼又是什么？钟玲于此以女性喻鬼，点出其游走男性理教世界边缘的身份。幽幽缈缈，小女子的“妾身”永远不能在男性社会中正名，一腔情欲，从来难逃“阳”界的法力。类似的处理，我们亦可在苏伟贞及施叔青的作品中找出呼应。

流亡海外的杨炼把这样的鬼话又翻上一翻，成了若有所指的政治寓言。森森古屋、幢幢鬼影。但闻萧索的回声，不见丝毫生机。这大约是生命漂泊的尽头了。杨炼的《鬼话》以鬼说话，说的也尽是鬼话，荒凉之至，也警醒之至。

当代作家的怪诞倾向，还可在他们写作动物寓言式的作品中看出，现仅举三例。唐敏的《我不是猫》、朱天心的《袋鼠族物语》、西西的《母鱼》不约而同地以动物为托喻，写出大陆及港台传统女性及母性神话的消逝。大陆的唐敏用新闻报导笔法，写大陆女性被迫堕胎；台湾的朱天心嘲弄中产社会母亲所历经的重大压力；香港的西西则对未婚而孕或已婚不孕的女性，寄予无限同情。她们都要描摹中国女性的现状，却都发现所谓的“写实”技法，只能引出动物寓言。

何以这些作者对人生的写实堕落(?)成为动物寓言，模拟沦为嘲仿？也许这正是女性作家最具吊诡性的写作策略吧？当唐敏写到怀孕妇女在最简陋的堕胎病室前，被迫脱下裤子，一字排开，等待打胎；或朱天心写到她的袋鼠妈妈患失患得，忙得仅凭本能照管家务，“动物”寓言成为最有力的证词。而西西在《母鱼》中将女性对生育的憧憬及焦虑，以及女作家对生产作品的欲望与挫折合而并列时，更使她的动物喻意，别创新意。

二、历史的抒情诗化(Lyricization of the epic)

二十世纪九十年代小说的第二个可能走向是诗与史的混成辩证。面对二十世纪七十年代末以来强人已死、法统渐颓的政治环境，作家自然有意重新为历史作注。他们要质问，是什么样的政教建构决定历史叙述的“合理”“合法”？是谁赋予历史权威式的声音？历史除了演述我们的过去经验，又如何统摄未来？特别是历史在一些人的信仰中，已被神化成为金科玉律，诘问历史如何写就，甚或其虚构的、意识形态的成分，自难脱于冒不韪的大忌。作家们企图以“小我”的声音，扰乱以往大历史的叙述，自然值得注意。

几乎四十年以前，捷克汉学家普实克(průšek)教授曾以“抒情诗”式的相对于“史诗”式的叙述，来综论自晚清以降，中国现代文学的风格转变[3]。普氏所谓的抒情风格，意指现代作家彰显自我，发扬主体的倾向。这一倾向少见于古典说部，反与抒情诗歌传统多所关联。另一方面，所谓的史诗风格则代表作家关怀社会，感时忧国的情怀。抒情的风格曾促使一代作家得以反抗传统，淬励独立的政治或历史抱负，功不可没。但对普氏而言，抒情毕竟不能成就群体生命的升扬，史诗式的文学是所有现代作家努力的目标。抒情或是史诗，小我或是大我，二者间的消长互动，已为二十世纪前半期的文学，留下精彩见证。

普实克的文学史观固然扼要恳切，但因个人的马克思主义史观，他并不能摆脱辩证外加大一统式的终极乌托邦色彩。一九四九年到一九七九年间大陆的文学恰为他抒情/史诗的观点，提出反讽的一击。大我愈益膨胀，终致牺牲小我；难道大而无当的“史诗”文学，真是普氏甘以“抒情”文学的代价所换取的吗？

如果普实克的“抒情/史诗”观点对当代作家及评论者仍有启发意义，其重点应不在于普氏强调的正反合逻辑辩证。在二十世纪九十年代写历史、谈政治，任何追求有机融合或一统的想法，都注定成为一种不合时宜的乡愁。我们所应注意的是，“抒情”与“史诗”这两种叙述模式如何“易位”或“错位”的现象，以及因此而生的一种错落参差的新诗学。当代不少作家一秉对传统文史不分的信念，力求传史如诗，寓诗于史。只是在二十世纪九十年代以后，任何叙史、铸史的冲动，必已化为诗般偈语。历史是如此的诡谲变幻，陷身在无从捉摸的暴力与荒谬中，也许只有看似无根的诗，反差堪比拟其于万一吧？无怪格非小说《迷舟》中的主角，面对战争的浩劫，反兴起“在战场的废墟中写诗的欲望”。

或有论者要指出，当代作家这种将历史抒情化、私有化的作风，或代表了资本主义意识形态的新症状，或暗指后现代主体性分裂的事实[4]。我独以为这仍未触及问题的核心。抒情风格强烈诉诸文字符号本身托意引喻的功能，诗的表达在于文字最凝练的比、兴演出。相对于历史叙述对文字传真、模拟的要求，抒情风格的叙述毋宁凸显了作者与文字间相辅相成，却又不滞不黏的一面。换句话说，如果我们能意识到任何的叙“史”行为只是叙“诗”欲望的延伸，我们也许可跳出实证主义及种种意识形态的先验牢笼，而一任文字想象的驰骋。历史不是不“言”自明的，历史一旦落了言诠，也就落入文字书写的领域。强调以诗叙史因此不只是回到个人主义的老套，而是肯定历史“想象”及“符号”的重要，以及人为而非宿命的注史过程。抒情的史观因此是人本主义色彩浓厚的史观，也是极具批判性的史观。在这一方面，我们不能不回想到当年沈从文的贡献[5]。

以格非的《迷舟》《大年》等作为例子。这些作品都触及了战乱及政争等传统历史(小说)的主题。但细细读来，我们要惊觉格非的叙事手腕不但未补强历史的不足，反使其漫漶消解，终致无形。格非以细腻的写实方式，记录历史时空中的哀怨恩仇。乍看之下，他的故事似极尽翔实委婉之能事，但当过多的细节横盖历史主线，无所指的人事纠缠湮没原本泾渭分明的政治对垒，格非这类“历史”小说的危险悄然出现：在战争的边缘上，他暴露传统历史小说所不能及的琐碎人生；在史诗叙述下，他注入了极风格化的个人声音。

类似的笔法在李渝的《夜琴》《受伤的手飞起来》等作中亦可得见。李多年蛰居海外，对台湾的关注却未曾或减。二十世纪八十年代的大陆、台湾作家各就“文革”或“二二八”的往事大做伤痕文学、翻案文章，李渝却不动声色地以诗人之笔，写就一篇篇抚今追昔的历史故事。哀而不怨，极其引人深思。尤其《夜琴》写“二二八”及白色恐怖，将所有血泪创伤，俱皆化为诗化篇章，或许在这样的时代中，文学毕竟仍有其救赎不义、开辟视野的功能？

当年的寻根派大将阿城近年的作品越写越淡越写越短,直逼散文诗的境界。他与大陆这几年所兴的“笔记”体小说,有密切的关系。这类作品上承晚明小品、清初笔记的风格,志人述事,每以清淡逸远取胜。如曹乃谦、李佩甫、何立伟等,皆是个中能手。就算是血洗山河、惊世骇俗的事件,到了这些作家笔下,也是寥寥数语,意未尽而文已止。也许面对过去半个世纪的扰攘喧嚣,此时真是无声胜有声吧?

笔记体小说固然是历史抒情化的极佳抽样,却难免陷入精雕细琢,却又故作天然的死胡同。除了前述格非等的中篇作品外,台湾作家如李永平的《海东青》、苏伟贞的《离开同方》以及朱天文的短篇小说,如《柴师父》《世纪末的华丽》等,代表了不同的小说诗化实验,野心不容忽视。李永平的《海东青》敷衍一个中年男子向往妙龄少女的故事,骨子里却要重述一则国民党政府迁台的政治寓言。李的文字瑰丽典雅,却反讽地超出了一般读者的阅读耐性。而也是在这里李显现他最大的野心:我们必须用读诗的方法,琢磨推敲《海东青》的文字迷阵。这本书的上卷已长达九百五十页,全书文字的密度与长度互相拉锯,形成当代文学写与读两方面的奇观。这形式之间的纠结,我以为是世纪末小说美学的一大关目,值得再思。

苏伟贞的《离开同方》以地缘象征入手,描写一群人在政治命运的摆布下,由相遇而离散的经过。此作多有识者指出其魔幻写实的传承,实则其最动人的力量,来自于诗化想象与写实叙史欲望的交集。写人生聚散的无常,啼笑因缘的无常,一向是苏的拿手好戏。这回他将所思所念化作一场场想象阈域中的冒险,绵延数百页,即幻即真,极是不易。而四十年来国家兴亡的感喟,早已幽然渗入字里行间。朱天文的作品则另见凝练妩媚之姿。《柴师父》中的老人对女体的推拿,《世纪末的华丽》中模特儿对浮华世界的向往与绝望,猥亵颓废,莫此为甚。但朱的文字终能升华其所能指涉的世界。化腐朽为神奇,这正是诗歌语言的境界。由此朱乃能一抒对浮沉世事的感喟,对旷男怨女的悲悯。

三、消遣(解)中国(Flirtation with China)

自“五四”以来的现代小说主流,一向以反映现实、改进国魂见称。多年前夏志清教授以“感时忧国”一词,形容现代文学的道德、政治抱负,一语道破其精神所在。作家们自膺生命不可承受之重担,以笔代剑,力图在字里行间铭刻他们的关怀。这样的写作方式使现代中国文学焕发出一种强烈的载道气息,为其他国家文学所鲜见。回顾二三十年代作家运用所谓“露骨”的写实主义方法,暴露黑暗,鞭挞不义,的确使我们心有戚戚焉。但另一方面,“感时忧国”一旦成为一种写作的必然,甚或是意识形态的律令,我们也看到其负面的影响。文学向政治靠拢,最终造就了二十世纪四十年代“为革命而文学”的紧箍咒。于此同时,作家过分关心大中国的命运,也使他们的文学及历史视野难以超越中原心态。比起彼时西方现代主义的五花八门,中国小说的发展毕竟有限。

近年有学者以心理学的角度,谈论“感时忧国”征候下自虐虐人的情结[6]。这类见解固然新奇,到底仍是随着当今西方文学起舞。我以为文学形式上的诸多问题,才是我们注意的核心。“五四”以来的小说,在文学“反映”人生的口号下,多不能对形式的复杂性,以及所牵引出的政治后果,细做考查。形式不只是透明的符号表征,而是“代表”及“参与”社会象征运作的重要一环。我们回顾文学史,至少有二例可资复按。“五四”作家力图表彰现实的丑恶,却终发现他们越“逼真”地描述社会的败德与不义,越暗示了改革现状的无望——而写作的初衷,原是在于借文学改变社会的理想!另一方面,早期大陆作家一味颂扬乌托邦,却未能正视国家每况愈下的事实。他们“完美”的文学表现成了障眼法。在这两个例子里,形式都被视为毋庸置疑的符号,传递客观的现实,但二者终以不同的方式揭露了文学与政治、神话与历史间的吊诡关系。

二十世纪九十年代的作家以具体行动打破了过去“感时忧国”或“露骨写实”等主义的我执。相对于当年郁达夫式的“祖国呀祖国,我的死都是你害我的……”的歇斯底里,到二十世纪五十年代老舍式的“我爱我的国呀,谁爱我呢?”的荒谬忧疑,九十年代的作家反倒要消遣中国,也在消遣的过程中,消解中国的神话图腾。他们以讪笑、嘲仿、戏弄来撼摇“感时忧国”传统的基石,在在引人注意。或有评者要叹道人心不古,当代的文学不再如以往虔诚严肃。但感时忧国其实不必与涕泪飘零长相左右。不明所以的笑或是插科打诨的笑,反更具杀伤力呢。

迎合目前流行的巴赫金(Bakhtin)理论,我们可以说“消遣中国”是出自一种嘉年华式的冲动。这一冲动其实其来有自,在鲁迅的《故事新编》中,及在老舍、张天翼的部分小说中,皆可得见。然而以想象之奇,笑谑之野,仍非九十年代小说莫属。在强调此一喜剧或闹剧的写作形式的同时,我们兼亦认识了文学素材及文学表现间,并无必然关系;形式本身的取舍已是作家与社会对话的行动。借着嘲谑讥讽,作家与当道政权形成新的对抗策略。然而无须讳言,“消遣”中国一方面“消解”了中国,另一方面也引出自我消解的暗流。飘忽惫懒既是作家写作的策略,也是作家所置身的写作环境。

“消遣中国”的写作首可见诸台湾作家在二十世纪九十年代前后的表现。张大春早于一九八六年即以《将军碑》一文,颠覆了传统历史大河小说的叙述法则。他穿梭于时光及记忆的隧道,将中国现代史浓缩为一短篇小说。上自东征北伐,下迄“文革”三通,所有的战乱流离、功过是非俱化作历史蒙太奇的片段,最后随着那将军碑的倾颓,而四散消弭。就此张再接再厉,又写出了《四喜忧国》。借一退役老兵的一再书写“告全国军民同胞书”,鼓吹抗俄,小说点出了时移事往的严酷,以及神话变为笑话的无奈。只要比较张早期处理类似题材的《鸡翎图》,我们即可得见他对中国历史视野的转换。

类似的笔法也得见于朱天心的《新党十九日》及林宜澐的《人人爱读喜

剧》等作。前者写家庭煮妇卷入股市崩盘及反对党运动等事件中,却因而体验了家庭及性的“政治”意义;后者写脱衣舞娘游走法律边缘,在宣传歌曲的掩护下,为“国”争“光”。政治与情欲,家国与春宫,交相纠结,终化为一场场令人哭笑不得的马戏会串。这几年台湾的某些作家力图凸显自己的地位,多数却仍是走着伤痕文学的老路。二十世纪八十年代中期林双不的《决战星期五》以一所学校的“水肥”之战,毫不留情地揶揄当权政府,“笑果”令人喷饭,也颇点出消解中国的意图。但是类的野心之作并不多见,未免可惜。

新时期的大陆小说虽然花样百出,但一直要到一九八七年后,才衍生出一套调皮捣蛋的叙事策略。政治的压抑难再如从前滴水不漏,作家因应的态度也较从前灵活得多。因此形成的你紧我松的吊诡关系,极可寻味。这一拨作家中的佼佼者,首推王朔。他的一本小说《一点正经没有》,开宗明义地点出他创作的态度及内容。此书上接《顽主》,叙述几个文化痞子瞎三乱四、不务正业的怪现象。小说一开始的高潮就是麻将桌上谈救国文学,吆五喝六的完全不成体统:可不是么,不成体统正是王朔小说的要紧处。正经八百的学者(如我者?)或要研究其微言大义,或要寻思其社会象征。但小说存在的本身,及其大受欢迎的现象,似乎不劳我们深究。王朔现象也许来得急去得也快,唯其如此,它已嘲讽了文章乃经国之大业的载道传统。

另外如写《坚硬的稀粥》《成语新编》的王蒙,以及晚近的莫言等,也显出一点正经没有的倾向。王蒙是这几年的政治新闻人物,他的作品虽然时有新意,但到底脱不了早期大陆文学风格上的一些包袱。以《坚硬的稀粥》为例,写得失之过露,仍在政治寓言上打转。倒是莫言自晦涩的《十三步》后,时有神来之笔。除前述的《酒国》外,他的短篇如《神嫖》等,香艳逗趣,好似意在言外,却又并不尽然。二十世纪九十年代之后,反映往日政治限制的文字不在少数。文学方面却好像没有惊人表现。或许在新一拨名为消遣的文学中,我们看到作家消解中国的用心?

我们在香港及海外作家的作品中，亦可以看到一些例子。顾肇森的《素月》写一个八十年代末流居海外者与纽约华埠一车衣厂女子之恋，虽然摆明是个正经八百的悲情故事，却很耐人寻味地流露反讽信息。之前的“英雄”，到了美国一样得从头干起；而对一个云英未嫁的华裔女子，曾经震动海外的历史事件不过成全了她一段苟且姻缘。在重写“革命加恋爱”的公式上，顾作显然别有见地。香港的也斯写出 *Transcendence and Fax Machine*（《超越与传真》）这样的作品。借一研究神学的学者与一台传真机之“恋”，也斯巧妙地将神学与科学，人性与物性，男人与女人等议题连锁一处，令人着迷。但在这个层面之外，也斯的“传”真与传“真”微妙地烘托出世纪末香港的焦虑气息。不论如何超越，真理的传递终将转换为不可知的符号，播散于不可及的他方。偏处海角一隅，也斯笔下的教授能否传真历史的困境？在一个后现代世界，香港可否超越她的定命呢？

四、新狎邪体小说(Mimesis of depravity)

二十世纪九十年代前后，兴起一股以欲望征逐、男欢女爱为题材的新小说潮。这些作品咏叹颓废、耽溺感伤，兀自透露着缛丽艳熟的世纪末风华。饮食男女原是文学写之不尽、叙之不完的关目，但这一股世纪末风潮究竟有不同之处。不论表面的耸动妩媚，时间的危机意识永远是萦绕不去的主题。宿命的倒数计时已然开始，末代的繁华已自腐蚀。在历史蜕变或消亡的关口上，作家们辗转惶栗了。他们在喧哗中见到了荒凉，在情欲中参悟出徒然。“时代是仓促的，已经在破坏中，还有更大的破坏要来。”张爱玲的一句话，恰可作为注脚。而在大破坏的前夕，及时行乐或是纸醉金迷不再只是一种无所指的耽溺，而可成为一种反抗绝望的道德吊诡姿态。

近一个世纪以前，晚清小说中其实也曾出现过类似的现象。彼时的作家描写文人与优伶娼妓的往还，风流香艳，无所不至。上焉者成就了从《花月痕》《海上花列传》到《恨海》的感伤言情传统。借着婚姻以外的露水姻缘，作家反写社会人情的伪善与苦闷，以及勾栏之内的感情救赎。但是现实终将逼近，情欲的大观园到底是个太虚幻境。《花月痕》及《恨海》中的主角都必须面对历史的摆布。小说中太平天国之乱或庚子事变只是浮在历史台面的事件而已；时间洪流的淘洗，终将消融所有卑微的感情、人事牵引。《海上花》更上层楼，竟把欢场生活写得像寻常百姓家般的琐碎无聊，尤其使读者暗自心惊。另一方面，像《青楼梦》《九尾龟》一系的作品，则大事铺张妓院春秋，猥亵惫懒，成为又一种奇观。这类小说因其枝蔓无文，历来不受重视，甚至落得"嫖界指南"的骂名。

鲁迅在《中国小说史略》中，对上述晚清小说综称为"狭邪小说"。狭邪者，北里勾栏之谓也。除《海上花》外，鲁迅对是类作品基本持贬意。时移事往，在二十世纪末回顾狭邪小说，我们倒可在颓废的章节中，体会到一代文人对情欲的种种态度，并由其间细思文化、政治的动机。而回到当代写男女情欲的小说，我建议不妨以"狎邪"名之。狎邪与狭邪意义相近，但前者不必局限于作者对欢场生涯的描写，而可扩及其对情天欲海的无餍观照。欢场与情场的混淆，原是晚清狭邪小说的看家好戏，而在当代狎邪小说中，假戏真做或真戏假做依然是作者一显身手的题材。只是他(她)更意识到情欲骚动之下，所潜伏的其他人生因素：或是权力的取予，或是世代的更迭，或是意识形态的纠结，或是金钱物欲的消长……辗转曲折，无不引人入胜。

以曾客居香港的施叔青来说吧，她早年即以擅写怪诞的情欲想象著称。但一直要到她把这种想象贯注到香港的末世现实中，她的狎邪风格才算确立。她于二十世纪八十年代写就的一系列"香港的故事"，缕述旷男怨女对物欲及肉欲的争逐。尽管表面充满声光色影，骨子里兀自透露一股阴森惨然之情，读来令人不寒而栗。进入九十年代，施的野心更大，她要为香港百年殖民史，预先写下如悼文般的记录。就已发表的部分(如《一八九四年香港的英国女人》《维多利亚会所》等)来看，香港的政治、历史路程，竟沾染如许的艳情暧昧色彩，果然有独到之处。十九世纪末的中国妓女与洋人厮混，二代以后，有孙跻身高级华人社会，却陷入另一种欲望、权力的角逐。论狭邪到狎邪的转换，这样的情节堪称佳例。

李碧华是香港的畅销作家，所作《胭脂扣》《潘金莲之前世今生》《霸王别姬》《青蛇》等因受影剧界的青睐，更为声名大噪。李的文字单薄，原不足观。但她的想象穿梭于古今生死之间，探勘情欲轮回，冤孽消长，每每有扣人心弦之处。而她故事今判的笔法，也间接托出香江风月的现貌。尤其在九七回归的影响下，李的小说讲死亡前的一晌贪欢，死亡后的托生转世，兀自有一股凄凉鬼气，萦绕字里行间。她的狎邪风格，毕竟是十分“香港”的。

施叔青的妹妹李昂这些年一直是颇受争议的作家。她的《杀夫》《暗夜》等作，大胆探讨男女性关系与金钱、暴力的轇轕，曾得到毁誉参半的反应。二十世纪九十年代的李昂依然故我，且写出更大胆的《迷园》及《北港香炉人人插》。李昂写台北都会女性的性焦虑及性幻想，其颓靡郁抑处，仍然颇可一观。然则李昂要处理的问题太多太杂，反使全书的发展有头绪不清之虞。或许就像书名《迷园》所示，李昂不止写了一个女性陷在情欲、政治、历史与金钱迷宫中的故事，她也现身说法似的彰显这一迷宫的力量，已延伸到书写行动的本身。

当代台湾文坛的另一对姊妹朱天文与朱天心也在二十世纪九十年代大放异彩。前者的《世纪末的华丽》书如其名，简直就像为九十年代度身定做的题材。朱写台北人的车马喧哗、张致感伤，既有末代的淫逸艳熟的势派，又有后现代的虚幻玩世的姿态。像前述的《柴师父》和已一再被谈论的《世纪末的华丽》，都能从最猥琐的生命时刻，见证时光劫毁的无奈，人世起落的大悲喜、大惊恸。《世纪末的华丽》明写一个年华已去(25 岁)的模特儿如何站在事业及感情的十字路口上张望。朱不事道德教训，亦无意故作撇清，反能成就一种世故警醒之姿。至于文内对台北浮华世界的白描，绚丽缤纷却又空洞异常，倒是犹其余事了。一九九四年朱又写出《荒人手记》，泄露同性恋者的无限心事,为台湾“同志文学”立下先河。朱天心绝不让乃姊专美于前。她的风格紧俏而尖锐,发为文字,滔滔不绝,的确与众不同。像写女同性恋的故事《春风蝴蝶之事》,竟能别出心裁,从男性眼光入手,并将情欲的婉转曲折与文字的隐晦多喻共相结合,已为新狎邪体小说的叙述方式打出另一通路。朱天心的《预知死亡纪事》虽不再汲汲于男女,而专注于生死,但所予人的蛊惑或威胁,其实未尝稍歇。对时间销毁的恐惧,对人世无常的感伤,至此和盘托出,俨然是乃姊《世纪末的华丽》的论述版。朱天文与朱天心如今愈写愈不相同,但她们皆受教于张爱玲、胡兰成——新狎邪体的开山祖师——的传统,仍可见一脉相承之处。

大陆方面的作家王安忆曾以“三恋”(《小城之恋》《荒山之恋》《锦绣谷之恋》)小说,刻画旧日社会中男女的性欲问题。小说大胆坦白,但放在港台作家所设立的狎邪标准上,到底未能窥其堂奥。狎邪的基础在于一华丽却疲惫的文明,一矫情却婀娜的生命情境上。要到了一九九五年的《长恨歌》,王安忆回溯上海五十年来的沧桑,旁观上海女人的涕泪浮沉,她才终算串联了城市、女性、情欲等主题,为海派文学大放异彩。可以一提的大陆作家,还有苏童。而他最好的作品都是以一九四九年以前,甚或民国以前为背景,诚非偶然。《妻妾成群》中的妻妾争宠,《一九三四年的逃亡》中的情欲与疫疠,还有《罂粟之家》中的家族乱伦、烟霞漫泛等情节,都可说明苏童对那个阴湿、缛丽而又紊乱的旧社会,一种不由自主的乡愁。这是礼法将要崩颓的时刻,历史行将消解的前夕。但一切仍森森然如鬼魅般地兀立着,这正是苏童世纪末嘉年华的场景。苏的《我的帝王生涯》更回到历史,大事敷衍末代皇帝的神话。如果我们只看到了苏童以古讽今的意图,未免错过了他妩媚好弄的一面。他写宫闱秘史、后妃争宠、落魄皇孙等古老历史话题,竟能焕发一种作戏般的虚浮趣味。男与女、情与权、历史与政治到头只是一种凄美或耽美的姿势,留供他年回忆罢了。这大约是狎邪的最新境界吧。江山美人一场游戏一场梦,《我的帝王生涯》所透露的不可承受之轻,让我们重思晚清狭邪小说隐而未发的一面。二十世纪九十年代中期，贾平凹的《废都》现象造成大陆的出版热潮。此书成绩毁誉参半，但就轰动效应而言，所谓“食色性也”，毕竟如是。准此，莫言的《丰乳肥臀》还只能算后之来者呢。

我以有限的篇幅，介绍了世纪末中文小说的四则预言：怪世奇谈，历史的抒情诗化，消遣（解）中国，及新狎邪体小说。借此我既无意将当代小说的发展一网打尽，也无意自我抬举，预设中国小说的走向。但就二十世纪九十年代初小说发展的种种蛛丝马迹，我们约略可看出二十世纪最后十年的文学不但不是强弩之末，反而充满了令人惊异的韧性与变数。预言毕竟只是预言，是否应验犹待他日方知。回首中国文学现代化纷纷攘攘的七十年，有多少期望与失望已为文学史家所铭刻。在进入二十世纪九十年代，后现代的时代里，我的乐观是审慎的。但过了世纪“末”，不也正是世纪“初”吗？

注　释

[1] 王德威：《畸人行：当代中国小说的众生怪相》，《众声喧哗》，台北：远流，1988年。

[2] Sigmund Freud, *The Uncanny*, Studies on Parapsychology, Tr. Alix Strachey (New York: Macmillian, 1981), p.47.

[3] Jaroslav Průšek, *The Lyrical and the Epic*, ed. Leo Lee (Bloomington: Indiana

U.P.,1980),pp.12—25.

[4] 见王瑾:《本位化情结与大跃进心态》,《今天》1991 年 3—4 期,第 26 页。

[5] 参见 David Der-wei Wang, *Fictional Realism in 20th-Century China:Mao Dun, Lao She, Shen Congwen* (New York:Columbia Press,1992), pp.203—210,224—233。

[6] Rey Chow, *Woman and Chinese Modernity* (Minneapolis: Minnesota U.P., 1991),pp. 121—169.